ECOS DOS MORTOS

JOHAN THEORIN

ECOS DOS MORTOS

Tradução de
Marisol Santos Moreira

EDITORA RECORD
RIO DE JANEIRO • SÃO PAULO
2011

CIP-Brasil. Catalogação-na-fonte
Sindicato Nacional dos Editores de Livros, RJ

T536e Theorin, Johan, 1963-
Ecos dos mortos / Johan Theorin; tradução de Marisol Santos Moreira. — Rio de Janeiro: Record, 2011.

Tradução de: Skumtimmen
ISBN 978-85-01-08547-4

1. Romance sueco. I. Moreira, Marisol Santos. II. Título.

10-5983. CDD: 839.73
CDU: 821.113.6-3

TÍTULO ORIGINAL EM SUECO:
Skumtimmen

Publicado originalmente por Wahlstrom & Widstrand, Estocolmo, Suécia.
Publicado em português mediante acordo com Bonnier Group Agency, Estocolmo, Suécia.

Editoração eletrônica: Abreu's System

Texto revisado segundo o novo Acordo Ortográfico da Língua Portuguesa.

Impresso no Brasil

ISBN 978-85-01-08547-4

À família Gerlofsson, de Öland

ÖLAND, SETEMBRO DE 1972

O muro era feito de pedras grandes e redondas cobertas por um líquen branco-acinzentado e sua altura era a mesma que a do menino. Ele só podia ver acima do muro se ficasse na ponta dos pés. Tudo estava cinza e coberto de neblina do outro lado. Ele podia estar no fim do mundo, mas sabia que era o contrário: o mundo começava do outro lado do muro. Aquele era o mundão, aquele que estava fora do jardim dos avós dele. Descobrir o mundo do outro lado era algo que fascinara o menino o verão inteiro.

Em duas ocasiões ele tentou escalar o muro. Em ambas, as mãos se soltaram das pedras ásperas e ele caiu de costas, na grama úmida.

O menino não desistiu e, na terceira vez, conseguiu.

Encheu o pulmão de ar e ergueu-se, segurou-se nas pedras frias e subiu até o topo.

Isso foi uma vitória para ele: em breve o menino teria 6 anos e estava, pela primeira vez na vida, prestes a pular um muro. Permaneceu sentado por um tempo lá em cima, como um rei no trono.

O mundo do outro lado do muro era grande e sem limites, mas também cinza e turvo. O nevoeiro que tinha coberto a ilha naquela tarde não deixava o menino enxergar quase nada do que havia além, mas na base do muro ele viu o capim marrom-amarelado de um campo pequeno. Ao longe, avistou arbustos de zimbro baixos e retorcidos e pedras cobertas de musgo que surgiam da terra. O terreno era tão plano quanto o do jardim atrás dele, mas tudo parecia muito mais selvagem do outro lado: desconhecido e fascinante.

O menino apoiou o pé direito numa pedra grande parcialmente enterrada no chão e desceu para o prado do outro lado do muro. Agora ele estava pela primeira vez na vida sozinho fora do jardim e ninguém sabia onde ele se encontrava. Sua mãe tinha saído da ilha no mesmo dia. O avô saíra para ir à praia fazia pouco e a avó estava dormindo na hora em que o menino calçou as sandálias e saiu de casa de mansinho.

Ele podia fazer o que bem entendesse. Era uma aventura o que estava vivendo.

O menino deixou para trás as pedras do muro dando um passo largo na relva silvestre. Era esparsa e fácil de andar. Ele deu mais alguns passos e o mundo a sua frente foi se tornando aos poucos mais nítido. Ele viu os arbustos de zimbro ganharem forma atrás da relva e foi na direção deles.

O solo estava macio e todos os ruídos eram abafados, os passos do menino soavam apenas como um farfalho suave na relva. Nem mesmo quando experimentou pular e pisar com toda força no chão, não se ouviu mais do que um barulhinho abafado, e quando ele levantava os pés, a relva se erguia e o rastro deixado por ele desaparecia rapidamente.

O menino percorreu vários metros dessa forma: pulo, bam. Pulo, bam.

Quando o menino deixou o prado e enfiou-se pelos arbustos altos de zimbro, ele parou de pular. Respirou, encheu o pulmão de ar fresco e olhou ao redor.

Enquanto estava pulando na relva, o nevoeiro a sua frente o envolveu sorrateiramente e agora a neblina estava inclusive atrás dele. O muro de pedra tinha ficado turvo com a neblina, e a casinha marrom escuro desaparecera por completo.

Por um breve instante o menino considerou dar meia-volta, retornar pelo campo e escalar de novo o muro. Ele não usava relógio e não se importava com a hora, mas o céu acima de sua cabeça estava cinza-escuro agora e o ar tinha ficado ainda mais frio. Ele sabia que o dia estava terminando e que a noite logo chegaria.

Ele ia andar só mais um pouquinho no chão macio. Sabia muito bem onde estava; a casa onde a avó estava dormindo se encontrava atrás dele, embora ele não pudesse mais vê-la. Seguiu em frente, em direção à parede embaçada feita de neblina que se podia ver mas não tocar; que, de um modo mágico, se afastava cada vez mais, como se estivesse brincando de pique com ele.

O menino parou. Prendeu a respiração.

Tudo estava em silêncio e nada se movia, mas de repente ele teve a sensação de que não estava sozinho.

Será que ele tinha ouvido alguma coisa no meio do nevoeiro?

O menino virou-se. Agora não via mais o muro nem o campo; só via relva e arbustos de zimbro atrás de si. Os arbustos estavam imóveis ao redor do menino e ele sabia que eles não estavam vivos — não como ele —, mas, ainda assim, ele não pôde deixar de pensar em como os arbustos eram grandes. Eram vultos negros e silenciosos que o envolviam e que talvez se aproximassem quando ele não estava olhando.

Ele virou-se novamente e viu mais arbustos de zimbro. Arbustos e neblina.

Agora já não sabia mais para que lado estava a casa de veraneio, mas o medo e a solidão impeliram o menino a seguir em frente. Ele cerrou os punhos, levantou as pernas, correu e quis achar o muro de pedra e o jardim atrás do muro, mas só viu relva e arbustos. No final, nem mesmo isso ele via; o mundo ficou embaçado de lágrimas.

O menino parou, encheu o pulmão de ar e as lágrimas cessaram. Ele viu outros arbustos de zimbro no meio do nevoeiro, mas um deles tinha dois troncos grossos — e de repente o menino viu que o arbusto se movia.

Era uma pessoa.

Um homem.

Ele surgiu do cinza da neblina e parou a apenas alguns passos do menino. O homem era alto, grande, vestia roupas escuras e o tinha descoberto. Parado na grama com botas pesadas nos pés, ele estava olhando para o menino. Usava um gorro preto que cobria a testa e parecia ser velho, mas não tão velho quanto o avô do menino.

O menino estava imóvel. Ele não conhecia o homem; e, com estranhos, a gente deve ter cuidado, a mãe dele havia dito. Mas agora ele não estava mais sozinho na neblina com os arbustos de zimbro. Ele sempre podia dar meia-volta e correr se o homem não fosse bonzinho com ele.

— Olá — disse o homem, em voz baixa.

Tinha a respiração ofegante, como se ainda há pouco tivesse caminhado muito no meio da névoa ou corrido.

O menino não respondeu.

O homem virou a cabeça rápido e olhou ao redor. Em seguida, olhou de novo, sem sorrir para o menino, e perguntou baixinho:

— Você está sozinho?

O menino confirmou em silêncio acenando com a cabeça.

— Você se perdeu?

— Acho que sim — disse o menino.

— Não se preocupe... Eu conheço cada canto do *alvar*.* — O homem deu um passo, aproximando-se dele. — Qual o seu nome?

— Jens — respondeu o menino.

— Jens de quê?

— Jens Davidsson.

— Ok — disse o homem. Ele hesitou, mas acrescentou: — Eu me chamo Nils.

— Nils de quê? — perguntou Jens.

Era como se fosse uma brincadeira. O homem deu uma risadinha.

— Eu me chamo Nils Kant — disse ele, e deu mais um passo à frente.

Jens permaneceu onde estava, mas tinha parado de olhar para todos os lados. Relva, pedra e arbustos eram só o que havia no meio da neblina. E o desconhecido, Nils Kant, que agora tinha começado a sorrir para ele, como se eles já fossem bons amigos.

A neblina fechava-se em torno deles, não se ouvia nenhum som. Nem mesmo o canto dos pássaros.

— Não se preocupe — disse Nils Kant, e estendeu a mão.

Agora eles estavam bem próximos um do outro.

Jens achou que Nils Kant tinha as mãos mais largas que ele já tinha visto, e percebeu que era tarde demais para sair correndo dali.

---

* *Alvar* é a designação de um tipo de hábitat composto por rocha calcária coberta por uma fina camada de solo. Encontra-se nas ilhas de Öland e Gotland e também em regiões continentais da Suécia e da Estônia. (*N. do E.*)

1

Quando seu pai, Gerlof, telefonou à noite, numa segunda-feira de outubro, pela primeira vez depois de quase um ano, ele fez Julia começar a pensar em ossos trazidos pelo mar para a beira de uma praia cheia de pedras.

Ossos, brancos como madrepérola e polidos pelas ondas, quase fosforescentes no meio das pedras cinzentas da beira da praia.

Pedaços de ossos.

Julia não sabia se eles estavam lá na praia, mas ela tinha esperado mais de vinte anos para vê-los.

Mais cedo naquele mesmo dia, Julia tivera uma longa conversa com agentes da Secretaria do Seguro Social, e a conversa tinha sido tão ruim quanto tudo o mais naquele outono, naquele ano.

Como sempre, ela tinha protelado ao máximo o telefonema, para não ter de ouvir os suspiros deles, e, quando ela finalmente ligou, uma máquina monótona atendeu e solicitou o número do registro civil. Após ter digitado todos os algarismos no aparelho, ela foi transferida de novo para o labirinto da rede telefônica, o que era o mesmo que ser transferida para o vazio. Teve de ficar na janela da cozinha olhando para fora e ouvindo o chiado no fone, um chiado quase imperceptível que parecia o som de água correndo ao longe.

Se Julia prendesse a respiração e apertasse bem o fone contra a orelha, poderia ouvir de vez em quando vozes de espíritos ecoando ao longe. Algumas vezes elas eram abafadas e sussurrantes; outras, estridentes e desesperadas. Ela estava presa no mundo fantasmagórico da rede telefônica, aprisionada às vozes suplicantes que de vez em quando ouvia até mesmo lá da cozinha, quando fumava embaixo do exaustor. Elas ecoavam e murmuravam nos tubos de ventilação do prédio — Julia quase não conseguia distinguir as palavras, mas, apesar disso, ouvia concentrada. Apenas uma vez tinha ouvido uma mulher dizer clara e nitidamente: *Bem, agora está mesmo na hora.*

Julia estava ao lado da janela da cozinha, ouvindo o chiado da ligação e olhando para a rua. Fazia frio e ventava muito lá fora. Folhas de bétula amarelas do outono desgarraram-se da viscosidade molhada de chuva do asfalto e lançaram-se para longe do vento. No meio-fio havia uma lama preta das folhas que tinham sido amassadas pelos pneus dos carros e que nunca mais sairiam do chão.

Ela se perguntou se alguém conhecido ia aparecer lá fora. Jens podia dobrar a esquina no final da fileira de prédios da rua, vestido de terno e gravata como um advogado de verdade, de cabelo cortado e com uma pasta na mão, com passos largos, de cabeça erguida. Ele a veria na janela, pararia surpreso na calçada e depois levantaria o braço, acenaria e sorriria para ela...

O chiado desapareceu de repente, e uma voz estressada ocupou o fone:

— Secretaria do Seguro Social, Inga falando.

Essa não era a funcionária nova que cuidava do caso dela, a que se chamava Magdalena. Ou será que era Madeleine? Elas nunca tinham se encontrado pessoalmente.

Julia suspirou.

— Aqui é Julia Davidsson, eu gostaria de saber se vocês poderiam...

— Qual é o seu número de registro civil?

— É... Eu já digitei os algarismos no telefone.

— Eles não apareceram na minha tela. A senhora pode me fornecer o número de novo?

Julia repetiu o número, e fez-se silêncio na linha. Ela mal ouvia o chiado agora. Será que eles tinham desligado na cara dela?

— Julia Davidsson? — disse a funcionária, como se não tivesse ouvido Julia se apresentar. — Em que posso ajudá-la?

— Eu gostaria de uma prorrogação.

— Prorrogação de quê?

— Da minha licença médica.

— Onde a senhora trabalha?

— No Östersjukhuset, no departamento de ortopedia — respondeu Julia. — Eu sou enfermeira.

Será que ainda era? Estivera afastada por tanto tempo nos últimos anos que provavelmente ninguém sentia sua falta na ortopedia. E ela mesma não sentia a menor falta dos pacientes, que reclamavam o tempo todo dos seus probleminhas bobos sem ter ideia do que era um acidente de verdade.

— A senhora tem o atestado médico? — perguntou a funcionária.

— Tenho.

— A senhora esteve no consultório do seu médico hoje?

— Não, na quarta-feira. No meu psiquiatra.

— E por que não ligou antes?

— Bem, é que eu não tenho me sentido muito bem desde então... — respondeu Julia, e pensou: *E tampouco antes disso.* Uma incessante dor no peito de saudades.

— A senhora deveria ter ligado para nós no mesmo dia...

Julia pôde ouvir nitidamente uma respiração, talvez um suspiro.

— Agora eu tenho que fazer assim — continuou a funcionária: — vou entrar no sistema e abrir uma exceção para a senhora. Mas só dessa vez.

— Obrigada — disse Julia.

— Um momento...

Julia continuou na janela olhando para a rua lá fora. Nada se movia. Não, agora alguém andava pela calçada vindo da rua transversal grande, era um homem. Julia sentiu um peso no estômago, até que viu que esse homem era velho demais, careca, tinha uns 50 anos e vestia um macacão manchado de tinta branca.

— Alô?

Ela viu que o homem parou perto de um prédio do outro lado da rua, digitou um código, abriu a porta do edifício e entrou.

Não era Jens. Era um homem qualquer de meia-idade.

— Alô? Sra. Julia?

Era a funcionária de novo.

— Sim? Estou aqui.

— Nesse caso eu deixei uma observação no sistema dizendo que o seu atestado médico está a caminho. Confere?

— Está bem. Eu... — Julia calou-se.

Ela voltou a olhar para a rua.

— Mais alguma coisa?

— Eu acho... — Julia apertou o fone com força. — Acho que vai fazer frio amanhã.

— Certo — disse a funcionária, como se tudo estivesse nos conformes. — A senhora mudou a sua conta bancária ou é a mesma de antes?

Julia não respondeu. Ela tentava encontrar algo normal e corriqueiro para dizer.

— Às vezes eu falo com o meu filho — disse ela por fim.

Fez-se silêncio por um instante, e em seguida veio a voz da funcionária:

— Ok, mas, como eu disse, fiz uma observação...

Julia colocou rapidamente o fone no gancho.

Ela permaneceu em pé na cozinha, olhando fixamente pela janela, e achou que as folhas na rua formavam um desenho, uma mensagem que ela não conseguia entender por mais que olhasse; teve uma vontade enorme de que Jens chegasse da escola.

Não, é do trabalho que ele tem que chegar. Jens devia ter terminado a escola muitos anos antes.

O que você virou, Jens? Bombeiro? Advogado? Professor?

Mais tarde nesse mesmo dia, ela estava na pequena sala do conjugado sentada na cama em frente à TV assistindo a um documentário sobre serpentes; mudou para um programa de culinária em que um casal fritava carne. Quando o programa terminou, ela foi para a cozinha verificar novamente se era preciso tirar o pó das taças de vinho. Sim, era necessário: ao levantá-las contra a luz da cozinha, era possível ver minúsculas partículas brancas de poeira na superfície. Ela tirou as taças do armário, uma por uma, e limpou-as. Julia tinha 24 taças de vinho e usava uma de cada vez. Ela bebia duas taças de vinho tinto toda noite, às vezes três.

De noite, estava deitada na cama ao lado da TV, com a única blusa limpa que tinha sobrado no armário, quando o telefone começou a tocar na cozinha.

Estremeceu sobressaltada com o primeiro toque, mas não se mexeu. Não, ela não ia obedecer. Ela não tinha obrigação de atender.

O telefone tocou novamente. Ela decidiu que não estava em casa, estava na rua fazendo algo importante.

Podia ver lá fora sem precisar levantar a cabeça, embora o que visse fossem apenas telhados dos prédios na rua, postes de luz apagados e o topo das árvores, que se levantavam acima dos postes. O sol tinha se posto atrás da cidade e o céu escureceu lentamente.

O telefone tocou pela terceira vez.

Era o crepúsculo. O cair da noite.

O telefone tocou pela quarta vez.

Julia não se levantou.

O telefone tocou pela última vez e em seguida voltou a ficar em silêncio. Lá fora, as luzes da rua piscavam ao entrar em funcionamento e começaram a iluminar o asfalto.

Tinha sido um dia razoavelmente bom.

Não. Na verdade, não havia dias bons. Mas alguns passavam mais rápido que outros.

Julia sempre estava sozinha.

Um filho a mais podia ter ajudado. Michael queria ter dado um irmão a Jens, mas Julia tinha dito que não. Ela nunca teve certeza o suficiente, e depois, é claro, Michael desistiu.

Muitas vezes, quando Julia não atendia o telefone, recebia como recompensa uma mensagem na secretária eletrônica, e, depois que o telefone parou de tocar aquela noite, ela se levantou da cama para ouvir a mensagem, mas escutou apenas um chiado.

Colocou o fone no gancho e abriu o armário acima da geladeira. Ali estava a garrafa do dia, e a garrafa do dia era, como de costume, uma de vinho tinto.

Para falar a verdade, essa era a segunda garrafa de vinho do dia, pois no almoço ela bebera o restante de uma que abrira na noite anterior.

A rolha produziu um som abafado e explosivo quando Julia a sacou. Serviu-se de uma taça e esvaziou-a rápido. Encheu outra.

O calor do vinho espalhou-se por todo o seu corpo, e só então ela pôde se virar e olhar a rua pela janela da cozinha. Tinha escurecido lá fora, os postes de luz só conseguiam fazer algumas poucas manchas redondas no asfalto. Nada se movia sob a luz dos postes. Mas o que se escondia nas sombras? Não dava para ver.

Julia ficou de costas para a janela e esvaziou a segunda taça. Agora estava mais calma. Ela tinha ficado tensa depois do telefonema para a Secretaria do Seguro Social, mas agora estava tranquila. Merecia uma terceira taça de vinho, mas essa ela podia beber mais devagar, em frente à TV. Talvez colocasse um pouco de música dali a pouco: Satie, pode ser. Ela iria tomar um comprimido e dormir antes da meia-noite.

Nesse instante o telefone tocou novamente.

No terceiro toque, ela sentou-se na cama de cabeça baixa. No quinto, levantou-se, e depois do sétimo ela finalmente estava na cozinha.

Antes de o telefone tocar pela nona vez, ela pegou o aparelho. Sussurrou:

— Alô.

A resposta que recebeu não foi um chiado, mas uma voz baixa porém nítida:

— Julia?

E ela reconheceu.

— Gerlof?

Ela nunca mais o chamara de pai.

— Sim... sou eu.

Fez-se silêncio novamente, e ela se viu obrigada a aproximar o fone do ouvido para ouvir melhor.

— Eu acho... que sei um pouco mais sobre como tudo aconteceu.

— Como? — Julia não tirava os olhos da parede. — Aconteceu o quê?

— Bem, aquilo... com o Jens.

Julia continuava olhando.

— Ele está morto?

Era como andar de lá para cá com um papelzinho na mão com o número do lugar na fila. Um dia, o número era chamado e então a gente se apresentava no guichê e recebia a informação. E Julia pensou em pedaços de ossos brancos trazidos pela correnteza para a areia da praia em Stenvik, embora Jens tivesse medo de água.

— Julia, ele deve...

— Acharam o Jens? — interrompeu ela.

— Não. Mas...

Ela piscou.

— Então por que você me ligou?

— Ninguém achou o Jens. Mas eu tenho...

— Nesse caso, não me telefone! — gritou Julia, e desligou.

Ela fechou os olhos e continuou ao lado do aparelho.

Um papel com um número, um lugar na fila. Mas esse não era o dia apropriado, Julia não queria que fosse esse o dia em que Jens seria encontrado.

Ela sentou-se à mesa da cozinha e encarou a escuridão lá fora, do outro lado da janela. Sem pensar em nada, olhou para o telefone de novo. Ela se levantou, aproximou-se dele novamente, e ficou esperando, mas o aparelho permaneceu em silêncio.

"Eu vou fazer isso por você, Jens."

Julia tirou o fone do gancho, olhou para o pedaço de papel que há vários anos estava colado no ladrilho branco da cozinha acima da cestinha de pães e digitou o número.

O pai dela atendeu logo no primeiro toque.

— Alô.

— Sou eu — disse ela.

— Ah, você... Julia.

Fez-se silêncio. Julia reuniu as forças que tinha.

— Eu não devia ter batido o telefone.

— Deixa pra lá...

— Não se resolve nada assim.

— Não, é claro — disse seu pai. — Mas acontece.

— Como está o tempo em Öland?

— Cinza e frio — respondeu Gerlof. — Eu não saí de casa hoje.

Fez-se novamente silêncio; Julia encheu o pulmão de ar.

— Por que você telefonou? — perguntou ela. — Alguma coisa deve ter acontecido.

Ele demorou para responder.

— Bem... Aconteceram algumas coisas aqui — disse, e acrescentou: — Mas eu não sei de nada. Não mais do que antes.

Não mais do que eu, pensou Julia. *Lamento, Jens.*

— Achei que fosse algo novo.

— Mas eu andei pensando bastante — disse Gerlof. — E acho que existem coisas que podem ser feitas.

— Que podem ser feitas? Mas para quê?

— Para tocar a vida adiante — disse Gerlof, e prosseguiu, rápido: — Você pode vir para cá?

— Quando?

— Logo. Eu acho que seria necessário.

— Não posso viajar assim de uma hora para outra — disse ela. Mas não era tão impossível assim: estava de licença médica por um período longo. Ela prosseguiu: — Você precisa me dizer mais... dizer do que se trata. Não pode me dizer?

Seu pai estava calado.

— Você se lembra de como ele estava vestido naquele dia? — perguntou ele em seguida.

Naquele dia.

— Sim. — Ela mesma tinha ajudado Jens a se vestir de manhã, e depois percebeu que ele estava com roupas de verão, embora já fosse outono. — Um short amarelo e uma camisa vermelha de algodão — disse ela. — Com a estampa do Fantasma. Ele tinha herdado essa camisa do primo: era uma dessas estampas que a gente podia fazer em casa com o ferro de passar, um plástico fino...

— Você lembra o que ele calçava? — perguntou Gerlof.

— Sandálias — respondeu Julia. — Ele calçava sandálias de couro marrom com sola de borracha preta. Uma tira tinha se soltado no dedo do pé direito e várias tiras no pé esquerdo também estavam se soltando... Elas sempre despregavam no final do verão, mas eu tinha costurado...

— Com linha branca?

— Sim — respondeu Julia rapidamente. Depois ela pensou mais um pouco. — É, acho que a linha era branca. Como assim?

Fez-se silêncio por alguns segundos. Em seguida, Gerlof respondeu:

— O pé direito de uma sandália velha está em cima da minha escrivaninha. Costurada com linha branca. Parece que é do tamanho do pé de uma criança de 5 anos... Eu estou olhando para ela agora mesmo.

Julia se desequilibrou e apoiou-se na pia da cozinha.

Gerlof disse mais alguma coisa, mas ela apertou com força o aparelho e tudo ficou de novo em silêncio.

O papelzinho com o número na fila — esse era o papel que ela tinha recebido, e em breve o nome dela seria chamado.

Ela estava calma agora. Após dez minutos, pegou o telefone e discou o número de Gerlof. Ele atendeu depois de um toque, como se à espera dela.

— Onde você achou a sandália? — perguntou ela. — Onde? Gerlof?

— É uma história complicada — respondeu ele. — Você sabe que eu... que eu tenho dificuldade de andar, Julia. Está cada vez mais difícil. E é por isso que eu gostaria que você viesse para cá.

— Não sei... — Julia fechou os olhos e ouviu apenas o chiado da ligação. — Não sei se posso. — Ela podia ver a si mesma na praia, podia se ver andando no meio das pedras, juntando cuidadosamente todos os pedacinhos de esqueleto que ela conseguia achar e apertando-os com força contra o peito. — Talvez.

— Do que você se lembra? — perguntou Gerlof.

— Como assim, "se lembra"?

— Daquele dia. Você se lembra de algo em especial? — perguntou ele. — Quero que você pense bem antes de responder.

— Eu lembro que Jens desapareceu... Ele...

— Não estou falando do Jens agora — disse Gerlof. — De que mais você se lembra?

— Como assim? Não estou entendendo...

— Você se lembra da neblina que cobria Stenvik?

Julia ficou calada.

— Lembro — disse ela em seguida. — A neblina...

— Pense nisso — disse Gerlof. — Tente se lembrar da neblina.

A neblina... A neblina era uma parte de todas as recordações de Öland.

Julia se lembrava da neblina. Não era comum surgir um nevoeiro tão denso no norte da ilha, mas às vezes, no outono, ela vinha do estreito. Fria e úmida.

Mas o que tinha acontecido na neblina naquele dia?

O que aconteceu, Jens?

ÖLAND, JULHO DE 1936

O homem que mais tarde vai espalhar tanta tristeza e medo em Öland é, em meados dos anos 1930, um menino de 10 anos. Ele é dono de uma praia pedregosa e de águas vastas.

O menino chama-se Nils Kant, está queimado de sol, usa short no calor do verão e está sentado numa pedra grande e redonda sob o sol, ao pé das casas e das cabanas de pescador em Stenvik. Ele pensa:

Tudo isso aqui é meu.

E é verdade, pois a família de Nils é dona da praia. Eles são proprietários de extensas áreas no norte de Öland; a família Kant é dona de terras há séculos, e desde que o pai de Nils morreu, há três anos, ele sente que tem de cuidar delas. Nils não sente falta do pai, se lembra dele apenas como alguém alto, calado e severo, às vezes violento, e está satisfeito com o fato de ser apenas a mãe dele, Vera, quem espera por ele no casarão de madeira lá em cima da praia.

Ele não precisa de mais ninguém. Não precisa de amigos; ele sabe que existem crianças de todas as idades que moram nos povoados do litoral e meninos mais velhos que já trabalham na pedreira — mas esse pedaço de praia é só dele. Os moleiros dos moinhos e os pescadores que ficam nas cabanas lá no platô não são uma ameaça.

Nils prepara-se para escorregar da pedra. Ele vai nadar de novo: é a última vez antes de ir para casa.

— Nils! — chama uma voz fininha de menino.

Ele não vira a cabeça, mas ouve o cascalho e as pedrinhas se soltando da escarpa lá em cima da praia e caindo, e depois passos rápidos se aproximando.

— Nils! Eu também ganhei bala da mamãe! Um montão de bala!

É seu irmão que vem vindo. Axel, três anos mais novo que Nils e cheio de energia. Ele tem um saquinho de pano cinza na mão.

— Olhe aqui!

Axel aproxima-se rápido da pedra grande; ele olha impacientemente para Nils lá em cima e, em seguida, abre o saco e espalha o conteúdo no pano.

No saquinho há um canivete pequeno e balas. Balas de caramelo escuras e lustrosas.

Nils conta oito balas. Ele ganhou apenas cinco da mãe quando saiu, mas agora elas já tinham sido comidas e seu coração bate forte, tomado de uma raiva súbita.

Axel pega uma das balas, olha para ela, coloca-a na boca e mira a água cintilante. Ele mastiga devagar e com satisfação, como se não fossem suas apenas as balas, mas também a praia, a água e inclusive o céu acima deles.

Nils olha para o outro lado.

— Eu vou nadar — diz, com o olhar voltado para a água.

Ele pula da pedra, tira o short e coloca-o em cima da rocha.

Nils fica de costas para Axel e começa a ir em direção às ondas, com os pés se equilibrando nas pedras cobertas de algas. Tiras pequenas de algas marrons ficam presas entre seus dedos do pé.

A água está morna e voa espuma para os lados quando Nils se joga nela, a uns dez passos da beira da praia. Nesse verão ele aprendeu a nadar embaixo d'água. Ele enche o pulmão de ar, mergulha e serpenteia em direção ao fundo pedregoso, depois sobe e vem à tona como um foguete.

Axel foi para a beira da praia.

Nils desliza de um lado para o outro, respinga água ao redor e dá cambalhotas, bolhas espumando em volta de sua cabeça. Ele se afasta mais alguns metros da beira, tão longe que o fundo do mar se torna ainda mais fundo e seus pés não o alcançam mais.

Ali há uma pedra enorme, um bloco deitado parecido com um monstro marinho adormecido bem perto da superfície. Nils escala a lateral da pedra, fica com os pés apenas um pouco abaixo da superfície e se joga na água. Ali não dá mais pé. Ele boia, bate os pés e vê que Axel ainda está na beira da praia.

— Você ainda não sabe nadar? — pergunta ele.

Ele sabe que Axel não sabe nadar.

Axel não responde, mas baixa os olhos, que escurecem de vergonha e de raiva sob a franja. Ele tira o short e coloca-o em cima da pedra ao lado do saquinho de pano.

Nils nada calmamente ao redor da pedra de onde ele pulou, primeiro de barriga, depois de costas, para mostrar como é fácil quando se sabe. Ele dá impulso com as pernas e sobe na pedra novamente.

— Eu ajudo você! — exclama para Axel, e pensa por um instante em ajudá-lo de verdade; fazer as vezes de irmão mais velho e ensinar Axel a nadar nesse dia. Mas isso levaria muito tempo.

Ele apenas acena.

— Vem!

Axel dá um passo vacilante, entrando na água, vai reconhecendo o terreno com os pés sobre as pedras e agita os braços às cegas, como se estivesse se equilibrando à beira de um abismo. Nils olha em silêncio os passos inseguros do irmão mais novo para longe da beira.

Depois de quatro passos, a água está nas coxas de Axel e ele agora tem o olhar vidrado em Nils.

— Você tem coragem? — pergunta Nils.

É uma brincadeira, ele só vai brincar um pouco com o irmão.

Axel nega, sacudindo a cabeça. Nils salta rápido da pedra e nada até a beira da praia.

— Não precisa ter medo — diz ele. — Aqui dá pé quase no caminho todo.

Axel agita os braços, tentando alcançá-lo, e inclina-se para a frente. Nils volta e o irmão mais novo dá um passo involuntário à frente.

— Muito bem — diz Nils. A água está na cintura deles agora. — Mais um passo.

Axel faz o que ele manda, dá um passo à frente, e depois olha para o irmão com um sorriso nervoso no rosto. Nils sorri de volta e acena com a cabeça, e Axel dá mais um passo.

Nils inclina-se para o lado e cai devagar de costas com os braços estendidos, para mostrar como a água é macia.

— Todo mundo sabe nadar, Axel — diz ele. — Eu aprendi sozinho.

Ele bate os pés devagar, indo para o fundo, na direção da pedra de pular. Axel vai atrás dele, mas não tira os pés do fundo. A água agora está na altura do peito dele.

Nils sobe na pedra enorme de novo.

— Faltam três passos! — diz ele.

Mas não é bem assim, faltam sete ou oito. Axel dá um passo, dois, três passos, se vê obrigado a esticar o pescoço para manter a boca acima da água e, mesmo assim, ainda faltam 3 metros para chegar à pedra.

— Você tem que respirar — diz Nils.

Axel inspira rápido pela boca. Nils senta-se na pedra e estende calmamente as mãos na direção dele.

E o irmão mais novo se joga para a frente. Mas é como se ele se arrependesse rapidamente, pois, ao puxar o ar, a boca e a garganta se enchem de água fria; ele bate com os braços de lá para cá e não tira os olhos de Nils. Por pouco não alcança a pedra.

Nils observa Axel se debater na água por alguns segundos, em seguida estica-se rápido para a frente e levanta o irmão, colocando-o em segurança em cima da pedra.

Axel agarra-se, tosse e respira ofegante. Nils coloca-se de pé ao lado dele e diz o que estava pensando o tempo todo:

— A praia é minha.

Em seguida se lança da pedra num mergulho vertical. Ele vem à superfície alguns metros à frente e nada com braçadas longas e firmes até as mãos baterem nas pedras da beira da praia; a brincadeira está completa. Agora ele pode se deleitar. Ele sacode a cabeça para tirar a água dos ouvidos e vai para o bloco de pedra onde Axel abriu o saquinho de pano.

O short pequeno de Axel também está ali. Ele levanta a roupa, acha que vê uma pulga andando no meio de uma costura e joga o short para longe, na beira da praia.

Depois ele se debruça sobre o saquinho. Ali estão as balas de caramelo num montinho, brilhando ao sol; Nils pega uma e a enfia devagar na boca.

Ele ouve um berro de raiva vindo da pedra do outro lado da água, mas não se importa. Mastiga bem devagar, engole e pega mais uma.

Ouve-se alguém patinhando na água lá longe. Nils levanta os olhos; o irmão mais novo jogou-se, por fim, na água.

Nils já está ficando seco ao sol, e supera o primeiro impulso de nadar até Axel. Em vez disso, pega um terceiro caramelo.

O patinhar na água continua lá longe, e Nils olha. É claro que não dá pé para Axel, e ele tenta desesperadamente subir na pedra de novo. Mas as mãos dele deslizam.

Nils mastiga a bala. É preciso ganhar velocidade para subir na pedra.

Axel não tem velocidade, então dá meia-volta para retornar à beira da praia. Ele agita os braços violentamente, de modo que a água faz espuma ao redor dele, mas não consegue se mover para a frente. Axel encara Nils com os olhos arregalados.

Nils olha de volta, engole o caramelo e pega mais um.

O patinhar dele na água torna-se rapidamente mais fraco lá longe. O irmão grita alguma coisa, mas Nils não ouve. Depois as ondas se fecham por cima da cabeça dele.

Agora Nils dá um passo em direção à água.

A cabeça de Axel aparece, mas não tanto quanto antes. Na verdade, Nils vê apenas o cabelo molhado. Em seguida, ele afunda novamente. Bolhas de ar aparecem na superfície, mas uma onda pequena as varre.

Nils acelera e se joga na água. Suas pernas espirram espuma para todos os lados, e ele luta com os braços, os olhos fixos na pedra. Mas não consegue mais ver Axel.

Nils nada rapidamente em direção à pedra e, quando está quase chegando, mergulha, mas ele não é muito bom quando se trata de ficar de olhos abertos debaixo d'água. Ele fecha os olhos e põe-se a buscar às cegas na escuridão fria. Não sente nada com as mãos e emerge de novo. Ele agarra-se com os braços em volta da pedra, tosse e sobe.

Apenas água ao redor dele, para onde quer que olhe. O brilho do sol nas ondas esconde tudo o que existe debaixo da água.

Axel sumiu.

Nils fica esperando, mas não acontece nada. Por fim, quando começa a sentir frio, ele mergulha e nada devagar de volta para a areia. Não há mais nada a fazer. Ele sai da água, suspira e apoia-se na pedra grande ali da beira.

Nils permanece no sol por um bom tempo. Fica esperando ouvir alguém patinhar na água ou um chamado familiar de Axel, mas não ouve nada.

Tudo está em silêncio.

Restam quatro balas no saquinho de Axel, e Nils olha para elas.

Ele pensa nas perguntas que o esperam, da mãe e dos outros, e pensa no que vai dizer. Depois pensa na época em que o pai morreu e em como tudo foi sombrio e no enterro demorado lá na igreja de Marnäs. Todos estavam vestidos de preto e cantavam hinos sobre a morte.

Nils soluça. Parece de verdade. Ele vai subir, aproximar-se da mãe, chorar e contar que Axel ficou lá embaixo na praia. Axel quis ficar, mas Nils quis ir para casa. E quando todos começarem a procurar por Axel, ele pode pensar na música triste de órgão na ocasião do enterro do pai e chorar com a mãe.

Nils vai subir para casa daqui a pouco, e ele sabe o que vai e o que não vai contar quando chegar lá.

Mas primeiro resta comer as últimas balas de Axel.

2

Gerlof Davidsson estava sentado em seu quarto na casa de idosos em Marnäs, vendo através da janela o sol se pôr. A sineta da cozinha tinha acabado de silenciar depois do primeiro toque e logo o jantar estaria na mesa. Ele iria se levantar e caminhar até o refeitório. A vida dele não tinha acabado.

Se tivesse ficado na vila de pescadores de onde vinha, em Stenvik, estaria agora na praia vendo o sol descer lentamente sobre o estreito de Kalmar. No entanto, Marnäs estava na costa leste da ilha, e, por isso, ele via toda noite o sol desaparecer atrás de um arvoredo de bétulas, entre a casa de idosos e a igreja de Marnäs a oeste. Agora em outubro, os galhos das bétulas estavam quase sem folhas e pareciam braços delgados esticados na direção do disco solar vermelho e amarelo que descia.

O crepúsculo* tinha chegado — a hora das histórias horripilantes.

---

* O "crepúsculo" é uma tradução aproximada do termo em sueco *Skumtinsmen* (título original deste livro), que é uma palavra dialetal usada em Öland e que se refere ao lusco-fusco, aqui considerado uma hora mágica, hora de ver sombras, de se contar histórias de dar medo. (*N. da T.*)

Quando ele era criança em Stenvik, essa era a hora em que o trabalho no campo e na cabana de pescadores estava terminado. Todos se reuniam nas casas esperando a noite iminente, mas ainda não se acendiam as lamparinas de querosene. Os mais velhos ficavam conversando sobre o que tinha sido feito durante o dia e sobre o que tinha acontecido nas outras granjas do povoado. E, de vez em quando, eles contavam histórias para as crianças da casa.

Gerlof sempre achou que as histórias mais assustadoras eram as melhores. Histórias de assombração, de premonições, de gnomos e de mortes súbitas nas terras desertas de Öland. Ou histórias de como os destroços de navios eram arrastados para a costa cheia de pedras e se espatifavam nos rochedos.

A sineta da cozinha tocou pela segunda vez.

Um capitão que ficasse preso numa tempestade e tivesse sido arrastado para a beira do mar escutaria mais cedo ou mais tarde as pedras do fundo da água batendo no casco da embarcação cada vez mais forte, e isso era o começo do fim. Talvez ele, em raríssimas ocasiões, tivesse habilidade e sorte suficientes para lançar uma âncora e puxar aos poucos o barco na direção contrária à do vento para águas mais profundas novamente, mas a maioria absoluta dos barcos não podia se mover um metro sequer caso ficassem encalhados. Geralmente, o capitão precisava abandonar às pressas a embarcação para salvar a si mesmo e a tripulação, tentar chegar vivo em terra firme carregado pelas ondas e, depois, ficar assistindo de longe na praia, molhado e congelado, à tempestade arrastando com mais força ainda a embarcação para o fundo e as ondas começando a destroçá-la.

Um barco a vela encalhado era como um caixão quebrado abandonado ao ar livre.

A sineta da cozinha tocou pela última vez, ao que Gerlof apoiou-se no canto de madeira da escrivaninha e levantou-se. Ele sentiu Sjögren dando o ar da graça nas articulações. Ele sentiu, e como doía. Gerlof olhou pensativo para a cadeira de rodas que estava ao pé da cama, mas ele nunca a usara dentro de casa e não seria agora que o faria. Entretanto, pegou a bengala com a mão direita e apoiou-se firmemente nela ao caminhar para o vestíbulo, onde as roupas de frio estavam penduradas nos cabides e os sapatos, alinhados no chão. Ele parou, apoiou-se na bengala e abriu a porta que dava para o corredor da instituição. Saiu e olhou ao redor.

Ouviram-se passos arrastados no corredor e ele os viu chegar um a um: os outros residentes. Lá vinham eles devagar, com a ajuda de bengalas ou andadores. Os moradores da Casa Marnäs reuniam-se para comer.

Alguns se cumprimentavam em voz baixa, outros olhavam o tempo todo para o chão.

Era muita sabedoria que vinha caminhando por ali, pensou Gerlof ao juntar-se à tropa cansada a caminho do refeitório.

— Bem-vindos à mesa! — disse Boel, a superintendente do setor deles, em pé e sorridente no meio dos carrinhos com comida do lado de fora da cozinha.

Todos se sentaram com cuidado nos seus lugares de costume.

Tanta sabedoria. Ao redor de Gerlof estavam sentados um sapateiro, um sacristão e um agricultor, com experiências e conhecimentos que não interessavam mais a ninguém. E em seguida ele próprio, que ainda podia fazer um lais de guia de olhos fechados em poucos segundos, sem nenhuma utilidade.

— Talvez venha uma geada de madrugada, Gerlof — disse Maja Nyman.

— É, são os ventos do norte — respondeu ele.

Maja estava sentada ao lado dele, pequena, enrugada e magrinha, porém mais alerta do que qualquer outra pessoa no setor. Ela sorriu para Gerlof, que retribuiu o sorriso. Ela era uma das poucas pessoas que podia pronunciar o nome dele corretamente, *Iérlóff*, nem mais nem menos.

Maja era de Stenvik, mas tinha se casado com um agricultor e ido morar na região a nordeste de Marnäs nos anos 1950; quanto a Gerlof, ele tinha se mudado para Borgholm quando se tornou capitão de barco. Antes de ele e Maja se reverem na instituição, fazia quase quarenta anos que não se encontravam.

Gerlof pegou uma torrada e pôs-se a comer e, como sempre, se sentia grato por ainda poder mastigar. Estava sem cabelo, com a visão ruim, sem energia e com dores musculares — mas, pelo menos, ainda lhe restavam os próprios dentes.

Um cheiro de repolho veio da cozinha. Sopa de repolho era o prato do dia e Gerlof levantou a colher enquanto esperava o carrinho com comida.

Depois de terminar de comer, a maioria dos moradores da casa de idosos ia ver TV o resto da noite.

Eram os novos tempos. Não havia mais barcos encalhados nas praias de Öland, e ninguém mais contava histórias ao cair da noite.

O jantar tinha terminado. Gerlof estava de volta ao quarto.

Ele colocou a bengala perto da estante de livros e sentou-se de novo à escrivaninha. Agora era noite lá fora. Se ele se debruçasse sobre a mesa e ficasse com o nariz bem perto da janela, conseguiria avistar as plantações ao norte de Marnäs e, mais além delas, o litoral e o mar escuro. O mar Báltico, seu antigo local de trabalho. Mas ele não podia mais fazer um esforço físico desses e, em vez disso, teve de se contentar com olhar para as bétulas atrás do asilo.

O lugar não era mais chamado de asilo pelas autoridades, mas é claro que era isso que era. Eles sempre tentavam inventar palavras novas que soassem melhor, mas ainda se tratava de velhos amontoados no mesmo local, muitos dos quais apenas ficavam sentados o dia todo à espera da morte.

Um caderno preto estava ao lado de uma pilha de jornais na escrivaninha, e ele esticou a mão para apanhá-lo. Depois de só ter ficado sentado olhando pela janela durante toda a primeira semana na Casa Marnäs, Gerlof levantou a cabeça, criara ânimo e fora ao povoado comprar o caderno no mercadinho. Depois começara a escrever.

O caderno consistia de reflexões e lembretes. Nele Gerlof escrevia coisas que deveriam ser feitas e riscava-as quando estavam concluídas, salvo a observação FAZER A BARBA!, que estava no alto da primeira página e nunca era riscada, já que era uma atividade diária. Fazer a barba era necessário e algo de que ele já tinha se lembrado de fazer nesse dia.

Esta era a primeira reflexão do caderno:

MELHOR É O PACIENTE DO QUE O HERÓI DA GUERRA, E MELHOR O QUE DOMINA SEU ESPÍRITO DO QUE O QUE TOMA UMA CIDADE.

Palavras bíblicas dignas de atenção extraídas do 16º capítulo do livro dos Provérbios. Gerlof tinha começado a ler a Bíblia quando criança e, depois, nunca mais parou.

No final do caderno, havia três linhas que não tinham sido riscadas. Estava escrito:

PAGAR AS CONTAS DO MÊS.

JULIA VEM NA TERÇA À NOITE.

FALAR COM ERNST.

As contas de telefone, da assinatura do jornal, da mensalidade na Casa Marnäs e da manutenção do túmulo de Ella, sua esposa, deveriam ser pagas apenas na semana seguinte.

E Julia estava a caminho, ela tinha prometido no final que viria. Ele não podia esquecer isso. Esperava que Julia ficasse em Öland por um tempo. Depois de todos esses anos, ela ainda estava muito triste, e ele queria tirá-la desse estado.

O último lembrete era igualmente importante e também tinha a ver com Julia. Ernst era canteiro em Stenvik, um dos poucos que ainda moravam lá o ano inteiro. Ele, Gerlof e o amigo deles, John, telefonavam-se toda semana. Às vezes, até ficavam contando histórias antigas no cair da noite, algo que Gerlof apreciava apesar de já ter escutado a maioria delas.

Mas, uma noite dessas, alguns meses antes, Ernst tinha chegado à Casa Marnäs com uma história nova: a história sobre o assassinato do neto de Gerlof, Jens.

Gerlof não estava nem um pouco preparado para ouvir tal história — na verdade, ele não queria pensar no pequeno Jens —, mas Ernst ficou sentado lá na cama insistindo em contá-la.

— Eu estive pensando um bocado em como tudo aconteceu — disse Ernst em voz baixa.

— É mesmo? — disse Gerlof, sentado à escrivaninha.

— Não acho que o seu neto tenha ido para o mar e se afogado — continuou Ernst. — Acho que ele foi para o meio da neblina no *alvar*. E acho que ele topou com um assassino lá fora.

— Um assassino? — disse Gerlof.

Ernst se calou, com as mãos cheias de calos cruzadas no joelho.

— Mas quem? — perguntou Gerlof.

— Nils Kant — respondeu Ernst. — Acho que foi Nils Kant que ele encontrou na neblina.

Gerlof ficou apenas olhando para ele, mas Ernst estava sério.

— Eu realmente acho que foi assim — disse ele. — Que Nils Kant voltou do mar, ou de onde quer que ele estivesse, e aprontou mais uma desgraça.

E não se falou mais nada sobre o assunto naquele dia. Contaram uma história curta no cair da noite, mas Gerlof não tinha conseguido esquecer. Ele esperava que Ernst voltasse em breve para contar mais.

Gerlof continuou a folhear o caderno. A quantidade de reflexões anotadas era muito menor que a de lembretes, e não demorou muito para chegar ao final delas.

Ele fechou o caderno. Não havia mais nada a fazer na escrivaninha, mas mesmo assim Gerlof continuou sentado olhando as bétulas balançando no escuro. Elas lembravam velas de barco na ventania, e esse pensamento trouxe a lembrança de como ele mesmo tinha estado no convés em meio a ventos de outono como esse, vendo o litoral de Öland deslizar lentamente por ele, de perto, com pedras e casas ou apenas parecendo uma faixa escura no horizonte — e, justamente no momento em que ele tinha evocado essa imagem, o telefone da escrivaninha tocou.

O toque era alto e penetrante no quarto silencioso. Gerlof deixou que tocasse mais uma vez. Frequentemente ele tinha uma ideia de quem telefonava; dessa vez não tinha certeza.

Ele atendeu no terceiro toque.

— Alô.

Ninguém respondeu.

Havia alguém na linha e ouviu-se um chiado forte de elétrons ou seja lá do que fosse que rodopiava nos cabos do telefone, mas quem estava do outro lado não dizia nada.

Gerlof achou, apesar disso, que sabia o que a pessoa queria.

— Aqui quem fala é Gerlof — disse ele ao telefone — e eu recebi a remessa. Se estiver ligando por causa da sandália.

Ele acreditou ouvir alguém respirando baixinho do outro lado da linha.

— Recebi a sandália pelo correio faz uns dias — disse ele.

Silêncio na linha.

— Acho que foi você quem enviou — disse Gerlof. — Por que fez isso?

Apenas silêncio.

— Onde você a encontrou?

A única coisa que se ouvia era o chiado. Quando Gerlof apertava o fone contra o ouvido por tempo suficiente, começava a sentir como se estivesse sozinho no universo inteiro, ouvindo o silêncio do espaço sideral. Ou ouvindo o mar.

Após trinta segundos alguém tossiu baixinho.

Em seguida ouviu-se um clique. O fone no outro lado da linha tinha sido colocado no gancho.

3

A irmã mais velha de Julia, Lena Lundqvist, segurava as chaves com firmeza e olhava para o carro. Ela olhou de relance para Julia, mas depois voltou a olhar para o carro que pertencia às duas.

Um Ford vermelho e pequeno. Não era novo, mas a pintura da carroceria ainda brilhava e os pneus encontravam-se em bom estado. Estava estacionado na rua ao lado da entrada da garagem da casa alta de tijolos de Lena e do marido dela, Richard, em Torslanda; eles tinham um terreno grande sem vista para o mar, mas, mesmo assim, estavam tão próximo dele que Julia tinha a impressão de poder sentir o cheiro de água salgada. Julia ouviu um grito estridente que vinha de uma janela entreaberta e entendeu que as crianças estavam em casa.

— Na verdade a gente não ia emprestar o carro... Quando foi a última vez que você dirigiu? — perguntou Lena.

Ela ainda tinha as chaves do automóvel em uma das mãos e os braços firmemente cruzados no peito.

— No verão retrasado — respondeu Julia, e acrescentou rápido, como um lembrete: — Mas o carro é *meu*... metade dele.

Um vento frio e úmido do mar varreu a rua. Lena vestia apenas um casaquinho fino e uma saia, mas ela não pediu que Julia entrasse no calor da casa para continuar a conversa — e, mesmo que tivesse pedido, Julia nunca a teria acompanhado. Richard com certeza estava lá dentro e ela não queria encontrá-lo, tampouco os filhos adolescentes deles.

Richard tinha uma espécie de cargo alto ou bastante alto na chefia da Volvo. Ele naturalmente tinha um carro da empresa, assim como Lena, que era diretora de uma escola secundária em Hisingen. Eles eram bem-sucedidos.

— Você não precisa dele — acrescentou Julia com voz firme. — Você só ficou com ele depois que eu... depois que eu não quis mais dirigir.

Lena olhou para o carro novamente.

— Ok, mas a filha do Richard vem para cá a cada dois finais de semana, e ela quer...

— Eu vou pagar a gasolina — interrompeu Julia.

Ela não tinha medo da irmã mais velha, nunca tivera, e agora ela tinha resolvido que ia para Öland.

— Eu sei que você vai pagar, não é isso — disse Lena. — Mas é que não me sinto bem com essa situação. Também tem o problema do seguro. Richard diz que...

— Eu só vou para Öland com ele — atalhou Julia. — E depois volto para Gotemburgo.

Lena olhou para a casa no alto e viu luzes acesas atrás das cortinas em quase todas as janelas.

— Gerlof quer que eu vá lá — continuou Julia. — Falei com ele ontem.

— Mas por que ele quer isso *agora*? — disse Lena, e continuou, sem esperar pela resposta: — E onde você vai dormir? Você não pode ficar hospedada com ele lá na casa de repouso. Pelo que eu sei, não há quarto para hóspedes. E lá em Stenvik, nós trancamos a casa e a cabana de pescador até o próximo verão...

— Eu dou um jeito — disse Julia rapidamente, e percebeu depois que ela mesma não sabia onde ficaria. Não tinha pensado no assunto. — Então, eu posso pegar o carro?

Ela sentiu que a irmã estava se deixando convencer; queria uma resposta rápida, antes que Richard saísse de lá de dentro e se pusesse a ajudar a mulher a dificultar o empréstimo do carro.

— Está bem... — disse Lena. — Pegue, então. Eu só vou tirar umas coisas de dentro dele.

Ela então foi até o carro, abriu-o e pegou uns papéis, seus óculos de sol e um chocolate Marabou parcialmente comido.

Foi até Julia, estendeu a mão e entregou o chaveiro. Julia recebeu-o, e, em seguida, Lena deu a ela mais uma coisa.

— Leve também isso aqui. Assim nós podemos entrar em contato com você — disse ela. — Eu acabei de ganhar um novo do meu trabalho.

Era um celular preto. Talvez não fosse o menor modelo do mercado, mas era pequeno o suficiente.

— Eu não sei usar essas coisas — disse Julia.

— É fácil. Ele tem uma senha que você precisa digitar primeiro... aqui. — Lena escreveu a senha e o número do telefone num pedaço de papel. — Ao fazer uma ligação, você apenas digita o número completo, inclusive o código de área, e aperta esse botão verde. Ainda tem uns créditos, mas depois você mesma tem que comprar.

— Ok. — Julia pegou o telefone. — Obrigada.

— Bem... dirija com cuidado — disse Lena. — Mande lembranças ao papai.

Julia acenou com a cabeça e foi para o carro. Sentou-se nele, sentiu o cheiro do perfume da irmã, ligou o motor e foi embora.

Já estava anoitecendo. E enquanto ela dirigia por Hisingen, 20 quilômetros abaixo do limite de velocidade, pensou em por que ela e Lena nunca conseguiam se olhar nos olhos por mais de alguns segundos. Antigamente eram muito próximas — Lena havia sido o motivo pelo qual Julia tinha se mudado para Gotemburgo, muito tempo antes —, mas agora era o contrário. E estava mal assim desde uma sexta-feira, havia muitos anos, quando Julia esteve na casa de Lena e Richard pela última vez, num jantar informal sem as crianças, que tinha terminado com Richard largando a taça de vinho e se levantando da mesa com a pergunta:

— Mas será que a gente precisa ficar remoendo o tempo todo coisas tristes que aconteceram há vinte anos? Eu só queria saber. Será?

Ele estava zangado, um pouco bêbado e com a voz rouca — apesar de Julia só ter mencionado o desaparecimento de Jens rapidamente, apenas para explicar por que ela estava se sentindo daquele jeito.

A voz de Lena estava calma na hora em que ela, logo em seguida, olhou para Julia e deu a resposta que fez com que a irmã se negasse a acompanhá-la na viagem a Öland dois anos depois, para ajudar na mudança de Gerlof da moradia em Stenvik para a casa de repouso em Marnäs:

— Ele nunca vai voltar — tinha dito Lena. — Todos sabem muito bem disso... Jens está morto, Julia. Até você entende isso, não é?

Não adiantou nada se levantar e berrar de um modo histérico para a irmã do outro lado da mesa, mas ela fez isso mesmo assim.

Julia chegou em casa, estacionou o carro na rua e entrou para fazer as malas. Depois de ter separado roupas para dez dias, algumas coisas para a higiene diária e alguns livros (mais duas garrafas de vinho tinto e alguns comprimidos), ela comeu um sanduíche e bebeu água em vez de vinho. Depois anoiteceu e já estava na hora de ir se deitar.

Mas, uma vez na cama, ficou olhando para a escuridão e não conseguiu cair no sono. Levantou-se e foi ao banheiro, tomou um tranquilizante e deitou-se de novo.

O sapato de um menino pequeno. Uma sandália.

Ao fechar os olhos, ela viu a si mesma na época em que era uma jovem mãe colocando as sandálias em Jens, e essa lembrança pesou em seu peito, uma dúvida que a fez tiritar de frio sob a coberta.

O sapatinho de Jens, depois de mais de vinte anos sem uma pista sequer dele. Depois de tanta busca em Öland, de tanto ficar ruminando em noites sem dormir.

O comprimido para dormir começou a fazer efeito.

Chega de escuridão agora, pensou, meio acordada, meio dormindo. *Ajude-nos a encontrá-lo.*

Levou um bom tempo até amanhecer, e ainda estava escuro lá fora quando Julia despertou e se levantou. Tomou o café da manhã, lavou a louça, trancou o apartamento e entrou no carro. Ao dar a partida no motor, ligou o limpador de para-brisa para tirar as folhas que estavam caídas e, finalmente, saiu da rua onde morava para o sol nascente e o trânsito matinal. O último sinal ficou verde e ela pôde entrar na rodovia no sentido leste, para longe de Gotemburgo e em direção ao campo.

Nos 20, 30 quilômetros iniciais, ela dirigiu com a janela arriada e deixou que o ar frio da manhã tirasse do carro todo vestígio do perfume da irmã.

Jens, estou indo, pensou ela. *Estou indo mesmo e ninguém vai me impedir agora.*

Ela sabia que não devia falar com ele, nem mesmo em silêncio, para si mesma. Era um sinal de desequilíbrio, mas ela fazia isso de vez em quando desde que Jens desaparecera.

Depois de Borås, a rodovia terminou e as casas tornaram-se menores e em menor número. As densas florestas de abetos de Småland cercavam a estrada. Ela podia ter dobrado em alguma bifurcação para um destino desconhecido, mas as estradas que entravam na floresta pareciam muito desertas. Prosseguiu em linha reta, cruzando o país em direção à costa leste, e tentou alegrar-se por estar fazendo agora uma longa viagem sozinha, o que não fazia havia muitos anos.

Num estabelecimento à beira da estrada a dezenas de quilômetros da costa, ela entrou para abastecer o carro e comer um prato de *pyttipanna* duro, grudento e que não valia o preço cobrado; em seguida, prosseguiu.

Para a ponte de Öland. Ao norte de Kalmar, a ponte levava até a ilha, e fora construída havia mais de vinte anos, tendo ficado pronta e sido inaugurada no mesmo outono em que... aquele dia.

Ela não ia mais pensar nisso, não antes de chegar ao seu destino.

A ponte de Öland elevava-se alta e firme por cima do estreito, apoiada em colunas grossas de cimento, e não se abalava um milímetro sequer com as rajadas de vento que batiam no carro. Era larga e totalmente reta, à exceção de um arco levantado perto do continente e que deixava navios maiores passarem sob ela. O arco funcionava como um mirante e Julia pôde avistar a ilha plana que se estendia no horizonte, de norte a sul.

Ela viu o *alvar*, a estepe coberta de relva que cobria grandes extensões de Öland. Nuvens escuras e baixas deslizavam lentamente, parecendo dirigíveis compridos no alto da paisagem.

Tanto os turistas quanto o povo de Öland adoravam fazer caminhadas e observar os pássaros, mas Julia não gostava do *alvar*. Era grande demais — e não havia nada com que se proteger se o céu enorme lá em cima desmoronasse.

Depois da ponte, ela foi para o norte, para Borgholm. Era um caminho quase reto durante dezenas de quilômetros à margem da costa oeste, com poucos carros vindo na direção contrária, agora que a temporada turística tinha terminado. Julia olhava apenas para a frente, evitando a paisagem deserta do *alvar* e o mundo de água do lado oposto, e tentou não pensar numa sandalinha com uma tira costurada.

Isso não significava nada, não precisava significar nada.

A viagem da ponte até Borgholm levou quase meia hora. Quando chegou, havia apenas um cruzamento com sinal, e ela resolveu dobrar à esquerda, indo em direção à cidadezinha do litoral.

Parou numa confeitaria no começo da Storgatan, evitando desse modo o porto e a praça com a igreja da cidade; a igreja atrás da qual ela e os pais tinham morado na época em que Gerlof era dono de seu próprio barco e queria morar perto do porto. Em Borgholm estava a infância dela. Julia não queria ver a si mesma correndo nas ruas em volta da praça como um fantasma magricelo, uma menina de 8 ou 9 anos com a vida toda pela frente. Não queria encontrar rapazes jovens que vinham na sua direção a passos largos na rua e que a faziam pensar em Jens. Lembranças como essas não faltavam em Gotemburgo.

O sininho tilintou no alto da porta da pequena confeitaria.

A menina atrás do balcão era loura e graciosa e parecia muito entediada. Ela ouviu com um olhar vazio Julia pedir dois pães doces de canela e dois doces de nata com morangos cobertos de gelatina para ela e Gerlof.

A menina podia ter sido a própria Julia trinta anos antes, mas Julia já tinha, é claro, se mudado da ilha aos 18 anos e morado e trabalhado em Kalmar e em Gotembugo antes de completar 22. Em Gotemburgo ela conhecera Michael e ficara grávida de Jens apenas algumas semanas depois, e, com isso, muito de sua inquietude desaparecera para nunca mais voltar — nem mesmo após a separação.

— Não há muita gente aqui na cidade agora — disse ela na hora em que a menina tirou os doces e os pães da vitrine. — Agora no outono, quero dizer.

— É — disse a menina, sem sorrir.

— Você gosta de morar aqui? — perguntou Julia.

A menina sacudiu brevemente a cabeça.

— Às vezes. Mas não tem nada para fazer. Borgholm só tem vida durante o verão.

— Quem pensa assim?

— Todo mundo pensa assim — respondeu a menina. — Quem é de Estocolmo pensa assim, pelo menos. — Ela fechou o embrulho com os pães e os doces e entregou-o a Julia. — Eu vou me mudar para Kalmar em breve — disse ela. — Mais alguma coisa?

Julia sacudiu a cabeça. Ela podia ter dito que também trabalhara em Borgholm na adolescência, num café lá embaixo, perto do porto, e que também tinha se sentido entediada, à espera de que a vida fosse começar. Depois ela de repente quis falar sobre Jens, sobre sua tristeza e sobre a esperança que a tinha feito voltar. Uma sandalinha pelo correio.

Não disse nada. Um ventilador zunia; fora isso, a confeitaria toda estava em silêncio.

— Você é turista? — perguntou a menina.

— Sou... não — disse Julia. — Eu vou para Stenvik, passar uns dias lá. Minha família tem uma casa de veraneio ali.

— Lá para cima é como em Norrland agora — disse a menina ao entregar o troco a Julia. — Quase todas as casas estão vazias. Ninguém vê a gente por lá, não importa o que a gente faça.

Eram 15h30 quando Julia saiu da confeitaria e olhou ao redor. Borgholm era uma cidade deserta. Uma dúzia de pessoas na rua, apenas alguns carros rodando com a menor velocidade possível, não mais do que isso. As grandes ruínas do castelo estavam vigiando com os buracos escuros de suas janelas, lá no alto da cidade.

Um vento frio varreu as ruas na hora em que Julia voltava para o carro. Estava um silêncio quase lúgubre.

Ela passou por um painel grande de anúncios, com cartazes colados como numa colcha de retalhos, um por cima do outro: filmes americanos de ação no cinema de Borgholm, shows de rock nas ruínas do castelo e diversos tipos de cursos noturnos. Os cartazes tinham ficado desbotados pela ação do sol e foram carcomidos nos cantos pelo vento.

Essa era a primeira vez depois de adulta que Julia visitava a ilha nessa época do ano. Na baixa temporada, quando Öland reduzia o ritmo. Ela voltou para o carro.

Agora eu estou indo, Jens.

No norte da cidade, a planície seca coberta de relva do *alvar* continuava ladeando o caminho. Ali a estrada saía da costa e ia penetrando aos poucos no continente, atravessando em linha reta a paisagem plana, onde pedras cinzentas e redondas cobertas de líquen tinham sido retiradas dos campos e empilhadas para construir muros baixos e compridos. Os muros formavam um desenho enorme pelo *alvar*.

Julia experimentou uma agorafobia leve sob o céu grande e ansiava cada vez mais por uma taça de vinho tinto — um desejo que se tornava mais forte à medida que ela se aproximava de Stenvik. Em Gotemburgo ela evitava beber todo dia, e nunca quando dirigia, mas naquele deserto ela sentiu que as garrafas de vinho que carregava na bolsa eram a única companhia interessante. Queria trancar-se em algum lugar e ocupar-se delas até acabarem.

No caminho para o norte da ilha, cruzou apenas com dois veículos, um ônibus e um trator. Passou por placas amarelas com nomes de povoados pequenos e de granjas na beira da estrada, nomes que ela lembrava de viagens passadas. Ela podia repetir os nomes de cor, como numa canção infantil. Eram lugares nos quais ela nunca estivera, apenas tinha passado por eles em todos aqueles anos. Para os pais dela, só existia Stenvik no verão e a casa de veraneio que eles tinham construído ali nos anos 1940 — muitos anos antes de os turistas descobrirem o povoado. Outono, inverno e primavera em Borgholm, mas o verão sempre tinha sido Stenvik para Julia. E antes de seguir para encontrar Gerlof em Marnäs, ela queria rever o povoado. Havia lembranças ruins por lá, mas muitas também eram boas. Lembranças de dias de verão longos e quentes.

Ela viu a placa amarela de longe: STENVIK I e, embaixo do nome, a palavra CAMPING estava riscada com uma fita adesiva preta. Ela freou e pegou a estrada vicinal, afastando-se do *alvar* e descendo em direção ao estreito.

Após 500 metros, apareceu o primeiro conglomerado de casas de veraneio, todas trancadas e com persianas brancas arriadas nas janelas. Mais adiante estava o quiosque, que sempre fora um ponto de encontro para os moradores do povoado no verão. A parte da frente estava sem as manchetes dos jornais, e não havia cartazes de anúncios nem as bandeirolas, e havia tábuas de madeira nas janelas. Ao lado, uma placa apontava para o sul, para o camping e uma área de minigolfe com pistas cobertas por lonas grandes e verdes. O camping era de um amigo de Gerlof, lembrou ela.

A estrada vicinal continuava em direção ao mar, dobrava à direita no platô acima da praia e prosseguia para o norte da ilha, com um número ainda maior de casas de veraneio enfileiradas no lado leste da estrada. Do outro lado havia a praia coberta de pedras, e ondas pequenas encrespavam a superfície da água no estreito.

Julia passou devagar pelo velho moinho de vento, que se erguia acima do mar apoiado em sua base grossa de madeira.

Ela sempre se lembrara do moinho abandonado, mas agora ele estava cinza e o vermelho tinha desbotado, sobrando das pás apenas uma cruz de vigas de madeira rachadas.

Uns 100 metros depois do moinho estava a cabana de pescador da família Davidsson. Parecia bem conservada, com paredes vermelhas de madeira, janelas brancas e teto preto como o breu. Alguém tinha pintado a cabana recentemente. Lena e Richard?

Nas lembranças de Julia, ela podia ver Gerlof consertando as redes compridas dele, sentado num banco na frente da cabana de pescador no verão, e ela, Lena e os primos correndo na praia lá embaixo, sentindo o cheiro forte de alcatrão.

Mas Gerlof estava lá na cabana limpando a rede de solha naquele dia. Desde então, Julia nunca mais tinha gostado da pescaria dele.

Agora não havia ninguém na cabana de pescador. A relva seca tremulava ao vento. Um bote de madeira pintado de verde estava tombado de lado ao lado da cabana — era o antigo barco de Gerlof, e o casco estava danificado de tão ressecado, a ponto de Julia poder ver pedaços de céu entre as ripas da parte de cima.

Ela desligou o motor, mas não saiu do carro. Não estava com sapatos nem roupas apropriados para enfrentar o vento de outono de Öland e, além disso, podia ver uma tranca com um cadeado grande na porta da cabana. As persianas estavam igualmente arriadas lá dentro, como nas casas de veraneio no resto do povoado.

Stenvik estava vazia. Bastidores, tudo era como bastidores para um teatro de verão. Uma peça sombria, pelo menos para Julia.

Então tudo bem. Agora restava dar uma olhada na casa de Gerlof, a casa de veraneio. Ele próprio a tinha construído, num terreno antigo da família. Ela deu a partida no carro e seguiu adiante pela estrada vicinal que se bifurcava. Pegou o caminho da direita, de volta para o interior da ilha. Ali havia aglomerações de árvores baixas que ofereciam proteção às poucas casas preparadas para o rigor do inverno, mas todas as árvores se inclinavam levemente para o lado oposto ao da praia, subjugadas pelo vento constante.

Num jardim grande à direita da estrada havia uma casa de madeira alta e amarela que parecia prestes a cair atrás dos arbustos altos. A tinta das paredes estava descascando e as telhas estavam quebradas e cobertas de musgo. Julia não lembrava quem tinha sido o proprietário da casa, mas podia recordar que aquele jardim nunca tinha sido bonito ou bem cuidado.

No meio das árvores à direita havia um caminho estreito com uma faixa de capim amarelado na altura do joelho no centro. Julia reconheceu a via, entrou nela e parou o carro. Em seguida, vestiu o casaco e saiu num ar frio que parecia fresco e cheio de oxigênio.

Não estava totalmente silencioso ali fora, pois o vento soprava nas folhas secas das árvores e ao fundo ouvia-se o chiado mais abafado das ondas lá embaixo na praia. Mas, fora isso, não se ouvia nada: nenhum pássaro, nenhuma voz, nenhum carro.

A menina da confeitaria tinha razão: aquilo ali parecia uma estada nas montanhas de Norrland.

O caminho até a casa de veraneio de Gerlof era curto e terminava perto de um portão baixo de ferro, no meio de um muro de pedra. Julia abriu o portão, que guinchou de leve. Entrou no jardim.

Eu estou aqui agora, Jens.

A casinha pintada de marrom com as calhas brancas não parecia tão trancada quanto as muitas outras casas ali em

Stenvik. Mas, se Gerlof ainda estivesse morando ali, ele nunca teria deixado que a grama ficasse tão alta, nem que agulhas amarelas de pinheiros e folhas secas enchessem o jardim. O pai dela era meticuloso no trabalho e sempre executava as tarefas calado e de um modo metódico até que tudo ficasse pronto.

Eles foram um casal que trabalhou muito, ele e a mãe de Julia. Especialmente Ella, que foi dona de casa a vida inteira: às vezes parecia que era um visitante do século XIX, de uma época pobre em que não havia tempo nem energia para risos e sonhos na ilha e em que cada pedaço de papel de cozinha tinha de ser seco e reaproveitado várias vezes. Ella era uma mulher pequena, calada e séria, e a cozinha era seu reino. Julia e Lena recebiam da mãe um afago no rosto de vez em quando, mas nunca um abraço. E Gerlof esteve no mar a maior parte do tempo durante a infância de Julia.

Nada se mexia no jardim. No meio da grama costumava haver uma bomba hidráulica da época em que Julia era pequena, uma bomba de 1 metro de altura pintada de verde com uma torneira grande e uma manivela curva e bonita, mas ela não estava mais ali. Em seu lugar havia apenas uma tampa de bueiro feita de cimento.

A leste da casa havia um muro de pedra e atrás dele começava o *alvar*, que se estendia até lá longe no horizonte, a leste. Se as árvores não estivessem no meio do caminho, Julia poderia ter visto a igreja de Marnäs despontando como a ponta negra de uma lança lá longe; ali ela tinha sido batizada, com alguns meses de idade.

Julia virou as costas para o *alvar* e foi em direção à casa. Deu a volta numa espaldeira com parreiras silvestres e subiu uma escada cor-de-rosa de pedra calcária que parecia enorme na infância dela. A escada terminava numa varandinha com uma porta de madeira fechada.

Julia girou a maçaneta, mas a porta estava trancada. Como era de se esperar.

Ela era o começo e o fim de sua viagem.

Era curioso o fato de a casa ainda existir, achou Julia, já que tanta coisa tinha acontecido no mundo desde que Jens havia desaparecido. Países novos tinham se formado e outros não existiam mais. Em Stenvik, havia poucos moradores durante a maior parte do ano — mas a casa que Jens tinha deixado naquele dia ainda existia.

Julia sentou-se na escada e suspirou.

Estou cansada, Jens.

Ela ficou olhando para um montinho de pedras que Gerlof tinha feito na frente da casa. No alto havia uma pedra enrugada de um cinza bem escuro que ele disse ter caído do céu parecendo uma esfera silvando e aberto uma cratera na pedreira, muito tempo antes, quando o pai e o avô de Gerlof trabalharam lá, no final do século XIX. O antiquíssimo visitante do espaço sideral estava cheio de manchas brancas de cocô de passarinho.

Jens tinha passado pela pedra do espaço naquele dia. Ele tinha colocado as sandálias, deixado a casa onde a avó estava dormindo, descido a escada e ido para o jardim. Isso era a única coisa totalmente certa. Para onde ele tinha ido depois disso e por quê, ninguém sabia.

Quando ela chegou em casa do continente naquela mesma noite, esperou que Jens fosse sair correndo até ela. Em vez disso, dois policiais a esperavam, junto com uma Ella aos prantos e um Gerlof sério e concentrado.

Julia queria pegar uma garrafa de vinho agora. Sentar-se na escada e beber muito e pensar em outras coisas até a escuridão chegar — mas controlou o impulso.

Bastidores. Aquele jardim vazio parecia um palco de teatro, da mesma forma que o resto do povoado, mas a peça tinha acabado havia muitos anos, todos tinham ido para suas casas e Julia sentia-se terrivelmente sozinha.

Ela ficou sentada imóvel na escada durante vários minutos, até que um som novo se misturou ao murmúrio do mar. Um motor.

Era um carro, um carro velho e cansado que vinha roncando lá na estrada vicinal.

O som não desapareceu. Continuou, foi se aproximando, até que o motor do carro foi desligado bem próximo do jardim.

Julia levantou-se, inclinou-se e avistou um carro baixo e de teto curvo por entre as árvores. Um Volvo PV antigo.

O portão perto da estrada guinchou quando alguém o abriu. Ela ajeitou o casaco no corpo, passou, num gesto automático, os dedos no cabelo claro e esperou.

Os passos que atravessavam as folhas mortas eram curtos e pesados.

Curto e pesado era também o homem velho que chegou calado e se colocou ao pé da escada, encarando Julia com um olhar austero. Ele lembrava bastante o pai dela, mas ela não sabia por quê; talvez fosse o boné junto com as calças folgadas e o pulôver de lã marfim que davam a ele uma aparência convincente de capitão de barco. Mas ele era mais baixo que Gerlof, e a bengala na qual se apoiava dava a entender que ele já não velejava havia muito tempo. Suas mãos tinham marcas pretas de antigos e novos arranhões.

Julia tinha uma vaga lembrança de que tinha se encontrado com esse homem muitos anos antes. Ele era um dos moradores permanentes de Stenvik. Quantos mais deles havia?

— Olá — disse ela, e esticou os lábios num sorriso.

— Boa-tarde.

O homem acenou com a cabeça. Ele tirou o boné e Julia viu os fios brancos penteados em linhas finas por sobre a calva.

— Eu só vim dar uma olhada — disse ela.

— Claro... é preciso passar aqui de vez em quando — disse ele, com o sotaque mais carregado de Öland que Julia já tinha ouvido, um dialeto áspero e discreto. — Ele quer isso.

Julia assentiu balançando a cabeça.

— Tudo parece em ordem.

Fez-se silêncio.

— Meu nome é Julia — disse ela, e acrescentou rapidamente, apontando com a cabeça para a casa de veraneio: — Eu sou filha de Gerlof Davidsson. De Gotemburgo.

O velhote balançou a cabeça, como se isso fosse óbvio.

— É, eu sei — disse ele. — Eu me chamo Ernst Adolfsson. Moro ali. — Ele apontou para trás, na direção norte diagonal. — Gerlof e eu nos conhecemos. Conversamos de vez em quando.

Então Julia lembrou. Aquele era Ernst, o canteiro. Ele andava de lá para cá no povoado e na época em que ela era jovem já parecia um pouco uma peça de museu.

— A pedreira está aberta agora? — perguntou ela.

Ernst baixou os olhos e sacudiu a cabeça.

— Não, não mais. Ninguém trabalha mais ali. As pessoas vão lá apanhar restos de pedras de vez em quando... mas não se extraem mais pedras novas.

— Mas o senhor trabalha lá? — perguntou Julia.

— Eu faço obras de arte — respondeu Ernst. — Arte feita de pedra. Se quiser, pode dar uma passada por lá para comprar... Hoje à noite receberei uma visita, mas amanhã não há problema.

— Está bem. Talvez eu passe lá — disse Julia.

Ela provavelmente não tinha dinheiro para comprar nada, não com o pouco que recebia do auxílio-doença, mas podia muito bem olhar as esculturas.

Ernst acenou com a cabeça e virou-se lentamente, com passos curtos e um andar de pato. Julia só entendeu que a conversa tinha terminado quando ele ficou totalmente de costas para ela. Mas ela ainda não tinha terminado de falar e puxou o ar:

— Sr. Ernst — disse ela —, o senhor morava em Stenvik há vinte anos, não?

O homem deteve-se e virou-se para ela de novo, mas só parcialmente.

— Eu moro aqui há cinquenta anos — respondeu ele.

— Eu só pensei...

Julia calou-se; pensar era o que ela não tinha feito. Ela queria fazer uma pergunta, mas não sabia qual escolher.

— Meu filho desapareceu nessa época — prosseguiu ela com um grande esforço, como se sentisse vergonha de sua tristeza. — Meu filho, Jens... Você se lembra?

— Claro. — Ernst assentiu seco com a cabeça, sem dar sinal de empatia. — E nós estamos cuidando disso. Eu e Gerlof, nós estamos trabalhando nisso.

— Mas...

— Quando você se encontrar com o seu pai, diga uma coisa a ele — disse Ernst.

— O quê?

— Diga que é o polegar que é mais importante. Não somente a mão.

Julia ficou olhando para ele. Ela não entendeu nada, mas Ernst continuou:

— Vai aparecer uma solução. Essa é uma história antiga, da época da guerra... Mas vai aparecer uma solução.

Em seguida ele se virou novamente com passos curtos e balançantes.

— Guerra? — perguntou Julia, atrás dele. — Qual guerra?

Mas Ernst Adolfsson foi embora sem responder.

ÖLAND, JUNHO DE 1940

Quando a carroça de madeira a cavalo é descarregada pela última vez lá embaixo na praia, ela volta para a pedreira lá em cima e inicia-se o transporte pelo mar da pedra calcária recém-extraída e polida. Esse é o trabalho mais árduo e há seis meses ele é feito à mão, já que os dois caminhões da pedreira foram requisitados pelo Estado e se transformaram em veículos de uso militar.

Agora é guerra mundial, mas em Öland o trabalho do dia a dia tem de continuar como de costume. As pedras precisam sair do monte e chegar aos barcos a vela.

— Carregar! — exclama o estivador Lass-Jan Augustsson.

Do convés do barco de carga *Vento* ele coordena o trabalho e acena para os carregadores com as mãos grandes ressecadas e feridas pelos blocos de pedra ásperos. Ao lado dele, os carregadores esperam para colocar as pedras a bordo.

O *Vento* está ancorado a umas centenas de metros do litoral: uma distância segura da praia caso uma tempestade caia de repente na costa de Öland. Em Stenvik não há nenhum quebra-mar em que se possa buscar proteção, e perto da praia o fundo da água pedregoso e raso espera apenas para destruir a embarcação se tiver a chance.

Os blocos levados a bordo são fretados em dois barcos abertos de uma tonelada. Nos remos a estibordo de um deles está sentado o barqueiro Johan Almqvist, que tem 17 anos e trabalha como canteiro e remador há alguns anos.

Nos remos a bombordo está o aprendiz Nils Kant. Ele tem 15 anos completados há pouco, quase um adulto.

A mãe de Nils arranjou trabalho para ele na pedreira da família após ele ter sido reprovado no exame de conclusão do ensino médio. Vera Kant resolveu que ele se tornaria barqueiro apesar da pouca idade, e Nils sabe que assumirá aos poucos a responsabilidade pela pedreira no lugar do tio. Ele sabe que deixará uma marca profunda na montanha. Quer escavar Stenvik inteira.

Às vezes Nils sonha que está afundando numa água escura, mas durante o dia raramente pensa no irmão Axel, que morreu afogado. Não foi assassinato, seja lá o que dizem as fofocas no povoado. Foi um acidente. O corpo de Axel nunca foi encontrado, ele foi arrastado para o fundo do estreito, assim como o corpo de muitas outras pessoas afogadas, e nunca veio à tona. Um acidente.

A única lembrança de Axel é uma foto emoldurada que fica em cima da cômoda da mãe. Nils e a mãe ficaram muito mais próximos desde que Axel morreu. Vera costuma dizer que ele é tudo o que ela tem, e nessas horas Nils entende quanto é importante.

Os barcos a remo estão esperando pela carga perto de um píer de madeira construído provisoriamente a uns 10 metros da praia, para onde as pedras são carregadas; os moradores de Stenvik as pegam das pilhas que há na praia e as levam até os barcos, num movimento circular contínuo: rapazes jovens, mulheres, homens velhos e os poucos homens maduros que não foram convocados para o serviço militar. Meninas também; Nils vê Maja Nyman andando de um lado para o outro num vestido vermelho quadriculado lá no píer. Ele sabe que ela sabe que ele olha para ela de vez em quando.

A sombra da guerra mundial paira sobre Öland. A Noruega e a Dinamarca foram invadidas pelos alemães sem maiores dificuldades há mais ou menos um mês. A rádio transmite noticiários extras todos os dias. Será que a Suécia está realmente preparada para reagir a um ataque? Couraçados estrangeiros foram vistos lá no estreito, e várias vezes correram boatos em Stenvik de que o sul de Öland fora invadido.

Se os alemães chegarem, o povo de Öland sabe que terá de se virar sozinho, pois a ajuda do continente nunca chegou a tempo quando exércitos inimigos desembarcaram na ilha em épocas passadas. Nunca.

Dizem que os militares vão alagar partes do norte de Öland para impedir uma invasão, o que seria uma piada de mau gosto agora que as grandes inundações da primavera lá no *alvar* finalmente secaram.

Quando um barulho distante de motor sobrevoando a água foi ouvido mais cedo hoje de manhã, o carregamento das pedras parou e todos sondaram inquietos o céu nublado. Todos à exceção de Nils, que quer saber como é um bombardeio aéreo de verdade. Será que teria bombas apitando e se transformando em esferas de fogo e de fumaça, com choro, gritos e caos?

Mas não apareceu nenhum avião na ilha e o carregamento continuou.

Nils detesta remar. Talvez carregar pedras não seja tão melhor, mas o movimento mecânico de remar lhe dá dor de cabeça desde o primeiro instante. Ele não consegue pensar enquanto é obrigado a guiar o pesado bote de carga com o remo, e é observado o tempo todo. Lass-Jan segue o curso dos barcos com seu boné de marinheiro enterrado na cabeça até as sobrancelhas e comanda o trabalho no grito:

— Agora com toda força, Kant! — berra ele quando a última pedra é descarregada perto do píer.

— Devagar, Kant, cuidado com o píer! — grita quando Nils exagera na força das remadas no momento em que o barco já está sem carga e leve de se conduzir de volta.

— Acelere, Kant! — exclama Lass-Jan.

Nils lança um olhar fulminante na direção dele no caminho para o barco de carga. Nils é dono da pedreira. Para ser mais exato, a mãe e o tio é que são os donos, mas, mesmo assim, Lass-Jan trata Nils como se ele fosse um escravo desde o primeiro dia.

— Continuem carregando! — grita Lass-Jan.

De manhã, as pessoas estavam conversando e rindo na hora em que o carregamento começou, havia quase uma atmosfera festiva, mas as pedras as calaram de um modo inexorável com seu peso silencioso e sua dureza. Agora pessoas as carregam sérias e concentradas com as costas curvadas, arrastando os sapatos e com as roupas salpicadas do pó cinza da pedra calcária.

Nils não se incomoda com o silêncio, já que, de qualquer forma, ele nunca fala com ninguém a não ser que precise. Mas de vez em quando ele olha para Maja Nyman lá no píer.

— Está lotado! — exclama Lass-Jan quando as pedras fazem uma pilha de 1 metro no barco onde Nils está sentado, e a água do mar gorgoleja, quase atingindo a borda.

Dois carregadores entram no bote e sentam-se sobre as pilhas de pedras, encarando um ajudante novinho de 9 anos que, assustado, lança um olhar furtivo para Nils antes de pegar o balde de madeira e começar a tirar a água do fundo mal vedado do barco.

Nils finca os pés, para ganhar força, e rema. O bote de carga desliza lentamente até o veleiro em que as pedras, transferidas do outro bote em que estão.

Para cima e para baixo com os remos, para cima e para baixo sem parar. As mãos de Nils estão ardendo e os músculos latejam nos braços e nas costas. Ele quer muito ouvir o estrondo de um bombardeiro alemão agora.

O bote esbarra finalmente no casco da embarcação, produzindo um som abafado. Os dois carregadores põem-se a trabalhar na popa do bote, abaixam-se, seguram firme e começam a levantar as pedras por cima da amurada do *Vento*.

— Agora levantem! — grita Lass-Jan do convés, com a camisa suja e a barriga protuberante.

As pedras são erguidas, carregadas para a escotilha aberta e deslizam para o porão numa prancha larga.

Uma das tarefas de Nils é ajudar com o descarregamento. Ele levanta algumas pedras para o barco de carga, mas vacila com um bloco grande e o deixa cair de volta no bote. A pedra acaba caindo nos dedos do seu pé esquerdo, causando uma dor lancinante.

Num acesso de raiva, ele levanta o bloco de novo e o atira por cima da beira do barco sem olhar onde ela acaba caindo.

— Não quero mais saber disso aqui! — resmunga ele para o mar e para o céu, e senta-se aos remos.

Ele desamarra o sapato, agarra os dedos do pé que estão doendo e massageia-os cuidadosamente. Podem estar quebrados.

Ao redor dele, os últimos blocos de pedras são retirados do bote, e os carregadores transpõem a amurada para terminar a arrumação no porão do *Vento*.

O remador Johan Almqvist acompanha os outros. Nils permanece sentado no barco com o pequeno ajudante.

— Kant! — É Lass-Jan lá em cima se debruçando na amurada. — Suba e venha ajudar!

— Eu me machuquei — diz Nils, surpreso com o fato de soar tão calmo quando um esquadrão inteiro de bombardeiros vocifera como abelhas coléricas dentro de sua cabeça. Com essa mesma calma, ele coloca a mão no remo. — Eu quebrei os dedos do pé.

— Fique em pé.

Nils coloca-se de pé. Não está doendo tanto assim, e Lass-Jan sacode a cabeça em sinal de desaprovação.

— Suba e continue a carregar, Kant.

Nils sacode a cabeça, negando, e fecha a mão em volta do remo. As bombas caem agora, zunindo pelo ar.

Ele solta o tolete do remo e levanta o remo uns 10, 20 centímetros.

Ele o gira lentamente para trás.

— Quebrou os dedos do pé... — Um outro carregador, um rapaz baixo de ombros largos de cujo nome Nils não se lembra, debruça-se sobre a amurada ao lado de Lass-Jan. — Corre para junto da mamãe, então! — diz ele com ar de deboche.

— Deixa que eu cuido disso — diz o estivador Lass-Jan, e vira a cabeça para o carregador.

Isso é um erro. Lass-Jan não vê em momento nenhum o remo de Nils voando em sua direção.

A pá larga acerta a parte de trás da cabeça de Lass-Jan, que solta um "Aiiii" comprido, e seus joelhos se dobram.

— Você tem que me obedecer! — grita Nils.

Ele equilibra-se com o pé na borda do bote, brandindo o remo pela segunda vez. Agora ele acerta o estivador nas costas e o vê cair da beirada como um saco de batatas.

— Caramba! — grita alguém a bordo do barco, e depois se ouve um baque no momento em que Lass-Jan cai de costas na água entre o bote de carga e o casco do veleiro.

Gritos ecoam da praia, mas Nils não se importa com isso agora. Ele vai matar Lass-Jan! Nils levanta o remo, bate com ele na água e acerta as mãos esticadas de Lass-Jan. Os dedos quebram-se, emitindo um estalo seco, a cabeça do estivador é jogada para trás e ele desaparece debaixo d'água.

Nils acerta o remo novamente. O corpo de Lass-Jan afunda em um redemoinho de bolhas brancas. Nils levanta o remo para continuar batendo.

Algo passa zunindo pelo ouvido de Nils e acerta a mão esquerda dele; os dedos estalam antes mesmo de a dor deixar sua mão quase anestesiada. Ele cambaleia e não consegue mais segurar o remo, que cai no bote.

Nils cerra os olhos com força e depois olha para cima. O carregador que debochou dele está em pé lá em cima na amurada com um croque de barco comprido nas mãos. O olhar dele é assustado, porém decidido.

O carregador puxa o croque de barco e levanta-o de novo, mas a essa altura Nils já conseguiu apoiar o remo no casco do barco e empurrar o bote para a praia.

Ele deixa os carregadores no veleiro e Lass-Jan descendo até ao fundo do mar e engancha os remos a bombordo no tolete de novo.

E então ele rema, em linha reta para a praia, com os dedos quebrados da mão esquerda latejando e doendo. O menininho ajudante está sentado encolhido no bote: parece uma escultura trêmula na proa.

— Levantem-no! — exclama alguém atrás dele.

Ele ouve, do mar, a água chacoalhando perto do veleiro e os gritos quando o corpo frouxo de Lass-Jan é levantado sobre a amurada do *Vento*. O estivador é colocado dentro do barco em segurança, a água é retirada de seu corpo e ele é sacudido até dar sinal de vida. Lass-Jan teve sorte, uma vez que não sabe nadar. Nils é um dos poucos no povoado que sabe.

O olhar de Nils está voltado para um ponto bem distante, para a linha do horizonte. O sol encontrou espaços entre as nuvens lá longe e ilumina a água lá embaixo, que brilha como se fosse um chão de prata.

Agora tudo está bem, apesar da dor na mão esquerda. Nils mostrou para todo mundo quem é dono de Stenvik. Em breve ele será dono de todo o norte de Öland e defenderá a ilha sacrificando a própria vida se os alemães chegarem.

O bote arrasta o fundo, Nils levanta os remos a bombordo e salta da embarcação. Ele está preparado, mas ninguém o ataca.

Lá longe no píer, os carregadores estão como que petrificados, mulheres, homens e crianças. Olham em silêncio para ele com olhos assustados. Maja Nyman parece prestes a cair no choro.

— Vão para o inferno! — berra Nils Kant para todos eles, e joga os remos à frente, nas pedras.

Em seguida, se vira e volta correndo para o povoado, para casa, para junto da mãe no casarão amarelo.

Mas nem ela nem mais ninguém sabe o que Nils sabe: ele está destinado a coisas grandes, maiores do que Stenvik, coisas tão grandes quanto a guerra. Um dia ele será conhecido e famoso em toda Öland. Ele sente isso.

4

Gerlof Davidsson esperou pela filha dentro de seu quarto na casa de repouso.

A edição do dia do *Ölands-Posten*, o jornal local, estava na sua frente, na escrivaninha, e ele lia que um homem demente senil de 81 anos estava desaparecido perto de Kastlösa, no sul de Öland. O homem tinha simplesmente saído da casinha dele no dia anterior e desaparecido sem deixar rastro, e agora polícia e voluntários estavam a sua procura lá no *alvar* — até mesmo um helicóptero estava sendo empregado. Mas a madrugada tinha sido fria e era improvável que ele fosse encontrado com vida.

Demente senil e com 81 anos. Gerlof era apenas um ano e tanto mais novo, seu octogésimo aniversário estava chegando. Oitenta não é tão velho assim, mas o fato de idosos desaparecerem sem deixar rastro era, é claro, mais compreensível do que quando o mesmo acontecia com crianças. Ele dobrou o jornal e olhou para o relógio. Três e quinze.

"Estou feliz por você ter vindo", disse para si mesmo. Fez uma pausa, tossiu e continuou: "Você está tão bonita quanto da última vez que nos vimos, Julia. Agora que está aqui em

Öland, nós precisamos fazer algumas coisas. Além disso, você vai ter que cuidar de vários assuntos sozinha. E então poderemos conversar... Eu sei que nem sempre fui um bom pai quando você era pequena, viajei muito e você e sua irmã tiveram que ficar sozinhas com Ella em Borgholm enquanto eu estava no mar. Como capitão, meu trabalho era transportar mercadorias pelo mar Báltico, bem longe da família... Mas agora estou aqui e não viajo mais para lugar nenhum..."

Ele calou-se e ficou olhando para a escrivaninha. Tinha escrito no caderno o que ia falar para Julia. Desde que ela tinha dito o dia em que chegaria à ilha, ele ensaiava essa fala — e ela *parecia* ensaiada. Ele tinha de fazer com que parecesse uma fala bem trivial de um pai para a filha.

"Estou feliz por você ter vindo", disse Gerlof de novo. "Você está tão bonita quanto da última vez que nos vimos."

Ou bela? Bela, talvez essa fosse uma descrição melhor de uma filha de quem se tinha saudades.

Finalmente, quando o relógio estava se aproximando das 4 da tarde e faltava apenas uma hora para o jantar, alguém bateu na porta do quarto.

— Entre — disse ele, e a porta foi aberta.

A cabeça de Boel apareceu.

— Sim, ele está aqui — disse em voz baixa para alguém atrás dela, e em seguida, mais alto: —Visita para você, Gerlof.

— Obrigado — disse ele; Boel sorriu e deu um passo para trás.

Outra mulher apareceu, deu alguns passos e Gerlof encheu-se de ar para continuar:

— Estou feliz por você ter vindo... — começou ele, e calou-se depois.

Ele viu uma mulher de meia-idade num sobretudo amarrotado que olhava para ele da porta com olhos cansados e rugas na testa. Depois de apenas alguns segundos, ela desviou os olhos e colocou os braços em volta da bolsa marrom a tiracolo, como se fosse uma espécie de escudo, e deu mais alguns passos quarto adentro.

Gerlof foi reconhecendo aos poucos a filha no rosto sério e cheio de sulcos daquela mulher, mas Julia parecia muito mais cansada do que ele tinha esperado. Mais cansada e muito mais magra. Ela fez Gerlof pensar em amargura e autocomiseração.

Sua filha tinha ficado velha. Então, quão velho estava ele próprio?

— Olá, Gerlof — disse Julia, e ficou em silêncio por alguns segundos antes de prosseguir: — Bem, estou eu aqui de novo.

Gerlof acenou com a cabeça e notou que ela ainda não o chamava de pai nem mesmo pessoalmente. Ela disse Gerlof com um tom de quem fala com um parente distante.

— Fez boa viagem? — perguntou ele.

— Sim.

Ela desabotoou o casaco, pendurou-o num gancho no vestíbulo e colocou a bolsa no chão. Gerlof achou que ela se movimentava devagar, sem nenhuma energia. Ele queria perguntar como ela estava, mas talvez fosse cedo demais.

— É... — Silêncio de novo. — Bem, há quanto tempo.

— Quatro anos, eu acho — disse Julia. — Mais do que quatro anos.

— É. Mas nós nos falamos bastante por telefone.

— É. Eu pensei em vir ajudar quando você se mudou de Stenvik para cá, mas não foi...

Julia calou-se, e Gerlof balançou a cabeça.

— Mas tudo correu bem — disse ele. — Eu tive muita ajuda.

— Que bom — disse Julia.

Ela tinha chegado à metade do caminho no quarto. Depois mudou de direção e sentou-se na cama arrumada.

Gerlof lembrou-se de repente da pequena fala que tinha ensaiado.

— Agora que você está aqui — disse ele —, nós precisamos fazer algumas coisas...

Mas Julia interrompeu:

— Onde está?

— O quê?

— Você sabe — respondeu Julia. — A sandália.

— Ah... Está aqui dentro da escrivaninha. — Gerlof olhou para ela. — Mas eu pensei que nós poderíamos primeiro...

— Posso ver? — interrompeu Julia. — Eu gostaria de vê-la.

— Você pode se decepcionar — disse Gerlof. — É apenas uma sandália. Ela não dá nenhuma... nenhuma resposta de verdade.

— Eu quero ver, Gerlof.

Julia levantou-se. Até esse instante, ela não tinha dado sequer um sorriso, e agora olhava de um modo tão intenso para ele que Gerlof começou a achar que aquilo tudo tinha sido um erro. Talvez ele não devesse ter telefonado. Mas agora que a coisa estava em andamento, não podia pará-la.

Mesmo assim, ele tentou adiar o máximo possível.

— Você não veio com mais ninguém? — perguntou ele.

— Com quem?

— O pai do Jens, talvez. Mats... era o nome dele, não?

— Michael — respondeu Julia. — Não, ele mora em Malmö. Nós quase não nos falamos mais.

— Sei... — disse Gerlof.

Fez-se silêncio novamente. Julia deu uns passos à frente, mas Gerlof lembrou-se de outra coisa:

— Você fez o que eu lhe disse ao telefone?

— O quê?

— Pensou em como a neblina estava densa naquele dia?

— Sim... acho que sim. — Julia balançou a cabeça. — Mas o que tem a neblina?

— Eu acho... — Gerlof era cauteloso com as palavras. — Acho que nada teria acontecido... que essa história não teria acabado tão mal se não fosse pela neblina. E quantas vezes há neblina em Öland?

— Não muitas vezes — respondeu Julia.

— Isso. Três ou quatro vezes por ano, talvez. Em todo caso, não uma neblina tão densa como a daquele dia. E muitos sabiam que ela viria, mencionaram isso no boletim de previsão do tempo.

— Como você sabe disso?

— Eu liguei para o Instituto de Meteorologia — respondeu Gerlof. — Eles arquivam os boletins.

— Será que a neblina foi tão importante?

— Sim, eu acho... que alguém aproveitou a neblina — respondeu Gerlof. — Alguém que não queria ser visto nas redondezas...

— Que não queria ser visto naquele dia, é o que você está dizendo?

— Que não queria ser visto de jeito nenhum — disse Gerlof.

— Então foi alguém que usou a neblina para... levar o Jens? — perguntou Julia.

— Não sei — respondeu Gerlof. — Mas eu me pergunto se era essa a finalidade. Quem sabia que ele iria sair de casa naquele dia? Ninguém. Não é mesmo? Com certeza nem o próprio Jens sabia, ele apenas... aproveitou a ocasião quando ela apareceu. — Gerlof viu que Julia começou a apertar os lábios quando ele tocou no assunto do desaparecimento do filho dela, portanto prosseguiu rapidamente: — Mas a neblina daquele dia... ela, sim, estava prevista.

Julia não disse nada. Apenas olhava para a escrivaninha agora.

— Precisamos pensar nisso — disse Gerlof. — Precisamos pensar a quem interessava tirar proveito da neblina naquele dia.

— Posso ver agora? — perguntou Julia.

Gerlof sabia que não podia mais adiar esse momento. Ele concordou balançando a cabeça e em seguida virou-se na cadeira para a escrivaninha.

— Está aqui — disse ele.

E então ele puxou a gaveta de cima da escrivaninha, enfiou uma das mãos e levantou com cuidado algo pequeno. O objeto parecia não pesar mais do que umas dezenas de gramas e estava embrulhado em papel de seda branco.

5

Julia aproximou-se devagar de Gerlof, que desembrulhava o pacotinho pousado na escrivaninha. Ela olhou para as mãos dele: a velhice era visível nas rugas, nas manchas escuras e nas veias azuladas. Os dedos tremiam e escarafunchavam o papel de seda. Julia achou que o farfalhar do papel enquanto ele abria o pacote era ensurdecedor.

— Você quer ajuda? — perguntou ela.

— Não, obrigado.

Demorou alguns minutos para ele abrir o embrulho — ou foi essa a impressão que ela teve. Finalmente ele abriu a última dobra do papel e Julia viu o que ele escondia. A sandália estava num saco de plástico transparente — ela não conseguia tirar os olhos daquele objeto.

Eu não vou chorar, pensou, *é só uma sandália*. Depois ela sentiu que os olhos se encheram de um calor intenso, e ela teve de piscar para afastar as lágrimas e poder ver com nitidez. Ela viu a sola preta de borracha e as tiras marrons de couro, secas e partidas com o tempo.

Uma sandália, a sandalinha gasta de um menino.

— Eu não sei se é o sapato certo — disse Gerlof. — Segundo a minha lembrança, era desse jeito, mas pode ser um...

— É a sandália do Jens — interrompeu Julia, com a voz embargada.

— Não podemos ter certeza disso — disse Gerlof. — Não é bom ter certeza demais, certo?

Julia não respondeu. Sabia. Ela secou as lágrimas do rosto com a mão e em seguida levantou com cuidado o saco plástico.

— Eu enfiei a sandália no saco assim que a recebi — disse Gerlof. — Pode ser que haja alguma impressão digital...

— Eu sei -- disse Julia.

Era tão leve, tão leve... Sendo mãe, na hora em que a gente ia colocar no filho pequeno uma sandália dessas, a gente levantava o sapato do chão perto da porta sem pensar que o sapato não pesava nada. Depois a gente se colocava ao lado dele e se curvava, sentia o calor do corpo do filho e apanhava seu pé enquanto ele se segurava na blusa da gente e ficava calado ou falava alguma coisa, aquela falação de criança que a gente só ouvia pela metade porque estava pensando em outra coisa. Em contas que deveriam ser pagas. Nas compras a fazer no supermercado. Em homens ausentes.

— Eu ensinei Jens a calçar as sandálias sozinho — disse Julia. — Levou o verão todo, mas, quando comecei a estudar no outono, ele já podia colocá-las sem ajuda. — Ela ainda segurava o sapatinho. — E foi por isso que ele pôde sair de casa sozinho naquele dia, por isso que ele pôde sair às escondidas... Ele próprio calçou os sapatos. Se eu não tivesse ensinado isso a ele, Jens não teria...

— Não pense assim.

— O que eu quero dizer é que... eu só ensinei isso a ele para economizar um pouco de tempo — disse Julia. — Para mim mesma.

— Não se culpe, Julia — disse Gerlof.

— Obrigada pelo conselho — replicou ela sem olhar para ele —, mas é o que eu tenho feito nos últimos vinte anos.

Fez-se silêncio, e Julia percebeu que a imagem que ela tinha na cabeça não era mais de pedacinhos de ossos na praia de Stenvik. Via o filho como alguém vivo, quando ele se abaixava para calçar as sandálias sozinho com muita concentração, com dedinhos que ainda não sabia controlar.

— Quem achou isso? — perguntou ela em seguida, e olhou para Gerlof.

— Não sei. Chegou pelo correio.

— Quem mandou?

— Não constava nenhum remetente — disse Gerlof. — Foi apenas um envelope marrom com um carimbo apagado do correio. Mas eu acho que veio daqui de Öland.

— Nenhuma carta?

— Nada — respondeu Gerlof.

— E você não sabe quem enviou?

— Não — respondeu Gerlof, mas agora ele não olhava mais nos olhos de Julia, olhava para baixo, para a escrivaninha, e ela não recebeu mais nenhuma resposta. Talvez ele suspeitasse de mais coisas do que queria contar.

Nenhuma resposta. Julia soltou um suspiro.

— Mas existe outra coisa a fazer — continuou Gerlof rapidamente. Em seguida, ele se calou.

— Como o quê?

— Bem...

Gerlof pestanejou, voltando a si sem responder, e olhou para ela como se já tivesse esquecido por que a tinha chamado.

Mas Julia também não tinha a menor ideia do que eles iriam fazer agora, então continuou calada. Ela percebeu de repente que não tinha olhado direito o quarto do pai; estava totalmente concentrada em ver a sandália, em tê-la nas mãos.

Agora ela examinava ao redor. Na qualidade de enfermeira, observou rapidamente onde estavam os botões do alarme na parede e, na qualidade de filha, descobriu que Gerlof tinha trazido da casa de veraneio as lembranças do mar. As três tabuletas de madeira envernizada com os nomes dos seus barcos — *Cavaleiro de Ondas, Vento* e *Nore* — estavam penduradas acima das fotografias emolduradas dos barcos, em preto e branco. Certificados de embarcações envidraçados com carimbos e sinetes cobriam uma outra parede. Na estante ao lado da escrivaninha estavam enfileirados os diários de bordo de Gerlof, encadernados com capa de couro, ao lado de dois modelos de embarcações de 20 a 40 centímetros de comprimento que tinham navegado direto para dentro de suas respectivas garrafas de vidro.

Tudo estava tão arrumado como num museu, sem poeira e brilhando, e Julia percebeu que invejava o pai por ele poder estar ali no quarto com suas lembranças sem precisar ficar lá fora, no mundo real, onde se era obrigado a realizar coisas, a fingir ser jovem e alerta e a tentar provar o tempo todo que se tem valor.

Em cima da mesa ao lado da cama de Gerlof havia uma Bíblia preta e uma meia dúzia de frascos de remédios. Julia olhou para a escrivaninha de novo.

— Você não perguntou como eu estou, Gerlof — disse ela em voz baixa.

Gerlof concordou balançando a cabeça.

— E você não me chamou de pai.

Fez-se silêncio.

— Então, como você está? — perguntou ele.

— Bem — respondeu ela, lacônica.

— Ainda trabalhando no hospital?

— Sim — disse ela, sem mencionar que já fazia um bom tempo que estava afastada por licença médica. Em vez disso, disse: — Eu dei uma volta de carro em Stenvik antes de vir para cá. Passei na casa.

— Muito bem. Como estão as coisas por lá?

— Como de costume. A casa estava trancada.

— As janelas estavam inteiras?

— Sim — respondeu Julia. — Mas havia um homem lá. Para ser mais exata, ele chegou depois que eu já tinha entrado.

— John — disse Gerlof. — Ou o Ernst.

— O nome dele é Ernst Adolfsson. Vocês se conhecem, não é?

Gerlof confirmou com a cabeça.

— Ele é escultor. Foi canteiro. Nasceu em Småland, mas...

— Mas mesmo assim boa pessoa, é o que você quer dizer? — disse Julia rapidamente.

— Ele mora aqui há muitos anos — disse Gerlof.

— É, eu tenho uma vaga lembrança dele da época em que eu era pequena... Ele disse uma coisa estranha antes de ir embora sobre uma história dos tempos da guerra. Foi da Segunda Guerra Mundial que ele falou?

— Ele toma conta da casa — disse Gerlof. — Ernst mora perto da pedreira e recolhe material das pedras que restaram. Antigamente trabalhavam cinquenta homens lá, mas agora só há Ernst... Ele tem me ajudado um pouco a esclarecer.

— Tudo isso? Você está falando do que aconteceu com o Jens?

— Sim. Nós conversamos e fizemos algumas especulações a respeito desse assunto — disse Gerlof, e perguntou em seguida: — Você vai ficar aqui por quanto tempo?

— Bem... — Julia não estava preparada para a pergunta. — Não sei.

— Fique umas semanas. Seria bom.

— É tempo demais — disse Julia rapidamente. — Eu preciso voltar para casa.

— Precisa? — disse Gerlof, como se isso fosse uma surpresa para ele.

Ele lançou um olhar furtivo para a sandália em cima da mesa e Julia acompanhou seu olhar.

— Vou ficar aqui por um tempo — disse ela rápido. — Vou ajudar.

— Com o quê?

— Com... o que nós precisamos fazer. Para seguir adiante.

— Certo — disse Gerlof.

— Mas o que nós vamos fazer?— perguntou ela.

— Vamos falar com as pessoas... ouvir as histórias delas. Do jeito que se fazia antigamente.

— Você quer dizer... com várias pessoas? — perguntou Julia. — Será que há mais de uma pessoa envolvida nisso?

Gerlof olhou para a sandália.

— Eu quero falar com certas pessoas aqui na ilha — disse ele. — Acho que elas sabem de coisas.

Mais uma vez ele tinha deixado de dar uma resposta direta às perguntas de Julia. Ela começou a se cansar disso e queria na verdade apenas ir embora, mas agora já estava ali e tinha inclusive trazido doces.

Eu vou ficar, Jens, pensou ela. *Por alguns dias, por sua causa.*

— Dá para arranjar café aqui? — disse ela.

— Normalmente, sim — disse Gerlof.

— Então a gente pode tomar café e comer doce — disse Julia, e, apesar de achar, para sua preocupação, que tinha soado igual à irmã mais velha, sempre previsível, ela perguntou: — Onde eu vou passar a noite? Você tem alguma sugestão?

Gerlof lentamente estendeu a mão na direção da escrivaninha. Puxou uma gavetinha e tateou lá dentro. Ouviu-se um tilintar e ele sacou um molho de chaves.

— Aqui — disse ele, e estendeu o chaveiro. — Durma na cabana de pescador esta noite... Agora tem energia elétrica lá.

— Mas eu não posso...

Julia permaneceu perto da cama olhando para Gerlof. Tudo o que estava acontecendo parecia planejado por ele.

— Mas não tem um monte de coisas e de redes de pescaria lá dentro? — perguntou ela em seguida. — Flutuadores, pedras e latas com alcatrão?

— Tudo isso foi tirado de lá, eu não pesco mais — respondeu Gerlof. — Ninguém pesca mais em Stenvik.

Julia pegou as chaves.

— Mal dava para entrar na cabana antigamente, havia tantas coisas lá dentro — comentou ela. — Eu lembro que...

— Ela está limpa agora — disse Gerlof. — Sua irmã arrumou a cabana.

— Então eu vou dormir em Stenvik? — disse ela. — Sozinha?

— O povoado não está deserto. Só parece que está.

Meia hora depois de a visita ter terminado no quarto de Gerlof, Julia estava de volta a Stenvik e encontrava-se lá embaixo, na beira da água escura. O céu estava tão nublado quanto à tarde, e repleto de sombras. Estava anoitecendo e Julia queria muito tomar uma taça de vinho tinto, e depois outra. Vinho ou um comprimido.

A culpa era das ondas. As ondas, que batiam suavemente no cascalho e nas pedrinhas da beira da praia aquela noite, mas que durante a tempestade ficavam da altura de uma pessoa e rolavam em direção à orla produzindo estrondos demorados. Elas podiam trazer qualquer coisa do fundo do estreito — destroços de navios, peixes mortos ou pedaços de ossos.

Julia não queria olhar muito para o que havia no meio das pedras na praia. Ela não tinha nadado em Stenvik nem sequer uma vez desde aquele dia.

Deu meia-volta e olhou para a pequena cabana de pescador. Parecia pequena e solitária lá no alto da praia.

Tão perto de você, Jens.

Julia não sabia por que tinha aceitado as chaves e concordado em dormir ali, mas, por uma noite, bem que era possível. Nunca tivera muito medo de escuro, e estava acostumada a ficar sozinha. Talvez um ou dois dias daria. Depois ela voltaria para casa.

Julia carregava tanto a bolsa menor quanto a bolsa de viagem quando abriu o cadeado que estava pendurado na porta branca da cabana. Uma última rajada de vento frio veio do estreito, empurrando-a para dentro da escuridão.

Quando a porta se fechou, o assobio do vento de outono foi interrompido abruptamente. Tudo ficou em silêncio entre as quatro paredes.

Ela acendeu a luz do teto e permaneceu em pé perto da porta.

Gerlof tinha razão. A cabana não estava do jeito que ela lembrava.

Ali não era mais o local de trabalho de um pescador, cheio de redes fedorentas, flutuadores partidos e de exemplares amarelados do *Öland-Posten* empilhados no chão. Desde a última vez que Julia tinha visto a cabana, a irmã dela tinha mandado reformá-la por inteiro e a decorado como se fosse uma salinha de recreação em estilo rústico, com revestimento de madeira polida nas paredes e um chão de pinho envernizado. Ali dentro havia uma geladeira pequena, um aquecedor elétrico e um fogãozinho perto da janela que tinha vista para o mar. Embaixo da janela que dava para o interior da ilha havia uma bússola grande de navegação feita de bronze e de latão polido em cima de uma mesa; mais uma das lembranças de Gerlof dos anos no mar.

O ar dentro da cabana era seco. Tinha apenas um leve cheiro de alcatrão e seria ainda mais fresco se Julia levantasse as persianas e abrisse as janelinhas. Daria para morar ali com um certo conforto, à exceção da solidão absoluta.

Provavelmente Ernst Adolfsson, lá na pedreira, era o vizinho mais próximo. Ele dirigia um Volvo PV antigo, e ela bem que gostaria de ver o carro rodando pela estrada vicinal agora, mas, quando espiou pela janela acima da bússola, não havia qualquer movimento lá fora, apenas o capim fino ao vento no platô. Até as gaivotas tinham desaparecido.

Havia duas camas estreitas na cabana. Numa delas Julia colocou as coisas da mala: roupas, nécessaire, os sapatos extras e a pilha de romances de bolso que ela enfiara no fundo da bolsa e só lia às escondidas. Ela pôs os livros em cima da mesa ao lado da cama.

Na parede ao lado da porta ela pendurou um espelho pequeno com uma moldura de madeira envernizada, e estudou o próprio rosto nele. Parecia cansada e cheia de rugas, mas a pele não estava com uma cor tão amarela quanto a que tinha em Gotemburgo. O vento forte da ilha tinha mesmo a deixado um pouco corada.

O que ia fazer agora? Tinha comido um cachorro-quente sem gosto num quiosque ao lado da casa de repouso, depois de visitar Gerlof, então não estava com fome.

Ler? Não.

Beber todo o vinho que trouxera? Não, ainda não.

Resolveu fazer uma expedição.

Julia deixou a cabana, desceu devagar para a praia e depois foi para o sul, contornando a água. Ficava cada vez mais fácil andar por cima das pedras à medida que recuperava um pouco do equilíbrio da época em que era uma garotinha em Stenvik, quando ficava pulando de um lado para o outro na praia o dia inteiro sem tropeçar.

No outro lado, ao pé da cabana de pescador, ainda se via a Olho Cinza, mas ela tinha sido puxada aos poucos pelas ondas e pelo gelo de inverno para mais perto do mar. Olho Cinza era uma pedra grande de 1 metro de altura, comprida e alongada como as costas de um cavalo. Julia tinha feito dela sua pedra particular havia muito tempo e agora lhe deu uma palmadinha ao passar. Olho Cinza parecia ter se afundado com o passar dos anos.

O moinho de vento também parecia menor. Era a construção mais alta de Stenvik, o velho moinho de vento que havia na encosta do platô, centenas de metros ao sul da cabana. Mas, quando Julia chegou até ele, o penhasco era íngreme demais, o que a impedia de subir.

Ao sul do moinho havia outras cabanas, na parte interior da baía onde a plataforma de mergulho de Stenvik era colocada no verão. Não se via nenhuma alma viva por ali.

Julia subiu para a rodovia e prosseguiu na direção norte, deixando para trás a cabana de Gerlof. Parou e olhou para o mar, na direção do continente. Småland era apenas uma estreita faixa cinza no horizonte. Nenhum barco estava navegando.

Julia virou-se lentamente para apreender todo o entorno, como se a paisagem litorânea fosse um enigma que ela pudesse decifrar se conseguisse achar os detalhes certos.

Se o que todos temiam tivesse acontecido, se Jens tivesse descido para o mar, então ele andara por ali no meio da neblina naquela noite. Ela podia procurar vestígios da passagem dele agora, mas isso naturalmente já tinha sido feito. Ela tinha procurado, a polícia tinha procurado, todos em Stenvik tinham procurado.

Recomeçou a andar e, após 200 ou 300 metros, chegou à pedreira.

Estava fechada, é claro. Ninguém extraía mais pedra calcária da montanha. O nome STEN IK STENE S/A ainda podia ser lido numa tabuleta de madeira cheia de lascas da tinta que descascava, perto da estrada costeira. Uma bifurcação da estrada entrava pelo *alvar*, mas tanto esse caminho quanto a paisagem marrom-amarelada desapareciam de repente num buraco grande no chão. Julia aproximou-se da beira do penhasco, que descia abruptamente, formando um ângulo reto com o chão.

A pedreira não tinha mais do que 4 ou 5 metros de profundidade na parte mais funda, mas era maior do que vários campos de futebol. Os habitantes de Öland tinham extraído pedra dali durante centenas de anos, tinham trabalhado de cima para baixo na montanha original — mas para Julia parecia que todos um dia tinham parado de repente de trabalhar e ido para casa para nunca mais voltar. Blocos de pedra já prontos ainda estavam enfileirados lá embaixo no cascalho.

Do outro lado da pedreira havia figuras altas e de cor clara colocadas no *alvar*: estava escuro e distante demais para que ela pudesse ver com mais precisão, mas depois de um tempo percebeu que se tratava de estátuas de pedra. Parecia uma fileira de obras de arte de pedra de todos os tamanhos. Bem na beira da pedreira havia um bloco de pedra em pé da altura de um homem; o topo era pontudo e parecia a torre de uma igreja medieval. Uma cópia da igreja de Marnäs, talvez.

Julia entendeu que eram as esculturas de Ernst Adolfsson que ela estava olhando.

Atrás das pedras enfileiradas havia uma casa de madeira que parecia um quadrado vermelho-escuro lá no *alvar*, no meio das árvores baixas e dos arbustos de zimbro, e ao lado dela estava estacionado o Volvo arredondado e baixo de Ernst. A luz estava acesa em várias janelas da casa.

Ela resolveu que olharia mais a arte de Ernst Adolfsson na manhã seguinte, antes de ir embora de Stenvik.

Dali ela também podia avistar a Blå Jungfrun, que parecia uma pequena colina cinza-azulada no horizonte. Blåkulla era o outro nome da ilha aonde, segundo a lenda, as bruxas iam festejar com o diabo. Ninguém morava lá, a ilha inteira era um parque nacional, mas havia a possibilidade de fazer passeios de barco. Julia fora lá quando era pequena, num dia ensolarado, com Lena, Gerlof e Ella.

Havia um monte de pedras bonitas e redondas nas praias dessa ilha, mas Gerlof a tinha prevenido de não levar nada dali, pois trazia azar. Ela tinha obedecido. Mesmo assim, é claro, ela tivera azar na vida.

Julia ficou de costas para a ilha das bruxas e voltou para a cabana.

Vinte minutos depois, ela estava sentada na cama dentro da cabana, ouvindo o vento, e não estava cansada. Por volta das 22 horas ela tentou ler um dos romances que tinha trazido, *O segredo do solar*, mas a leitura não fluía. Fechou o livro e ficou olhando para a bússola antiga em cima da mesa, ao lado da porta.

Ela podia estar em Gotemburgo agora, sentada com uma taça de vinho tinto à mesa da cozinha, olhando para os postes de luz que iluminavam a rua vazia.

Em Stenvik estava escuro como breu. Ela tinha saído para fazer xixi, foi tropeçando nas pedras e quase se perdeu na escuridão a alguns metros da cabana. Não conseguia mais ver a água lá embaixo, apenas ouvia o murmulho das ondas e as pedrinhas chacoalhando quando a água batia na beira da praia. Lá no alto viam-se movimentos rápidos no céu negro quando nuvens pesadas de chuva cobriam a ilha como espíritos do mal.

Na hora em que estava de cócoras lá fora no escuro com o traseiro nu ao vento, Julia começou sem querer a pensar no fantasma que tinha aparecido ali na praia uma noite no começo do século XX.

Lembrou-se de uma das histórias da avó Sara no cair da noite: de como o marido dela e os irmãos dele tinham descido para a praia numa noite de ventania para tirar do mar os barcos de pesca pequenos e colocá-los em segurança longe das ondas da tempestade.

Quando eles estavam na água repleta de espuma arrastando os botes de madeira do mar, uma pessoa apareceu de repente na escuridão, um homem vestido de jaqueta e calça de oleado, que começou a puxar um dos barcos para o lado oposto, na direção do mar. O bisavô dela tinha gritado com ele, e a pessoa gritou de volta num sueco bastante ruim, repetindo uma palavra o tempo todo:

— Ösel! Ösel!

Os pescadores seguraram firme o barco, e o homem deu meia-volta de repente e foi correndo para dentro das ondas estrondosas. Ele desapareceu na tempestade sem deixar rastro.

Julia acabou rápido de fazer xixi na trilha do lado de fora da cabana, voltou às pressas para o calor da cabana e trancou a porta. Então se lembrou de que não havia água corrente ali embaixo, ela teria de subir até a casa de veraneio para apanhar um galão.

Três dias depois da tempestade forte, chegaram notícias do cabo ao norte de Öland: uma embarcação tinha afundado nas imediações de Böda e se estraçalhado nas ondas três dias antes. O barco era da ilha Ösel, na Estônia. A tripulação inteira tinha morrido afogada na tempestade, de forma que o marinheiro com quem os pescadores em Stenvik tinham falado estava morto a essa altura. Morto e afogado.

A avó tinha balançado a cabeça para Julia no crepúsculo.

Um fantasma da praia.

Julia acreditava na história: era um bom conto, e ela acreditava em todas as histórias antigas que tinha ouvido. Certamente, em algum lugar na costa ainda perambulava o marinheiro afogado, sozinho e perdido.

Julia não queria mais sair da cabana aquela noite. Ela não iria apanhar água e desistiu de escovar os dentes.

Havia velas grossas de estearina nas janelas da cabana. Acendeu uma delas com o isqueiro antes de ir se deitar e deixou-a acesa por um tempo.

Uma vela para Jens. Ela também estava acesa para a mãe dele.

À luz da chama, ela tomou uma decisão: nem vinho nem comprimidos aquela noite. Ela lutaria contra a tristeza. O luto vinha de qualquer forma em toda parte, não apenas em Stenvik. Assim que via um garoto na rua, Julia ainda podia ser tomada de uma tristeza repentina.

Ao ver sua agenda de telefone na cama ao lado do celular de Lena, ela apanhou ambos num gesto puramente impulsivo, folheou a agenda até achar um número e o discou.

O aparelho funcionava. Dois toques, depois três e quatro.

Em seguida atendeu uma voz grave de homem:

— Alô?

Já eram 22h30 de um dia útil comum. Julia tinha telefonado tarde demais, mas era obrigada a continuar:

— Michael?

— Sim?

— Aqui é Julia.

— Ah... Oi, Julia.

Ele parecia mais cansado do que surpreso. Ela tentou imaginar a expressão dele naquele instante, mas não conseguiu formar nenhuma imagem na cabeça.

— Eu estou em Öland. Em Stenvik.

— Sei. Quanto a mim, eu estou em Copenhagen, como sempre. E estava dormindo.

— Eu sei que é tarde — disse ela. — Só queria dizer que apareceu uma pista nova.

— Uma pista?

— Do nosso filho — explicou ela. — Do Jens.

Ele ficou em silêncio por alguns segundos.

— Certo — disse ele em seguida.

— Então eu vim para cá... Achei que você gostaria de saber. Talvez não seja uma pista importante, mas talvez possa...

— Como estão as coisas para você, Julia?

— Bem... Eu telefono para você caso aconteça algo de novo.

— Telefone, sim — disse ele. — Pelo visto você ainda tem o meu número. Mas tente ligar um pouco mais cedo da próxima vez.

— Ok — disse ela rapidamente.

— Tchau.

Michael desligou e o fone ficou mudo.

Julia permaneceu sentada com o celular na mão. Agora ela tinha verificado que ele funcionava, mas sabia que tinha escolhido a pessoa errada para a qual telefonar.

Michael tinha tocado a vida adiante havia muito tempo, antes mesmo de eles se separarem. Ele desde o começo teve certeza de que Jens tinha descido para a praia e morrido afogado. Às vezes Julia odiava Michael por causa dessa convicção, às vezes ela apenas tinha uma inveja enorme.

Quando, alguns minutos depois, Julia apagou a luz e se deitou, ainda de calça comprida e pulôver, caiu um temporal que estivera no ar a noite inteira.

A tromba d'água desceu num piscar de olhos, na forma de um tamborilo rápido e furioso no teto de metal da cabana. Julia estava deitada no escuro ouvindo os riozinhos d'água começarem a gorgolejar na ribanceira lá fora. Ela sabia que a cabana continuaria de pé, pois tinha enfrentado bem todas as tempestades fortes até agora, então cerrou os olhos e adormeceu.

Ela não ouviu quando a chuva parou de cair, meia hora depois. Não ouviu nenhum passo lá fora na escuridão da pedreira, não ouviu nada.

ÖLAND, MAIO DE 1943

Nils já era dono da praia, ele era dono de Stenvik, e agora ele é dono de todo o *alvar* que rodeia o povoado. Quando a mãe dele não precisa de ajuda em casa ou no jardim, ele faz caminhadas a passos largos pela região. À luz amarelada do sol, ele caminha pela estepe de Öland com uma mochila nas costas e a espingarda na mão.

As lebres costumam ficar escondidas no matagal até acharem que foram descobertas; então elas se põem a correr a toda velocidade, e nesse instante é preciso levantar rapidamente a espingarda. Nils sempre está preparado quando está caçando.

Sua casa e o *alvar* têm sido os únicos mundos de Nils desde que a mãe disse que ele não podia mais trabalhar na pedreira, depois da briga com Lass-Jan, há alguns anos. Nenhum dos trabalhadores da pedreira queria vê-lo por lá. E Nils não se importava, ele negou-se de todas as formas a voltar para o trabalho; também negou-se a pedir desculpas, e a única coisa irritante é que a mãe dele teve de pagar Lass-Jan pelas semanas que o estivador não pôde ir para a pedreira, enquanto os dedos da sua mão estavam cicatrizando.

Merda. Mas se tudo era culpa de Lass-Jan!

Nils também carregava marcas da briga: dois dedos quebrados na mão esquerda. Ele não quis procurar o médico em Marnäs, apesar da dor, e teve uma cicatrização ruim, os dedos ficaram envergados e era difícil dobrá-los. Mas não faz mal, ele é destro e consegue segurar uma arma apesar disso.

A gente do povoado evita Nils agora, mas isso também não faz mal. Maja Nyman esteve na estrada vicinal algumas vezes na hora em que ele estava indo para o *alvar*, mas ela apenas ficou olhando para ele, tão calada quanto todo mundo. Maja tem olhos azuis grandes, mas Nils não precisa dela.

A mãe de Nils deu a ele a espingarda de cano duplo da Husqvarna para lhe servir de companhia. E ele dá a ela todas as lebres que caça com a arma, pois assim a mãe não precisa ser passada para trás ao comprar a carne cara dos criadores gananciosos do povoado.

A torre branca da igreja de Marnäs pode ser vista ao leste no horizonte, mas Nils não precisa de nenhum ponto de referência. Ele aprendeu a se achar no labirinto de muros de pedra compridos, rochedos, arbustos e relva sem fim.

Na frente dele, na diagonal, há o marco sacrificial: o monte de pedras baixo que lembra a história de um lavrador louco que matou a pancadas um sacerdote ou um bispo, centenas de anos antes de Nils nascer. As pessoas que passam colocam pedrinhas no monte de vez em quando. Nils nunca faz isso, mas ali é um lugar bom para ele se sentar e fazer um lanche.

E agora ele para, se autoexamina e percebe uma pontada de fome na barriga. Ele vai para o marco sacrificial, tira algumas pedras e senta-se, com a espingarda deitada perto dele e a mochila no colo.

Ele abre a bolsa e acha dois sanduíches de queijo e dois de linguiça envoltos em papel parafinado e uma garrafinha de leite. A mãe dele colocou isso tudo ali dentro; e Nils, sem pedir autorização, encheu o cantil de cobre que leva no bolso do colete com o conhaque que ela guarda no chão da despensa.

Ele inicia o lanche abrindo o cantil e tomando um gole grande, que espalha um calor intenso na sua garganta, e, em seguida, abre o embrulho com os sanduíches. Ele come e bebe de olhos fechados e deixa os pensamentos vagarem.

Nils está pensando na caça. Ele não apanhou nenhuma lebre hoje, mas ainda tem a tarde toda pela frente para pegar uma.

Depois ele pensa na guerra, que ainda domina os noticiários assim que se liga o rádio.

A Suécia não foi atacada, apesar de três destróieres alemães terem entrado por engano num campo minado no sul de Öland, no verão de 1941, e terem ido aos ares. Mais de cem soldados de Hitler caíram na água e se afogaram ou morreram nos campos de petróleo incendiados. E muita gente de Öland achou que a guerra tinha chegado definitivamente no verão seguinte, quando um bombardeiro alemão por algum motivo descarregou oito bombas na floresta ao pé das ruínas do castelo de Borgholm.

As explosões foram ouvidas lá em cima em Stenvik. Nils acordou com o estrondo abafado e olhou atarantado para fora da janela escura com o coração batendo forte; ele podia jurar que ouviu os motores na hora em que o avião foi embora da ilha. Talvez um Messerschmitt. Ele tinha ouvido e desejado mais explosões, uma chuva de bombas por toda Stenvik.

Mas não houve nenhuma invasão alemã, e agora é tarde demais para Hitler fazer alguma coisa. Nils leu os informes do *Ölands-Posten* sobre a grande capitulação em Stalingrado no inverno rigoroso desse ano. Hitler, pelo visto, é um perdedor.

Nils ouve um cavalo relinchar atrás dele.

Ele abre os olhos e vira a cabeça. Há vários cavalos atrás dele. Quatro animais novos de pelugem branca e marrom pararam atrás das pedras de sacrifício, e agora eles troteiam em fileira e passam por ele formando quase um arco, de cabeças baixas e com uma nuvem fina de poeira em volta das pernas. Os cascos quase não fazem barulho ao pisar na grama.

Cavalos. Eles andam em bando para onde bem entendem pelo *alvar*. Algumas vezes, quando Nils esteve mais procurando lebres do que olhando para o chão, ele enterrou as botas bem nos excrementos deles, que parecem montinhos marrons de sacrifício espalhados por toda parte.

Esse bando pequeno parece estar a caminho de um alvo certo, mas quando Nils dá um assobio curto e agudo e enfia a mão esquerda na mochila, o cavalo líder diminui a marcha e vira a cabeça na direção dele.

Todos os cavalos param em fileira e olham para Nils. Um deles curva-se para cheirar a grama amarela, mas não a come. Eles estão esperando coisas mais saborosas.

Nils continua com a mão dentro da mochila mexendo no papel parafinado, produzindo um farfalho lá dentro, e coloca calmamente a outra mão ao lado, nas pedras de sacrifício.

Os cavalos hesitam, farejam e arrastam os cascos no chão. Nils mexe no papel de novo, e, nesse instante, o cavalo líder marrom-escuro dá um cauteloso passo ao lado, na direção de Nils. Os outros acompanham-no devagar em direção às pedras de sacrifício, com as narinas tremendo de leve.

O cavalo líder para novamente, a 5 metros.

— Venha comer — diz Nils, e sorri, tenso.

As lebres: não é possível atraí-las dessa forma, somente os cavalos.

O cavalo líder agita a grande cabeça e bufa, relinchando baixinho.

Então ele dá alguns passos à frente e, nesse instante, Nils, num movimento rápido da mão direita, joga a primeira pedra.

Em cheio! A pedra calcária cega acerta o focinho do animal, que dá um salto para trás como se tivesse levado um choque. Ele recua apavorado, esbarra no cavalo de trás e vira-se, perdido, em estado de pânico, e nesse momento Nils se levanta rapidamente e atira a segunda pedra. Essa é mais achatada e pontuda e voa como a lâmina de um serrote pelo ar.

Essa segunda acerta o cavalo líder na lateral. Ele relincha alto, assustado, e todos os cavalos entendem o perigo. Eles dão meia-volta a todo galope, os cascos retumbando no chão. Os animais desaparecem no meio dos arbustos.

Nils fica nervoso e a terceira pedra vai demais para a esquerda. Errou. Ele abaixa-se rapidamente mais uma vez, mas a quarta tacada é curta demais.

A última coisa que ele vê do cavalo líder é um filete vermelho-sangue cintilante na pelugem do lado direito. A ferida foi profunda, provavelmente demorará vários dias para cicatrizar. Nils vai tentar achar a pedra que cortou o cavalo antes de ir para casa e ver se há sangue nela.

O estrondo da fuga em disparada dos cavalos desaparece. O silêncio está de volta no *alvar*. Nils respira aliviado, volta a sentar-se nas pedras de sacrifício e sorri ao pensar em como o cavalo líder ficou com os olhos ridiculamente vidrados quando a primeira pedra o acertou.

Cavalos de merda.

Nils mostrou quem manda no *alvar* ao redor de Stenvik. Ele continua sorrindo para si mesmo e pega a mochila de novo. Será que a mãe colocou umas balas de caramelo lá no fundo?

6

Era noite na Casa Marnäs. Gerlof estava sentado à escrivaninha com um caderno à frente. Ele segurava uma caneta esferográfica, mas não escrevia nada.

Sentado ali, Gerlof podia facilmente se convencer de que não era tão velho quanto pensava e que ainda tinha força suficiente; dentro de alguns minutos ele ficaria de pé nas pernas fortes, se espreguiçaria e faria uma caminhada.

Sair. Ir até a praia de Stenvik, colocar o esquife na água e remar para o barco que estava esperando em águas mais profundas. Levantar a âncora, içar as velas e lançar-se no mundo.

Isso sempre tinha fascinado Gerlof, o fato de um capitão náutico das águas de Öland poder chegar a qualquer costa que quisesse. Com um pouco de sorte, muita habilidade, equipamento adequado e bastantes suprimentos a bordo, podia navegar de Öland para qualquer outro porto no mundo e depois voltar para casa. Fantástico. Que liberdade.

Alguns minutos depois, a sineta do jantar tocou no corredor, e Gerlof estava de volta ao seu corpo fraco. As pernas estavam duras e os braços nunca mais teriam força para içar nenhuma vela.

Tinham passado rápido, os anos no mar. E na verdade não tinham sido tantos assim. Na qualidade de imediato, Gerlof tinha acompanhado o pai no queche deste, chamado *Ingrid Maria*, no final dos anos 1920, e, cinco anos mais tarde, quando o pai dele deixou a vida no mar para trabalhar como corretor de navios, Gerlof assumiu a embarcação, rebatizou-a de *Vento* e tornou-se responsável pelo transporte de lenha e mercadorias de madeira de Småland para Öland. Ele tinha se tornado capitão aos 22 anos.

Durante a Segunda Guerra Mundial, ele exerceu o ofício de prático na costa de Öland e por duas vezes foi obrigado a ver embarcações irem a pique com tripulação e tudo, quando o capitão delas achou que conhecia um caminho mais seguro do que a embarcação guia nas áreas minadas.

Gerlof vivia com medo das minas que havia no mar durante esses anos. Num pesadelo, que ainda o fazia acordar suando frio em certas noites, ele estava na amurada do barco de prático flutuando na água cintilante do pôr do sol e olhava para baixo — e via de repente uma mina grande preta bem perto da superfície. Velha, enferrujada e coberta de algas oscilantes, mas com aguilhões que, apenas alguns segundos depois, encostariam na embarcação e detonariam a carga explosiva.

Não era possível parar a embarcação, ela deslizava em silêncio, aproximando-se cada vez mais dos aguilhões... e, um pouco antes de o casco esbarrar na mina, Gerlof sempre acordava.

Depois da guerra, ele tinha comprado o segundo veleiro, *O Cavalgador das Ondas*, e começado a navegar entre duas ilhotas, Borgholm e Stockholm, pelo canal de Södertälje. A carga consistia de mármore de Öland, ou seja, pedra calcária vermelha para as novas construções da capital, e, no caminho de volta, a carga era muitas vezes combustível para motor, mercadorias diversas ou calcário para Centralföreningen, em Borgholm.

Nos portos ao longo da rota sempre havia veleiros conhecidos, e aquele que precisasse de ajuda a recebia dos colegas.

Não havia rivalidade naquele tempo, e Gerlof tinha recebido muita ajuda na noite de dezembro de 1951, em que o *Cavalgador das Ondas* pegou fogo enquanto estava ancorado em Ängsjö. A carga de óleo de linhaça tinha se incendiado e Gerlof e seu imediato, John Hagman, conseguiram por pouco subir para o convés antes que o fogo tomasse conta de toda a embarcação. Nenhum dos dois sabia nadar, mas eles saltaram para um outro barco que vinha de Oscarshamn e estava bem ao lado. Eles tiveram todo o apoio de que precisaram, mas, pelo *Cavalgador das Ondas*, não havia mais nada a fazer além de cortar a âncora e deixar a embarcação ir à deriva na noite.

Para Gerlof, o barco em chamas afundando na noite de inverno era um símbolo pertinente da navegação em Öland, embora ele não pudesse ver isso naquele momento. Ele podia ter deixado de trabalhar no mar quando foi declarado inocente no relatório de acidente naval, mas, por pura teimosia, tinha comprado um barco novo a motor com o dinheiro do seguro e continuara sendo capitão por mais nove anos. O barco *Nore* tinha sido o último, o mais bonito, o mais gracioso, com uma bela popa e um motor a ignição maravilhoso que vivia bufando. Às vezes ele ouvia o motor vibrando em sua imaginação, pouco antes de cair no sono.

Em 1960, ele tinha vendido o *Nore* e deixado a atividade de navegação para trabalhar na prefeitura do município de Borgholm, e foi então que começou a vida sedentária de escritório. O lado positivo era naturalmente poder ir para casa e para junto de Ella toda noite. Ele tinha perdido grande parte da infância das filhas, mas agora podia pelo menos vê-las crescer na adolescência. E quando a filha mais nova, Julia, ficou grávida, no final dos anos 1960, Gerlof não ligou se ela era ou não casada — ele amava o pequerrucho. O neto dele.

Jens Gerlof Davidsson.

E então veio aquele dia.

Era outono, mas Julia estava estudando enfermagem em tempo parcial e podia ficar mais tempo do que de costume com Jens em Stenvik. O pai do menino, Michael, continuou no continente. E Julia tinha deixado o filho aos cuidados de Ella e de Gerlof depois do almoço e viajou para Kalmar pela ponte recém-construída. E, depois de tomar café, sem hesitar e sem nenhum pressentimento ruim, Gerlof tinha deixado o neto e a esposa em casa e descido para desembaraçar umas redes de pesca que ele queria colocar na água na manhã seguinte.

Na cabana de pescador ele tinha visto a neblina subir do estreito de Kalmar; a neblina mais densa que vira desde seus tempos no mar. Quando ela se aproximou e cobriu a praia, ele sentiu a névoa na pele como se fosse um véu frio e estremeceu como se estivesse no ar gelado do convés de uma embarcação. Alguns minutos depois, o mundo inteiro em volta dele era uma nebulosidade branca, no qual não se via nada.

Ele deveria ter ido para casa naquela hora, para junto de Ella e Jens. E ele tinha pensado em fazer isso. Mas ficou na cabana trabalhando com as redes por mais uma, duas horas.

Foi assim. Mas já que tinha ficado perto da cabana e já que a audição dele era boa, sabia uma coisa da qual nunca tinha conseguido convencer ninguém, a não ser provavelmente Julia: Jens não tinha descido para a praia naquele dia. Se tivesse, Gerlof teria ouvido. Os sons ficavam um pouco abafados na neblina, mas era possível ouvi-los. Jens não tinha se afogado, como achava a polícia, e o corpo não tinha sido sugado para longe e ido para o fundo do estreito de Kalmar.

Jens tinha ido para outro lugar que não era o mar.

Gerlof debruçou-se sobre a escrivaninha e escreveu apenas uma frase:

O *ALVAR* É COMO UM MAR.

Isso mesmo. Qualquer coisa podia acontecer tranquilamente no *alvar*.

Ele largou a caneta em cima da escrivaninha, fechou o caderno e, ao puxar a gaveta do móvel, viu novamente a sandália no papel de seda e, ao lado dela, um livro fino publicado naquele ano.

Era um livro comemorativo, de sessenta páginas, com o título *40 anos de Frete Malm* na capa. Havia a foto de uma embarcação embaixo do título.

Ernst lhe emprestara esse livro na última vez que visitara Gerlof, duas semanas antes.

— Isso aqui pode ser alguma coisa — tinha dito ele. — Olhe a página 18.

Agora Gerlof tirou o livro da gaveta, abriu e folheou o compêndio até chegar à tal página. Logo abaixo do texto havia uma fotografia pequena em preto e branco que ele já tinha estudado muitas vezes antes.

A foto era antiga. Mostrava um molhe de pedra num porto pequeno e, no molhe, um lote de tábuas compridas uma em cima da outra. Na diagonal, atrás da pilha de madeira, via-se a popa de cor preta de um veleiro pequeno, que se parecia com aqueles em que Gerlof tinha navegado, e ao lado da pilha estava enfileirado um grupo de homens de uniformes escuros de trabalho e bonés de marujo. Dois homens estavam de pé com as pernas abertas na frente dos outros, um deles com a mão pousada de um jeito amistoso no ombro do outro.

Gerlof olhava fixamente para os homens e eles o encaravam de volta.

Alguém bateu na porta.

— Hora do café da noite, Gerlof — informou a voz de Boel.

— Eu já vou — respondeu ele, e empurrou a cadeira para trás.

Ele levantou-se com dificuldade da escrivaninha.

Mas não conseguia tirar os olhos dos homens da foto no livro.

Nenhum deles sorria e tampouco Gerlof sorria para eles, pois, após a última conversa que tivera com Ernst, ele tinha praticamente certeza de que um dos homens naquela fotografia antiga tinha causado a morte de seu neto e depois ocultado o corpo para sempre.

Ele só não sabia qual deles tinha feito isso.

Soltando um suspiro silencioso, fechou o livro e enfiou-o de volta na gaveta da escrivaninha. Em seguida, pegou a bengala e saiu devagar para tomar café.

7

Em Öland, o amanhecer vem na forma de uma luz silenciosa e ofuscante na linha do horizonte, mas Julia continuou dormindo enquanto o sol nascia naquela manhã de outubro.

Na frente das três janelas da cabana de Gerlof estavam arriadas pequenas cortinas rolô que costumavam ser vermelho-escuras mas que foram empalidecendo aos poucos por causa do sol e adquirindo um tom rosado. Quase às 8h30, a trava da cortina mais próxima da cama de Julia soltou-se e o pano subiu de supetão, produzindo um barulho que pareceu uma trovoada no silêncio.

Julia abriu os olhos. Não foi o barulho que a despertou, mas a luz do sol que penetrou de repente pela janela. Ela piscou e levantou a cabeça do travesseiro quente. Viu o capim amarelo do outono dobrando-se ao vento do lado de fora e lembrou-se de onde estava. Vento forte e ar fresco.

Stenvik, pensou.

Ela piscou novamente e tentou manter a cabeça levantada, mas afundou-se rapidamente no travesseiro. Ela sempre fora lenta de manhã, tinha sido assim a vida inteira e, durante vinte anos, o esquecimento proporcionado pelo sono era frequentemente muito sedutor. As crises de depressão que vieram depois daquele dia fizeram-na passar mais tempo dormindo do que deveria. Mas se levantar da cama de manhã era difícil quando não parecia haver nenhum motivo para fazê-lo.

Erguer-se da cama em Stenvik era ainda mais difícil, já que não havia nenhum banheiro aquecido para onde ir. O que havia ao pé da cabana era apenas uma praia pedregosa com água gelada.

Julia tinha uma vaga lembrança do tamborilar da chuva da madrugada, mas agora ela ouvia apenas as ondas lá embaixo. O murmulho rítmico a fez considerar sair da cama em disparada, arrancar as roupas e descer correndo para se jogar no mar, mas a vontade passou.

Ela continuou deitada por mais alguns minutos na cama estreita, e só depois se levantou.

O ar estava úmido e frio e ainda ventava muito lá fora, mas a Stenvik que ela via agora depois de ter colocado o casaco e finalmente aberto a porta não era a mesma paisagem fantasmagórica da noite anterior.

A pancada de chuva da madrugada parecia ter lavado todo o cinza, e agora o sol brilhava novamente e a costa pedregosa de Öland estava limpa, singela e bonita. A baía que dava nome ao povoado não era pontuda, era na verdade suavemente arredondada e ladeava a cabana, cortada pelas águas cintilantes do estreito. A uns 100 metros da praia, gaivotas descansavam pairando de asas abertas sobre as ondas, gritando ou rindo umas com as outras, estridentes ao vento.

À luz do sol havia uma tristeza por tudo não ser tão bonito quanto parecia, mas Julia tentou abafá-la. Ela só queria ficar bem e não pensar em pedaços de ossos e nem falar com a lembrança de Jens naquela manhã.

Ouviu um latido alegre. Quando virou a cabeça para o lado da estrada costeira, viu uma mulher de cabelos brancos, de casaco acolchoado vermelho, passeando na direção sul com um cachorrinho de pelo castanho-claro que corria sem coleira pra lá e pra cá e farejava pelo caminho. De costas para Julia, eles mudaram de direção e entraram a passos rápidos em uma das casas do outro lado da estrada.

Havia mais moradores permanentes em Stenvik além de Ernst, percebeu Julia.

A sonolência desapareceu gradativamente, e ela sentiu-se com energia. Apanhou um garrafão de plástico e subiu rápido para a casa de Gerlof a fim de enchê-lo com água potável da torneira do jardim. Agora, à luz do sol, a casinha de veraneio parecia de fato acolhedora, apesar da grama alta ao redor, mas Gerlof não tinha lhe dado as chaves da casa, de forma que ela não podia entrar para ver o próprio quarto dos tempos de infância.

Enquanto enchia a garrafa, percebeu que podia realmente ficar em Öland mais do que apenas um dia. Se houvesse algo de útil para fazer — se Gerlof fosse mais objetivo e viesse com uma sugestão sobre o que ela deveria fazer ou procurar —, ela podia ficar por mais dois dias, ou três.

Em seguida, olhou ao redor no jardim vazio e resolveu. Não. Ela iria para Gotemburgo hoje, um pouco mais tarde.

No caminho de volta para a cabana, segurando firme o garrafão de água, ela parou para olhar o casarão amarelo atrás de uma sebe de espinho-branco ao pé da casa de Gerlof. O casarão estava rodeado de freixos altos que apontavam para todos os lados, e na verdade só era possível avistá-lo por detrás da sebe, mas o que se via não era bonito. A casa não estava apenas vazia, estava completamente abandonada. Ramos de videira silvestre tinham subido pelas paredes e começavam a cobrir as janelas, que tinham os vidros rachados.

Julia tinha uma vaga lembrança de que uma mulher idosa havia morado ali, uma mulher que nunca saía de casa nem se dava com ninguém no povoado.

Era estranho a casa ter sido deixada naquele estado de abandono, pois se podia ver que havia um casarão imponente debaixo de todas as rachaduras. Alguém deveria reformar a chácara inteira. Julia continuou descendo até a cabana para fazer um chá e preparar o café da manhã.

Quarenta e cinco minutos depois ela saiu e trancou a cabana, uma das bolsas a tiracolo e a outra na mão. Do outro lado da porta a cama estava arrumada, a eletricidade devidamente desligada no interruptor central e as cortinas rolô arriadas. A cabana voltara a ficar vazia.

Julia atravessou o platô para ir até o carro, olhou ao redor e não viu ninguém pelo litoral e entrou em seguida no automóvel. Deu a partida e olhou para a cabana pela última vez. Olhou para o platô, para o moinho de vento em ruínas e para o mar cintilante lá embaixo e sentiu a tristeza voltando.

Rapidamente, fez a curva e seguiu para a rodovia.

Passou pela granja que agora era casa de veraneio, pelo casarão amarelo maltratado e pelo portão da casa de Gerlof. Adeus, adeus.

Adeus, Jens.

À esquerda da estrada vicinal, havia um caminho que levava a mais um aglomerado de casas de veraneio, e ali também havia uma pedra calcária quadrada enterrada no chão com as palavras ESCULTURAS DE PEDRA 1KM escritas com tinta branca. Num poste de ferro lá no alto havia uma placa com o símbolo de rua sem saída.

Julia viu a placa e lembrou-se do que tinha pensado em fazer naquela manhã antes de se despedir de Gerlof: parar na pedreira desativada e dar uma olhada nas esculturas de pedra de Ernst.

Na verdade, ela não tinha dinheiro para comprar nenhuma escultura, mas gostaria de vê-las. E talvez fizesse mais perguntas sobre Jens: se Ernst se lembrava do desaparecimento dele e se queria dizer onde ele próprio estava naquele dia. Mal não iria fazer.

Ela entrou no caminho estreito e o Ford pequeno começou imediatamente a pular e a chacoalhar de um lado para o outro. Essa era a pior estrada em que Julia tinha dirigido até hoje em Öland, e muito disso era devido ao temporal. A água da chuva fazia poças compridas nas duas trilhas dos pneus; ela diminuiu a velocidade e continuou em marcha lenta, mas, ainda assim, o carro derrapou nos buracos cheios de lama.

Ela deixou as casas de veraneio para trás e foi contornando a beira do *alvar*. O caminho fazia aos poucos uma curva na direção da pedreira ao longo da estrada costeira, mas depois ficou reto na direção da casinha baixa de Ernst Adolfsson, terminando num local para manobra circular no pátio em frente à casa, e lá estava o Volvo PV branco e antigo ainda estacionado.

Não havia nenhum movimento no pátio, porém mais uma pedra achatada e polida com palavras pretas estava posta no meio do local de manobra: ESCULTURAS DE PEDRA: BEM-VINDO.

Julia foi para trás do Volvo e estacionou ali. Saiu do carro e tirou da bolsa a carteira magra.

O vento assobiava no capim baixo, e a paisagem era quase totalmente livre de árvores. De um lado do jardim viam-se feridas enormes na montanha que era a pedreira, e do outro lado havia apenas relva e arbustos de zimbro espalhados até onde a vista alcançava. O *alvar*.

Julia virou-se e olhou para a casa. Estava fechada e em silêncio.

— Olá! — chamou ela.

O vento abafou o chamado e ninguém respondeu.

Um caminho largo feito de lascas de pedras calcárias levava à porta na lateral da casa, e ali havia uma campainha.

Julia aproximou-se e tocou a campainha.

Novamente ninguém respondeu. Mas se o carro ainda estava ali fora, onde Ernst tinha se metido?

Ela apertou de novo, um toque demorado. Nada aconteceu.

Um impulso fez com que mexesse na maçaneta da porta. Estava destrancada e ficara entreaberta, como se a convidasse.

Julia enfiou a cabeça no vão da porta.

— Olá!

Ninguém respondeu. A luz estava apagada e o corredor, escuro. Ela aguçou os ouvidos em busca de passos pesados e de uma bengala sendo apoiada no chão, mas tudo estava em silêncio.

Ele não está em casa — entre no carro e vá ver Gerlof agora, disse sua voz interior.

Mas ela era curiosa demais. Será que as pessoas não trancavam a porta de casa em Öland quando saíam? Elas ainda confiavam tanto assim umas nas outras?

BEM-VINDO podia ser lido no capacho de plástico verde em frente à porta. Julia limpou a sola dos sapatos nele algumas vezes e entrou.

— Olá! — disse ela. — Ernst? Aqui é Julia. Filha de Gerlof...

No teto do corredor estava pendurado um móbile com embarcações pequenas de madeira que navegavam de lá pra cá com o vento. À direita estava a cozinha, limpa e em ordem com uma mesinha de refeições arrumada e duas cadeiras. À esquerda, o quarto, com uma cama estreita feita.

O corredor continuava à frente e terminava numa sala de estar com sofá, TV e uma janela panorâmica que mostrava a pedreira e o estreito azul atrás dela. Havia pilhas de jornais e livros em cima da mesa no meio do cômodo, mas a sala estava vazia. Numa das paredes estava pendurado um relógio hexagonal feito de pedra calcária polida, com pedaços de ardósia servindo de ponteiro das horas.

O mais curioso na casa é que o relógio parecia ser a única escultura de pedra. Será que bastava para Ernst tê-las fora de casa?

Ela voltou pelo corredor e deu uma olhada ao redor algumas vezes, como se algum agressor desconhecido fosse saltar de uma rachadura nas paredes.

Saiu para a escadinha na entrada e fechou a porta com cuidado.

Julia estava imóvel sob a luz do sol, não sabendo o que fazer agora. Ernst Adolfsson devia estar em algum lugar lá fora e tinha esquecido de trancar a porta.

Ela olhou para as esculturas de pedra na beirada da pedreira. Ao lado delas havia um ateliê pequeno pintado de vermelho e cercado de bétulas baixas, e, numa pilha do lado de fora da oficina, havia mais blocos e pedras de diversos tamanhos. Essas apresentavam sinais de polimento, mas pareciam inacabadas. Algumas se assemelhavam a pessoas deformadas, achou Julia. Ela viu rostos desfigurados e órbitas pretas nas pedras e pensou em gnomos que sequestravam crianças e carregavam-nas para a montanha para todo sempre. Gerlof contou que, antigamente, quando trabalhadores na pedreira não achavam suas ferramentas, eles colocavam a culpa em gnomos. A hipótese de algum colega de trabalho tê-las furtado era algo impensável.

Ela tirou os olhos das pedras e olhou de novo para as esculturas prontas e polidas lá na beira do penhasco no alto da pedreira. Faróis pequenos, tampas de bueiro redondas, relógios de sol altos e algumas lápides funerárias grandes. O espaço dos nomes nas lápides ainda estava vazio.

Alguma coisa estava faltando. Havia uma lacuna grande na fileira comprida de esculturas, e Julia aproximou-se. Ela tinha visto algo do outro lado da pedreira na noite anterior: a torre alta de igreja que se parecia com a torre de Marnäs não estava mais ali. Um buraco pequeno e raso estava aberto no cascalho da beira do penhasco no alto da pedreira.

Julia continuou a ir devagar por entre as pedras polidas, e a pedreira abriu-se na frente dela como uma piscina enorme sem água.

Não era fundo ali, tinha apenas alguns metros, mas o penhasco descia abrupto perpendicularmente. Ela estava na beira, olhando em silêncio a paisagem pedregosa árida, e viu de repente a torre alta de igreja bem embaixo dela. Ela tinha tombado direto na pedreira e caído de lado. A ponta da torre apontava para o oeste na direção do mar.

A escultura não tinha se partido.

Mas, debaixo dela, Ernst Adolfsson se encontrava estendido. Ele olhava fixamente para o céu, lá do fundo da pedreira, com a boca ensanguentada e o corpo esmagado.

ÖLAND, MAIO DE 1945

Tudo mudou. Coisas grandes estão por acontecer, tanto no mundo lá fora quanto na vida de Nils Kant. Ele sente isso no vento.

O sol que bate no *alvar* está mais forte do que nunca, os ventos em Öland estão mais frescos, o ar, mais leve, e as flores desabrocharam completamente. A grama está verde e ainda não foi queimada pelo sol do ápice do verão. Linhazinhas difusas e cintilantes lá no alto vão crescendo até virarem andorinhas, que cruzam o céu parecendo flechas negras descendo sobre o terreno plano por alguns instantes; elas ganham velocidade novamente e dão impulso para subir, até que aparecem de repente lá no céu mais uma vez.

A primavera chegou de verdade em Öland, e Nils Kant sente cheiro de mudanças no ar. Ele tem quase 20 anos agora, finalmente um adulto e livre. Tem a vida toda pela frente e coisas grandes vão acontecer. Ele sente isso no corpo todo.

Nils está ficando velho demais para andar por ali em silêncio caçando lebres. Ele tem outros planos. Vai viajar pelo mundo agora que a guerra acabou, para qualquer lugar. Gostaria de levar Maja Nyman consigo, a menina que mora numa casinha lá embaixo no platô de Stenvik. Ele se lembra de como ela é bonita e pensa bastante nela. Mas, na verdade, eles nunca conversaram, apenas se cumprimentam quando se veem, e se nenhuma outra pessoa estiver com ela. Se ele não tiver a oportunidade de falar direito com ela, vai viajar sozinho.

Neste dia ele está mais afastado de Stenvik do que de costume, quase na parte leste da ilha. Antes de atravessar a rodovia, atirou em duas lebres, que deixou debaixo de uma moita para apanhá-las na volta. Ele planeja caçar mais uma ou duas antes de ir para junto da mãe, em casa, e, na volta, talvez algumas andorinhas, só por diversão.

A água do degelo da neve do inverno ainda forma poças grandes espalhadas por todo o *alvar*, e é um pouco como se ele estivesse caminhando num terreno coberto de musgo e cheio de laguinhos. A água evapora rápido ao sol. Nils está com botas de caminhada de cano alto e pode atravessar a água sem problemas, se quiser. Faz isso algumas vezes, e outras ele contorna as poças. É totalmente livre e dono do mundo inteiro.

Adolf Hitler tentou ser dono do mundo. Ele está morto agora: se matou em Berlim há mais ou menos uma semana. Depois foi o fim da Alemanha. Ninguém lá queria ou tinha mais forças para lutar contra os russos e os americanos.

Nils sai de uma poça d'água e mete-se num matagal de arbustos de zimbro. Ele lembra que gostava de Hitler quando era mais novo, que tinha um grande respeito por sua força de vontade.

Ele ouvia com devoção fragmentos de discursos de Hitler feitos aos berros da Alemanha quando a mãe ligava o rádio na sala, e esperou vários anos para que os bombardeiros alemães voassem sobre Öland, esperou que a guerra finalmente chegasse, mas agora Hitler está morto e toda a enorme Alemanha foi destruída pelas bombas dos aviões ingleses.

A Alemanha não é mais tão interessante assim. A Inglaterra, no entanto, é um país que merece uma visita. E os Estados

Unidos parecem um país grande e promissor, mas para lá já viajou gente demais de Öland que nunca voltou, milhares de pessoas que desapareceram sem deixar rastro no século XIX. Nils quer viajar pelo mundo e depois voltar para Stenvik como um imperador.

Nils ouve algo, um som baixo porém forte, e para.

Não há lebres por perto, mas mesmo assim Nils tem a sensação de que...

Ele não está sozinho.

Tem alguém ali.

Ele ouviu algo que o vento trouxe, um som curto que não é canto de passarinho nem zumbido de insetos, nem o relinchar de cavalos. Ele fazia caminhadas por ali há anos e sabe quando tudo está ou não está do jeito que deve ser. Neste instante alguma coisa está bem errada. Um calafrio de suspeita começa na nuca e desce pelas costas de Nils.

Não é lebre nenhuma, é outra coisa.

Lobos? A avó de Nils, já morta há muito tempo, contava histórias sobre lobos no *alvar*. Existiam lobos ali. Mas não hoje em dia.

Seres humanos?

Alguém andando às escondidas atrás dele?

Nils tira devagar a espingarda Husqvarna do ombro, levanta a arma, segurando-a com as duas mãos em posição de tiro, e destrava a garrucha com o polegar. Dois cartuchos de chumbo Gyttorp estão preparados para sair voando do cano.

Ele olha ao redor: há arbustos de zimbro em quase toda parte por ali, a maioria retorcida e domada pelo vento e que não passa de 1 metro de altura, mas ainda assim são densos e não deixam ver nada por entre eles. Colocando-se de pé, Nils consegue espiar por cima e ver a paisagem a perder de vista, então ninguém pode andar escondido atrás dele, mas, quando se agacha, parece que os arbustos crescem e se debruçam sobre ele.

Agora ele não ouve nada — se é que ouviu alguma coisa antes. Talvez tenha sido apenas dentro da cabeça dele; isso já aconteceu antes na solidão.

Nils não faz nenhum barulho e está totalmente imóvel na relva, esperando. Ele tem a respiração calma e todo o tempo do mundo. As lebres sempre aparecem quando ele espera, os nervos delas acabam nunca aguentando e elas saem do esconderijo em disparada, fugindo do caçador aos pulos. Então é só levantar com calma a arma na altura do ombro, apontar para a criatura marrom e apertar o gatilho. E depois ir apanhar o corpo levemente trêmulo.

Nils prende a respiração. Só escuta.

Ele não ouve nada agora, mas o vento dá um sopro suave e, de repente, ele sente um cheiro nítido de suor curtido e de pano com óleo. Um cheiro acre de corpo humano, ou de corpos humanos, vem até ele trazido pelo vento.

São pessoas, bem perto.

Nils vira-se à direita, o dedo no gatilho.

Olhos assustados observam de um arbusto de zimbro, apenas a alguns metros.

O olhar de alguém encontra o dele.

É o rosto de um homem que toma forma na escuridão das folhas espessas do zimbro, um rosto cinza de tanta sujeira sob o cabelo emaranhado. Atrás da cabeça há um corpo que se aperta contra o chão, em roupas folgadas de cor verde. Uma farda, vê Nils.

O homem é um soldado. Um soldado estrangeiro sem capacete nem arma.

Nils segura a espingarda à frente e sente as batidas fortes do coração até na ponta dos dedos. Ele levanta a boca da arma alguns centímetros.

— Aproxime-se — diz Nils.

O soldado abre a boca e diz alguma coisa. Não é em sueco, ou pelo menos não um sueco que Nils tenha ouvido antes. É uma língua estrangeira. Parece alemão.

— O quê? — diz Nils, rápido. — O que você está dizendo?

O soldado levanta as mãos devagar; ele tem mãos sujas e feridas — e neste instante Nils vê que ele não está sozinho no esconderijo. Atrás dele, debaixo dos arbustos de zimbro, um outro homem olha para ele, num uniforme sujo, aperta-se contra a relva. Ambos parecem acossados, como se estivessem fugindo de lembranças horríveis.

— *Bitte nicht schiessen* — sussurra o soldado mais próximo de Nils.

8

Julia tinha ligado para Gerlof do telefone de Ernst Adolfsson e contado o que acontecera — que ela tinha encontrado Ernst, onde estava caído e que estava morto.

Gerlof entendera o que ela tinha dito e, ainda assim, conseguira deixar de pensar ou de sentir demais e concentrara-se quase apenas na voz dela. A voz soava tensa, é claro, mas não tremia. Julia mantinha o autocontrole.

— Então Ernst está morto — disse Gerlof.

Silêncio na linha.

— Você tem certeza? — perguntou ele.

— Eu sou enfermeira — replicou Julia.

— Você telefonou para a polícia? — perguntou ele.

— Eu liguei para o serviço de emergência — respondeu ela. — Eles vão mandar alguém. Mas não vai ser nenhuma ambulância... Agora é tarde demais. — Ela ficou calada por alguns segundos. — Mas a polícia também deve vir, mesmo sendo um acidente. Ele...

— Eu vou para aí — disse Gerlof. Ele tomou a decisão na mesma hora em que pronunciava as palavras. — A polícia deve chegar logo, mas eu também estarei aí. Sente-se no sofá de Ernst e espere por eles.

— Tá bom. Eu vou esperar — disse Julia. — Espero você chegar.

Ela ainda tinha a voz calma.

Eles desligaram o telefone e Gerlof permaneceu sentado por alguns minutos à escrivaninha, reunindo forças.

Ernst. Ernst estava morto. Gerlof esperou esse fato ser digerido. Poucos minutos antes, ele tinha dois amigos vivos, John e Ernst. Agora restava apenas um.

Ele apanhou a bengala e levantou-se. Agora estava totalmente resoluto, apesar de o reumatismo e a tristeza dificultarem os movimentos dele do mesmo jeito que antes. Ele foi para o corredor, ouviu risos vindo da cozinha e foi para lá.

Boel estava na cozinha com uma moça nova na Casa. Pelo jeito, ela recebia instruções sobre como usar a máquina de lavar louça. Quando viram Gerlof, Boel sorriu para ele, mas em seguida ela viu seu rosto e ficou séria.

— Boel, eu preciso ir a Stenvik. Aconteceu um acidente. Meu melhor amigo morreu — disse Gerlof com a voz firme. — Alguém tem que me levar de carro até lá.

Ele não tirou os olhos dela, e, por fim, Boel concordou com um movimento de cabeça. Ela não gostava de mudanças na rotina, mas dessa vez não discutiu.

— Espere dois minutos que eu levo você — disse ela apenas.

Quando a via de acesso norte para Stenvik que levava à pedreira surgiu, Gerlof levantou o braço no banco de passageiros e apontou para a frente.

— Vamos tomar o caminho sul — disse ele.

— Mas por quê? — perguntou Boel. — Você não quer ir para...

— Eu tenho dois amigos em Stenvik — disse Gerlof. — Um deles era Ernst. O outro precisa ficar sabendo do que aconteceu.

Não era um desvio grande do caminho. A via sul apareceu com a tabuleta CAMPING coberta com fita adesiva para mostrar que o camping de Stenvik estava fechado no momento. John Hagman que tinha colado a fita, apesar de ser pequena a probabilidade de alguém aparecer por ali com barraca ou trailer em outubro.

À esquerda, apareceu o quiosque fechado, depois a pista de minigolfe, onde um homem de meia-idade vestido num conjunto de ginástica verde varria as pistas, segurando a vassoura com uma pegada cansada. Ele lançou um olhar tímido para o carro quando eles passaram. Era Anders Hagman, o filho único de John. Era solteiro e caladão, e Gerlof quase nunca o tinha visto com outra roupa que não fosse aquele conjunto gasto — talvez ele tivesse vários.

O caminho para o camping surgiu.

— É aqui — disse Gerlof. — É aquela casa lá longe.

Ele apontou para uma casinha à beira da estrada do camping, uma construção baixa com janelinhas estreitas que parecia uma guarita. Na frente da porta estava estacionado um Passat VW verde, velho e enferrujado, o que indicava que John estava em casa.

Boel diminuiu a velocidade e parou o carro. Gerlof abriu a porta e saiu do veículo apoiado na bengala, e quase ao mesmo tempo a porta da casinha se abriu. Um homem de estatura baixa com um macacão azul-marinho e os cabelos grisalhos penteados para trás e presos na nuca apareceu na escada de madeira do lado de fora calçando apenas meias de lã. Era John Hagman, sempre rápido em ver quem chegava.

John e Anders Hagman cuidavam do camping juntos no verão. Anders morava a maior parte do inverno em Borgholm.

John continuava morando em Stenvik o ano inteiro, e ele tinha de fazer sozinho a manutenção diária do camping quando Anders não estava. Era um trabalho puxado para um homem idoso — Gerlof teria ajudado John se ele próprio não fosse ainda mais velho.

Gerlof acenou com a cabeça para John, que por sua vez acenou de volta e calçou um par de galochas pretas que estavam na escada.

— Gerlof? — disse John quando o amigo se aproximou. — Que surpresa.

— É. Aconteceu um acidente — disse Gerlof.

— Onde?

— Na pedreira.

— Ernst? — disse John em voz baixa.

Gerlof balançou a cabeça.

— Ele se feriu?

— Sim. Muito — disse Gerlof. — Muito mesmo.

John conhecia Gerlof havia quase cinquenta anos. Eles continuaram mantendo contato depois da época que passaram juntos no mar. John pareceu entender apenas pelo olhar de Gerlof o quanto a coisa era grave.

— Tem gente por lá? — perguntou ele.

— Deve ter chegado agora — respondeu Gerlof. — Minha filha Julia iria telefonar. Ela está lá agora. Chegou ontem de Gotemburgo.

— Certo. — John deu alguns passos e voltou a entrar na casa; quando saiu de novo, segurava um casaco acolchoado e um molho de chaves. — Podemos ir no meu carro — disse ele. — Vou apenas avisar de minha saída.

Gerlof balançou a cabeça, de acordo. Boel queria certamente voltar para a Casa, e ele podia ficar mais à vontade com John se estivessem sozinhos.

John foi até Anders, parou na frente dele, apontou para a pista de golfe e disse alguma coisa em voz baixa. Anders fez que não com a cabeça. John apontou para ele, e Gerlof ouviu que ele levantou a voz. Pai e filho tinham uma relação difícil, Gerlof sabia disso — eles dependiam demais um do outro.

Por fim, Anders assentiu, e então John sacudiu a cabeça de um lado para o outro e deu as costas para ele. Eles tinham acabado de brigar.

Enquanto John abria o carro, Gerlof foi devagar até Boel para agradecer a carona.

— Então Ernst está morto — disse John ao volante.

— Foi o que Julia disse — confirmou Gerlof, e olhou para a praia, para a água cintilante lá embaixo da estrada costeira.

— Uma pedra caiu em cima dele — disse John.

— Uma pedra grande. Foi o que Julia disse — disse Gerlof.

Não acontecia um acidente grave na pedreira havia mais de sessenta anos, pensou ele — mas, agora que ela estava fechada, uma pedra caíra em cima de Ernst.

— Eu trouxe comigo a chave reserva — disse John. — Caso eles já tenham levado Ernst embora.

— Ele deixou uma chave com você? — Gerlof nunca tinha recebido tal prova de confiança dele. Por outro lado, ele também nunca tinha deixado uma cópia da chave da casa dele com Ernst. Talvez eles não confiassem de verdade um no outro.

— Ernst sabia que eu não ia bisbilhotar — disse John.

— Agora nós vamos precisar dar uma olhada lá dentro de qualquer forma — disse Gerlof. — Eu não sei direito o que vamos procurar. Mas vamos ter que fazê-lo.

— Claro — disse John. — Agora é diferente.

Gerlof não disse mais nada, apenas olhava para a frente, pois estavam cruzando com uma ambulância. Gerlof nunca tinha visto uma ambulância antes em Stenvik.

Ela vinha do caminho que levava à pedreira, sem pressa, e as lâmpadas azul-escuras no alto estavam apagadas. Não era um bom sinal, mas já era esperado. John diminuiu a velocidade, a ambulância passou, e depois eles entraram na estrada vicinal norte.

— As esculturas de pedra venderam bem no verão — disse John após um momento de silêncio. — Nós brincamos um pouco com isso, dizendo que Ernst tinha mais clientes do que os peixes capturados na minha rede.

Gerlof apenas balançou a cabeça, não havia mais nada a dizer no momento. A morte de Ernst ainda era sentida como um peso enorme nos ombros dele.

John pegou a estrada estreita que levava ao platô no alto da pedreira, e Gerlof viu marcas de pneus no barro. É, ele via o carro de Julia e de Ernst lá na frente agora e, atrás deles, dois carros de polícia e mais um carro particular, um Volvo azul reluzente. Ao lado dele havia um homem de meia-idade de boné e com uma câmera na frente da barriga.

— Bengt Nyberg comprou mais uma vez um carro novo — disse Gerlof.

— Repórteres devem ganhar bem — disse John.

— É mesmo? — disse Gerlof, e em seguida John parou o carro ao lado da tabuleta ESCULTURAS DE PEDRA: BEM-VINDO e desligou o motor. Fez-se silêncio.

Gerlof saiu do carro com dificuldade, pois as articulações estavam rígidas como sempre e protestavam contra os movimentos inusitados. Ele apoiou a bengala no chão, endireitou as costas e acenou com a cabeça para o correspondente do *Ölands-Posten* no norte de Öland, que veio com um andar serelepe na direção deles e com a mão na câmera fotográfica.

— A ambulância levou Ernst — disse Nyberg.

— Já sabemos — disse Gerlof.

— Eu também cheguei tarde demais. Tirei umas fotos dos policiais e da mancha grande lá embaixo, mas não acho que possamos publicá-las. É claro, isso é algo que o pessoal lá de Borgholm vai decidir.

Parecia que ele estava falando das fotos de um automóvel que caíra num canal ou de uma janela de carro espatifada. Bengt nunca fora uma pessoa sensível, constatou Gerlof.

— É melhor deixar essas fotos pra lá — comentou Gerlof.

— Vocês sabem quem o encontrou? — perguntou Nyberg, e apertou um botão na câmera.

Começou a zumbir enquanto o filme era rebobinado.

— Não — respondeu Gerlof.

Ele foi indo devagar para a beira da pedreira. Onde estava Julia?

— Vá para casa e comece a escrever o seu artigo, Bengt — disse John atrás de Gerlof.

— Eu vou — disse Nyberg. — Vocês vão poder ler mais sobre isso amanhã.

Em seguida ele foi para o seu carro novo, entrou e deu partida. Gerlof continuou devagar e passou pela casa e pelo ateliê, indo para a pedreira. Quando estava a alguns metros da beira, apareceu um policial fardado subindo. Ele conseguiu colocar uma das pernas na beira do penhasco, ergueu-se nos braços e abaixou-se em seguida para ajudar um outro policial, um colega mais novo. Depois deu um suspiro de alívio e olhou para Gerlof, que não reconheceu nenhum dos dois. Eles deviam ter vindo de Borgholm ou do continente.

— Vocês são parentes? — perguntou o policial mais velho.

— Velhos amigos — respondeu Gerlof. — Os parentes dele moram em Småland.

O policial balançou a cabeça.

— Não há muita coisa para se olhar aqui — disse ele.

— Foi um acidente?

— Um acidente de trabalho — respondeu o policial.

— Ele iria mudar uma escultura de lugar aqui na beirada — disse o policial mais novo, e apontou para a beira do penhasco, onde havia uma cavidade pequena no cascalho. — Ele estava aqui e deve ter segurado a pedra. E depois...

— Bem, ele escorregou ou tropeçou e caiu, e a pedra caiu em cima dele — disse o policial mais velho.

— Tudo deve ter sido bem rápido — disse o policial mais novo.

Gerlof deu mais uns passos à frente, apoiado na bengala. Agora ele via.

A torre de igreja, a maior escultura de Ernst, estava caída lá embaixo na pedreira. Via-se com nitidez onde ela tinha aterrissado na hora em que caíra. Havia uma fenda profunda no cascalho lá embaixo.

Uma marca de Ernst. Gerlof olhou rápido para o outro lado, para o restante da pedreira, mas, quando pensou na quantidade de lápides funerárias e de lajes para túmulos que tinham sido retiradas daquela montanha durante todos aqueles anos, olhou para mais longe ainda, para a praia e para o mar e, então, sentiu-se finalmente um pouco melhor.

Depois virou-se para a direita ao longo da beira do penhasco, onde as outras esculturas de pedra estavam enfileiradas. Ernst tinha colocado as obras de forma que houvesse um espaço de alguns metros entre elas, mas havia um vão maior lá longe... Gerlof foi até lá.

Ali tinha caído mais uma escultura de pedra, um exemplar menor. Ele viu a obra lá embaixo na pedreira, uma coisa redonda e comprida que podia ser uma espécie de ovo ou de cabeça de gnomo. Diferentemente da torre de igreja, essa escultura tinha se partido ao meio.

Mais isso. Gerlof virou-se devagar para não perder o equilíbrio no chão de cascalho desnivelado e foi na direção da casa.

— Julia Davidsson ainda está aqui? — perguntou ele aos dois policiais.

Eles tinham parado para dar uma olhada no ateliê de Ernst, onde martelos, carrinhos de mão e uma máquina velha de polir pedras dividiam o espaço apertado com mais esculturas de diversos tamanhos.

— Ela está com Henriksson lá dentro — respondeu o mais velho, e apontou para a casa.

— Obrigado.

A porta da casa estava entreaberta, então John já devia ter entrado. Gerlof subiu com dificuldade a pequena escada de madeira. Fez umas tentativas frustradas de limpar os sapatos no capacho. Em seguida, empurrou a porta.

Vários pares de sapato bloqueavam o caminho — Gerlof teve de afastá-los com a bengala para poder passar. Ele mesmo se abaixar para tirar os seus era algo fora de cogitação. Continuou como estava e seguiu em frente no corredor estreito. Fotos emolduradas de antigos funcionários da pedreira com espetos e pás nas mãos estavam penduradas nas paredes.

Ele ouviu vozes baixas vindo de dentro da casa.

John estava na janela da sala de estar olhando para fora. No sofá estavam Julia e mais um policial fardado, um homem mais velho que, num gesto educado, tinha tirado o quepe de policial.

Gerlof acenou com a cabeça para ele.

— Olá, Lennart.

O homem no sofá era o primeiro policial ali no local que Gerlof conhecia. Lennart Henriksson era policial havia quase 35 anos, trabalhava em toda a região norte de Öland, mas morava numa casa ao norte de Marnäs e tinha uma unidade policial perto do porto. Ele tinha cabelos grisalhos e estava para se aposentar. Normalmente o olhar dele era um pouco apático e os ombros largos viviam afundados no uniforme, mas agora ele estava sentado com as costas eretas ao lado de Julia.

— Olá, capitão — disse Lennart Henriksson para Gerlof.

— Oi, pai — disse Julia em voz baixa.

Foi a primeira vez depois de muitos anos que ela usou essa palavra com ele, então Gerlof soube que ela estava abalada. Ele aproximou-se devagar e colocou-se perto da mesa.

— Você não quer se sentar? — perguntou Henriksson a Gerlof.

— Estou bem assim, Lennart. Preciso me exercitar de vez em quando.

— Você parece bem-disposto e saudável, Gerlof.

— Obrigado.

Silêncio. Atrás deles, John deu meia-volta e deixou a sala sem dizer uma palavra.

— Julia acabou de contar que é sua filha — disse Lennart.

Gerlof confirmou com a cabeça e fez-se silêncio de novo.

— A ambulância já foi? — indagou Julia, e olhou para Gerlof.

— Já... John e eu cruzamos com ela na estrada.

Julia balançou a cabeça.

— Então ele não está mais aqui.

— Não. — Ele olhou para Henriksson. — Veio algum médico para cá?

— Veio. Foi um médico jovem, substituto em Borgholm... eu nunca tinha encontrado esse médico antes. Ele apenas constatou o que aconteceu.

— Ele disse que foi um acidente? — perguntou Gerlof.

— Sim. Depois foi embora.

— Mas ele ficou caído na chuva de madrugada.

— Ficou — confirmou Lennart. — O acidente deve ter acontecido ontem à noite.

— Então não havia traços de sangue — disse Gerlof. — Todos os vestígios desapareceram com a chuva, não é?

Ele mesmo não sabia direito por que estava fazendo essas perguntas ou aonde queria chegar com elas, mas supôs que queria chamar atenção para si. A esperança de chamar a atenção dos outros talvez seja a última coisa que deixa o ser humano.

— Ele tinha sangue no rosto — disse Julia. — Um pouco de sangue.

Gerlof balançou a cabeça. Passos pesados vinham do corredor, e o mais jovem dos dois policiais apareceu na sala.

— Acho que estamos prontos agora, Lennart — disse ele. — Nós vamos para casa.

— Certo. Eu acho que vou ficar mais um pouco por aqui.

— Está bem, aguente firme.

Havia de certo modo um tom respeitoso na voz do policial mais novo, achou Gerlof. Talvez fossem os muitos anos de serviço de Lennart que inspiravam esse respeito, ou o fato de o pai dele também ter sido da polícia e ter morrido em serviço.

— Dirija com cuidado para Borgholm — disse Henriksson, e o colega acenou com a cabeça e desapareceu.

Atrás dele estava John, com um porta-níqueis marrom de couro nas mãos. Ele mostrou a bolsa para Gerlof, Julia e Henriksson.

— Três mil e duzentos e cinquenta e oito coroas, da venda de esculturas — disse ele. — Ele guardava a bolsa na última gaveta da cozinha, debaixo dos sacos plásticos.

— Você pode cuidar do dinheiro, John — disse Henrik do sofá. — Seria uma tolice deixar esse valor todo guardado aqui.

— Eu posso tomar conta dele, até a herança ser dividida entre os parentes — disse Gerlof, e esticou a mão na direção do porta-níqueis.

John pareceu ficar aliviado em poder entregá-lo para outra pessoa.

A sala ficou em silêncio de novo.

— Bem... — disse Henriksson em seguida. Ele inclinou-se e levantou do sofá com certa dificuldade. — Eu também preciso ir.

— Obrigada por você... — Julia permaneceu sentada, ela procurava as palavras certas — ... por você ter perdido tempo e ficado.

— Não há de quê. — Henriksson olhou para ela. — Não é fácil ser o primeiro a chegar quando há uma morte acidental. É claro que isso também já aconteceu comigo algumas vezes em todos esses anos. Mas a gente se sente bastante... sozinho. Impotente.

Julia assentiu com a cabeça.

— Mas eu me sinto melhor agora.

— Ótimo. — Henriksson colocou o quepe de policial. — A minha unidade fica em Marnäs. Você pode passar por lá caso precise de alguma coisa. — Ele olhou para John e para Gerlof. — Vocês também, é claro. O escritório está sempre de portas abertas, é só aparecer. Vocês vão trancar a casa?

— Vamos — respondeu Gerlof.

E em seguida Lennart Henriksson despediu-se deles com um aceno de cabeça e foi embora.

Eles ouviram um motor de carro dar partida e se afastar devagar.

— Nós também vamos embora logo — disse Gerlof para Julia. Ele enfiou o porta-níqueis de Ernst no bolso e olhou em seguida para John. — Será que podemos ir lá fora um instante? — perguntou ele. — Eu só vou lhe mostrar uma coisa... Algo em que reparei.

— Eu preciso ir também? — indagou Julia.

— Não é necessário.

John deixou Gerlof ir na frente. Apoiado na bengala, ele desceu a escada até o cascalho e deu a volta na casa, em direção à beira da pedreira.

— O que nós vamos olhar? — perguntou John.

— Está aqui na beirada, uma coisa que eu descobri antes de entrar... Aqui.

Gerlof apontou para baixo na pedreira onde a pedra polida que parecia um ovo grande ou uma cabeça deformada estava caída, quebrada numa parte maior e noutra menor.

— Você reconhece essa escultura, não? — perguntou ele a John.

John confirmou balançando devagar a cabeça.

— Foi essa que Ernst batizou de "A pedra do Kant" — disse ele. — Como se fosse uma brincadeira.

— Ela foi empurrada — prosseguiu Gerlof. — Não é mesmo?

— É. — John balançou a cabeça novamente. — Parece que sim.

— Estava atrás da casa no verão — disse Gerlof.

— Estava neste local até a semana passada, quando estive aqui — disse John. — Disso eu tenho certeza.

— Ernst jogou a escultura no chão de propósito — disse Gerlof.

— Deve ter feito isso.

Os velhos amigos entreolharam-se.

— O que você acha? — perguntou John.

— Bem, eu não tenho certeza. — Gerlof deu um suspiro. — Não sei. Mas acho que Nils Kant pode estar de volta.

9

Julia cuidou para que os dois velhinhos tristes tomassem um café bem forte. Ela usou o jogo de porcelana branca com a pintura de sóis amarelos de Öland e serviu a cada um a sua respectiva xícara de café na casa de Gerlof antes de eles irem embora, com a sensação de estar fazendo algo de útil uma vez na vida. John e Gerlof estavam sentados no sofá falando sobre Ernst em voz baixa.

Eram apenas histórias curtas ou lembranças, na maioria das vezes sem muito sentido, sobre erros que Ernst cometera assim que começara na pedreira, quando ele tinha acabado de se mudar para Öland, ou sobre as esculturas bonitas que tinha criado na velhice em sua oficina. Julia entendeu que Ernst, com exceção de alguns anos como marinheiro no mar Báltico na época da guerra, tinha trabalhado com pedras durante toda a sua vida adulta. Quando a pedreira fechou, nos anos 1960, Ernst continuou de forma independente. Ele apanhava restos de pedras que tinham sido largados pelos canteiros, esculpia e polia, fazendo disso uma espécie de arte.

— Ele amava essa pedreira — disse Gerlof, e olhou lá fora pela janela. — Ele com certeza a teria comprado de

Gunnar Ljunger lá de Långvik se tivesse dinheiro. Ele não queria morar em nenhum outro lugar. Sabia tudo sobre como os diversos tipos de pedras deveriam ser extraídas, cortadas e trabalhadas.

— Ernst fazia as lápides mais bonitas — disse John. — É só dar uma volta no cemitério de Marnäs ou lá embaixo em Borgholm para ver isso.

Julia estava sentada calada, olhando para uma pilha de livros sobre a região que estava na mesinha de centro de Ernst. Ela se concentrava de verdade no que John e Gerlof diziam, mas estava difícil esquecer o rosto de Ernst quando ela encontrou o corpo.

O policial que tinha chegado primeiro ao local do acidente, Lennart Henriksson, colocou rapidamente um cobertor em cima de Ernst e levou Julia para dentro da casa. Ele tinha feito companhia a ela, mas não falara muita coisa, e ela sentiu-se bem com isso. Depois daquele dia, ela já tinha ouvido muitas palavras vazias de consolo sem ter pedido.

— Será que você aguenta me levar de carro para casa, Julia? — perguntou Gerlof quando o café tinha sido bebido e as histórias tinham se acabado.

— Claro.

Ela levantou-se para ir até a cozinha e lavar a louça do café, quase irritada com a pergunta.

Eu encontrei um homem arrebentado debaixo de um bloco de pedra, pensou ela, *com sangue na boca e os olhos saindo das órbitas. Mas eu já vi sangue antes, eu já vi pessoas mortas. Já vi coisas piores.*

E em meio aos pensamentos que martelavam na cabeça, ela lembrou-se de repente de algo que talvez fosse importante. Parou e virou-se na porta na direção do pai.

— Ele deixou um recado para você — disse ela. — Eu esqueci de dizer.

Gerlof olhou para cima.

— Ernst — explicou ela. — Eu o encontrei aqui perto de casa quando cheguei em Stenvik, e ele me pediu que eu desse um recado para você... Ele disse isso um pouco antes de ir embora. — Ela calou-se e tentou lembrar. — Era alguma coisa sobre o polegar que era mais importante, e não a mão.

— Que o polegar era mais importante? — perguntou Gerlof.

Julia confirmou com a cabeça.

— Você sabe o que ele quis dizer com isso?

Gerlof negou, pensativo. Ele olhou para John.

— Você sabe?

— Não faço a menor ideia — respondeu John. — Será que é um ditado?

— Bem, foi isso o que ele disse — falou Julia e continuou andando para a cozinha.

Julia e Gerlof voltaram para o camping no Ford, e John foi atrás deles no seu próprio carro. Uma cortina cinza de nuvens pairava sobre o estreito de Kalmar e encobria o sol. A Stenvik revivida nas histórias dos dois homens velhos, na qual as pessoas moravam e trabalhavam ali o ano inteiro e onde cada chácara e cada trilha tinha o seu próprio nome, agora caíra no sono de novo. Todas as casas estavam vazias e fechadas, as pás do moinho de vento não giravam e nenhuma rede comprida estava presa nas estacas de madeira para pescar enguia no estreito.

Quando Julia fez a curva e parou ao lado da pista de minigolfe, John estacionou o carro e foi até eles. Gerlof abriu a janela lateral, e John olhou para Julia:

— Cuide do seu pai agora.

Era a primeira vez que John Hagman falava diretamente com ela.

Julia balançou a cabeça.

— Vou tentar.

— Mantenha contato, John — disse Gerlof ao lado dela. — Telefone se você vir alguém... algum estranho.

Algum estranho, pensou Julia, e lembrou-se de um episódio de sua infância, nos anos 1950, quando um homem negro de sorriso largo mas que falava um inglês ruim e nada de sueco tinha aparecido em Stenvik um verão e batido de porta em porta com uma bolsa na mão. Os moradores do povoado trancaram suas casas e negaram-se a abrir a porta para ele — e, quando alguém por fim teve a coragem de se informar sobre o que ele queria, ficou claro que não era nenhum ladrão, mas um cristão do Kenya que vendia Bíblias e compêndios de hinos de igreja. Em Stenvik, as pessoas não gostavam de estranhos.

— Está bem, até logo — disse John Hagman.

Julia viu John ir na direção da casa e apanhar a vassoura como se fosse o pertence mais valioso dele. De vassoura na mão, ele foi para a pista de minigolfe e começou novamente a gesticular para o filho, Anders.

— John comandou esse camping durante 25 anos — disse Gerlof. — Agora seu filho é o responsável pelo local, mas ele passa mais tempo do dia com a cabeça na lua. Ainda é John quem tem que varrer, pintar e fazer a manutenção do lugar... John deveria descansar, mas ele não me escuta.

Ele soltou um suspiro.

— Bem, então estamos prontos — disse ele em seguida. — Agora podemos ir para a casa de veraneio em Stenvik.

Julia fez que não com a cabeça.

— Eu levo você de carro para Marnäs — replicou.

— Eu gostaria de dar uma olhada na casa — insistiu Gerlof. — Agora que eu tenho um chofer tão bom.

— Já está tarde — disse Julia. — Eu queria voltar para casa hoje.

— Você não precisa ter tanta pressa assim — disse Gerlof. — Gotemburgo vai continuar existindo.

Julia não lembrava depois se foi ela ou Gerlof quem sugeriu que eles passassem a noite na casa de veraneio.

Talvez isso tenha sido decidido na hora em que ele entrou com as roupas de frio na sala de estar e afundou na única poltrona da sala soltando um suspiro profundo. Ou talvez quando Julia saiu para abrir o registro da água, sob a tampa do bueiro na rua, e ligou o interruptor central na caixa de luz, na cozinha. Ou quando ela acendeu as lâmpadas do teto, ligou a calefação e colocou água no fogo para o chá de folha de sabugueiro. Foi feito, em todo caso, um acordo tácito entre os dois, segundo o qual eles ficariam em Stenvik aquela noite. Julia ligou o telefone celular para que Gerlof pudesse avisar aos funcionários da casa de repouso sobre essa decisão.

Depois disso, Gerlof deu um passeio pelo quintal.

— Não há sinal de ratos — disse ele, satisfeito, ao voltar para casa.

Julia deu uma olhada em silêncio e com cuidado nos cômodos pequenos e escuros da casa, como se fosse um museu. Ali estava uma parte da história dela, desde os tempos da infância, mas parecia que essa história estava encapsulada em mostradores envidraçados

O que havia na casa para ser visto? Não muita coisa. Cinco cômodos pequenos com móveis cobertos de lençóis brancos, seis camas estreitas sem roupa de cama, uma cozinha pequena com uma janela cheia de moscas mortas caídas, parecendo letras pretas desordenadas, perto do vidro. Um mapa de navegação antigo e desbotado na parede mostrando o norte de Öland e, em cima de uma cômoda, uma foto em preto e branco dos anos 1960 de uma Julia adolescente dando um sorriso forçado, com a irmã Lena ao lado, e no canto uma estante de livros. No mais, os cômodos estavam quase vazios de objetos pessoais, da mesma forma que numa casa a ser alugada.

O assoalho de madeira não tinha tapetes e estava gelado. E não restava quase nada ali do que Julia se lembrava dos seus tempos de criança.

Porém, havia mais coisas de cunho pessoal, e, quando Julia puxou a gaveta de baixo da cômoda do quarto que costumava ser dela, encontrou uma dessas coisas: uma foto emoldurada de um menininho bronzeado numa camisa de algodão branca dando um sorriso tímido para a câmera. Durante muitos anos a foto tinha estado em cima da cômoda, mas agora alguém a tinha guardado.

Julia colocou de volta a foto onde ela deveria estar. Analisou o retrato do filho desaparecido e teve vontade de beber vinho: algumas taças a aqueceriam, a fariam esquecer e tornariam mais fácil a estada na casa. Mas ela não ia mostrar a Gerlof que bebia.

Gerlof parecia não perceber como ela se sentia; ele percorria devagar cada cômodo como se essa fosse a verdadeira casa dele. E era, de certa forma. Ele tinha morado ali todos os verões e todos os finais de semana depois de aposentado, primeiro com Ella e depois sozinho, até onde Julia se lembrava. Ele ficava acenando do portão quando as crianças voltavam para o continente depois de algumas semanas das férias de verão.

Não estamos no verão e preciso ir embora logo, pensou Julia perto da porta, com as chaves do carro na mão, mas o que ela disse para Gerlof foi:

— Lena e eu costumávamos dormir num beliche quando estávamos aqui... Eu dormia na cama de cima.

Gerlof balançou a cabeça.

— É claro que aqui ficava apertado nas férias com todo mundo reunido, mas, pelo que me lembro, ninguém reclamava.

— É. Eu lembro que era divertido com todos os primos aqui, todos os verões... Lembro que o sol sempre brilhava — disse Julia, e depois olhou para o relógio. — Mas agora precisamos ir nos deitar...

— Já? — disse Gerlof, e endireitou um quadro na parede. — Você não tem mais perguntas?

— Perguntas? — indagou Julia.

— É...

Gerlof tirou devagar a capa protetora de uma poltrona no cômodo maior e dobrou-a.

— É só perguntar — disse ele.

Ele sentou-se lentamente e, bem naquele instante, o telefone celular de Julia tocou no casaco dela, que estava pendurado no corredor escuro.

O som digital não combinava com o silêncio, e ela rapidamente foi atender:

— Alô, aqui é Julia.

— Oi. Como estão as coisas? — Era Lena, talvez a única pessoa que sabia o número do celular dela. — Você já chegou?

— Já... sim, cheguei.

O que mais podia dizer? Ela deu de cara com o reflexo do olhar preocupado na vidraça escura e na verdade não queria contar nada para a irmã sobre o que tinha acontecido, sobre a sandália de Jens e a morte na pedreira. — Tudo vai bem — disse ela por fim.

— Você se encontrou com Gerlof?

— Sim... Estamos agora na casa de veraneio.

— Na casa em Stenvik?— disse Lena. — Mas você não vai dormir aí, vai?

— Sim — disse Julia. — Nós ligamos a água e a eletricidade.

— O pai não pode ficar no frio — disse Lena.

— Ele não vai ficar — disse ela a Lena, e depois ficou com vergonha, e depois ficou com vergonha de ter ficado com vergonha. — Nós estamos batendo um papo agora... O que você quer?

— Bem... é sobre o carro. Marika ligou e parece que ela vai fazer um curso de teatro em Dalsland no próximo final de semana, então ela vai precisar do carro. Eu disse que não havia problema nenhum... Você não vai ficar em Öland, vai?

— Vou ficar aqui por mais um tempo — respondeu Julia.

Marika era a filha do primeiro casamento de Richard, o marido de Lena. Julia achava que Marika e Lena tinham uma relação bastante ruim — mas, pelo visto, a relação delas era boa o bastante agora para que Lena emprestasse o carro de Julia.

— E por quanto tempo?

— Não dá para dizer assim... Por alguns dias.

— Como assim? Por quanto tempo? Três dias, então? — perguntou Lena. — Então você vem para cá com o carro no domingo?

— Na segunda — respondeu Julia rápido.

Qualquer que fosse o dia da semana que Lena tivesse dito, Julia teria acrescentado mais um dia.

— Chegue cedo, então — disse Lena.

— Vou tentar — respondeu Julia. — Lena...

— Certo. Dê lembranças ao papai, tchau.

— Lena... Foi você quem colocou a foto do Jens dentro da cômoda? — perguntou Julia.

Mas Lena não estava mais na linha.

Julia desligou o celular com um suspiro.

— Quem era? — perguntou Gerlof, da poltrona.

— Sua outra filha — respondeu Julia. — Mandou lembranças.

— Ah... Ela quer que você vá para casa?

— É. Quer me vigiar.

Julia sentou-se na sala de estar, no canto oposto à poltrona de Gerlof. O chá de folha de sabugueiro com mel estava em cima da mesa. Tinha ficado morno e estava quase frio, mas ela bebeu assim mesmo.

— Ela está preocupada com você? — perguntou Gerlof.

— Um pouco.

Preocupada com o carro dela, isso sim, pensou ela.

— Aqui é mais seguro do que em Gotemburgo — comentou Gerlof, e sorriu.

Mas então ele pareceu se lembrar do que tinha acontecido durante o dia lá na pedreira e parou de sorrir. Olhou para o chão e ficou em silêncio. Julia também não falava.

O ar dentro da casa foi se aquecendo aos poucos. A noite caiu lá fora, o relógio marcaria em breve 22 horas. Julia se perguntava se havia roupas de cama na casa. Provavelmente.

— Eu não tenho medo da morte — disse Gerlof de repente. — Tive medo dela por muitos anos, quando trabalhava no mar e era jovem; eu tinha medo de minas e de tempestades, mas agora estou velho demais... E muito desse medo desapareceu quando Ella foi parar no hospital. No outono em que ela ficou cega e foi nos deixando aos poucos.

Julia balançou a cabeça em silêncio. Tampouco ela queria pensar na morte da mãe.

Jens tinha conseguido deixar a casa e sair na neblina naquele dia de setembro por dois motivos. Um deles era o fato de Gerlof não estar em casa. E também porque sua avó tinha se deitado e adormecido, no meio da tarde. Era um cansaço crônico que foi tomando conta dela aos poucos naquele verão e que levou embora seu dinamismo usual. Esse cansaço parecia totalmente inexplicável, até que os médicos constataram, no ano seguinte, que ela tinha diabetes.

Jens tinha desaparecido e sua avó, Ella, viveu apenas mais alguns anos depois disso. Ela foi murchando aos poucos, atormentada pela tristeza e pela consciência pesada por ter dormido naquele dia.

— A morte acaba virando um pouco uma amiga da gente quando se fica velho — disse Gerlof. — Uma conhecida, ao menos. Eu só queria que você soubesse, assim não vai ficar pensando que eu não suportarei isso... a morte de Ernst.

— Está bem — disse Julia.

Mas pensar em como Gerlof estava se sentindo era algo que Julia não tivera tempo de fazer naquele dia.

— A vida continua — disse Gerlof, e tomou um gole do chá.

— De algum jeito — disse Julia.

A sala ficou em silêncio por alguns minutos.

— Você não queria que eu perguntasse alguma coisa? — disse Julia em seguida.

— Sim. É só perguntar.

— Sobre o quê?

— Bem... Você quer saber o nome da escultura redonda que alguém empurrou pedreira abaixo? — Ele a encarou. — Daquela pedra sem forma... Talvez a polícia de Borgholm tenha feito perguntas sobre ela, não? Ou Lennart Henriksson?

— Não — respondeu Julia. Mas pensou um pouco mais. — Eu acho que eles nem chegaram a vê-la, só olharam para mais distante, para a escultura da torre de igreja e... — Ela parou de falar. — Eu também não pensei nessa pedra. O que tem ela?

— Isso eu também me pergunto — respondeu Gerlof. — Mas é mais o nome dela.

— E qual é o nome dela?

Gerlof inspirou profundamente e recostou-se na poltrona. Soltou o ar num longo suspiro.

— Ernst não estava muito satisfeito com ela... — respondeu Gerlof. — Ela havia rachado e não tinha ficado boa, era o que ele achava. Então ele batizou a escultura de "A pedra de Kant". Inspirado em Nils Kant.

Silêncio novamente. Gerlof olhou para Julia como se ela devesse reagir, mas ela não sabia por quê.

— Nils Kant — disse ela simplesmente. — Ok.

— Você já ouviu esse nome antes? — perguntou Gerlof. — Alguém o mencionou quando você era menor?

— Não que eu me lembre — disse Julia. — Mas o nome Kant eu acho que já ouvi em alguma ocasião.

O pai dela assentiu balançando a cabeça.

— A família Kant morava aqui em Stenvik — disse ele em seguida. — Nils era o filho, a ovelha negra... mas quando você nasceu, depois da guerra, ele já não morava mais aqui.

— Sim.

— Ele foi embora — disse Gerlof.

— Mas o que esse Nils Kant fez de tão terrível? — perguntou Julia. — Ele matou alguém?

ÖLAND, MAIO DE 1945

Nils Kant está com a arma levantada, mirando os dois soldados estrangeiros, com o dedo no gatilho. O vento, o canto dos pássaros e todos os outros sons no *alvar* silenciaram. A paisagem tornou-se turva; Nils vê apenas os soldados e a boca do cano duplo da espingarda, que ele mantém o tempo todo apontada para eles.

Os soldados levantam-se devagar como se tivessem recebido um comando. Eles parecem não ter força nas pernas; se seguram na relva para conseguir ficar de pé e em seguida levantam as mãos para o alto. Mas Nils não abaixa a arma.

— O que vocês estão fazendo aqui? — pergunta ele.

Os homens apenas ficam olhando para ele com as mãos na cabeça e não respondem.

O soldado que está mais à frente dá meio passo para trás, esbarra no outro e para. Ele parece mais jovem que o de trás, mas o rosto dos dois carrega uma máscara de poeira cinza, manchas de terra e uma barba por fazer rala e preta, e não dá para calcular a idade deles. A parte branca dos olhos de ambos está cheia de riscos vermelhos fininhos e os olhos em si parecem ter 100 anos.

— De onde vocês vêm? — perguntou Nils.

Nenhuma resposta.

Ao olhar rapidamente para baixo, Nils não vê nenhuma bagagem com os soldados. As fardas verde-acinzentadas estão puídas no joelho e as costuras, esfarrapadas, e no uniforme do soldado da frente há um rasgo grande acima do joelho.

Nils está com a arma do soldado, mas isso não o acalma. Ele tenta inspirar e expirar devagar para que os braços não comecem a tremer e o cano da espingarda não balance. Uma tira de ferro invisível aperta cada vez mais a cabeça de Nils; a dor não o deixa pensar com clareza.

— *Nicht schiessen* — diz, ofegante, o soldado da frente de novo.

Nils não entende as palavras, mas acha que a língua se parece com a de Adolf Hitler, pelo que ouviu no rádio. Então eles são alemães e vêm da grande guerra. Como foram parar ali?

Um barco, pensa ele. Eles devem ter chegado aqui de barco pelo mar Báltico.

— Vocês vão... me acompanhar — diz ele.

Ele fala devagar, para que os soldados entendam. Nils tem de assumir o comando por aqui, pois é ele quem tem uma arma nas mãos.

Ele acena com a cabeça para os dois.

— Vocês entendem o que eu digo?

Ele sente-se bem falando, embora eles não entendam. Isso reduz o medo e ajuda a lutar contra a paralisia na cabeça. Nils poderia levá-los para Stenvik, ele poderia virar um herói. O que as pessoas do povoado pensam não é importante, mas a mãe dele ficaria orgulhosa.

O soldado da frente também acena com a cabeça e abaixa os braços devagar.

— *Wir wollen nach England fahren* — diz ele. — *Wir wollen in die Freiheit.*

Nils olha para ele. A única palavra que ele entende é "England", que se parece com a palavra em sueco, mas ele tem certeza de que os soldados não são ingleses. Ele está quase certo de que eles são alemães.

O soldado de trás abaixa uma das mãos na direção dos bolsos da farda.

— Não!

O coração de Nils bate forte, ele abre a boca.

O soldado enfia a mão no bolso. As mãos dele mexem-se rápido demais; os olhos de Nils não conseguem acompanhar. Ele precisa fazer alguma coisa e diz:

— Mãos para ci...

Um estrondo abafa o resto da palavra. A arma estremece.

Uma nuvem de pólvora sai do cano da arma, fazendo desaparecer por um instante os homens na frente dele.

Nils não tinha na verdade a intenção de atirar, ele apenas apertou um pouco mais forte a arma nas mãos, para apontar, apontar para cima. Mas a espingarda é descarregada e a enxurrada de chumbo sai pelos ares e acerta o soldado da frente, derrubando-o no chão.

Nils vê o soldado atrás da fumaça de pólvora como se ele fosse um vulto, um vulto que tomba, treme e cai na relva.

A fumaça se dissolve, todos os sons silenciam, mas o soldado permanece deitado de lado com a jaqueta da farda rasgada. Durante alguns segundos, o corpo dele parece totalmente ileso, depois começa a sair sangue dos rasgos no pano, na forma de manchas escuras que vão aumentando. O soldado cerra os olhos e parece estar morrendo.

— Merda... — murmura Nils para si mesmo.

Agora está feito. Ele atirou no soldado errado ainda por cima. Não foi o soldado da frente que enfiou a mão no bolso, mas é ele quem está deitado sangrando ali no chão.

Nils atirou num ser humano como se fosse numa lebre; foi ele e mais ninguém quem atirou.

O soldado no chão pisca devagar, os braços tremem um pouco e ele luta para erguer a cabeça, mas não consegue.

Sua respiração é curta e ofegante, ele tosse, expira, mas não inspira em momento nenhum. O sangue cobre a farda. O olhar dele vagueia ao redor, pra cá e pra lá, e por fim fica vidrado, virado para o céu.

Atrás dele está o outro soldado, aquele que estava escarafunchando o bolso, com a boca muito apertada e os olhos vazios. Ele está totalmente imóvel, mas segura alguma coisa entre o polegar esquerdo e o dedo indicador. Um objeto que ele tirou do bolso um pouco antes do disparo.

Não é uma arma, é algo muito menor. Parece uma pedrinha preta-avermelhada que brilha e cintila, embora o sol não esteja brilhando sobre o *alvar*.

Nils segura a arma, o soldado segura a pedrinha. A sensação inicial de pânico desaparece e uma calma fria toma conta dele. Ele tem o controle agora.

Nils respira aliviado, dá um passo à frente na direção do soldado e aponta com a cabeça para a pedra.

— Passe isso pra cá — diz ele, calmo.

10

Gerlof não respondeu à pergunta de Julia sobre Nils Kant. Ele apenas apontou para trás dela, para a escuridão do lado de fora da janela.

— A família Kant morava bem aqui embaixo — disse Gerlof. — No casarão amarelo. Eles já moravam aqui muito antes de construirmos esta casa.

— Eu lembro que morava uma senhora idosa ali quando eu era pequena — disse Julia.

— Era a mãe de Nils, Vera — disse Gerlof. — Ela morreu no começo dos anos 1970. Antes disso ela morou sozinha por muitos anos. Era rica... A família dela era dona de uma serraria em Småland e ela própria tinha muitas terras pelo litoral, mas eu nunca achei que o dinheiro a fizesse feliz. A família dela ainda deve estar brigando pelo que restou dos bens, eu suponho, pois o casarão está caindo aos pedaços lá embaixo. Ou também pode ser que ninguém tenha coragem de morar ali.

— Vera Kant... — disse Julia. — Tenho apenas uma vaga lembrança. Ela não era muito popular, era?

— Não, ela era amarga e rancorosa demais para isso — respondeu Gerlof. — Se o seu avô materno tivesse agido errado com ela, ela iria odiar a sua mãe, você e o seu cachorro também, pelo resto da vida. Era cabeça-dura e orgulhosa. Quando o marido dela morreu, ela logo voltou a adotar o nome de solteira.

— E ela nunca saía pelo povoado?

— Não. Vera era uma pessoa de hábitos solitários — respondeu Gerlof. — Ela ficava mais dentro de casa, sentindo saudades do filho.

— E o que ele fez? — repetiu Julia.

— Um monte de coisas... — respondeu Gerlof. — Quando era novo, ele foi suspeito de afogar o irmão caçula na praia. Pelo visto, eram somente os dois que estavam na praia quando isso aconteceu, e Nils disse depois que tinha sido um acidente... Então, o que realmente aconteceu, nós nunca vamos saber.

— Vocês eram amigos?

— Não, longe disso. Ele era alguns anos mais novo que eu, e eu sumi daqui bem rápido para trabalhar no mar. Eu mal o encontrava quando era garoto.

— Nem depois de grande?

Gerlof esteve prestes a dar um sorriso, mas, quando o assunto era Nils Kant, não havia nada para sorrir.

— Depois de grande, não mesmo — disse ele em seguida. — Ele foi-se embora do povoado, como eu já disse. — Ele levantou a mão e apontou para a estante de livros estreita que havia no canto da sala. — Existe um livro sobre Nils Kant ali. É um pouco sobre ele, ao menos. Está na terceira prateleira de cima para baixo, tem uma lombada fina e amarela.

Julia levantou-se e foi até os livros. Olhou e por fim tirou um da terceira prateleira. Leu o título.

— *Crimes em Öland.*

Ela lançou um olhar indagador para o pai.

— É esse — disse Gerlof. — Foi um colega de trabalho de Bengt Nyberg, do *Ölands-Posten,* que escreveu esse livro, há alguns anos. Leia, e você vai ficar sabendo de muita coisa.

— Ok. — Ela olhou para o relógio. — Mas não hoje à noite.

— Não. Nós vamos nos deitar.

— Eu gostaria de ficar no meu antigo quarto — disse Julia. — Se você não tiver nada contra.

E ele não tinha. Gerlof escolheu o quarto ao lado, o que ele e Ella haviam dividido durante muitos anos. A antiga cama de casal deles não estava mais lá, mas as camas novas ocupavam o seu lugar. Enquanto Gerlof estava no banheiro, Julia arrumou uma delas para ele. Arrumar camas era um exercício que ele não conseguia mais fazer.

Quando Julia acabou e entrou no próprio quarto, Gerlof tirou a roupa, ficando só de ceroulas e camisa de baixo, e deitou-se. O colchão era mais duro do que aquele com que ele estava acostumado agora.

Ele ficou deitado pensando por um tempo, mas não se sentia muito mais em casa ali do que no quarto dele lá em Marnäs. Tinha sido um grande passo reconhecer que estava velho demais para cuidar de tudo sozinho em Stenvik e mudar-se para lá, e essa talvez tivesse sido a decisão certa. Ele não precisava lavar a louça nem fazer o café.

Gerlof ficou mais um tempo ouvindo o vento soprar nas árvores e depois adormeceu. E, em um determinado momento da madrugada, sonhou que estava deitado num leito de pedras duras na pedreira.

O céu no alto era de um azul muito intenso e o vento soprava, mas, apesar disso, uma neblina fraca pairava de modo incompreensível sobre o terreno.

Ernst Adolfsson estava lá em cima na beira do penhasco, olhando com as órbitas dos olhos negras para a pedreira.

Gerlof abriu a boca para perguntar ao amigo se havia sido ele realmente que jogara a escultura lá embaixo na pedreira e, nesse caso, o que exatamente ele queria dizer com isso — mas um sussurro fez Ernst se virar para o outro lado.

— *Eu matei todos eles.*

Foi Nils Kant quem sussurrou.

— *Gerlof... Seu neto manda lembranças.*

Nils Kant vinha caminhando pelo *alvar* com a garrucha soltando fumaça, e agora estava bem perto da casa de Ernst e logo chegaria ali. Gerlof levantou a cabeça e prendeu a respiração, cheio de expectativa; finalmente ele veria o rosto de Nils depois de adulto, depois de velho. Será que ele ainda tinha cabelo? Grisalhos? Será que tinha barba?

Mas, em vez disso, foi Ernst quem se virou e desapareceu por detrás da esquina; ele deslizou e sumiu na neblina como um navio fantasma silencioso. Gerlof chamou por ele, mas Ernst já tinha desaparecido.

A tristeza por causa do amigo era extremamente grande quando Gerlof por fim acordou.

— Vire à esquerda — disse Gerlof para Julia no carro, na manhã seguinte.

Julia olhou para ele e freou.

— Mas nós não vamos para Marnäs? — perguntou ela. — Para a casa de repouso?

— Daqui a pouco. Mas agora não — disse Gerlof. — Eu achei que a gente podia tomar um café aqui em Stenvik primeiro.

Julia olhou para ele por mais alguns segundos e fez a curva à esquerda. Eles desceram de volta para a estrada no alto do mar. Gerlof olhou automaticamente de relance para sua cabana de pescador, a fim de verificar se os vidros da janela estavam inteiros.

— Esquerda de novo — disse ele em seguida, e apontou para uma casa na beira da estrada costeira. — É para lá que nós vamos.

Julia reduziu a velocidade e pegou a estrada, sem olhar se alguém vinha na direção contrária e sem nem sequer verificar no espelho retrovisor.

— Uma mulher idosa mora aqui — disse ela quando o carro parou em frente à casa. — Eu a vi anteontem... Ela estava passeando com o cachorro.

— Ela não é tão velha assim — disse Gerlof. — Astrid Linder deve ter apenas uns 67, 68 anos. Aposentou-se há pouco... ela foi médica em Borgholm durante muitos anos. Mas cresceu aqui.

— E ela mora em Stenvik o ano inteiro?

— Agora sim. Eu saí da minha casa de veraneio, mas Astrid fez o contrário quando ficou viúva. Ela se mudou para a dela. — Gerlof abriu a porta do carro, mas ao virar-se sentiu dor nas articulações, e deu um suspiro. — É claro que ela tem um pouco mais de saúde do que eu.

Gerlof conseguiu colocar sozinho as pernas para fora do carro, mas Julia viu-se obrigada a dar a volta para ajudá-lo a se levantar. Ele agradeceu acenando de leve com a cabeça e em seguida eles se dirigiram para a casa.

Gerlof olhou ao redor.

— Quando eu estou em Stenvik, finjo que tem gente morando em todas as casas o ano inteiro — disse ele. — Às vezes eu acho que as cortinas se mexem nas casas. A gente pode ver vultos andando pela estrada vicinal, pequenos movimentos na visão periférica... Fantasmas: a gente os vê mais nitidamente no canto do olho...

Julia não respondeu.

Havia uma portinhola de madeira no meio do muro baixo; Julia abriu-a. O jardim ali dentro estava vazio, porém mobiliado. Numa varanda baixa de pedra calcária na frente da casa, havia quatro cadeiras brancas de plástico ao redor de uma mesinha também de plástico e, ao lado desta, um gnomo pequeno, cinza, de porcelana com um gorro verde olhando para a enseada com um sorriso forçado.

Ouviram-se latidos impacientes vindo de dentro da casa antes mesmo de eles terem chegado e tocado a campainha.

— Quieto, Willy! — exclamou uma voz de mulher, mas o cachorro não se acalmou.

Quando a porta se abriu, ele saiu em disparada parecendo um raiozinho branco e marrom em volta das pernas de Julia e de Gerlof, que teve de segurar-se na filha para não perder o equilíbrio.

— Calma, bobão! — exclamou Astrid de novo.

Ela apareceu na porta: pequena, de cabelo branco e muito bonita aos olhos de Gerlof.

— Olá, Astrid.

Astrid pegou a coleira do fox terrier, segurou firme o cachorro e levantou os olhos.

— Olá, Gerlof, voltou para casa? — Em seguida olhou para Julia e perguntou: — Opa, veio com a namorada nova?

Embora houvesse um sol fraquinho, o vento de outono que varria a ilha era insistente e gelado. Mas Astrid Linder mesmo assim forrou a mesa do café na varanda, apanhou um cobertor, que colocou em volta de Gerlof, e vestiu um pulôver verde de lã grossa.

— Eu preciso de um casaco de lã — disse Gerlof.

— Não, senhor. Está fresquinho aqui fora — disse Astrid, e foi buscar o café e a bandeja com biscoitos, que não eram caseiros, apenas comprados no supermercado. Astrid não gostava muito de fazer bolos nem doces. Ela serviu o café e aconchegou-se na cadeira.

Gerlof tinha apresentado Julia como sua filha mais nova. Ela e Astrid se cumprimentaram, falaram um pouco sobre a energia de Willy e viram-no se acalmar aos poucos e ir deitar-se embaixo da mesa. Nenhum deles mencionou o nome de Ernst.

Gerlof não achou que Astrid fosse se lembrar de Julia. Por isso ele ficou surpreso quando Astrid disse de repente, em voz baixa:

— Você não deve se lembrar de mim, Julia, mas... eu estive procurando na praia com os outros naquele dia. Eu e meu marido.

Gerlof pôde ver como Julia ficou petrificada do outro lado da mesa, como ela abriu a boca devagar, procurando pelas palavras.

— Obrigada — respondeu ela. — Eu não me lembro... Foi tudo muito confuso aquele dia.

— Eu sei, eu sei. — Astrid balançou a cabeça e bebeu um gole de café. — Todos corriam de um lado para o outro. A polícia mandou alguns barcos para o estreito, mas ninguém sabia para onde eles deveriam ir. E um grupo de moradores aqui do povoado foi mandado para o sul, para procurar pela costa, e nós tivemos que ir com um outro grupo para o norte. Andamos o tempo inteiro pela praia olhando na água e debaixo de todos os barcos fora da água e detrás de cada rocha. No final, anoiteceu e não enxergávamos mais nada, nem mesmo um palmo diante do nariz... e então tivemos que voltar. Foi horrível.

— Foi — disse Julia, e baixou os olhos para a xícara. — Todo mundo procurou naquela noite. Até escurecer.

— Foi horrível — disse Astrid. — E ele não foi o primeiro nem o último a desaparecer no estreito.

Fez-se silêncio ao redor da mesa. O vento estava fraco. Willy fungou e mexeu-se inquieto embaixo da mesa, nos pés de Astrid.

— A sandália do menino apareceu — disse Gerlof em seguida.

Ele fitava Astrid o tempo todo, mas sentiu o olhar surpreso da filha pelo canto do olho.

— Sei — disse Astrid. — Estava na água?

— Não — respondeu Gerlof. — Em terra firme. Alguém deve tê-la guardado durante todos esse anos, mas até agora não sabemos quem.

— Ué... — disse Astrid. — Mas não foi um... acidente por afogamento?

Julia colocou a xícara de café na mesa, mas não disse nada.

— Parece que não — respondeu Gerlof. — A coisa é complicada... Nós ainda não sabemos muita coisa.

— Aquele homem que você mencionou ontem, Gerlof — disse Julia. — Nils Kant. Será que ele sabe alguma coisa sobre Jens? Você acha?

— Nils Kant? — replicou Astrid, e olhou para Gerlof. — Por que vocês estão falando sobre ele?

— Aconteceu de eu mencionar o nome dele ontem.

Julia olhou hesitante para Astrid e depois para Gerlof, como se ela tivesse dito algo inconveniente.

— Eu só pensei... que ele talvez estivesse envolvido nessa história. Já que pelo visto ele causou alguns problema antes.

Astrid soltou um suspiro.

— Eu achei que Nils Kant estivesse esquecido a essa altura — disse ela. — Quando ele foi embora de Stenvik...

— Ele está esquecido, praticamente — interrompeu Gerlof. — Isso está comprovado pelo fato de Julia nunca ter ouvido falar dele a não ser ontem.

— Ele era alguns anos mais velho que eu — prosseguiu Astrid —, mas nós éramos da mesma turma na escola. E eu achava que ele sempre estava de mau humor, nunca parecia feliz. Vivia brigando com os outros e era grande. As garotas tinham medo dele... e os meninos também. Era ele quem começava a bater, mas sempre jogava a culpa na outra pessoa.

— Escapei de conviver com ele na escola, pois eu era mais velho — comentou Gerlof —, mas John Hagman contou sobre as brigas.

— Depois ele começou a trabalhar na pedreira da família — disse Astrid —, mas isso também não deu certo.

— Também houve briga por lá. Um estivador quase morreu afogado. — Gerlof sacudiu a cabeça. — Você lembra que um veleiro que transportava pedras pegou fogo de madrugada um dia depois que Nils largou a pedreira, Astrid? *Isabell*, era o nome do barco. Estava ancorado no porto em Långvik, e o capitão despertou com o incêndio a bordo. Com muito custo eles conseguiram rebocar o barco e tirá-lo do molhe no porto antes que ele todo pegasse fogo. "Autocombustão", foi o que disseram no inquérito, mas aqui em Stenvik muitos achavam que tinha sido Nils Kant quem colocara fogo no barco. E deve ter sido nessa época que tudo começou.

Julia lançou um olhar indagador para ele.

— O que começou?

— Bem... isso de Nils Kant ter se tornado o bode expiatório de Stenvik — respondeu ele. — Ele levava a culpa de toda desgraça que acontecia.

— Nem toda... — disse Astrid. — Apenas dos crimes. Incêndios, roubos e animais feridos.

— Acidentes também — disse Gerlof. — Se as pás do moinho arrebentassem, se a rede rasgasse ou se os barcos se soltassem e ficassem à deriva...

— Ele merecia todas as suspeitas — disse Astrid. — E provou que merecia.

— Mas ele tinha uma história — disse Gerlof. — Um pai severo que morreu quando ele ainda era pequeno e uma mãe que dizia o tempo todo que ele era melhor do que todo mundo aqui do povoado. Não foi uma infância saudável.

Astrid concordou de cabeça, mas ficou calada e pensativa durante uns instantes e perguntou, depois, em voz baixa:

— Eu fiquei sabendo do acidente pela rádio local ontem... Quando vai ser o enterro, Gerlof?

Ela mudou rapidamente de assunto, observou ele. Será que Astrid também achava que Nils Kant e a morte de Ernst estavam relacionados de alguma forma?

— Na quarta-feira, foi o que eu entendi — respondeu ele. — Eu falei com John e ele achou que seria nesse dia.

— E vai ser na igreja de Marnäs?

— Vai — disse Gerlof, e levantou a xícara de café. — Embora tenha sido a desgraçada daquela torre de igreja o seu fim.

— Ernst costumava tomar muito cuidado com as pedras — comentou Astrid. — Eu não consigo entender o que ele estava fazendo lá na beira do penhasco.

Gerlof sacudiu a cabeça de um lado para o outro, mas não disse nada.

— Isso é toda a gente? — perguntou Julia depois do café na casa de Astrid, quando eles estavam no carro a caminho de Marnäs.

— Toda a gente? — perguntou Gerlof.

— Toda a gente que mora em Stenvik. Já nos encontramos com todo mundo que mora lá agora?

— Quase todos — respondeu Gerlof. — Todos os moradores de verdade de Stenvik. Também existem alguns que vão para lá nos finais de semana, vindos de Borgholm ou de Kalmar. Devem ser umas 15 ou 20 pessoas. Eu não as conheço muito bem.

— Como fica isso aqui no verão?

— Um mar de gente — disse Gerlof. — Nessa época fica entupido de pessoas que vêm passar o verão aqui... centenas de pessoas. A quantidade de turistas só aumenta. Eles não param de construir. E no mínimo o mesmo número de pessoas vai se hospedar lá no camping do John toda semana. Quase que existe mais gente aqui do que os moradores permanentes da época em que eu era jovem. Mas a coisa é ainda pior lá em Långvik, onde eles têm porto para visitantes e hotel na beira da praia.

— Eu me lembro de como era antigamente no verão — disse Julia.

Gerlof deu um suspiro.

— Mas eu não devo reclamar, pois o pessoal do continente traz dinheiro para cá.

— Mas é difícil saber quem é quem — disse Julia, e diminuiu a velocidade para ir para Marnäs.

— É, no verão não dá — disse Gerlof. — Aqui fica parecendo a cidade grande onde você mora, as pessoas entram e saem quando bem entendem.

— Mas elas também podem fazer isso agora no outono — replicou Julia. — Já que não há ninguém lá em Stenvik que pode ver...

Ela calou-se de repente, como se tivesse pensado em alguma coisa.

— Astrid costuma ficar de olho — disse Gerlof. Depois ele se deu conta do silêncio de Julia e olhou para ela. — O que foi?

— Eu só lembrei que... que Ernst disse apenas que ia receber visita — disse Julia. — Quando eu o encontrei na entrada da nossa casa anteontem. Ele disse: "Venha me visitar e dar uma olhada nas esculturas de pedra, mas não hoje à noite, pois eu vou ter visita." Ou algo parecido.

— Ele disse isso? — Gerlof olhou pensativo para fora.

— Isso também tinha a ver com ele... com Nils Kant?

— Pode ser.

— Era ele quem ia visitar Ernst?

— Acho que não — disse Gerlof.

Houve silêncio no carro. Eles passaram pela igreja de Marnäs, e isso fez Gerlof se lembrar de Ernst e do enterro que estava por vir. Ele não esperava ansiosamente pela ocasião.

— Você sabe de mais coisas do que quer contar — disse Julia em seguida.

— De um pouco mais — disse Gerlof em voz baixa. — Não é muito. Nós temos algumas hipóteses, eu e John.

Ernst também tinha, naturalmente, um monte de hipóteses, pensou ele, triste.

— Isso não é uma brincadeira — disse Julia, baixinho. — Jens é meu filho.

— Eu sei. — Gerlof queria pedir que ela parasse de falar de Jens como se ele ainda estivesse vivo. — E você vai ficar sabendo o que eu acho em breve.

— Por que você falou da sandália de Jens para Astrid? — perguntou Julia.

— Para essa notícia ser espalhada — respondeu Gerlof. — Astrid com certeza vai espalhar a notícia, ela é boa nisso. — Ele olhou para Julia. — Você contou para os policiais sobre a sandália ontem?

— Não... Eu estava com outras coisas na cabeça naquela hora. E por que nós iríamos falar nela?

— Bem... Talvez isso venha a atrair coisas. Atrair alguém.

— Atrair quem?

— Nunca se sabe — disse Gerlof, e em seguida eles chegaram à casa de repouso.

Julia de novo ajudou o pai a sair do carro.

— O que você vai fazer agora? — perguntou ele.

— Não sei... Ir até a igreja, eu acho.

— Certo, faça isso. Existe uma lanterna no túmulo de Ella, você pode levar uma vela para ela. Eu tenho uma lá em cima no quarto.

— Claro — disse Julia, e acompanhou Gerlof até a porta.

— Você também pode dar um passeio pelo cemitério. Depois que tiver acendido a vela no túmulo da sua mãe, pode ir até o muro ocidental da igreja e olhar os túmulos ali.

— Está bem. E por quê? — Ela apertou o botão que abria a porta da casa de repouso.

— Isso você vai saber na hora em que estiver lá — respondeu Gerlof.

11

Julia estava no cemitério de Marnäs, olhando para o túmulo de Nils Kant.

Encontrava-se no muro mais afastado, numa fileira comprida de sepulturas. O nome NILS KANT e os números 1925-1963 estavam gravados na lápide baixa e modesta, uma pedra calcária comum, provavelmente da pedreira de Stenvik. Talvez Ernst Adolfsson a tivesse esculpido. Tinha mais de 30 anos e manchas de líquen branco começavam a cobrir sua parte superior.

Sobre a sepultura crescia uma grama seca e amarela, mas nenhuma flor.

Julia se perguntou por que ninguém tinha mencionado o nome de Nils Kant como suspeito quando Jens desapareceu. Em resposta, Gerlof a tinha feito ir até ali, até o cemitério vazio fora de Marnäs — e agora ela via que Nils Kant não podia ter tido nada a ver com o desaparecimento de Jens. Em 1972, Kant já estava morto havia quase dez anos. Era uma resposta gravada na pedra.

Certo. Mais um beco sem saída.

A 2 metros havia mais uma lápide, também de pedra calcária, porém mais alta e mais larga. Nela estavam gravados nomes e anos: KARL EINAR ANDERSSON 1889-1935 e VERA ANDERSSON F. KANT 1897-1972. Com letras menores, abaixo desses nomes havia mais um: AXEL TEODOR KANT 1929-1936. Era o irmão mais novo de Nils, que tinha morrido afogado e cujo corpo tinha desaparecido no estreito.

Na hora em que Julia ia dar meia-volta e ir embora, ela viu algo pequeno e branco tremulando atrás da lápide de Nils Kant. Parou, deu alguns passos à frente e abaixou-se.

Era um envelope branco que tremulava de leve ao vento, no meio dos caules de umas rosas ressecadas.

Alguém tinha colocado as rosas atrás da lápide da sepultura não fazia muito tempo, concluiu Julia, pois as pétalas secas vermelho escuras ainda não tinham caído. Quando ela apanhou o envelope, sentiu que estava úmido. Se havia algo escrito nele, a tinta já tinha borrado com a chuva.

Ela olhou ao redor. O cemitério ainda estava vazio. A igreja branca de Marnäs estava a uns 50 metros, mas a porta estava trancada quando Julia a empurrara e nada se movia do lado de dentro das janelinhas da igreja.

Rapidamente, ela enfiou o envelope no bolso do casaco e deu as costas para o túmulo.

Voltou para a sepultura da mãe, tirou uma folha de vidoeiro que tinha caído ali com o vento durante os minutos em que estivera ausente e debruçou-se em seguida para verificar se a vela na lanterninha da sepultura ainda estava queimando. Sim, estava.

Então ela saiu do cemitério e voltou para o carro, para dirigir quase 1 quilômetro até o centro de Marnäs.

Quando Julia era pequena, um passeio entre a casa em Stenvik e Marnäs, na parte oriental da ilha, era uma verdadeira aventura. Além de um quiosque, também havia *lojas*. Ela podia comprar brinquedos.

Ao entrar de carro no pequeno povoado, o que ela sentiu realmente foi gratidão por haver estacionamento gratuito — uma grande vantagem em comparação com Gotemburgo. Podia-se estacionar do lado de fora do supermercado ICA, na pequena rua principal e lá embaixo, perto do porto de Marnäs. Julia escolheu o porto. Ali havia um restaurantezinho, Moby Dick, cujas mesas nas janelas estavam totalmente vazias meia hora antes da hora do almoço.

Não havia barcos de passeio nem de pesca no pequeno porto. Julia saiu do carro e foi até o píer vazio de cimento que apontava para o horizonte. Permaneceu ali por alguns minutos, contemplando o mar cinza encrespado de ondas pequenas. Não se via nada na linha do horizonte. Além dele, em algum ponto a noroeste, ficava Gotland e, do outro lado do mar Báltico, ficava o Leste Europeu, com os países antigos/novos que tinham se separado da União Soviética: Estônia, Letônia, Lituânia. Um mundo que Julia nunca tinha visitado.

Ela virou-se e passeou pela rua principal sem cruzar com ninguém. Passou por uma loja pequena de roupas, uma floricultura e um caixa eletrônico, onde parou para sacar 300 coroas. O extrato, como sempre, mostrava que ela tinha pouco dinheiro na conta, e ela amassou rapidamente o papel.

Acima da porta seguinte estava pendurada uma tabuleta de metal com o nome ÖLANDS-POSTEN. Com letras menores abaixo do nome, estava escrito: *Jornal diário para todo o norte de Öland.*

Julia hesitou por uns segundos e entrou.

Um sininho de latão tilintou quando ela abriu a porta. Lá dentro havia um espaço pequeno com uma iluminação boa, mas com o ar ruim — um fedor curtido de cigarro. Havia um balcão de recepção vazio na entrada e, atrás dele, um escritório com duas mesas cobertas por jornais e papéis. Diante de seus respectivos computadores, que chiavam, estavam sentados dois homens velhos, um de cabelo grisalho e o outro totalmente careca, ambos em jeans e camisa social amarrotada. Na mesa do careca havia uma tabuleta com o nome LARS T BLOHM. A mesa do homem grisalho não tinha nenhuma tabuleta, mas Julia o reconheceu como sendo Bengt Nyberg, o repórter que aparecera rapidamente na pedreira. Ela tinha avistado o repórter da janela, e Lennart Henriksson contou quem ele era.

Na parede, estava pendurada uma fileira comprida de manchetes de jornal: ACIDENTE TRÁGICO COM MORTE NA PEDREIRA estava impresso em letras pretas e grossas na última manchete da esquerda.

Mas todos os acidentes com morte não eram trágicos?

— Posso ajudá-la? — Bengt Nyberg parecia não reconhecê-la. Olhou para Julia através das lentes grossas dos óculos de leitura ao aproximar-se do balcão. — É sobre anúncios?

— Não — respondeu Julia, que não sabia direito por que tinha entrado na redação. — Eu só estava de passagem... Estou morando em Stenvik no momento e... O meu filho está desaparecido.

Ela pestanejou. Por que tinha dito isso?

— Ok — disse Nyberg. — Mas aqui não é delegacia. É no prédio ao lado.

— Obrigada — disse Julia, e sentiu a pulsação acelerar, como se tivesse dito algo inconveniente.

— Ou você quer que a gente escreva sobre o caso?

— Não — respondeu ela rapidamente. — Vou procurar a polícia.

— Quando ele desapareceu? — perguntou o outro homem, Lars Blohm. Tinha uma voz grave, rouca. — A que horas foi isso? Foi aqui em Marnäs?

— Não. Não foi hoje que isso aconteceu — respondeu Julia. Ela sentiu o rosto ficando cada vez mais vermelho, como se estivesse mentindo para os dois jornalistas. — Eu preciso ir agora. Obrigada. — Ela sentiu o olhar deles em suas costas quando se virou rapidamente para deixar o local.

Lá fora na calçada, ela encheu os pulmões de ar frio e tentou relaxar. Mas por que ela tinha entrado na redação do jornal? Por que tinha falado de Jens? Ela não estava acostumada a encontrar pessoas desconhecidas. E era ainda pior em lugares pequenos como esses, onde todos se conheciam e um visitante novo chamava imediatamente a atenção e era assunto de fofocas. Ela sentia saudades de Gotemburgo, onde as pessoas se tratavam como árvores na floresta e se cruzavam nas calçadas sem sequer trocar um olhar.

Para fugir das vidraças reluzentes do prédio do *Ölands-Posten*, ela deu alguns passos para o outro lado e viu um letreiro novo ao lado do jornal: POLÍCIA, com o brasão amarelo e azul acima.

Na porta, logo abaixo do letreiro, havia um pedaço de papel colado. Julia subiu os dois degraus até a porta e leu:

A delegacia atende às quartas-feiras de 10h às 12h, estava escrito no papel com uma caneta preta.

Era sexta, então a delegacia estava fechada. E se ocorresse um crime em Marnäs num outro dia que não na quarta? Não havia nenhum pedaço de papel que respondia a essa pergunta.

Ela olhou para a janela e viu um vulto se movendo lá dentro.

Julia saiu da escada de cimento e nesse instante a porta rangeu. Ela foi aberta e Lennart Henriksson apareceu na entrada. Ele sorriu.

— Eu vi que tinha visita — disse ele. — Como você está hoje?

— Oi — disse ela. — Eu estou bem... Achei que não houvesse ninguém aqui. Eu li no aviso...

— Eu sei, tenho que ficar aqui por duas horas toda quarta-feira — disse Lennart. — Mas também estou aqui em outros horários. Só que é segredo, assim eu consigo resolver mais coisas. Entre...

Ele vestia uma jaqueta preta do uniforme e tinha um rádio de polícia e um revólver preto na cintura. Ela perguntou:

— Você está de saída?

— Eu ia almoçar, mas entre um instante.

Ele ficou de lado para deixá-la passar.

O local ali dentro parecia mais antigo do que a redação do jornal que ela tinha acabado de visitar, mas estava limpo, decorado com plantas verdes no parapeito da janela e não cheirava a cigarro velho. Havia apenas uma escrivaninha, de frente para a porta, onde todos os papéis estavam caprichosamente empilhados. Em cima da escrivaninha, um computador, um fax e um telefone impecavelmente organizados. Acima de uma prateleira cheia de pastas estava pendurado um cartaz com o desenho de um telefone e a propaganda da linha da polícia para casos envolvendo narcóticos. Na outra parede havia um mapa grande do norte de Öland.

— Escritório bonito — disse Julia.

Lennart Henriksson gostava de ter as coisas em ordem, o que a agradou.

— Você acha? — disse Lennart. — É o mesmo há trinta anos.

— É só você que trabalha aqui?

— Agora sim. No verão costuma ter mais gente, mas nessa época do ano sou só eu. Eles foram cortando os cargos um a um. — Ele olhou tristemente ao redor e acrescentou: — Vamos ver por quanto tempo vai ficar aberto.

— A delegacia vai ser fechada?

— Talvez. Os chefões vivem falando sobre isso. É para cortar despesas — disse Lennart. — Tudo vai ser centralizado em Borgholm, é o que eles acham. Fica melhor e mais barato. Mas espero que eu possa continuar aqui até me aposentar, daqui a alguns anos. — Ele olhou para Julia. — Você já almoçou?

— Não.

Julia sacudiu a cabeça, avaliou o que sentia e percebeu que estava com bastante fome.

— Vamos almoçar juntos? — perguntou Lennart.

— Ok... pode ser.

Julia não conseguia achar nenhum motivo para dizer não.

— Certo. Então vamos para o Moby Dick... Vou só desligar o computador e acionar a secretária eletrônica.

Cinco minutos depois, Julia estava de volta lá no pequeno porto junto com Lennart. Eles entraram no melhor restaurante de Marnäs — o melhor e o único do povoado, ele tinha explicado.

A decoração do Moby Dick era em estilo náutico, com cartas de navegação, redes de pesca e remos de madeira velhos e rachados presos nas paredes escuras revestidas de madeira. Agora os clientes ocupavam quase metade das mesas do restaurante à espera do almoço, ouvia-se um burburinho suave e o tilintar de louça. Alguns rostos curiosos se viraram na direção de Julia quando ela entrou, mas Lennart estava à frente como se para protegê-la e escolheu uma mesa afastada à janela, com vista para o mar Báltico.

Quando fora a última vez que Julia tinha estado num restaurante? Ela não se lembrava. Era muito estranho sentar-se a uma mesa no meio de um monte de gente desconhecida, mas ela esforçou-se para respirar calmamente e encontrar o olhar de Lennart do outro lado da mesa.

— Olá, sejam bem-vindos.

Um homem com uma barriga grande e larga e as mangas da camisa arregaçadas foi até eles e entregou dois cardápios com capa de couro.

— Olá, Kent — respondeu Lennart, e pegou o cardápio.

— O que vocês querem para beber num dia bonito como esse?

— Uma cerveja sem álcool — disse Lennart.

— Água com gelo, por favor — disse Julia.

O primeiro impulso foi, é claro, pedir uma taça de vinho, de preferência uma garrafa inteira, mas ela se dominou. Enfrentaria essa situação sóbria. Não havia o que temer, no mundo inteiro pessoas almoçavam em restaurantes todo dia.

— O prato do dia é lasanha — disse Kent.

— Para mim está ótimo. — disse Lennart.

— Para mim também.

Julia assentiu e avistou uma tatuagem grande, verde-escura e desbotada pelo tempo, sob a manga do braço direito do dono do restaurante quando ele se esticou para pegar os cardápios. Pareciam letras numa moldura. Um nome? Uma tabuleta com o nome de um barco?

— Salada e café estão incluídos — disse o dono, e desapareceu a caminho da cozinha.

Lennart levantou-se para buscar salada e Julia foi atrás dele.

— Lennart! — chamou uma voz masculina do outro lado do restaurante quando eles voltavam para a mesa. — Lennart!

O policial soltou um suspiro silencioso.

— Eu volto já — disse ele em voz baixa para Julia, e mudou de rumo, indo em direção ao homem que o tinha chamado, um homem mais velho de rosto vermelho e uma espécie de macacão azul de agricultor. Julia sentou-se sozinha à mesa e viu que o homem gesticulava agitado e contava alguma coisa para Lennart com uma expressão severa no rosto. Lennart respondeu alguma coisa, em voz baixa e rápido, e o homem voltou a gesticular.

O policial voltou para a mesa depois de alguns minutos e conseguiu sentar-se justamente na hora em que o dono do estabelecimento, Kent, vinha com dois pratos cheio, de lasanha, que crepitavam de tão quente.

Lennart soltou um suspiro novamente.

— Desculpe — disse ele a Julia.

— Não faz mal.

— É alguém que teve o celeiro arrombado, e um bujão de gasolina desapareceu de lá — prosseguiu ele. — Ser policial numa cidade pequena é estar sempre em serviço. Não se tem problemas em arrumar o que fazer no tempo livre. Mas agora vamos comer.

Ele debruçou-se sobre a refeição.

Julia também comia. Ela estava com fome agora e a lasanha estava boa, com bastante carne moída.

Quando o prato dele começou a ficar vazio, Lennart tomou um gole da cerveja e recostou-se na cadeira.

— Então você está aqui para visitar o seu pai? — perguntou ele. — Não é para tomar sol e ir à praia?

Julia sorriu e sacudiu a cabeça.

— Não — respondeu ela. — Embora Öland também seja bonita no outono.

— Gerlof parece bem de saúde — disse Lennart. — Tirando o reumatismo.

— É... Ele tem a síndrome de Sjögren — disse Julia. — É uma espécie de dor reumática nas articulações intermitente. Mas a cabeça dele está boa. Ele ainda pode construir barcos dentro de garrafas.

— É, são bonitos... Eu até pensei em encomendar um para a delegacia uma vez, mas acabei não o fazendo.

Fez-se silêncio de novo. Lennart esvaziou o copo de cerveja e perguntou em voz baixa:

— E você, Julia? Está tudo bem com você agora?

— Sim, está... — respondeu ela, rápido. Isso era em parte uma mentira, mas então ela percebeu que o policial talvez estivesse realmente interessado e perguntou: — Você está querendo dizer... depois de ontem?

— Sim — respondeu Lennart —, estou falando em parte disso. Mas também do que aconteceu há muito tempo... nos anos 1970.

— Ah... — disse Julia.

Lennart sabia o que havia ocorrido. Mas é claro que ele sabia, o que ela achava? Ele já era policial nesse lugar fazia trinta anos, ele mesmo tinha dito. E da mesma forma que Astrid, ele teve coragem de tocar no assunto proibido, com calma e com jeito — um assunto do qual a irmã dela já tinha se cansado havia muito tempo e que vários parentes de Julia nunca ousavam mencionar.

— Você estava... lá? — perguntou ela em voz baixa.

Lennart baixou os olhos para a mesa e hesitou em responder, como se a pergunta despertasse lembranças desagradáveis.

— Sim, eu estava, e procurei por ele — respondeu ele por fim. — Fui um dos primeiros policiais que apareceram lá em Stenvik... Organizei patrulhas de busca com os moradores para procurar pela praia. Andamos a noite inteira pelo litoral, e a busca foi interrompida mais ou menos à 1 hora da manhã. Quando uma criança desaparece, ninguém quer parar de procurar...

Ele calou-se.

Julia lembrou que Astrid Linder tinha dito quase a mesma coisa e olhou para baixo, para a mesa. Ela não ia chorar, não diante de um policial.

— Desculpe — disse ela uns segundos depois para Lennart, quando as lágrimas desceram.

— Não há por que se desculpar — disse Lennart. — Eu também choro às vezes.

A voz dele era baixa e serena, como a superfície de águas calmas. Julia pestanejou e concentrou-se no rosto sério dele para clarear os olhos marejados. Ela queria dizer alguma coisa, qualquer coisa.

— Gerlof — disse ela, e tossiu, limpando a garganta —, não acha que Jens, o meu filho... que ele morreu afogado.

Lennart olhou para ela.

— É? — disse ele apenas.

— Ele... ele encontrou um sapato — disse Julia. — Uma sandalinha, uma sandália de menino. Do tipo que Jens usava quando...

— Um sapato? — Lennart continuou olhando para ela. — Uma sandália de menino. Você viu essa sandália?

Julia confirmou com a cabeça.

— Você reconheceu o sapato?

— Sim... acho que sim. — Julia levantou o copo d'água. — Primeiro eu tive certeza... mas agora não sei direito. — Ela olhou para o policial. — Isso já faz um tempo. A gente nunca acha que vai esquecer certas coisas, mas esquece.

— Eu gostaria de vê-la — disse Lennart.

— Está bem. — Ela não sabia o que Gerlof ia achar disso, de meter o policial na história, mas isso não tinha muita importância. Jens era filho *dela.* — Você acha que esse sapato pode significar alguma coisa? — perguntou ela.

— Eu não acho que devemos ter muita esperança — disse Lennart. Ele comeu o último pedaço de lasanha e acrescentou: — Então Gerlof virou detetive particular depois de velho?

— Detetive particular... É, talvez. — Julia deu um suspiro, era bom falar sobre esse assunto com outra pessoa que não Gerlof. — Ele tem um monte de teorias, se é que isso pode ser chamado de teoria. Hipóteses vagas... eu não sei direito o que ele acha. Ele disse que a sandália foi enviada para ele pelo correio num envelope sem remetente, e ele falou sobre um homem chamado Kant que tinha...

— Kant? — disse Lennart, interrompendo-a. Ele mexeu-se inquieto na cadeira. — Nils Kant? Ele disse isso?

— Sim — respondeu Julia. — Ele é de Stenvik, mas não morava mais lá quando eu nasci. Eu fui lá no cemitério hoje, e vi...

— Ele está enterrado no cemitério de Marnäs — disse Lennart.

— É, eu vi a lápide — disse Julia.

O policial diante dela olhava fixamente para a mesa. Os ombros dele tinham se afundado, e ele pareceu de repente muito cansado de novo.

— Nils Kant... ele se nega a morrer.

ÖLAND, MAIO DE 1945

Uma mosca grande verde e reluzente aparece zumbindo sob o sol no *alvar*. Ela voa em zigue-zague entre arbustos de zimbro e ervas e por fim pousa pesadamente no meio da palma da mão. As asas da mosca aquietam-se, ela estica as pernas e agarra-se, pronta para voar diante do menor perigo, mas a mão está caída imóvel na relva.

Nils Kant ainda está com a arma levantada, olhando para a mosca-varejeira que descansa as asas na mão do soldado alemão.

O soldado está deitado de costas na relva. Os olhos dele estão abertos, o rosto caído de lado, e quase é possível acreditar que ele olha espantado para a mosca. Mas a metade da garganta do soldado e do ombro esquerdo foram arrancados pelas balas da espingarda de Nils, o sangue empapou a jaqueta gasta da farda e o soldado não vê nada.

Nils respira aliviado e apura os ouvidos.

Agora que nem mesmo se ouve o zumbido da mosca, o silêncio é total no *alvar*, embora os ouvidos de Nils ainda estejam zunindo de leve devido aos dois disparos. Os tiros devem ter ecoado longe, mas Nils duvida que alguém tenha ouvido.

Não há nenhuma estrada nos arredores e as pessoas raramente se aventuram assim tão para o interior do *alvar*. Ele está muito calmo.

Depois do primeiro tiro, depois do *tiro acidental* que fez tombar o primeiro alemão, foi como se duas mãos invisíveis segurassem seus ombros trêmulos e os estabilizassem. O sangue parou de latejar nos dedos, as mãos pararam de tremer e ele sentiu-se mais decidido do que nunca ao apontar a espingarda Husqvarna na direção do outro alemão. O olhar era direto, o dedo encostava no gatilho, o cano apontava firme. Se aquilo ali era uma guerra, ou quase uma guerra, então se parecia muito com caçar lebres.

— Passe isso para cá — repetiu ele.

Ele esticou a mão; o alemão entendeu e entregou, virando com cuidado na mão a pedrinha preciosa brilhante que tinha mostrado para Nils.

Nils fechou os dedos em volta da pedra sem olhar para baixo nem abaixar a arma e enfiou-a no bolso de trás. Ele balançou a cabeça e flexionou com muita calma o dedo indicador no gatilho.

O alemão levantou os braços, impotente, entendendo a gravidade da situação naquele instante, dobrou os joelhos e abriu a boca, mas Nils não tinha intenção de escutá-lo.

— *Heil Hitler* — disse ele bem baixo, e disparou a espingarda.

Um último estampido e, em seguida, silêncio. Muito simples.

Agora os dois soldados estão caídos ali nos arbustos de zimbro, um deles com o corpo caído pela metade para trás e com as costas encurvadas em cima do outro. A mosca sobe para a ponta do dedo indicador do soldado que está por cima, abre as asas e levanta voo sem dificuldade. Nils acompanha o inseto com os olhos até ele contornar um arbusto grande de zimbro e desaparecer.

Nils dá um passo à frente, encosta a bota no soldado de cima e empurra. O corpo desliza devagar e acomoda-se na relva. Fica melhor assim. Ele podia caprichar ainda mais na arrumação dos corpos como num velório de verdade, mas assim já é suficiente.

Nils olha para os mortos. Os soldados parecem velhos, mas têm a mesma idade dele, e, agora que estão ali imóveis, ele volta a se perguntar quem são.

De onde eles vêm? Nils não entendeu o que eles disseram, mas tinha certeza de que falavam alemão. O uniforme deles está gasto e cheio de lama, esfarrapado nas costuras e surrado nos joelhos. Nenhum dos dois está armado, mas o soldado que caiu por cima tinha um bornal verde a tiracolo que caiu para o lado quando ele tombou. Só agora Nils viu o bornal.

Ele abaixa-se e desamarra o cordão da bolsa, que está seca e quase sem nenhuma marca de sangue. Abre o bornal e vê um amontoado pequeno de objetos: latas de conserva sem etiquetas, uma faquinha com um punho de madeira gasto, um maço de cartas preso com uma corda, a metade de um pão preto ressecado. Alguns pedaços de corda, gazes sujas, uma bússola pequena de latão fosco.

Nils apanha a faca e fica com ela de lembrança. Não deve ter nenhum valor comercial.

Há também outra coisa na mochila: um estojo de metal, um pouco menor que a culatra de uma espingarda. Nils levanta o estojo e ouve algo tilintar lá dentro. Ele aperta-o com o polegar e abre a tampa.

O estojo está cheio de pedras preciosas cintilantes. Ele as derrama na palma da mão e sente a dureza e o polimento delas. Algumas são pequenas como balas de espingarda, outras grandes como detonadores de granada. São mais de vinte pedras. E ao lado delas há algo maior, enrolado num pedaço de pano verde. Ele tira o objeto do estojo e desenrola o pano.

É um crucifixo de ouro maciço, grande como a palma da sua mão, com uma fileira de pedras preciosas vermelhas incrustadas em ouro. Bonito. Ele fica olhando para a cruz por um bom tempo e depois volta a envolvê-la com o pano.

Nils fecha a tampa do estojo e coloca o espólio de guerra em sua mochila. Ele amarra o bornal e o deposita ao lado do dono morto. Não há, na verdade, mais nada a fazer por ali. Ele deveria, é claro, enterrar os soldados, mas não tem nada com que cavar.

Os corpos vão ficar ali mesmo, protegidos pelos arbustos de zimbro; talvez ele volte com uma pá bem grande num outro dia. Mas, de qualquer forma, ele estende a mão e cerra os olhos dos homens, assim eles não precisam ficar ali olhando o tempo todo para o céu.

Em seguida endireita as costas: está na hora de ir para casa. Ele joga a mochila nos ombros, levanta a arma ainda quente e cheirando a pólvora e põe-se a marchar a oeste, na direção de Stenvik. O sol brilha em meio às nuvens.

Depois de uns cinquenta passos, ele se vira por um instante e olha para trás na savana iluminada. A clareira nos arbustos de zimbro está na sombra e os uniformes verdes dos soldados fundem-se com a paisagem, mas a mão branca e imóvel de um deles desponta na relva e está bem visível entre os troncos retorcidos dos zimbros.

Nils continua a andar. Agora ele começa a pensar no que vai dizer para a mãe, em como vai explicar as gotas de sangue na calça. Ele quer contar tudo para ela, não ter segredos sobre o que faz ali no *alvar*, mas às vezes ele sente que existem coisas que ela na verdade não quer saber. Talvez o incidente com os soldados seja uma dessas coisas. Ele precisa pensar no assunto.

Então ele pensa, mas não encontra nenhuma resposta satisfatória. E agora está perto do caminho que desce para Stenvik. A estrada está deserta e ele segue em frente.

Não, a estrada não está totalmente deserta. Numa curva suave a umas centenas de metros das primeiras casas do povoado alguém vem caminhando.

O primeiro impulso de Nils é esconder-se, mas ele vê apenas uns arbustos de zimbro pequenos e raquíticos atrás dele. E por que ele iria se esconder, afinal de contas? Aconteceu algo grande com ele lá no *alvar*, algo totalmente revolucionário, e agora ele não precisa ter medo de ninguém.

Nils vai para atrás do muro de pedras a alguns metros da estrada vicinal e deixa a pessoa se aproximar.

De repente ele vê que é Maja Nyman.

Maja, a menina de Stenvik para quem ele olha muito e em quem ele pensa ainda mais, mas com quem ele nunca falou. Ele tampouco pode falar com ela agora, mas ela vai chegando mais perto, sorrindo como se esse fosse apenas um dia de verão qualquer. Ela avistou Nils e, embora ela não acelere o passo, ele acha que vê Maja endireitar as costas, levantar o queixo alguns centímetros e empinar o peito.

Nils está como que petrificado na beira da estrada e vê Maja parar no outro lado do muro de pedras baixo.

Ela olha para ele. Ele olha de volta, mas não lhe vem nenhuma palavra para dizer, nem mesmo uma saudação. O silêncio torna-se ainda mais insuportável com o canto alegre de um rouxinol vindo do canal ao longo do muro.

Por fim, Maja abre a boca:

— Você caçou alguma coisa, Nils? — pergunta ela com a voz clara.

Ele quase tropeça para trás com a pergunta. Primeiro ele acha que Maja sabe de tudo, depois percebe que ela não está falando dos soldados. Ele tem uma arma, ele costuma trazer as lebres abatidas pelo caminho de volta para o povoado.

Ele sacode a cabeça.

— Não. Nada de lebre. — Ele dá um passo para trás, sente o peso do estojo de metal na mochila e diz: — Eu preciso... ir agora. Para a minha mãe, no povoado.

— Você não vai pela estrada? — pergunta Maja.

— Não. — Nils continua andando para trás. — É mais rápido pelo *alvar*.

As palavras vão saindo de um modo cada vez mais fácil, ele consegue mesmo falar com Maja Nyman. Ele vai repetir isso numa outra hora, mas hoje não.

— Então tchau — diz ele apenas, e dá meia-volta, sem esperar resposta.

Ele sente que ela fica parada olhando para ele. Nils vai para o outro lado da estrada vicinal e conta até duzentos passos, depois muda de rota e desce na direção do povoado de novo.

O tempo todo ele ouve um barulhinho de dentro do estojo, que sacode de um lado para o outro no fundo da mochila, e percebe que não tem coragem de levá-lo para casa. Ele deve ter cautela com o espólio de guerra.

Depois de mais uns cem passos, quando a estrada vicinal some por trás dos arbustos de zimbro, aparece um monte pequeno de pedras na frente dele.

O velho marco sacrificial. Ali é um ponto de referência pelo qual Nils só passa indo ou voltando de Stenvik, mas agora ele se aproxima e para. Ele olha para a pilha de pedras grandes e pequenas, pensa e olha ao redor.

O *alvar* está totalmente deserto. Só se ouve o vento.

Uma ideia se forma dentro dele. Ele tira a mochila dos ombros e coloca-a no chão. Abre-a e apanha o estojo com as pedras preciosas, segura-o e fica bem próximo do marco sacrificial.

A leste está a igreja de Marnäs. Nils vê a torre da igreja despontando no alto como se fosse uma flechinha negra no horizonte. Ele coloca-se na direção da torre, fica como que em posição de sentido e dá um passo bem largo saindo do marco sacrificial. Em seguida começa a cavar.

Faz sol há vários dias e o solo está totalmente seco; é possível arrancar pedaços inteiros da camada de cima do capim e depois cavar um buraco na terra com a ajuda das mãos e da faquinha dos alemães. Não é preciso cavar muito mais para se chegar à parte rochosa, ali a camada de terra é fina por toda parte.

Nils retira a terra para alargar o buraco, separa a terra com a faca, cava e olha para os lados o tempo todo.

Depois de fazer um buraco grande no chão com pouco mais de 30 centímetros de profundidade, Nils já chegou à camada rochosa. E isso basta. Ele apanha o estojo de metal, coloca-o com cuidado no fundo do buraco, pega em seguida algumas pedras chatas do marco sacrificial e constrói uma pequena abóbada de pedras em volta do estojo. Depois preenche o buraco rapidamente e, com o máximo de força, pressiona a terra com a palma da mão.

Ele dedica ainda mais tempo em colocar de volta os pedaços de capim em cima da terra — é importante que tenha a mesma aparência de sempre.

Leva um bom tempo para endireitar o capim, mas por fim ele se levanta e olha para o lugar de ângulos diferentes. O chão parece intato, acha ele, mas suas mãos estão sujas quando ele coloca a mochila nas costas.

Ele põe-se a caminho de casa novamente.

Ele vai contar para a mãe sobre o encontro com os alemães. Ele decidiu agora. Mas vai contar com jeito, para que ela não fique preocupada. Não vai contar sobre as pedras preciosas que escondeu. Ainda não. Será uma surpresa para ela. Nesse momento o espólio de guerra é um tesouro escondido que só ele sabe que existe.

Por fim ele passa por cima de um muro de pedra e está de volta à estrada vicinal. Ele está mais perto do povoado agora do que quando encontrou Maja. Está quase em Stenvik.

Antes de chegar em casa, dois homens com botas rústicas saídos do mar cruzam com ele a passos pesados. São pescadores de enguia que, com as mãos sujas de preto, carregam no meio deles uma tarrafa recém-untada de alcatrão.

Nenhum deles cumprimenta Nils: eles olham para o outro lado ao passar por ele. Nils não se lembra de seus nomes, mas não tem importância. A falta de educação deles também não tem importância nenhuma.

Nils Kant é superior a eles, ele é superior a toda Stenvik. Ele provou isso hoje, na batalha no *alvar*.

Já é quase noite. Ele abre o portão de casa, entra no jardim silencioso e sobe o caminho de pedras com passos largos e orgulhosos. O jardim deserto está verde e floresce. A grama exala seu perfume.

Tudo está exatamente do mesmo jeito que ele deixou quando saiu de casa de manhã para caçar lebre — mas Nils, ele é uma nova pessoa.

12

Lennart Henriksson estava na escrivaninha de Gerlof sentindo na mão o peso do saco plástico com a sandalinha, como se isso pudesse revelar sua autenticidade. Esse achado não pareceu deixá-lo nem um pouco contente.

— Você deve informar esse tipo de coisa à polícia, Gerlof — disse ele.

— Eu sei.

— Coisas desse tipo devem ser comunicadas imediatamente.

— Está bem... — disse Gerlof em voz baixa. — Acabei deixando passar. Mas o que você acha?

— Sobre isso aqui? — O policial olhou para a sandália. — Não sei, não gosto de tirar conclusões precipitadas. O que você acha?

— Eu acho que vocês deveriam ter procurado em outros lugares, não apenas na água — respondeu Gerlof.

— E nós fizemos isso — disse Lennart. — Não se lembra? Nós procuramos na pedreira e em todas as casas de veraneio, cabanas de pescador e depósitos do povoado inteiro, e eu procurei de carro por todos os lados no *alvar*. Não encontramos nada. Mas se Julia diz que este é o sapato certo, então temos que levar isso a sério.

— Eu *acho* que é a sandália do Jens — disse Julia atrás dele.

— E você recebeu o sapato pelo correio? — perguntou Lennart.

Gerlof confirmou balançando a cabeça, com uma sensação desagradável de estar sendo submetido a um interrogatório.

— Quando?

— Na semana passada — respondeu Gerlof. — Eu telefonei para Julia e contei sobre isso... foi em parte por esse motivo que ela veio para cá.

— Você ainda tem o envelope? — perguntou Lennart.

— Não. Eu joguei fora... Sou um pouco distraído às vezes. Mas não havia nenhuma carta e não constava nenhum remetente, isso eu sei. Acho que por fora estava escrito apenas "Capitão Gerlof Davidsson, Stenvik", e de lá dos correios eles enviaram a carta para cá. Mas o envelope não deve ser tão importante assim, não é?

— Há uma coisa chamada impressão digital — disse Lennart em voz baixa, e soltou um suspiro. — Há fios de cabelo e muitas outras coisas que podem ser... Bem, eu gostaria, em todo caso, de levar a sandália comigo agora. Pode ser que haja algum vestígio nela.

— Eu preferia que... — começou Gerlof, mas Julia interrompeu o pai e perguntou:

— Você vai levá-la para um laboratório?

— Vou — respondeu Lennart. — Existe um laboratório de medicina legal em Linköping. Laboratório de Perícia Legal do estado. Eles examinam coisas desse tipo.

Gerlof não disse nada.

— Ótimo, deixe que examinem — disse Julia.

— A gente fica com algum recibo da sandália? — perguntou Gerlof.

Julia pareceu ficar irritada, como se ela se envergonhasse dele, mas Lennart balançou a cabeça, exibindo um sorriso cansado.

— Claro, Gerlof — respondeu ele. — Eu faço um recibo, e então você pode processar a polícia de Borgholm caso o laboratório de Linköping venha a perder o sapato. Mas se eu fosse você, não me preocuparia com isso.

Quando o policial foi embora, alguns minutos depois, Julia o acompanhou até a porta, mas voltou após um tempo. Gerlof continuava sentado à escrivaninha, com o recibo de Lennart Henriksson feito à mão, olhando tristemente para a paisagem lá fora.

— Lennart disse que a gente não deve falar sobre a sandália com ninguém — disse Julia atrás dele.

— É mesmo? Então ele disse isso...

Gerlof continuou olhando pela janela.

— O que é, hein? — disse Julia.

— Você não precisava ter falado da sandália para ele.

— Você disse para eu contar às pessoas.

— Não à polícia — disse Gerlof. — Nós podemos resolver isso sozinhos.

— Resolver? — disse Julia em voz alta. — Como assim resolver sozinhos? Mas o que você acha? Você acha que a pessoa que levou Jens, se é que alguém fez isso, vai aparecer aqui e pedir para ver a sandália? Você acha mesmo isso? Que ela vai chegar aqui e contar o que fez?

Gerlof não respondeu, ainda olhava fixamente para fora da janela, de costas para ela, e isso apenas a deixou ainda mais irritada.

— E o que você fez naquele dia? — continuou ela.

— Você sabe — disse Gerlof em voz baixa.

— Eu sei — disse Julia. — Mamãe estava cansada e o seu neto precisava de alguém que tomasse conta dele... e você foi à praia consertar as redes. Já que ia pescar.

Gerlof balançou a cabeça, confirmando.

— Então veio a neblina — disse ele.

— É, densa como um mingau... mas você foi para casa naquela hora?

Gerlof sacudiu a cabeça, negando.

— Você continuou com as redes — disse Julia — porque era muito mais divertido ficar sozinho lá na praia do que tomar conta de uma criança pequena. Não é mesmo?

— Eu estava atento a todo barulho o tempo todo enquanto eu estava na praia — disse Gerlof, sem olhar para ela. — Eu não ouvi nada. Eu teria ouvido Jens se ele...

— Não se trata disso! — interrompeu Julia. — A questão é que você sempre desaparecia quando deveria ficar em casa. É que *tudo* girava ao seu redor... Era assim, o tempo todo...

Gerlof não respondeu. Ele achou que o céu tinha escurecido lá fora. Será que já era hora do crepúsculo? Ele escutava de verdade o que a filha falava, mas não lhe vinha nenhuma resposta satisfatória à cabeça.

— Eu não fui mesmo um bom pai — disse ele por fim. — Eu estava viajando na maior parte do tempo, eu precisava viajar. Mas se eu pudesse ter feito alguma coisa pelo Jens naquele dia... Se aquele dia todo pudesse ser mudado...

Ele calou-se, lutando contra sua voz.

Um silêncio insuportável ficou no quarto.

— Eu sei, pai — disse Julia por fim. — Eu não posso dizer nada, pois eu mesma nem estava em Öland. Fui para Kalmar e vi a neblina se aproximando por baixo da ponte quando atravessei o estreito de carro. — Ela suspirou. — Quantas vezes você acha que eu me arrependi de ter deixado Jens naquele dia? Eu nem me despedi dele.

Gerlof encheu o pulmão de ar e expirou em seguida. Ele virou-se e olhou para ela.

— Na terça, um dia antes de Ernst ser enterrado, vou levar você para ver a pessoa que me enviou a sandália.

Julia estava calada.

— Como vai conseguir fazer isso? — perguntou ela em seguida.

— Eu sei quem ele é — respondeu Gerlof.

— Você está cem por cento certo disso?

— Noventa e cinco por cento.

— Onde ele mora? — perguntou Julia. — Aqui em Marnäs?

— Não.

— Em Stenvik?

Gerlof sacudiu a cabeça.

— Lá em Borgholm — respondeu ele.

Julia ficou em silêncio por um tempo, como se achasse que isso fosse alguma brincadeira.

— Ok — disse ela em seguida. — Então vamos no meu carro.

Ela foi apanhar o casaco sobre a cama.

— O que você vai fazer agora? — perguntou Gerlof.

— Não sei... Acho que vou para Stenvik varrer as folhas secas no quintal da casa ou algo assim. Agora que a eletricidade e a água estão funcionado, posso guardar comida na casa, mas devo continuar dormindo na cabana. Eu durmo bem lá.

— Está bem. Mas mantenha contato com John e Astrid — disse Gerlof. — Vocês têm que ficar unidos.

— Claro. — Julia vestiu o casaco. — Aliás, eu estive no cemitério. Acendi uma vela no túmulo da mamãe.

— Ótimo... E ela fica acesa por cinco dias, até o fim de semana. A administração da igreja cuida do túmulo. Eu não apareço muito por lá, infelizmente... — Gerlof tossiu. — Já havia alguma sepultura cavada para o Ernst?

— Não que eu tenha visto — respondeu Julia. E acrescentou: — Mas eu encontrei a sepultura de Nils Kant perto do muro de pedra. Não era isso que você queria me mostrar?

— Era.

— Antes de ver o túmulo eu achei que deveriam ter suspeitado de Nils Kant. Mas agora eu entendo por que ninguém falou nele.

Gerlof pensou em dizer algo — talvez comentar que a melhor coisa para um assassino é se fingir de morto —, mas continuou calado.

— Mas havia rosas no túmulo dele — disse Julia.

— Rosas frescas? — perguntou Gerlof.

— Não totalmente frescas — respondeu Julia. — Talvez colocadas no verão. E uma outra coisa...

Ela enfiou a mão no bolso do casaco e apanhou o envelope pequeno que estava no buquê de rosas. Estava seco agora; ela entregou-o a Gerlof.

— Talvez a gente não deva abrir — disse ela —, já que é algo particular e não...

Mas Gerlof abriu rapidamente o envelope, tirou de dentro dele um pedacinho de papel branco e leu o conteúdo. Primeiro em silêncio, depois em voz alta para Julia:

— Todos havemos de comparecer ante o tribunal de Cristo. — Ele olhou para Julia. — É só o que está escrito aqui... É uma citação da Epístola aos Romanos. Eu posso ficar com isso?

Julia concordou.

— Sempre há flores e cartas no túmulo de Kant? — perguntou ela.

— Nem sempre — respondeu Gerlof, e colocou a carta numa das gavetas da escrivaninha. — Mas aconteceu algumas vezes nesses anos todos... sempre flores. Eu já vi buquês de rosas lá.

— Então Nils Kant tem amigos ainda vivos?

— Bem... deve existir alguém que quer homenageá-lo, por algum motivo — respondeu Gerlof, e acrescentou: — Pessoas de má reputação às vezes têm admiradores.

Fez-se silêncio.

— Ok. Eu vou para Stenvik, então — disse Julia em seguida, e abotoou de novo o casaco.

— O que você vai fazer amanhã?

— Talvez eu vá para Långvik — respondeu Julia. — Vamos ver.

Quando a filha tinha saído do quarto, os ombros de Gerlof se afundaram de tão cansado que ele estava. Ele levantou as mãos e viu que os dedos tremiam. Tinha sido uma tarde cansativa, mas ele ainda tinha de fazer uma coisa importante.

— Torsten, você enterrou Nils Kant? — perguntou Gerlof algumas horas depois.

Ele e o homem idoso estavam sentados cada um à sua mesa, totalmente a sós no porão. Da parte de Gerlof, isso não foi um acaso; depois do jantar ele pegou o elevador para a sala de recreação e ficou sentado ali por mais de uma hora esperando que um outro morador da instituição, uma senhora idosa do primeiro andar, terminasse seu trabalho no tear.

A finalidade era ficar sozinho com Torsten Axelsson, que tinha trabalhado no cemitério da congregação de Marnäs desde a época da guerra até meados dos anos 1970. Enquanto Gerlof aguardava, a escuridão do outono tinha se tornado compacta do lado de fora das janelinhas do porão. Era noite.

Antes de fazer a pergunta decisiva, Gerlof ficou conversando com Axelsson sobre o enterro seguinte, mais para segurá-lo na sala. Axelsson também tinha reumatismo, mas estava totalmente lúcido e, na maioria das vezes, era uma pessoa divertida. Ele não parecia ter a mesma nostalgia da vida de coveiro quanto Gerlof tinha do trabalho no mar, mas ficou conversando sobre os velhos tempos.

Gerlof estava sentado atrás de uma mesa coberta por pedaços de madeira, cola, ferramentas e telas de esmeril. Ele estava trabalhando com um modelo da galeaça *Paket*, o último veleiro de Borgholm que se tornou iate de entretenimento em Estocolmo nos anos 1960. O casco estava pronto, mas Gerlof teria de trabalhar mais no cordame que não ficava pronto de verdade até estar dentro da garrafa, quando ele podia levantar os mastros e prender as últimas cordas. Tudo isso levava tempo.

Gerlof polia com cuidado uma rachadura pequena no topo de um mastro e esperava uma resposta do coveiro aposentado. Axelsson estava sentado inclinado sobre uma mesa cheia de centenas de peças de quebra-cabeça. Um desenho grande dos nenúfares amarelos e brancos de Monet já estava parcialmente montado.

Axelsson encaixou uma peça no tanque negro dos nenúfares e levantou os olhos:

— Kant? — indagou ele.

— Isso, Nils Kant — respondeu Gerlof. — O túmulo dele ainda fica um pouco afastado, lá no muro ocidental. Então eu fiquei pensando no enterro dele. É que eu não morava aqui em Marnäs naquela época...

Axelsson balançou a cabeça, apanhou uma peça do quebra-cabeça e refletiu.

— Sim, eu cavei a sepultura e carreguei o caixão, junto com os meus colegas de trabalho do cemitério... Não houve ninguém que se dispusesse por livre e espontânea vontade a fazer esse serviço.

— Não havia nenhum parente dele?

— Havia... A mãe dele estava lá. Ela participou o tempo todo. Eu não a tinha visto direito antes, mas ela estava pele e osso, vestida num sobretudo negro como o breu — disse Axelsson. — Mas, se ela estava chorando a morte dele, isso eu não sei. Parecia um pouco satisfeita demais para isso.

— Satisfeita?

— É... É claro que eu não vi a Vera dentro da igreja — disse Axelsson. — Mas lembro que olhei de canto de olho para ela na hora em que baixamos o caixão. Vera estava ali a alguns metros da cova, vendo o caixão desaparecer, e eu vi que ela sorriu sob o véu negro. Como se estivesse bem satisfeita com o enterro.

Gerlof balançou a cabeça.

— E era só ela que estava no enterro? Mais ninguém?

Axelsson sacudiu a cabeça, negando.

— Havia mais gente, mas quase nenhum parente. Havia policiais também, mas eles estavam assistindo de longe, quase no portão.

— Com certeza eles queriam ver Kant sendo enterrado, de uma vez por todas — disse Gerlof.

— Claro. — Axelsson assentiu. — E isso era o que todos ali queriam, com exceção do pastor Fridland.

— Pelo menos ele foi pago.

A sala ficou em silêncio. Gerlof pôs-se a limpar o pequeno casco do barco *Paket* por alguns minutos. Em seguida, ele tomou a iniciativa e disse:

— Isso que você falou sobre Vera Kant ter sorrido no enterro faz com que a gente fique se perguntando sobre o que havia no caixão...

Axelsson olhou para o quebra-cabeça e apanhou mais uma peça.

— Por acaso você não vai perguntar se o caixão estava leve demais, Gerlof? — disse ele. — Já me fizeram essa pergunta várias vezes nesses anos.

— É que as pessoas falam nisso de vez em quando — replicou Gerlof. — Que o caixão de Kant estava vazio. Você também já ouviu falar nisso, não é?

— Você pode parar de ficar pensando nisso, pois não estava vazio — respondeu Axelsson. — Éramos quatro homens carregando o caixão, tanto antes quanto depois da cerimônia na igreja, e realmente foi necessário esse número de pessoas. O caixão estava pesado que nem chumbo.

Gerlof sentiu como se estivesse colocando em dúvida a honra profissional do velho coveiro, mas ele precisava prosseguir:

— Alguns dizem que talvez só houvesse pedras no caixão, ou sacos de areia — disse ele em voz baixa.

— Eu já ouvi esse boato — disse Axelsson. — Não olhei dentro dele, mas alguém deve ter feito isso... quando o caixão chegou a Öland na barca.

— Eu ouvi falar que ninguém abriu o caixão — disse Gerlof. — Estava lacrado, e ninguém tinha nervos nem autorização para arrombá-lo. Você sabe se alguém o abriu?

— Não... — respondeu Axelsson. — Eu só tenho uma vaga lembrança de que veio uma espécie de atestado de óbito da América do Sul, junto com o caixão, em uma das embarcações da companhia Malm. Alguém do depósito de caminhões lá em Borgholm que sabia um pouco de espanhol leu o atestado... Nils Kant tinha morrido afogado, era o que estava no papel, e tinha ficado na água por um bom tempo antes de resgatarem o corpo dele. O corpo não devia estar com uma aparência muito agradável.

— Talvez as pessoas tivessem medo de que Vera Kant fosse brigar com elas — disse Gerlof. — Elas só queriam enterrar Kant e tocar a vida.

Axelsson olhou para Gerlof, mas apenas deu de ombros.

— Sei lá — disse ele, e colocou uma peça de um nenúfar no tanque da pintura de Monet. — Eu apenas enterrei Kant, fiz o meu trabalho e fui para casa.

— Eu sei, Torsten.

Axelsson encaixou mais uma peça no quebra-cabeça, olhou para o resultado por um instante e depois para o relógio na parede. Ele levantou-se devagar.

— Hora do café da noite — disse ele. Mas, antes de sair da sala, ele se deteve e virou a cabeça. — E o que *você* acha, Gerlof? — perguntou ele. — Será que Nils Kant está enterrado no caixão dele?

— Acho que sim — respondeu Gerlof em voz baixa, sem olhar para o velho coveiro.

Quando Gerlof voltou para o setor dele já eram mais de 19 horas e faltava apenas meia hora para o café da noite. Rotinas, tudo eram rotinas na Casa Marnäs.

Mas a conversa com Torsten Axelsson no porão tinha sido boa, pensou Gerlof. Proveitosa. Talvez ele tivesse sido um pouco tagarela e importuno no final, recebendo por isso olhares intrigados de Axelsson.

O disse me disse sobre o interesse estranho de Gerlof por Nils Kant já tinha certamente começado nos corredores da Casa Marnäs. Talvez o burburinho até mesmo se espalhasse do lado de fora da instituição, mas que fosse assim. Não era isso mesmo o que ele queria: mexer no formigueiro e talvez fazer com que algo acontecesse?

Ele sentou-se pesadamente na cama e pegou o exemplar do dia do *Ölands-Posten* da mesinha de cabeceira. Ele não tivera tempo de ler de manhã ou, para ser mais exato, não tivera vontade.

A morte em Stenvik era a grande notícia de primeira página, e ali estava uma das fotos tiradas por Bengt Nyberg da pedreira com uma seta para mostrar claramente onde o acidente tinha acontecido.

Fora um acidente, segundo a polícia de Borgholm. Ernst Adolfsson tinha tentado mudar uma estátua de pedra de lugar na beira do penhasco, tropeçara e caíra e o bloco grande de pedra tombara em cima dele. Não havia suspeitas de crime.

Gerlof leu apenas o começo do artigo de Bengt Nyberg. Depois folheou o jornal passando para notícias menos pessoais: os casos das construções que estavam atrasadas em Långvik, um incêndio num estábulo nos arredores de Löttorp e o senil-demente de 81 anos que alguns dias antes tinha saído de casa, no sul de Öland, e que ainda estava desaparecido; ele não deixara pista no *alvar*. Com certeza seria achado, mas não com vida.

Gerlof dobrou o jornal, colocou-o de volta na mesa e, nesse instante, avistou o porta-níqueis de Ernst. Ele tinha guardado a bolsa quando voltara de Stenvik. Apanhou o porta-níqueis de novo, abriu e olhou todas as cédulas e um maço de recibos. Deixou as cédulas no porta-níqueis e folheou os recibos devagar.

A maioria era de pequenas compras no supermercado de Marnäs ou de Långvik ou recibos escritos à mão da venda das esculturas de Ernst no verão.

Gerlof procurava pelos recibos mais recentes, de preferência do mesmo dia em que a escultura da torre de igreja tinha caído em cima de Ernst. Não achou nenhum.

No entanto, no final do bolo de recibos de estabelecimentos comerciais, ele achou algo diferente: um bilhetinho amarelo da entrada de um museu. *Museu da Madeira em Ramneby* estava impresso no bilhete, junto com um desenho pequeno de tábuas empilhadas e uma data carimbada com tinta azul: *13 de set.*

Ele deixou o bilhete em cima da mesinha de cabeceira. O restante dos recibos da carteira de Ernst ele juntou com um clipe da escrivaninha e colocou tudo numa gaveta. Em seguida sentou-se à escrivaninha, esticou-se para apanhar o caderno e o abriu na primeira página vazia. Pegou um lápis, pensou por um tempo e fez duas anotações:

VERA KANT SORRIU NA HORA EM QUE O CAIXÃO DE NILS FOI ENTERRADO.

E:

ERNST VISITOU A SERRARIA DA FAMÍLIA KANT EM RAMNEBY.

Então ele colocou o recibo do museu dentro do caderno, fechou-o, sentou-se e ficou esperando o café da noite. Rotinas, tudo eram apenas rotinas quando se ficava velho.

13

Julia nem sequer se lembrava de ter bebido a primeira taça de vinho. Ela tinha visto Astrid servir a bebida diante dela na mesa da cozinha, tinha visto o líquido vermelho rodopiar na taça e estendera a mão ansiosa na direção dela — e depois a taça estava de repente vazia em cima da mesa. Ela tinha o gosto de vinho na boca, uma dose de álcool que a aquecia a caminho do corpo e a sensação de ter reencontrado um velho amigo.

Do lado de fora da cozinha de Astrid, o sol estava se pondo, e Julia estava com a perna doendo depois de um passeio longo de bicicleta pelo litoral.

— Você quer mais vinho? — perguntou Astrid.

— Sim, obrigada — disse Julia, da forma mais calma e descontraída possível. — Uma delícia de vinho.

É claro que ela teria bebido mesmo que ele tivesse gosto de vinagre.

A segunda taça ela tentou beber bem mais devagar. Tomou apenas alguns goles, colocou-a de volta na mesa e suspirou.

— Foi um dia difícil? — perguntou Astrid.

— Bastante difícil — respondeu Julia.

Mas na verdade não tinha acontecido muita coisa.

Ela tinha andado de bicicleta até o norte pela costa, rumo ao povoado vizinho chamado Långvik, e almoçado lá. Depois disso, ouvira de um vendedor de ovos de uma granja pequena já idoso, que o filho dela, Jens, tinha sido assassinado. Não apenas morto e enterrado havia muito tempo — mas assassinado.

— Um dia bastante difícil — disse Julia novamente, e esvaziou a segunda taça.

O céu estava limpo e cheio de estrelas na noite anterior, quando Julia se preparou para mais uma noite sozinha na cabana.

Era como se as estrelas fossem seus únicos amigos naquela praia deserta. A lua pairava ao leste parecendo a lasca de um osso acinzentado, mas Julia tinha ficado lá embaixo na praia negra como o breu, olhando para as estrelas durante meia hora, antes de subir para a cabana. Dali via-se inclusive uma outra luz familiar: as lâmpadas do jardim da casa de Astrid no outro lado da estrada. As outras luzes das poucas casas habitadas ao sul e ao norte da costa eram distantes e quase tão fracas quanto a luz das estrelas, mas a lâmpada forte de Astrid mostrou que havia outras pessoas na escuridão.

Julia tinha adormecido, mais rápida e calmamente do que de costume, e acordou descansada oito horas depois, com o som das ondas batendo na praia, quase no ritmo de sua respiração.

A paisagem repleta de pedras era serena e ela tinha aberto a porta e olhado para as ondas sem pensar em pedaços de ossos.

Ela subiu até a casa do pai para tomar banho e tomar o café da manhã e depois, ao dar uma volta no quintal da casa, encontrou uma velha bicicleta feminina atrás da casinha de ferramentas. Imaginou que fosse de Lena. A bicicleta estava enferrujada e mal lubrificada, mas os pneus estavam cheios.

Foi quando ela resolveu ir de bicicleta para o norte, para Långvik, e almoçar lá. Em Långvik ela tentaria achar um homem velho que se chamava Lambert e pedir desculpas por ter batido nele muitos anos antes.

A estrada costeira na direção norte era cheia de cascalho, poeirenta e repleta de buracos fundos, mas dava para andar de bicicleta. E a paisagem era incrivelmente bonita, como sempre fora, com o *alvar* ao lado direito e o mar cintilante a alguns metros ao pé do penhasco à esquerda. Julia evitou olhar para a outra ponta da pedreira quando passou por ali; ela não queria saber se as poças de sangue ainda estavam lá.

Depois disso, o passeio de bicicleta foi apenas agradável, com o sol batendo de lado e o vento nas costas.

Långvik ficava a 5 quilômetros ao norte de Stenvik, mas era um tipo maior e totalmente diferente de povoado. Havia uma praia de verdade, com areia, para se tomar banho de mar, uma marina para barcos de lazer, prédios maiores no centro e conjuntos de casas de temporada à margem da via de acesso norte e sul.

TERRENOS À VENDA, estava escrito numa tabuleta na beira da estrada. Ainda se construía em Långvik: cercas, estacas e estradas de cascalho recém-concluídas entravam pelo *alvar* e terminavam em meio a paletes grandes com telhas cobertas de plástico e pilhas de madeira.

Além disso, havia naturalmente o hotel da zona portuária, tão extenso quanto a praia e de três andares, com um restaurante grande.

Julia almoçou massa no restaurante com um sentimento vago de nostalgia. Ela tinha dançado nesse local no começo dos anos 1960. O hotel não era tão grande na época em que Julia era adolescente e ia de bicicleta para lá com outros jovens de Stenvik, mas já era imponente desde aquela época. Havia um deque grande de madeira no alto da praia, e foi ali que eles tinham dançado até meia-noite. Rock americano e inglês, intercalado com o som das ondas lá na escuridão nas pausas entre os discos. O cheiro de suor, loção pós-barba e de cigarros. Julia tinha bebido as primeiras taças de vinho em Långvik e às vezes ia para casa de carona numa motoneta barulhenta tarde da noite. A toda velocidade e sem capacete pela escuridão, com uma convicção profunda de que a vida apenas seria cada vez mais e mais fantástica.

O terraço não existia mais e o hotel crescera e agora tinha grandes salas para conferências e piscina própria.

Depois do almoço, Julia começou a ler o livro que recebera de Gerlof, cujo título era *Crimes em Öland*. No capítulo chamado "O assassino que escapou" ela leu sobre Nils Kant, sobre o que ele tinha feito num dia de verão em 1945 no *alvar*, e depois a continuação:

Quem eram, então, os dois homens fardados que Nils Kant executou a sangue-frio lá no alvar *naquele belo dia?*

Provavelmente eram soldados alemães que tinham conseguido chegar aqui pelo mar Báltico, fugindo das duras batalhas em Kurland, na costa ocidental da Letônia, na fase derradeira da Segunda Guerra Mundial. Os alemães em Kurland estavam cercados pelo Exército Vermelho, e o único meio de fugir era por mar, em algum barco. Os riscos eram grandes, mas ainda assim soldados e civis escolheram tentar fugir da região báltica para a Suécia naquela época.

No entanto, ninguém sabe ao certo. Os soldados mortos não carregavam consigo nenhum documento nem passaporte que pudesse identificá-los e receberam um túmulo sem nome.

Mas eles deixaram várias pistas pelo caminho. O que Kant não sabia quando abandonou os dois corpos é que um barquinho a motor verde com o nome escrito em russo tinha sido encontrado abandonado numa baía a alguns quilômetros ao sul de Marnäs naquela manhã.

No barco aberto e parcialmente cheio d'água havia, entre outras coisas, capacetes de soldado de fabricação alemã, dezenas de latas enferrujadas de conservas, um penico, um remo partido e um potinho com o pó medicinal do médico de Hitler, Dr. Theodor Morell, contra piolhos russos, remédio fabricado em Berlim exclusivamente para soldados da Wehrmacht.

O achado do barco chamou atenção — assim como tudo de diferente que aporta no litoral de Öland —, e muitos moradores de Marnäs já sabiam antes de Kant que havia estranhos nas redondezas. Uma parte deles tinha até mesmo ido procurá-los, armados ou não.

Nils Kant não tinha enterrado os soldados que matou, nem mesmo tinha coberto os corpos. Cadáveres lá no meio do alvar *costumam atrair muitos seres necrófagos, animais pequenos e pássaros, e os gritos e as disputas pelas presas podiam ser ouvidos e vistos a longa distância nos arredores.*

Assim, era apenas uma questão de tempo para que alguém saísse procurando pelo alvar *e encontrasse os soldados mortos.*

Quando a garçonete do restaurante do hotel veio limpar a mesa, Julia fechou o livro e olhou pensativa para a praia totalmente deserta ao pé do hotel.

A história sobre Nils Kant era interessante, mas ele estava morto e enterrado, e ela ainda não sabia por que Gerlof achava que era tão importante que ela lesse sobre ele.

— Eu pago agora mesmo — disse Julia à garçonete.

— Pois não. São 42 coroas.

Ela era jovem, talvez não tivesse mais do que 20 anos, e parecia gostar do trabalho.

— Vocês funcionam o ano inteiro? — perguntou Julia ao entregar o dinheiro.

Ela admirou-se com o fato de ainda haver tanta gente em Långvik, no geral e especialmente no hotel do porto, apesar de ser outono.

— De novembro a março nós abrimos apenas nos finais de semana, para conferências — respondeu a garçonete.

Ela pegou o dinheiro e abriu o porta-níqueis que estava no bolso para apanhar umas moedas de 1 coroa.

— Fique com o troco — disse Julia, e lançou um olhar para a água cinza do lado de fora. Ela prosseguiu: — Eu queria saber de mais uma coisa... Você sabe se existe alguém aqui em Långvik chamado Lambert? Lambert com o sobrenome desses que terminam em "son"... Svensson, Nilsson ou Karlsson. Existe algum Lambert por aqui?

A garçonete ficou pensativa e sacudiu a cabeça.

— Lambert? — disse ela. — É um nome fácil de se lembrar, mas eu acho que nunca ouvi esse nome.

Ela era nova demais para conhecer os habitantes mais velhos de Långvik, pensou Julia. Ela assentiu com a cabeça e levantou-se, mas a garçonete continuou:

— Pergunte a Gunnar. Gunnar Ljunger. Ele é o dono do hotel, conhece quase todo mundo aqui em Långvik.

Ela virou-se e apontou.

— É só sair pela entrada principal, virar à esquerda e depois ir até a lateral do hotel. Ali fica a administração, e ele deve estar lá agora.

Julia agradeceu a dica e deixou o restaurante. Ela tinha bebido água com gelo no almoço mais uma vez: estava se tornando um hábito. Foi uma sensação boa estar com a mente alerta quando ela saiu no ar frio do estacionamento, embora a calma do vinho talvez fosse necessária se ela agora fosse rever Lambert...

Svensson, Nilsson ou Karlsson.

Julia passou a mão no cabelo e deu a volta no prédio do hotel. Na lateral havia uma porta de madeira com uma série de plaquinhas com o nome de empresas ao lado, e na primeira delas estava escrito LÅNGVIK CONFERENCE CENTER S/A. Ela abriu a porta e se viu numa recepção pequena com um tapete amarelo e grandes plantas de plástico.

Era como se ela tivesse entrado num escritório do centro de Gotemburgo. Ouvia-se uma música discreta ao fundo. Uma mulher jovem bem-vestida estava sentada na recepção, e debruçado sobre o balcão estava um homem igualmente jovem de camisa social branca. Ambos olharam para Julia como se ela tivesse interrompido uma conversa importante, mas a recepcionista foi mais rápida em sorrir e cumprimentá-la. Julia cumprimentou de volta, tensa como sempre ao encontrar novas pessoas, e quis saber sobre Gunnar Ljunger.

— Gunnar? — disse a recepcionista, e olhou para o homem no balcão. — Ele voltou do almoço?

— Sim — disse o homem, e acenou com a cabeça para Julia. — Você pode me acompanhar que eu lhe mostro.

Julia foi atrás dele e passou por um corredor pequeno que terminava numa porta entreaberta. Ele bateu na porta enquanto a abria.

— Pai? — disse ele. — Você tem visita.

— Ok — respondeu, baixo, uma voz masculina. — Entre.

O escritório não era muito grande, mas a vista da praia e do mar Báltico da janela panorâmica era fantástica. À escrivaninha, estava sentado um homem de estatura baixa, o hoteleiro Gunnar Ljunger, com barba grisalha e sobrancelhas fartas também grisalhas, usando uma calculadora barulhenta. Ele usava camisa social branca com suspensórios, e um paletó marrom estava pendurado nas costas da cadeira. Em cima da mesa, ao lado da máquina de calcular, havia um exemplar aberto do *Ölands-Posten*, e Ljunger parecia dar uma lida no jornal enquanto calculava.

— Boa-tarde — disse ele, e olhou de relance para Julia.

— Boa-tarde.

— Em que posso ajudar?

Ljunger sorriu e continuou a digitar valores na máquina de calcular.

— Eu só quero fazer uma pergunta — disse Julia, e deu um passo curto para dentro do escritório. — Eu estou à procura de Lambert.

— Lambert?

— Lambert, de Långvik... Lambert Karlsson, acho que é esse o nome dele.

— Lambert Nilsson, deve ser — disse Ljunger. — Não há nenhum outro Lambert aqui em Långvik.

— Isso... Nilsson é o sobrenome dele — disse Julia rapidamente.

— Mas Lambert não está mais vivo — disse Ljunger. — Ele morreu há uns cinco, seis anos.

— Ah.

Julia sentiu uma leve decepção, mas de certa forma ela esperava receber essa resposta. Lambert já parecia estar velho nos anos 1970, naquela tarde em que fora, de bicicleta motorizada, saber o que tinha acontecido com o filho dela.

— O irmão mais novo dele, Sven-Olof, está vivo, é claro — acrescentou Ljunger, e apontou na diagonal para um ponto atrás de Julia. — Sven-Olof Nilsson. Ele mora na colina, atrás da pizzaria, onde Lambert também morava. Sven-Olof vende ovos, então você pode procurar por uma casa com galinhas no quintal.

— Obrigada.

— Se você for lá, diga para Sven-Olof que ficou ainda mais barato ligar a água da rede municipal agora — disse Ljunger, e sorriu. — Ele é a única pessoa em toda Långvik que ainda acha melhor ter poço.

— Ok.

— Você está hospedada aqui conosco? — perguntou Ljunger quando ela fez menção de se virar.

— Não, mas eu costumava vir dançar aqui quando era mais nova... Eu moro em Stenvik. Meu nome é Julia Davidsson.

— Parente do velho Gerlof? — perguntou Ljunger.

— Sou filha dele.

— É mesmo? — disse Ljunger. — Então mande lembranças para ele. Ele fez alguns barcos de garrafa para nós, para o restaurante. Nós gostaríamos de mais deles.

— Eu dou o recado.

— É bem bonito lá em Stenvik, não é? — disse Ljunger. — Calmo, com a pedreira fechada e as casas vazias. — Ele deu um sorriso. — Aqui em cima nós resolvemos, é claro, ir por um outro caminho... expandir e investir em turismo, golfe e conferências. Achamos que é o único modo de manter vivos os povoados costeiros do norte de Öland.

Julia balançou a cabeça, sem ter muita certeza disso.

— Bem, parece que funciona — comentou ela.

Será que Stenvik devia ter investido no turismo? Julia ficou pensando nisso ao deixar o escritório do hotel e atravessar o estacionamento onde ventava bastante. Era uma pergunta sem resposta, pois agora Långvik tinha tomado demais a dianteira. Hotel na beira da praia e pizzaria eram coisas que nunca seriam construídas em Stenvik. O povoado continuaria quase deserto na maior parte do ano e apenas teria vida durante alguns meses, quando chegavam os moradores de verão, e não havia nada que se pudesse fazer a respeito.

Ela passou pelo pequeno posto de gasolina no pátio do porto, continuou pela rua larga do povoado e pela pizzaria.

A rua entrava no povoado e subia por uma ladeira, e o vento começou a bater nas costas dela. No alto havia um arvoredo e, atrás dele, um muro baixo em volta de um jardim com uma casinha pintada de cal branco e um galinheiro feito de pedra com um cercado.

Não se via nenhuma galinha, mas estava escrito VENDEM-SE OVOS numa tabuleta de madeira no portão.

Julia abriu o portão e pisou num caminhozinho de lajotas ásperas de pedra calcária. Ela passou por uma bomba hidráulica pintada de verde e lembrou-se do que Gunnar Ljunger do Strandhotel tinha dito sobre a rede de água do município.

A porta da casa estava fechada, mas havia uma campainha. Quando Julia a tocou, houve silêncio por alguns instantes, em seguida ela ouviu um baque e depois a porta foi aberta. Um homem idoso apareceu no vão da porta, bem magro, cheio de rugas, com o cabelo ralo cor de prata e os fios atravessando o alto da cabeça.

— Boa-tarde — disse ele.

— Boa-tarde — respondeu ela.

— É sobre ovos?

O homem idoso parecia ter sido interrompido durante o almoço, pois ainda estava mastigando.

Julia balançou a cabeça. Sim, ela podia comprar alguns ovos.

— Você é Sven-Olof? — perguntou Julia, sem sentir o desconforto já esperado a cada vez que encontrava uma pessoa nova.

Talvez ela estivesse se acostumando aos encontros com gente desconhecida aqui em Öland.

— Sou eu mesmo — disse o homem, e enfiou os pés num par de galochas pretas grandes que estavam na porta. — Quantos você quer?

— Bem... Seis ovos deve ser o suficiente.

Sven-Olof Nilsson saiu da casa, e, um segundo antes de ele fechar a porta, um gato deslizou para fora em silêncio, parecendo um vulto negro atrás dele. O felino nem sequer olhou a visitante.

— Eu vou apanhar os ovos — disse ele.

— Está bem — disse Julia, mas, quando Sven-Olof foi para o pequeno galinheiro, ela foi atrás.

Quando ele abriu a porta verde e pisou no chão de terra batida, ela parou na entrada do espaço pequeno; ali não havia nenhuma galinha, apenas umas caixas com ovos brancos em cima de uma mesinha.

— Vou pegar alguns fresquinhos — disse Sven-Olof, abrindo uma porta cambaleante sem pintura e entrando no compartimento onde estavam as galinhas.

Julia sentiu o cheiro de aves e pôde entrever prateleiras de madeira na parede, mas não viu muita coisa; a lâmpada estava apagada e o lugar estava muito escuro. O ar estava poeirento e quente ali dentro.

— Quantas galinhas você tem? — perguntou ela.

— Não são muitas hoje em dia — respondeu Sven-Olof. — Umas cinquenta... vamos ver durante quanto tempo eu ainda vou tê-las.

Agora ouvia-se um cocoricar discreto.

— Eu ouvi falar que Lambert faleceu — comentou ela.

— O quê... Lambert? É, ele morreu em 1987 — disse Sven-Olof no escuro.

Ela não conseguia entender por que ele não acendia a luz, mas talvez a lâmpada estivesse queimada.

— Eu encontrei Lambert uma vez — disse Julia —, faz muitos anos.

— É mesmo? — disse Sven-Olof. — Vejam só...

Ele não parecia muito interessado em ouvir uma história sobre o irmão falecido, mas Julia não tinha outra opção que não fosse continuar:

— Foi lá em Stenvik, onde eu moro.

— Sei.

Com um passo, ela atravessou a soleira da porta na direção dele, para dentro da escuridão. O ar parecia poeirento e precisava ser arejado. Ela ouviu as galinhas se mexerem nervosamente nas paredes, mas não podia ver se elas estavam livres ou em gaiolas.

— A minha mãe, Ella, telefonou para buscar Lambert — disse Julia — porque nós precisávamos... Nós precisávamos de ajuda para achar uma pessoa desaparecida. Ele estava desaparecido havia três dias, não havia nenhuma pista dele em lugar nenhum. Foi então que minha mãe começou a falar de Lambert... Ela disse que Lambert podia encontrar coisas. Ele tinha essa fama, foi o que Ella disse.

— Ella Davidsson? — disse Sven-Olof.

— Sim. Ela telefonou, e Lambert veio de Långvik no dia seguinte. Numa bicicleta motorizada antiga de transportar carga.

— É, ele gostava de ajudar — disse Sven-Olof, que agora era apenas um vulto dentro do galinheiro. Quase não se ouvia a voz baixa dele em meio ao cocoricar abafado das galinhas. — Lambert achava coisas. Ele sonhava com elas e depois as achava. Ele também achava água para as pessoas, com uma varinha feita de aveleira. As pessoas gostavam bastante disso.

Julia concordou, balançando a cabeça.

— Ele trouxe o próprio travesseiro quando veio nos visitar — disse ela. — Queria dormir no quarto de Jens, com as coisas de Jens ao redor dele. E nós deixamos.

— É, era assim que ele fazia — disse Sven-Olof. — Ele via coisas nos sonhos. Pessoas que tinham se afogado e coisas que tinham desaparecido. E acontecimentos futuros, coisas que estavam por acontecer. Ele sonhou durante várias semanas com a própria morte. Disse que iria acontecer em breve, na cama do quarto dele, às 2h30 da madrugada, e que o coração ia parar de bater e que a ambulância não chegaria a tempo. E foi isso o que aconteceu, exatamente no dia que ele tinha previsto. E a ambulância não chegou a tempo.

— Mas isso funcionava sempre? — perguntou Julia. — Ele acertava tudo?

— Nem sempre — disse Sven-Olof. — Às vezes ele não sonhava com nada. Ou não se lembrava do sonho... isso acontecia às vezes. E nunca apareciam nomes, ninguém tinha nome nos sonhos dele.

— Mas e quando ele via algo? — perguntou Julia. — Nesse caso ele sempre acertava?

— Quase sempre. As pessoas confiavam nele.

Julia deu alguns passos à frente. Ela via-se obrigada a contar:

— Fazia três noites que eu não dormia no dia em que seu irmão chegou de bicicleta — disse ela em voz baixa. — Tampouco consegui dormir naquela noite. Eu estava deitada e ouvi quando ele se deitou na cama de criança no quarto de Jens. As molas da cama rangiam quando ele se mexia. Depois tudo ficou em silêncio lá dentro, mas, ainda assim, eu não conseguia dormir... Quando ele acordou e se levantou, às 7 horas, eu estava sentada na cozinha esperando por ele.

As galinhas cocoricavam inquietas em volta dela; Sven-Olof não fez nenhum comentário.

— Lambert tinha sonhado com o meu filho — prosseguiu ela. — Eu entendi pelo seu olhar quando ele apareceu na cozinha com o travesseiro embaixo do braço. Ele olhou para mim e, quando eu perguntei, ele disse que foi isso, que tinha sonhado com Jens. Ele tinha um ar triste... Eu tenho certeza de que ele ia contar mais, só que eu não aguentei ouvir. Tentei bater nele e gritei, dizendo para ele desaparecer dali. O meu pai, Gerlof, acompanhou Lambert até a bicicleta motorizada no portão e eu fiquei chorando na cozinha, ouvindo ele ir embora. — Ela fez uma pausa e suspirou. — Essa foi a única vez que eu encontrei Lambert. Infelizmente.

O galinheiro ficou em silêncio. Até mesmo as aves tinham se acalmado.

— Esse menino... — disse Sven-Olof no escuro. — Foi aquela coisa horrível que aconteceu...? O menininho que desapareceu em Stenvik?

— Era o meu filho, Jens — disse Julia, e sentiu uma grande vontade de beber vinho tinto. — Ele ainda está desaparecido.

Sven-Olof não disse mais nada.

— Eu gostaria de saber se... Lambert alguma vez chegou a falar sobre o que ele sonhou naquela noite?

— Aqui você tem cinco ovos — disse uma voz do escuro. — Eu não encontrei mais nenhum.

Julia entendeu que ele não ia responder a nenhuma pergunta.

Ela suspirou, um suspiro pesado e profundo.

Eu não tenho nada, disse ela para si mesma. *Não tenho nada.*

Os olhos dela foram se acostumado aos poucos com a escuridão, e ela viu Sven-Olof em pé imóvel no meio do galinheiro olhando para ela, cinco ovos apertados contra o peito.

— Lambert deve ter dito alguma coisa, Sven-Olof — disse ela. — Em alguma ocasião ele deve ter contado a você a respeito do que ele sonhou naquela noite. Não contou?

Sven-Olof tossiu.

— Ele falou do menino apenas uma vez.

Agora Julia estava calada. Ela prendeu a respiração.

— Ele tinha lido uma reportagem no *Ölands-Posten* — disse Sven-Olof. — Foi mais ou menos uns cinco anos depois que isso aconteceu. Nós lemos a reportagem durante o café da manhã. Mas o jornal não trazia nada de novo.

— Nunca trouxe — disse Julia, cansada. — Nunca houve nada de novo para contar, mas mesmo assim eles continuaram escrevendo.

— Estávamos sentados à mesa da cozinha e eu li o jornal primeiro — disse Sven-Olof. — Depois Lambert. E quando eu vi que ele estava lendo sobre o menino, perguntei o que ele achava. Então ele abaixou o jornal e disse que o menino estava morto.

Julia cerrou os olhos. Ela balançou a cabeça em silêncio.

— No estreito? — perguntou ela.

— Não. Lambert disse que tinha acontecido lá no *alvar*. Ele foi morto no *alvar*.

— Foi morto — disse Julia, e sentiu um calafrio.

— Um homem matou o menino — disse Lambert. — No mesmo dia em que ele desapareceu, um homem que estava cheio de ódio tinha matado o menino no *alvar*. Depois ele tinha colocado o menino numa cova junto a um muro de pedra.

Silêncio novamente. Uma galinha bateu as asas nervosamente em algum lugar perto da parede.

— Lambert não disse mais nada — continuou Sven-Olof. — Mais nada sobre o menino nem sobre o homem.

Nenhum nome, pensou Julia. Ninguém tinha nomes nos sonhos de Lambert.

Sven-Olof moveu-se de novo. Ele saiu do galinheiro com os cinco ovos no colo e olhou assustado para Julia, como se tivesse medo de que ela também fosse bater nele.

Julia suspirou.

— Então agora eu sei — disse ela. — Obrigada.

— Você precisa de uma caixa? — perguntou Sven-Olof.

Julia sabia.

Ela podia tentar se convencer de que Lambert estava errado ou de que o irmão dele tinha inventado aquilo, mas não adiantava. Ela sabia.

No caminho de Långvik para casa, ela parou na estrada costeira no alto da praia vazia, viu a água transformar-se em espuma nas ondas lá embaixo e chorou por mais de dez minutos.

Ela *sabia*, e a consciência disso era terrível. Era como se tivessem se passado apenas alguns dias desde o desaparecimento de Jens, como se todas as feridas interiores ainda estivessem sangrando. Agora ela começava a deixar o filho entrar no coração dela como alguém morto, um pouquinho de cada vez. Precisava ser devagar, para que a tristeza não a inundasse.

Jens estava morto.

Ela sabia disso. Mas, ainda assim, ela queria ver o filho de novo, ver o corpo dele. Se isso não fosse possível, então ela queria pelo menos saber o que tinha acontecido com ele. Era por isso que ela estava ali.

As lágrimas secaram ao vento. Depois de um tempo, Julia sentou-se novamente na bicicleta e continuou devagar.

Perto da pedreira ela encontrou Astrid, que passeava com o cachorro e levou Julia para jantar na casa dela — sem fazer qualquer comentário sobre os olhos vermelhos de choro de Julia.

Astrid convidou-a para comer costeleta de porco com batata cozida e tomar vinho tinto. Julia comeu um bocado e bebeu ainda mais, mais do que deveria. Porém, depois de três taças de vinho, a ideia de que Jens estava morto havia muito tempo não era mais tão invasiva, era apenas uma dor abafada no peito. E, de qualquer forma, nunca houve nenhuma esperança, não depois que os primeiros dias tinham se passado sem surgir nenhum sinal de vida dele. Nenhuma esperança...

— Então você esteve em Långvik hoje? — perguntou Astrid.

Os pensamentos de Julia foram interrompidos.

— Sim. E ontem estive em Marnäs — disse ela rápido, para evitar pensar em Långvik e nos sonhos proféticos de Lambert Nilsson.

— Aconteceu alguma coisa lá em Marnäs? — perguntou Astrid, e encheu mais uma vez a taça de Julia.

— Não muito — disse Julia. — Eu passei no cemitério, vi a sepultura de Nils Kant. Gerlof achou que eu deveria vê-la.

— Ah, essa sepultura. — Astrid levou a taça à boca.

— Eu fiquei pensando uma coisa — disse Julia. — Talvez você não possa responder, mas aqueles soldados alemães que Nils Kant matou no *alvar*... Vieram muitos deles para Öland?

— Não que eu saiba — disse Astrid. — Uns cem devem ter conseguido fugir com vida da guerra na região Báltica para a Suécia, mas a maioria desembarcou na costa de Småland. Eles queriam ir para o país deles, é claro, ou continuar até a Inglaterra. Mas na Suécia a gente tinha medo de Stalin e eles foram mandados de volta para a União Soviética. Foi um gesto covarde. Mas você já deve ter lido sobre isso, não é?

— Já, um pouco... mas faz muito tempo — respondeu Julia.

Ela tinha uma vaga lembrança de ter estudado na escola sobre os refugiados de guerra da Rússia, mas naquele tempo ela não era muito interessada na história da Suécia ou de Öland.

— Então o que mais que você fez em Marnäs? — perguntou Astrid.

— Bem... eu almocei por lá com um policial — disse Julia. — Lennart Henriksson.

— Sei — disse Astrid. — Ele é um sujeito legal. Bem pintoso.

Julia balançou a cabeça.

— Você falou com Lennart sobre Nils Kant? — perguntou Astrid.

Julia fez que não com um aceno de cabeça, depois pensou mais um pouco e disse:

— Sim, eu mencionei que tinha estado na sepultura de Kant. Mas não falamos mais sobre isso.

— É melhor não falar mais dele para Lennart — disse Astrid. — Ele fica um pouco ofendido.

— Ofendido? — disse Julia. — Mas por quê?

— Trata-se de uma história antiga — respondeu Astrid, e tomou um gole do vinho. — Lennart é filho de Kurt Henriksson.

Ela olhou séria para Julia, como se isso esclarecesse tudo.

Mas Julia apenas sacudiu a cabeça sem entender.

— E quem é ele? — perguntou ela.

— Agente de polícia em Marnäs — explicou Astrid. — Ou comissário do distrito, como se chamava naquele tempo.

— E o que ele fez?

— Era ele o encarregado de prender Nils Kant por causa da morte dos alemães — respondeu Astrid.

ÖLAND, MAIO DE 1945

Nils Kant serra a espingarda.

Ele está de pé de costas encurvadas no calor do depósito de lenha, onde as toras de vidoeiro estão empilhadas até o teto. O amontoado de lenha parece que vai cair em cima dele a qualquer instante. Sobre o toro de cortar lenha está a Husqvarna de Nils, e o cano da arma está quase totalmente cortado. Nils está de botas, o pé esquerdo em cima da culatra da arma, e passa a serra com ambas as mãos. Devagar, mas com obstinação, ele passa a serra pelo cano e às vezes espanta com a mão as moscas que zumbem e que tentam o tempo todo pousar em seu rosto suado.

Lá fora na chácara está tudo tão silencioso quanto num cemitério. A mãe dele, Vera, está na cozinha arrumando a mochila de Nils. Uma espera tensa paira no ar quente de final de primavera.

Nils não para de serrar e finalmente os dentes da serra comem o último milímetro do aço. O cano solta-se e cai no chão de pedras do depósito, produzindo um breve tilintar.

Ele apanha o cano, enfia-o num buraco pequeno perto da base da pilha de lenha e coloca a serra em cima do toro de cortar lenha. Tira do bolso dois cartuchos de espingarda e carrega a arma.

Então ele sai do depósito e coloca a arma na sombra ao lado da entrada.

Ele está pronto.

Já se passaram quatro dias desde os tiros no *alvar* e agora todo mundo em Stenvik sabe o que aconteceu. SOLDADOS ALEMÃES MORTOS — EXECUTADOS COM ESPINGARDA DE CAÇA, estava escrito na primeira página do *Ölands-Posten* de ontem. A manchete fora tão grande quanto na ocasião em que o bosque perto da praia nos arredores de Borgholm sofreu um bombardeio aéreo, três anos atrás.

As manchetes mentem — Nils não executou ninguém. Ele acabou envolvido numa troca de tiros com os dois soldados e foi ele quem venceu no final.

Mas talvez nem todos vejam dessa forma. Numa das raras vezes em que Nils esteve lá no povoado de noite, passou pelo moinho e foi recebido por olhares silenciosos dos moleiros. Ele não disse nada, mas sabe que eles falam dele por trás. As fofocas correm à solta. As histórias sobre o que aconteceu lá no *alvar* se espalham como ondas concêntricas na água.

Ele entra na casa.

A mãe está de pé, calada e imóvel, de costas para ele junto à mesa da cozinha, olhando para o *alvar* pela janela. Ele vê que os ombros estreitos dela estão contraídos por baixo da blusa cinza, de tanta aflição e tristeza.

Os receios do próprio Nils também são inexprimíveis.

— Acho que chegou a hora — diz ele.

Ela apenas balança a cabeça, sem se virar. A mochila e a mala pequena de viagem estão arrumadas na mesa ao lado dela; Nils aproxima-se e apanha as duas. Quase não dá para suportar; se ele tentar dizer mais alguma coisa, a voz ficará embargada de choro — então ele apenas vai embora.

— Você vai voltar, Nils — diz a mãe com voz rouca, atrás dele.

Ele assente com a cabeça, sem que ela possa ver, e apanha o boné azul da chapeleira na entrada da casa. Dentro do boné está escondido o cantil de cobre, cheio de conhaque. Ele enfia o cantil na mochila.

— Então é hora de ir — diz ele em voz baixa.

Ele leva a carteira com dinheiro dele dentro da mochila e, além disso, vinte cédulas de valor alto dadas pela mãe enroladas bem apertado lá no fundo do bolso de trás da calça.

Ele vira-se na porta. Agora sua mãe está de perfil na cozinha, mas ainda não olha para ele. Talvez ela não aguente. Ela tem as mãos fechadas na barriga, as unhas longas e brancas enterram-se na palma das mãos, o maxilar treme.

— Eu amo você, mãe — diz Nils. — Eu vou voltar.

Em seguida ele sai rapidamente pela porta, desce a escada de pedra e chega ao jardim. Ele só para no depósito de lenha para cuidar da arma antes de dar a volta na casa e sumir atrás dos freixos.

Nils sabe como fazer para deixar o povoado sem ser visto, e está fazendo isso agora. Ele anda agachado pela trilha usada pelas vacas, pelo matagal denso bem longe da estrada vicinal, escala muros de pedra cobertos de líquen e para de vez em quando para ouvir o sussurro de vozes por trás do zumbido dos insetos na relva.

Ele sai para a luz do sol no *alvar* a sudeste do povoado, sem ser visto.

Ali fora não há mais perigo. Nils orienta-se como ninguém e movimenta-se com rapidez e agilidade na relva. Ele pode descobrir qualquer pessoa antes de ele próprio ser descoberto. Anda quase em linha reta na direção do sol, desviando do ponto onde encontrou os alemães. Não quer ver se os corpos ainda estão ali ou se foram removidos. Ele não quer pensar neles, pois são eles que agora o obrigam a se afastar da mãe.

Os soldados mortos obrigam-no a ficar longe por um tempo.

Você vai se esconder, disse a mãe dele na noite passada. *Vai pegar o trem para Borgholm que sai de Marnäs e depois vai no barco* Svea *para Småland. O tio August vai encontrá-lo em Kalmar e lá você vai fazer o que ele mandar — e não se esqueça de tirar o boné na hora de agradecer o seu tio. Você não vai falar com ninguém e só vai voltar para Öland depois que tudo tiver se acalmado por aqui. Mas tudo vai se acalmar, Nils, é só aguardar.*

De repente, ele acha que ouve um chamado abafado atrás de si, e para. Mas não ouve mais nada. Nils movimenta-se com cuidado em meio aos arbustos de zimbro, mas não pode andar devagar demais. O trem não espera.

Depois de alguns quilômetros, ele chega à rodovia coberta de cascalho. Uma carroça vem vindo do sul e ele se apressa para atravessar a estrada e desce no canal. Mas a carroça é puxada por um cavalo solitário de cabeça baixa e Nils já está bem longe da estrada quando ela finalmente se aproxima.

Nils está mais ou menos no meio da ilha agora e está pensando no que leu no jornal: foi supostamente por esse caminho que os soldados alemães passaram às escondidas faz mais ou menos uma semana, depois que o motor do barco deles parou de funcionar e a embarcação foi arrastada pela corrente para o sul de Marnäs.

Ele não deve pensar neles, mas por um instante se lembra do estojo com as pedras preciosas que tirou dos soldados, e vê a si mesmo enterrando as pedras bem fundo embaixo do marco sacrificial. Nesses últimos dias, enquanto ele e a mãe ficaram a maior parte do tempo dentro de casa, Nils esteve várias vezes prestes a contar sobre o espólio de guerra, mas alguma coisa não o deixou falar. Ele vai contar, vai desenterrar e mostrar o tesouro para a mãe, mas vai esperar para fazer isso tudo quando voltar para casa.

Depois de mais vinte minutos de caminhada, a ferrovia coberta de cascalho levanta-se à sua frente. É a estrada de ferro de trilhos estreitos entre Böda e Borgholm, e ele toma a direção norte e anda ao lado dos trilhos rumo à estação de Marnäs. A estação de trem de dois andares feita de madeira parece um casarão solitário ao sul da cidadezinha. O casarão abriga tanto os correios quanto a estação, e ele avista a casa ao mesmo tempo em que os dois trilhos se dividem, transformando-se em quatro na frente dele.

As plataformas estão vazias. O trem ainda não chegou.

Nils já foi e voltou de Borgholm de trem três vezes e sabe como um passageiro se comporta. Ele entra na estação, onde tudo está calmo e silencioso, dirige-se ao guichê e compra um bilhete de ida para a cidade.

A senhora séria de óculos atrás das grades do guichê levanta os olhos para ele e depois abaixa os olhos rapidamente para a mesa, a fim de expedir o bilhete. A caneta de aço dela arranha um papel.

Nils espera tenso, sente-se vigiado e olha ao redor. Uma meia dúzia de pessoas, na maioria homens de paletós devidamente abotoados, está sentada nos bancos de madeira na sala de espera. Eles aguardam sozinhos ou em grupo e mais de um tem malas de couro pretas ao lado. Nils é o único que tem tanto mochila quanto mala de viagem.

— Pois não. Último vagão, o de número 3.

Nils recebe o bilhete, paga e vai para a plataforma com a mochila nos ombros e a mala na mão. Depois de apenas uns minutos, ouve-se um apito estridente de trem e, em seguida, o trem vem rodando devagar com três vagões de madeira vermelhos atrás.

Há uma força enorme na maria-fumaça preta e fumegante quando ela vai parando devagar, os freios rangendo, na frente da estação.

Nils entra no último vagão. Um chefe de estação fala algo alto atrás dele, ao que as portas da sala de espera abrem-se e os outros passageiros à espera saem.

No último degrau Nils se vira e fica olhando em silêncio para eles, e então os passageiros escolhem ir para outros vagões.

O vagão está escuro e totalmente vazio. Nils coloca a mala no compartimento de cima e ocupa um assento revestido de couro à janela, com vista para o *alvar*, e com a mochila ao lado dele. O trem arranca, de um jeito pesado e firme, e começa a andar nos trilhos. Nils fecha os olhos e respira aliviado.

O trem para de novo com um chiado abafado. Os vagões permanecem parados.

Nils abre os olhos, espera. Ele ainda está sozinho no vagão.

Passa um minuto, dois minutos. Algo de errado?

Alguém exclama alguma coisa do lado de fora e ele sente por fim que o trem começa a andar de novo. Agora ele ganha velocidade devagar e Nils vê a estação deslizar e ir desaparecendo atrás dele. Um ar fresco sopra para dentro do vagão pelas frestas das janelas, é como uma brisa na praia de Stenvik.

Os ombros de Nils afundam-se aos poucos. Ele coloca a mão na mochila, abre-a e recosta-se no assento. A velocidade aumenta o tempo todo. O trem apita.

A porta do vagão é aberta de repente.

Nils vira a cabeça.

Um homem grande de quepe e sobretudo preto de policial com botões reluzentes entra no vagão. Ele olha fixamente para Nils.

— Nils Kant, de Stenvik — diz o homem, com a fisionomia séria.

Não é uma pergunta, mas Nils confirma balançando a cabeça automaticamente.

Ele está como que pregado ao assento e sente que o trem anda em disparada. Paisagem marrom-esverdeada do outro lado da janela, céu azul. Nils quer fazer parar o trem e saltar, ele quer voltar para o *alvar*. Mas a velocidade é alta agora, os trilhos vibram e o vento assobia.

— Muito bem.

O homem de farda senta-se pesadamente no assento em frente ao de Nils, tão perto que os joelhos deles quase se encostam. O homem ajeita o sobretudo, que está cuidadosamente abotoado apesar do calor. A testa dele brilha de suor sob a aba do quepe. Nils reconhece o homem, vagamente. Henriksson. Ele é comissário de distrito em Marnäs.

— Nils — diz Henriksson, como se eles se conhecessem —, você vai para Borgholm?

Nils confirma balançando devagar a cabeça.

— Vai visitar alguém? — pergunta Henriksson.

Nils nega com a cabeça.

— O que vai fazer, então?

Nils não responde.

O comissário vira a cabeça e olha para fora da janela.

— Podemos viajar juntos — diz ele —, e conversar um pouco enquanto isso.

Nils não diz nada.

O comissário prossegue:

— Quando me telefonaram e me disseram que você estava aqui, eu pedi que segurassem um pouco a partida, assim pude chegar à estação e pegar esse trem. — Os olhos dele estão voltados para Nils de novo. — Eu queria falar com você, entende, sobre suas longas caminhadas pelo *alvar*...

O trem começa a parar devagar novamente, numa das estações entre Marnäs e Borgholm. Uma casinha de madeira cercada de macieiras passa deslizando por Nils. Ele acredita sentir o cheiro de panquecas entrando pela janela; sua mãe fez panquecas fresquinhas polvilhadas de açúcar na noite passada.

Nils olha para o comissário.

— O *alvar*... não há nada para falar — diz ele.

— Eu penso diferente. — O comissário apanha um lenço do bolso. — Eu acho que vale a pena falar sobre o *alvar*, Nils, e muitos concordam comigo. A verdade sempre acaba aparecendo.

O policial não deixa os olhos de Nils se desviarem e limpa devagar o suor do rosto. Em seguida ele se debruça.

— Várias pessoas de Stenvik entraram em contato conosco nos últimos dias. Elas disseram que se quisermos saber quem atirou com espingarda lá no *alvar*, então devemos falar com você, Nils.

Nils vê os soldados mortos deitados, vê os olhos vidrados dos dois dentro de sua cabeça.

— Não — diz Nils, e sacode a cabeça.

Ele tem um zumbido nos ouvidos. O trem freia.

— Você encontrou estrangeiros lá no *alvar*, Nils? — pergunta o comissário, e enfia o lenço no bolso.

O trem para com um solavanco leve nos vagões. A maria-fumaça permanece parada apenas por meio minuto antes de começar a rodar novamente.

— Você encontrou, não foi?

O tempo todo, o comissário olha para ele esperando uma resposta. O olhar firme dele queima o rosto de Nils.

— Nós achamos os corpos, Nils — diz o comissário. — Foi você quem atirou neles?

— Eu não fiz nada — replica Nils em voz baixa, e tateia com os dedos na direção da abertura da mochila.

— O que você disse? — pergunta o comissário. — O que você tem aí?

Nils não responde.

Os trilhos do trem começam a vibrar de novo, a maria-fumaça apita, os dedos de Nils tremem, procuram e cavam mais fundo na mochila, que cai para o lado com a abertura virada para ele. A mão direita dele não precisa mais ficar escarafunchando em meio às roupas e aos outros pertences.

O comissário levanta-se parcialmente, talvez até ele entenda que algo está prestes a acontecer.

O trem apita.

— Nils, o que você tem...

Dentro da mochila, Nils fecha firmemente os dedos em volta da espingarda serrada. Ele aperta o gatilho e a arma dá um pulo em meio às roupas na bagagem.

O primeiro tiro arrebenta o fundo da mochila e a pressão da espingarda arranca o assento ao lado do comissário. As lascas de madeira desprendem-se e voam até o teto.

O comissário estremece sobressaltado com o estrondo, mas não tenta se proteger.

Ele não tem para onde correr.

Nils levanta rapidamente a mochila rasgada e aperta o gatilho novamente, sem olhar para onde atira. A mochila explode em mil pedaços.

O segundo tiro acerta o comissário. O corpo dele é jogado contra a parede de um modo tão forte que produz um estalo; ele cai pesadamente para o lado, as costas rolam no assento destruído, e aterrissa no piso do vagão.

Os trilhos vibram, o trem segue pelo *alvar*.

O comissário está deitado no chão aos pés de Nils com um leve tremor nos braços. Nils continua segurando a arma, mas deixa para trás a mochila rasgada e levanta-se cambaleante.

Diabo.

Você vai pegar o trem para Borgholm, ele ouve a mãe dizer na cabeça dele.

O plano dela está arruinado agora.

Nils olhar ao redor e vê a paisagem passando pela janela.

O *alvar* e o sol ainda estão lá fora.

Ele coloca a mochila de ponta-cabeça e roupas rasgadas fedendo a pólvora caem: meias, calças, um pulôver de lã. Mas há um saquinho de balas de caramelo lá no fundo, e a carteira e o cantil de cobre com conhaque também estão inteiros. Ele apanha o cantil, toma um gole rápido do conhaque morno e coloca-o no bolso da calça. Ele sente-se melhor.

O dinheiro, o pulôver, o cantil, a arma e as balas de caramelo. Não pode levar mais nada. A mala de viagem com as roupas ele precisa deixar para trás.

Nils pula o corpo imóvel do comissário, abre a porta e sai para a barulheira do espaço entre os vagões.

O trem passa pelo *alvar*. O vento produzido pela alta velocidade empurra seu corpo, e ele aperta os olhos na ventania. Através de uma janela, ele enxerga dentro do vagão da frente: um homem de chapéu preto está sentado de costas para Nils e o corpo dele balança com os movimentos do trem. Os tiros de espingarda foram abafados pelas roupas na mochila — o trem segue vibrando sobre os trilhos e ninguém parece ter ouvido nada.

Nils abre a porta na lateral do trem, sente o cheiro das ervas do campo e vê o cascalho no leito da ferrovia e os trilhos passando por ele em disparada, parecendo um rio cinza-claro. Ele pisa no último degrau acima do chão, vê que o leito da ferrovia está livre na frente dele e então pula.

Ele tenta correr no ar e ir de encontro ao chão com as pernas em movimento, mas ainda assim o choque faz seus pés dobrarem. As rodas do trem golpeiam o chão, o mundo gira ao redor dele. Ele é jogado no solo, recebe uma pancada forte na testa e se contrai todo diante do risco de morrer debaixo do trem. Mas a rampa do leito da ferrovia empurra Nils para longe.

Ele levanta a cabeça e vê o trem ir embora, o último vagão, que ele acabou de deixar, ficando cada vez menor nos trilhos da ferrovia.

O trem desaparece ao longe. Tudo fica em silêncio.

Ele conseguiu.

Devagar, Nils levanta-se e olha ao redor. Ele está de volta ao *alvar*, com a espingarda ainda na mão.

Não se vê nenhuma casa, nem gente. Apenas a relva infinita e o céu azul.

Nils está livre.

Sem olhar nenhuma vez para trás na direção dos trilhos, ele caminha rápido para a costa ocidental da ilha.

Nils está livre, e ele vai desaparecer agora.

Ele já desapareceu.

14

— *Isso foi uma história* de crepúsculo — disse Astrid em voz baixa.

Quando ela terminou de contar a história sobre Nils Kant, a garrafa de vinho estava vazia. A luz do sol tinha desaparecido aos poucos lá fora da janela da cozinha e se tornado uma linha fininha vermelho-escura no horizonte.

— E o policial no trem... ele morreu? — perguntou Julia.

— Ele já estava morto quando o condutor chegou ao vagão e o encontrou — respondeu Astrid. — Com um tiro no peito.

— O pai de Lennart?

Astrid assentiu com a cabeça.

— Lennart devia ter uns 8 ou 9 anos quando isso aconteceu, portanto não deve se lembrar de muita coisa — disse ela, e acrescentou: — Mas isso com certeza o afetou... Eu sei que ele nunca quer falar sobre como o pai morreu.

Julia olhou para o interior da taça de vinho.

— Agora entendo por que ele não queria falar de Nils Kant — disse Julia, que com a embriaguez do vinho sentiu crescer um sentimento de solidariedade para com o policial de Marnäs: ele tinha perdido um pai, ela tinha perdido um filho.

— É — disse Astrid. — E fica ainda mais difícil para ele com os boatos de que Nils Kant ainda está vivo.

Julia levantou os olhos para ela.

— Quem diz isso?

— Você não ouviu falar?

— Não. Mas eu vi o túmulo de Kant em Marnäs — respondeu Julia. — Existe lápide funerária, data e...

— É que não existem muitas pessoas que ainda se lembram de Nils Kant, mas aqueles que se lembram, os mais velhos... Alguns acham que só havia pedras no caixão que chegou ao povoado do exterior — disse Astrid.

— Gerlof acha isso?

— Ele nunca disse isso — respondeu Astrid. — Não que eu saiba. Mas ele foi capitão de barco, então provavelmente nunca acreditou nesse boato. E todo esse disse me disse sobre Nils Kant é... são apenas boatos e fofocas. Alguns dizem que viram Nils Kant perto da rodovia em meio à neblina de outono olhando para os carros, barbudo e de cabelos grisalhos... e outros viram Nils andando pelo *alvar*, como ele fazia quando era jovem, ou no meio da multidão de gente que fica em Borgholm no verão. — Astrid sacudiu a cabeça de um lado para o outro. — Eu mesma nunca vi nem sombra de Kant. Ele deve estar morto.

Ela recolheu as taças de vinho e levantou-se da mesa da cozinha. Julia continuou sentada pensando se ela e a mãe teriam ficado conversando uma com a outra desse jeito em Stenvik, caso Ella ainda fosse viva. Provavelmente não, sua mãe quase nunca falava sobre o que achava ou pensava.

Em seguida Julia sentiu algo quente e macio contra a bainha da calça e se assustou, mas era apenas o fox terrier de Astrid, Willy, que se aproximou dela de mansinho embaixo da mesa. Ela esticou a mão e fez cafuné na pelugem áspera do pescoço do animal e olhou pensativa para os raios vermelhos do sol que incidiam sobre o continente.

— Eu queria poder ficar aqui — disse ela.

Astrid virou-se da pia da cozinha.

— Então continue sentada aí — disse ela. — Você não precisa ir, não é tão tarde assim. Podemos conversar mais.

Julia sacudiu a cabeça.

— O que eu quis dizer é... que eu queria ficar aqui em Stenvik.

E foi isso o que ela fez. Talvez fosse apenas o vinho, mas naquele exato instante a lembrança de todos os verões da sua infância no povoado veio em sua mente como o eco de uma melodia bonita, uma canção popular de Öland, como se fosse ali em Stenvik que ela se sentisse em casa. Apesar da dor que estava relacionada com o desaparecimento de Jens, apesar da morte de Ernst.

— E você não pode ficar? — perguntou Astrid. — Você vai ao enterro de Ernst lá em Marnäs, não vai?

Julia negou com a cabeça de novo.

— Eu preciso devolver o carro para a minha irmã. — Esse era um argumento bem fraco, pois ela também era dona do Ford, mas foi o único que lhe veio à cabeça. — Devo partir amanhã de noite ou depois de amanhã.

Ela levantou-se da mesa com certa dificuldade. As pernas não estavam totalmente firmes depois do vinho.

— Muito obrigada pelo jantar — disse ela.

— Foi um prazer — disse Astrid, e deu um sorriso grande pela primeira vez. — Vamos tentar nos encontrar de novo, antes de você ir embora. Ou na próxima vez que você vier para Stenvik.

— Claro — disse Julia, dando um tapinha carinhoso em Willy, e saiu pela porta da cozinha.

Ainda não era noite lá fora, apenas final de tarde, de forma que ela não precisou andar às cegas na escuridão.

— Venha aqui para casa se ficar com medo do escuro — exclamou Astrid atrás dela. — Lembre-se de que ficou apenas a gente aqui em Stenvik, você, eu e John Hagman. Trezentas pessoas foi o máximo de moradores que chegamos a ter. Havia uma associação contra o alcoolismo, uma capela e uma fileira de moinhos na beira do mar. Agora só resta a gente.

Em seguida ela fechou a porta da cozinha, antes que Julia tivesse tempo de responder.

A embriaguez que ela sentiu claramente na cozinha de Astrid começou a passar com o ar fresco — pelo menos foi o que Julia achou. A noite estava fria e clara e luzes fracas brilhavam ao longe no continente, do outro lado do estreito. Ao norte e ao sul da costa de Öland havia mais luzes brilhando: vinham de casas e lâmpadas que estavam longe demais para serem vistas de dia.

Julia tinha ficado com a chave da casa de Gerlof e, depois de uns 200, 300 metros lá fora no platô, ela mudou de direção e foi para o interior do povoado. Andou pela estrada vicinal com os passos mais retos e compridos que conseguia dar, olhou de relance para dentro do jardim de Vera Kant — e perguntou-se por um instante se a velha Vera conseguira rever ou não o filho amado, Nils, antes de morrer.

O jardim lá dentro era silencioso e cheio de sombras. Julia continuou subindo para a casa de veraneio, destrancou a porta e acendeu a luz no corredor.

Nenhum vulto por ali. Jens existia na casa, mas apenas como uma vaga lembrança. Jens estava morto.

Ela foi ao banheiro, tomou banho e escovou os dentes.

Quando estava pronta, apagou a luz do corredor, mas a última coisa que fez foi apanhar o celular, cuja bateria ela deixara carregando o dia inteiro na casa. Em pé no corredor, perto da janela grande, ela ligou para Gerlof na casa de repouso. Ele atendeu depois de três toques:

— Alô, Davidsson.

— Oi, sou eu.

Ela sempre tinha a consciência pesada quando falava com Gerlof sem estar totalmente sóbria, mas não havia nada que pudesse fazer a respeito.

— Oi — disse Gerlof. — Onde você está?

— Na casa de veraneio. Eu jantei com Astrid e agora vou descer para a cabana e me deitar.

— Certo. E sobre o que vocês conversaram?

Julia refletiu.

— Falamos sobre Stenvik... e sobre o que aconteceu com Nils Kant.

— Mas você ainda não leu sobre isso no livro que eu lhe dei?

— Eu não acabei de ler o livro — respondeu Julia, e mudou de assunto: — Vamos para Borgholm um dia desses?

— Eu pensei em fazer isso — respondeu Gerlof —, se eu conseguir autorização para sair daqui. Acho que logo vai ser necessário ter uma autorização por escrito da Boel para poder deixar a Casa Marnäs.

Esse era o humor bem típico de Gerlof.

— Se você receber essa autorização — disse Julia —, te busco por volta das 9h30.

De repente ela se calou e recostou-se na janela.

Ela viu alguma coisa lá fora, uma luz fraca...

—Alô? — disse Gerlof. — Você está me ouvindo?

— Mora alguém na casa vizinha? — perguntou Julia, com os olhos voltados para as janelas.

— Em que casa?

— A de Vera Kant.

— Lá não mora ninguém há mais de vinte anos — respondeu Gerlof. — Por quê?

— Sei lá.

Julia tentou espiar na escuridão. Agora não se via nenhuma luz lá no jardim. Apesar disso, ela tinha certeza de que vira luz num dos cômodos do andar de baixo.

— E quem é o dono da casa? — perguntou ela.

— Bem... acho que são parentes distantes — respondeu Gerlof. — Filhos dos primos de Vera Kant, eu acho. De qualquer forma, ninguém mostrou a menor intenção de querer reformar a casa. Você viu como está o jardim... e ele já estava maltratado quando Vera morreu, nos anos 1970.

Tudo ainda estava escuro lá fora.

— Bem... — disse Gerlof. — Até amanhã.

— Então nós vamos encontrar o homem que sumiu com Jens?

— Eu nunca disse isso — replicou Gerlof. — Eu apenas prometi mostrar quem mandou a carta com a sandália. Apenas isso.

— E não é a mesma pessoa? — disse Julia.

— Acho que não — disse Gerlof.

— Você pode me explicar por quê?

— Vou explicar em Borgholm.

— Ok — disse Julia, que, de qualquer forma, não aguentava mais conversar. — Então até amanhã.

Ela desligou o celular.

No caminho de volta, descendo pela estrada vicinal, Julia andou mais devagar ao passar pelo jardim de Vera Kant. A escuridão reinava sob as árvores antigas e densas e ela olhava o tempo todo para os janelões vazios lá no alto do casarão. Todos estavam escuros. A casa caindo aos pedaços continuou sendo um vulto grande e negro apontando no céu da noite. A única forma de descobrir se alguém estava escondido lá dentro era... entrar e conferir ela mesma.

Mas seria uma idiotice fazer isso, Julia sabia, ainda por cima sozinha. O casarão de Vera Kant era uma casa assombrada, mas...

E se Jens tivesse entrado lá dentro naquele dia? E se ele ainda estivesse lá?

Vem, mãe. Vem pra cá, vem me buscar.

Não. Ela não podia pensar desse modo.

Continuou a descer para a cabana, abriu-a, entrou e trancou a porta.

15

A manhã de terça-feira estava cinza e ventava muito, e foi humilhante para Gerlof nem sequer poder ir até o carro sozinho. Os funcionários da Casa tiveram de ajudá-lo. Ele viu-se obrigado a apoiar-se em Boel e Linda no caminho para o Ford de Julia, que estava estacionado no pátio, e ainda assim ia cambaleante.

Gerlof sentiu como as duas mulheres se esforçavam para fazer com que o corpo pesado e relutante dele se movesse para a frente. O que ele podia fazer era apenas se segurar na bengala com uma das mãos, na pasta com a outra e se deixar ser conduzido.

Era humilhante, mas não havia nada que pudesse ser feito. Em alguns dias ele podia andar sem problema nenhum; em outros, mal conseguia se mexer. Naquele dia de outono fazia frio, o que piorava a situação. O enterro de Ernst seria no dia seguinte, e Gerlof e Julia iriam fazer um passeio.

Julia abriu pelo lado de dentro a porta do assento do carona e ele sentou-se.

— Para onde vocês vão? — perguntou Boel ao lado do carro.

Ela sempre queria estar informada sobre ele.

— Para o sul — respondeu Gerlof. — Para Borgholm.

— Vocês voltam a tempo para o jantar?

— Provavelmente — disse Gerlof, e em seguida fechou a porta. — Então vamos — disse ele para Julia, esperando que ela não comentasse o estado miserável em que ele se encontrava naquela manhã.

— Ela parece se preocupar com você — disse Julia quando o carro saiu da frente da casa de repouso. — Estou falando de Boel.

— Ela é a responsável pela Casa e não quer que aconteça nada comigo — disse Gerlof, e acrescentou: — Eu não sei se você ouviu falar, mas existe um senhor aposentado que desapareceu no sul de Öland... A polícia está atrás dele.

— Eu ouvi a respeito disso no rádio do carro — disse Julia. — Mas nós não vamos para o *alvar* hoje, vamos?

Gerlof negou com a cabeça.

— Como eu disse, nós vamos para Borgholm. Vamos encontrar três homens. Não ao mesmo tempo. Um de cada vez. E um deles enviou a sandália de Jens para mim. É com ele que você quer falar, não é?

Calada, ao volante, Julia confirmou com um aceno de cabeça.

— E os outros?

— Um deles é um amigo meu — respondeu Gerlof. — Chama-se Gösta Engström.

— E o terceiro?

— É uma pessoa um pouco diferente.

Julia diminuiu a velocidade quando eles se aproximaram do sinal de trânsito na estrada principal.

— Você é sempre cheio de segredos, Gerlof — disse ela. — É porque quer se sentir especial?

— Não, não mesmo — disse Gerlof.

— *Eu* acho que sim — disse Julia, e entrou na estrada principal para Borgholm.

Talvez ela tivesse razão, pensou Gerlof. Ele nunca tinha realmente pensado no que o levava a fazer aquilo.

— Eu não sou especial — disse ele. — Eu só acho que é melhor contar histórias de acordo com o próprio ritmo delas. Antigamente as pessoas sempre reservavam tempo para contar histórias, hoje tudo tem que acontecer muito rápido.

Julia estava calada. Eles iam para o sul da ilha, passaram pela bifurcação que levava para Stenvik. Depois de uns 200, 300 metros, Gerlof pôde ver a velha estação de trem no horizonte ao oeste. Por ali tinha caminhado Nils Kant naquele dia de verão após o fim da guerra, o dia em que ele acabara matando o comissário Henriksson no trem.

Gerlof ainda se lembrava da comoção que houve. Primeiro dois soldados morreram baleados no *alvar*, depois o assassinato de um policial e um assassino em fuga — uma notícia que recebeu um espaço considerável na imprensa, mesmo durante os dramáticos últimos meses da Segunda Guerra Mundial.

Repórteres de lugares distantes foram até lá para escrever sobre a violência e os acontecimentos terríveis em Öland. O próprio Gerlof esteve em Estocolmo naquela época, para retomar a carreira no ramo da navegação mercante, e pôde apenas ler sobre o drama em Öland no jornal *Dagens Nyheter*. A polícia tinha reunido unidades de todo o sul da Suécia para vasculhar a ilha à procura de Kant, mas ele tinha pulado do trem e conseguido fugir.

Agora não havia mais trem em Öland, até mesmo os trilhos haviam sido removidos e a estação de trem de Marnäs tinha se transformado em residência. Residência de verão, naturalmente.

Gerlof tirou os olhos da estação e recostou-se no assento, e alguns minutos depois algo começou a apitar insistentemente em algum lugar dentro do carro. Ele olhou ao redor, mas Julia permaneceu calma e apanhou um telefone da bolsa enquanto dirigia. Ela atendeu o celular e falou em voz baixa, com monossílabos, durante uns minutos, e em seguida desligou rapidamente.

— Eu nunca entendi como essas coisas funcionam — comentou Gerlof.

— Que coisas?

— Telefones sem fio. Celulares, sei lá como chamam.

— É só ligar o aparelho e telefonar — disse Julia. Depois acrescentou: — Era Lena. Ela mandou lembranças.

— Está bem. O que ela queria?

— Eu acho que ela está mais interessada em ter o carro de volta — disse Julia resumidamente. — Este carro aqui. Ela telefona o tempo todo por causa dele. — Ela segurou o volante com mais força. — Eu também sou dona do carro, mas ela não se importa.

— Sei.

Era evidente que as filhas dele tinham uma relação conflituosa que ele não conhecia. A mãe delas teria provavelmente feito algo a respeito se estivesse viva, mas ele infelizmente não tinha a menor ideia sobre o que devia fazer.

Julia ficou calada ao volante depois da ligação, e Gerlof não sabia como quebrar o silêncio.

Depois de 15 minutos, ela entrou na via de acesso norte para Borgholm.

— Aonde nós vamos agora? — perguntou.

— Primeiro vamos tomar o café da manhã — respondeu Gerlof.

* * *

Era quente e aconchegante no apartamento dos Engström, na periferia sul de Borgholm. De sua varanda no bloco de prédios baixos, Gösta e Margit tinham uma vista fantástica para as ruínas do castelo. Do outro lado de um campo comprido e deserto havia uma escarpa onde árvores enormes tinham se fixado, e no platô no alto da escarpa estava o castelo medieval. Um dos muitos incêndios misteriosos de Borgholm tinha destruído o castelo no começo do século XIX e agora não havia mais teto nem os detalhes de madeira. Onde antes ficavam as janelas do castelo, havia agora duas aberturas negras escancaradas.

As janelas destruídas pelo fogo sempre faziam Gerlof pensar numa caveira, as órbitas dos olhos vazias. Alguns moradores de Borgholm nunca gostaram do castelo, ele sabia, de qualquer forma não antes de ele se transformar de uma obra pomposa decadente numa ruína antiga que atraía turistas. O povo de Öland foi obrigado a construir o castelo, mas isso tinha sido mais um dos decretos do rei que significava apenas suor, sangue e decepção para os moradores. As pessoas do continente sempre tentaram explorar a ilha.

Julia estava calada na janela da varanda contemplando a ruína quando Gerlof virou-se para ela.

— Na Idade da Pedra eles costumavam jogar os idosos doentes daquele penhasco — disse ele em voz baixa, e apontou para as ruínas. — É o que dizem. Isso foi, naturalmente, antes de o castelo ser construído. E muito antes de o governo começar a construir casas de repouso...

Margit Engström aproximou-se deles. Carregava uma bandeja com a louça do café e vestia um avental amarelo com o escrito A MELHOR AVÓ DO MUNDO.

— No verão eles organizam concertos de música nas ruínas — disse ela. — Nessa época aqui pode ficar um pouco barulhento. Do contrário, é muito agradável morar ao pé do castelo.

Ela levou a bandeja para a mesa em frente à TV e serviu café para todos, antes de apanhar a cestinha com os pães doces e a travessa com biscoitos na cozinha.

O marido dela, Gösta, vestia um terno cinza com camisa social branca e suspensórios e sorria o tempo todo. Ele também tinha uma expressão alegre quando era capitão, lembrou Gerlof — pelo menos enquanto as pessoas faziam as coisas de acordo com o que ele mandava.

— É um prazer receber visita — disse Gösta, e levou a xícara de café fumegante à boca. — Nós vamos, é claro, subir para Marnäs amanhã. Vocês também vão, não é?

Ele falava do enterro de Ernst. Gerlof balançou a cabeça.

— Eu vou. Talvez Julia precise voltar para Gotemburgo.

— O que vai acontecer com a casa dele? — perguntou Gösta. — Eles disseram alguma coisa?

— Não, acho que é cedo demais para decidir — disse Gerlof. — Mas ela deve virar uma casa de veraneio para os parentes dele de Småland. Não que o norte de Öland esteja precisando de mais casas de veraneio... mas deve acabar assim.

— É, é preciso muito para que alguém vá morar em Stenvik o ano inteiro — disse Gösta, e bebeu o café.

— Nós gostamos muito de morar aqui na cidade, temos tudo perto — disse Margit, e colocou a travessa bem cheia em cima da mesa. — Mas naturalmente nós fazemos parte da associação do povoado de Marnäs.

O marido sorriu de forma apaixonada para ela.

Eles não ficaram muito tempo na casa dos Engström, quase meia hora apenas.

— Bem — disse Gerlof quando eles estavam no carro em frente ao bloco de prédios —, agora você pode dirigir para a Badhusgatan. Nós vamos parar na Carros Blomberg e fazer umas comprinhas, antes de descer para o porto.

Julia olhou para ele e deu a partida no carro.

— Qual foi a finalidade dessa visita?

— Nós bebemos café e comemos biscoitos — disse Gerlof. — Não é o suficiente? E é sempre agradável conversar com Gösta. Ele também era capitão de um veleiro no mar Báltico, exatamente como eu. Não restam muitos de nós agora...

Julia entrou na Badhusgatan e percorreu as calçadas desertas. Eles quase não cruzaram com outros carros. À frente, no final da rua, estava o hotel do porto de cor branca.

— Entre aqui — disse Gerlof, e apontou para a esquerda.

Julia acionou a seta e entrou num pátio asfaltado onde estava pendurado um letreiro com o nome CARROS BLOMBERG em frente a um prédio baixo que era tanto uma oficina quanto uma loja de carros usados. Alguns carros mais novos da marca Volvo tiveram a honra de ficar dentro do local, atrás de vitrines, mas a maioria dos veículos estava no pátio ali fora com tabuletas atrás do para-brisa escritas à mão, que informavam sobre o preço e a quantidade de quilômetros rodados.

— Venha comigo — disse Gerlof quando Julia parou o carro.

— A gente vai comprar um carro novo? — perguntou Julia.

— Não, não — respondeu ele —, vamos apenas fazer uma visitinha bem rápida a Robert Blomberg.

As articulações dele tinham ficado mais quentes e o café na casa dos Engström o tinha reanimado. A dor havia diminuído e ele pôde atravessar o asfalto apenas apoiado na bengala, mas Julia foi na frente e abriu a porta da oficina.

Um sininho tocou e o cheiro de óleo de motor veio ao encontro deles.

Gerlof sabia muito sobre barcos a vela mas muito pouco sobre carros, e a visão de motores sempre o deixava inseguro.

Havia um carro no chão de cimento, um Ford preto cercado de soldas e ferramentas diversas, mas ninguém trabalhava nele. O local estava deserto.

Gerlof foi devagar para o escritório pequeno no interior da oficina e olhou lá dentro.

— Bom-dia — disse ele para o mecânico jovem vestido num macacão sujo sentado à escrivaninha ali dentro, debruçado sobre a seção de quadrinhos do *Ölands-Posten*. — Nós somos de Stenvik e queremos comprar um pouco de óleo para o carro.

— Como? Na verdade nós vendemos óleo em outro local — disse ele —, mas eu posso ir buscar.

O mecânico levantou-se e ficou 10 centímetros mais alto que Gerlof. Esse devia ser o filho de Robert Blomberg.

— Nós podemos acompanhar e dar uma olhada nos carros à venda — disse Gerlof.

Ele acenou com a cabeça para Julia e eles seguiram o jovem mecânico, passando por uma porta que dava para o departamento de vendas.

Ali não cheirava a óleo, e o chão estava limpo e pintado de branco. Muitos carros com a carroceria cintilante estavam estacionados no pavilhão.

O mecânico foi até uma prateleira cheia de produtos para carros e de peças menores de reposição.

— Óleo comum? — perguntou ele.

— Serve — respondeu Gerlof.

Ele viu um homem idoso sair do escritório pequeno e ficar na porta do pavilhão de carros a uns metros de distância. Ele era quase tão alto e tão grande quanto o mecânico e tinha um rosto enrugado, com as maçãs do rosto avermelhadas de tantas veias dilatadas.

Eles nunca tinham se falado, pois Gerlof sempre tratou dos assuntos relacionados ao próprio carro em Marnäs, mas sabia que aquele era Robert Blomberg. Blomberg tinha vindo do continente e aberto a oficina e a pequena loja de carros em meados dos anos 1970. John Hagman tivera bastante contato com o velho proprietário da oficina e tinha falado dele para Gerlof.

O Blomberg pai acenou com a cabeça para Gerlof sem dizer nada. Gerlof acenou de volta calado. Ele sabia que Blomberg tivera bastantes problemas com bebida antigamente e talvez ainda tivesse, mas isso não era um assunto apropriado para conversa.

— Pronto — disse o jovem mecânico, e mostrou o recipiente de plástico com o óleo de motor.

Robert Blomberg retirou-se devagar da porta e entrou no escritório de novo. O andar dele era um pouco cambaleante, pensou Gerlof.

— Eu não precisava de óleo para o motor — disse Julia quando eles estavam no carro de novo.

— É sempre bom ter óleo de reserva — disse Gerlof. — O que você achou da oficina?

— É do jeito que as oficinas costumam ser — disse Julia, e voltou para a Badhusgatan. — Eles não pareciam ter muito o que fazer.

— Dirija até o porto — apontou Gerlof. — E os proprietários... os Blomberg? O que achou deles?

— Não falaram muito. O que tem eles?

— Robert Blomberg trabalhou no mar por muitos anos, segundo o que eu ouvi dizer — respondeu Gerlof. — Ele foi marinheiro nos sete mares e foi até a América do Sul.

— Certo.

O carro ficou em silêncio por alguns segundos. O hotel do porto aproximava-se no final da Badhusgatan. Gerlof olhou para o porto ao lado do hotel e sentiu uma tristeza serena.

— Não foi um final feliz — comentou ele.

— O quê? — disse Julia.

— Muitas histórias não têm um final feliz.

— O mais importante é que elas tenham um fim — disse Julia. E olhou para ele. — Você pensou em algo específico?

— Sim... Eu pensei mais na história da navegação em Öland — disse Gerlof. — Podia ter acabado melhor. Tudo acabou rápido demais.

O porto de Borgholm era naturalmente maior do que os de Marnäs e de Långvik, mas, mesmo assim, era possível vê-lo por completo. Apenas alguns cais de cimento, que estavam totalmente vazios. Nem sequer um barco de pesca estava ancorado. Uma âncora grande pintada de preto tinha sido colocada no pátio asfaltado na beira da água, talvez para lembrar tempos de mais vida.

— Nos anos 1950 havia barcos de carga aos montes aqui — disse Gerlof, e olhou para a água cinzenta pela janela lateral. — Num dia de outono como esse eles teriam que ser carregados ou passariam por manutenção, haveria um monte de gente em volta deles. Estaria cheirando a alcatrão e verniz. Se fizesse sol, os donos dos barcos teriam as velas içadas para arejá-las. Velas amareladas com o céu azul no fundo, era uma vista bonita...

Ele calou-se.

— E quando foi que as embarcações pararam de vir pra cá? — perguntou Julia.

— Bem... foi nos anos 1960. Mas elas não pararam de vir para cá, elas pararam de sair daqui, é o mais correto. A maioria dos donos de embarcação aqui na ilha precisava naquela época trocar seus barcos por modelos mais modernos, para poder concorrer com as empresas de transporte marítimo do continente, mas os bancos não concederam empréstimos. Eles não acreditavam mais na navegação de Öland. — Ele calou-se e depois acrescentou: — Eu também não consegui empréstimo, então vendi a minha última escuna, chamada *Nore*... Depois fiz um curso noturno de administração para passar o tempo no inverno.

— Eu não me lembro de você ter ficado em casa em inverno algum — disse Julia. — Não me lembro de você em casa em nenhum momento.

Gerlof olhou rapidamente para a filha.

— Mas eu fiquei em casa. Durante vários meses. Tinha pensado em conseguir um emprego de capitão nos grandes mares no ano seguinte, mas naquela época eu consegui trabalho num escritório do município, e fiquei por lá. John Hagman, que tinha sido meu timoneiro, comprou de fato um veleiro quando eu larguei o mar e o teve por mais alguns anos. Foi uma das últimas embarcações de Borgholm. *Adeus* era o nome do barco, um nome bem adequado.

Julia tinha deixado o carro seguir devagar, saindo dos cais e indo para a frente dos casarões de madeira que havia ao norte do porto, atrás de cercas de madeira bem cuidadas. A casa mais próxima do porto era a maior, larga, pintada de branco e quase da mesma altura que o hotel do porto.

Gerlof levantou a mão.

— Você pode parar aqui — disse ele.

Julia diminuiu a velocidade perto do meio-fio em frente aos casarões e Gerlof inclinou-se devagar e abriu a pasta.

— Os donos de barco em Öland eram muito cabeças-duras — disse ele, e apanhou um envelope marrom e o livro fininho que tinha pego na escrivaninha. — Nós podíamos ter juntado o nosso capital para comprar embarcações novas e maiores. Mas esse não era o nosso estilo. Sozinho sou forte,* talvez fosse o que achávamos. Não tivemos coragem de apostar alto.

Ele entregou o livro à filha. *Frete Malm: 40 anos* era o título, e na capa havia uma fotografia aérea em preto e branco de

* Ditado sueco. No original: *Ensam är stark.* (*N. da T.*)

uma embarcação motorizada grande que cortava um oceano infinito sob o sol.

— Isso aqui foi uma exceção, Frete Malm — disse Gerlof. — Martin Malm era um capitão que ousou investir em embarcações maiores. Ele construiu uma frota mercante pequena que viajava pelos oceanos do mundo. Ganhou dinheiro e comprou mais embarcações com o lucro do negócio. Martin tornou-se um dos homens mais ricos de Öland no final dos anos 1960.

— É mesmo? — disse Julia. — Que bom.

— Mas ninguém sabe de onde veio o capital inicial dele — disse Gerlof. — Ele não tinha mais dinheiro do que os outros donos de barco, pelo que sei.

Ele apontou para o livro.

— Frete Malm publicou esse livro na primavera — disse ele. — Vire-o, que eu vou lhe mostrar uma coisa.

Na quarta capa do livro havia um texto curto explicando que aquele era um impresso comemorativo do jubileu da empresa de transporte marítimo mais bem-sucedida de Öland. Abaixo do texto havia um logotipo, composto da palavra FRETE MALM e das silhuetas de três gaivotas pairando no alto.

— Olhe as gaivotas — disse Gerlof.

— Sei — disse Julia. — Três gaivotas desenhadas. E daí?

— Compare o desenho com esse do envelope — disse Gerlof, e entregou-o a ela. O envelope tinha um selo sueco e um carimbo apagado e estava endereçado a ele na Casa Marnäs, escrito com uma letra trêmula e com tinta azul. — Alguém arrancou o canto do lado direito, ali. Mas ainda ficou um pedaço da asa da gaivota à direita... Está vendo?

Julia olhou e confirmou balançando devagar a cabeça.

— Que envelope é esse?

— A sandália veio nele — respondeu Gerlof. — A sandália do menino.

Julia virou rápido a cabeça.

— Mas você tinha jogado o envelope fora. Foi o que você disse para Lennart.

— Uma mentira inocente. Eu achei suficiente ele ter tomado a sandália. — Gerlof prosseguiu: — Mas o importante é que esse envelope veio da Frete Malm. E foi o próprio Martin Malm que enviou a sandália de Jens. Eu tenho certeza disso. E também acho que ele me telefonou.

— Telefonou para você? — repetiu Julia. — Isso você não contou.

— *Talvez* ele tenha ligado. — Gerlof olhou para os casarões. — Não havia muito o que dizer a respeito, apenas que alguém me ligou no outono algumas noites. Isso começou depois que eu recebi a sandália. Mas quem ligou não disse nada.

Julia abaixou o envelope e olhou para ele.

— Nós vamos encontrá-lo agora?

— Espero que sim. — Gerlof apontou para o casarão de madeira branco ao lado deles. — Ele mora ali.

Ele abriu a porta do carro e pisou na calçada. Julia continuou sentada imóvel ao volante por alguns segundos, depois também saiu do carro.

— Você tem certeza de que ele está em casa?

— Martin Malm sempre está em casa — disse Gerlof.

Um vento frio soprou do estreito ao redor deles e Gerlof olhou de relance para trás, para a água. Ele pensou novamente em Nils Kant — em como ele, de alguma maneira, tinha atravessado esse estreito quase cinquenta anos antes.

SMÅLAND, MAIO DE 1945

Nils Kant está sentado num bosque, no continente, olhando para o mar na direção de Öland, que é uma faixa estreita de pedra calcária no horizonte. Seu olhar é triste e o vento assobia solitário no topo dos abetos. A ilha do outro lado do estreito está iluminada ao sol matutino; as árvores são de um verde-claro, e as praias compridas cintilam como prata.

A ilha dele. E Nils vai voltar para lá. Não agora, mas assim que puder — assim que for seguro. Ele sabe que fez coisas que ninguém perdoará por muito tempo e Öland está perigosa para ele agora. Apesar de ele na verdade não ter culpa de nada disso. As coisas apenas aconteceram, ele não pôde controlá-las.

O comissário gordo preparou uma emboscada para ele no trem e tentou prendê-lo, mas Nils foi mais rápido.

— Legítima defesa — sussurra ele para sua ilha natal. — Eu atirei nele, mas foi legítima defesa...

Ele cala-se e tosse forte, para tirar o choro da garganta.

Vinte horas se passaram desde que Nils pulou do trem. Ele escapou de ser descoberto porque foi rapidamente para o sul da ilha, manteve-se afastado de tudo no meio do *alvar*, onde se sente em casa, e evitou todas as estradas e povoados.

Uns 10 quilômetros ao sul de Borgholm, onde o estreito é mais afilado, ele foi descendo pela floresta em direção ao mar. Ali ele encontrou um barril de alcatrão seco por dentro e meio apodrecido com a parte de cima cortada, onde pôde colocar seus poucos pertences. Nils ficou esperando na floresta até a noite chegar, despiu-se e empurrou o barril para a água fria. Ele jogou o corpo em cima do barril e pôs-se a bater os pés, atravessando o estreito na direção da faixa de terra preta que era o continente.

Levou com certeza algumas horas para fazer a travessia, mas não havia nenhum barco próximo quando ele passou pela rota de navegação, e aparentemente ninguém o viu. Quando Nils finalmente chegou em Småland, nu e com as pernas congeladas, só teve forças de tirar do barril seus pertences e arrastar-se para sob as árvores, onde caiu imediatamente em um sono profundo.

Agora ele está desperto, mas ainda é de manhãzinha. Nils levanta-se com as pernas ainda doloridas depois da travessia a nado, mas elas precisam trabalhar novamente. Ele está perto de Kalmar, constata, e precisa ficar longe dessa cidade. Certamente há um monte de policiais ali patrulhando as ruas.

As roupas estão secas. Ele veste camisa, pulôver, meias e botas e coloca a carteira no bolso. O dinheiro da mãe, ele precisa vigiar a todo custo, pois sem ele Nils está perdido e não poderá continuar escondido.

A espingarda Husqvarna não está mais com ele — está no fundo do estreito. Na metade da travessia entre a ilha e o continente, ele tirou a arma do barril, segurou-a pelo cano serrado e jogou-a na água, o que fez apenas um leve ruído. E então ela desapareceu.

Não havia mais, de qualquer forma, nenhum cartucho na arma, mas Nils sentirá falta do seu peso familiar.

Ele pensa na mochila destruída com os tiros e também sente falta dela. Toda a bagagem precisa agora ser carregada no bolso da calça e numa trouxinha feita de um lenço; e ele não pode levar muita coisa.

Nils põe-se a caminhar rumo ao norte sob o sol da manhã. Ele sabe para onde vai, mas falta um bom pedaço e a caminhada vai durar a maior parte do dia. Ele permanece no litoral, mas evita os povoados. As estradas florestais, ele as atravessa rápido, pois é no meio das árvores que se sente seguro. Em duas ocasiões ele viu corças na floresta. São animais tão silenciosos que o surpreendem. Tratando-se de seres humanos, Nils sente suas presenças a centenas de metros e pode evitá-los facilmente.

Nils sabe bem onde fica Ramneby, pois já esteve lá várias vezes quando era menor. A última vez foi no verão do ano passado. Ele não precisa entrar no povoado ou dar a volta, pois a serraria que o tio August tem e dirige fica ao sul.

Ele ouve o barulho de serras zunindo ao longe quando se aproxima e não demora muito para sentir o cheiro familiar de madeira recém-cortada misturado com o cheiro de algas do mar Báltico.

Nils sai às escondidas da floresta para a proteção de um depósito grande cheio de tábuas. Ele já esteve ali algumas vezes, mas não tem certeza de qual é o caminho até o escritório. E ele não podia de qualquer forma aparecer agora. A uns 200, 300 metros ao sul da serraria encontra-se o casarão de madeira do tio August, mas Nils também não tem coragem de aparecer por ali. Lá existem crianças, motoristas e empregadas, que podem abrir a boca para a polícia caso o vejam. Ele se vê obrigado a esperar no depósito, sob a proteção de um arbusto grande de lilases cujas flores têm um cheiro intenso e atraem inúmeros insetos.

O relógio de Nils parou enquanto ele atravessava o estreito, mas ele tem certeza de que já se passou no mínimo meia hora quando as primeiras pessoas aparecem no seu campo de visão. São três trabalhadores da serraria que passam rindo pelo depósito sem olhar para onde Nils está.

Ele continua a esperar.

Alguns minutos depois vem uma pessoa sozinha arrastando o passo. É um rapaz de uns 13, 14 anos, mas quase tão alto quanto Nils. Um boné de pano grosso lhe cobre a testa e as mãos estão enfiadas nas calças manchadas de óleo.

— Ei, você aí! — chama Nils de trás do arbusto.

É um chamado em voz baixa, a que o rapaz não reage. Ele continua caminhando.

— Você aí de boné!

O rapaz para. Ele olha desconfiado ao redor, e Nils levanta-se discretamente. Nils acena para ele.

— Aqui.

O menino muda de rumo e dá alguns passos na direção do arbusto. Ele fica olhando calado para Nils.

— Você trabalha aqui na serraria? — pergunta Nils.

O rapaz confirma balançando a cabeça, orgulhoso.

— É o meu primeiro verão aqui.

Sua voz está na fase de mudança da puberdade e ele usa um dialeto de Småland.

— Certo — diz Nils. Ele esforça-se para soar calmo e amigável. — Eu preciso de ajuda. Quero que você busque August Kant. Preciso falar com ele.

— O diretor? — diz o rapaz, surpreso.

— Sim, o diretor Kant — diz Nils. Ele não tira os olhos do rapaz e estende a mão para mostrar que tem uma coroa entre os dedos. — Diga que Nils está aqui. Vá ao escritório e diga ao diretor que ele precisa vir para cá.

O contínuo balança a cabeça, sem reagir ao ouvir o nome de Nils, e pega rapidamente o dinheiro. Em seguida ele se vira e se põe a caminho sem muita pressa. Ele enfia a moeda bem fundo no bolso.

Nils respira aliviado e senta-se atrás do arbusto de novo. É agora, agora que tudo vai se ajeitar. O tio cuidará dele, vai escondê-lo até as coisas se acalmarem. Certamente ele precisará ficar escondido aqui em Småland durante o resto do verão, mas ele tem que aceitar isso.

Mais uma vez ele precisa esperar, uma espera longa demais. Finalmente ele ouve passos se aproximando do depósito. Nils levanta a cabeça sorrindo e dá um passo largo adiante — mas não é o tio August que vem. É apenas o rapaz de boné de novo.

Nils olha para ele.

— Ele não estava no escritório, o diretor Kant? — pergunta Nils.

— Estava. — O rapaz confirma balançando a cabeça. — Mas o diretor não quer vir.

— Não quer? — diz Nils, sem compreender.

Ele tem na mão um envelopezinho branco.

Nils recebe o envelope, fica de costas para o menino e o abre.

Não há nenhuma carta no envelope, apenas três cédulas. Três notas de 100 dobradas.

Nils fecha o envelope e vira-se.

— Isso é tudo? — pergunta ele.

O contínuo confirma com a cabeça.

— O diretor não disse nada... não mandou nenhum recado?

O menino sacode a cabeça, negando.

— Apenas a carta.

Nils fica olhando para as cédulas.

Dinheiro, foi só o que ele recebeu. Dinheiro para a fuga, e essa é uma mensagem muito clara.

O tio não quer saber dele.

Ele suspira e levanta os olhos de novo, mas o contínuo não está mais ali. Nils apenas avista o menino já longe na hora em que ele desaparece na quina do depósito.

Nils está sozinho de novo. Ele tem de se virar.

Então ele vai fugir. Mas para onde?

Para longe do litoral, em primeiro lugar. Depois ele dá um jeito.

Nils olha ao redor. Os insetos zumbem, os lilases exalam seu perfume. O verão é cheio de luz e de verde. A nordeste, ele vê uma faixa pequena de água azul.

Ele vai voltar. Eles obrigam Nils a fugir agora, mas ele voltará. Öland é a ilha dele.

Nils olha para a água pela última vez; em seguida, se vira e caminha a passos largos de volta para a protetora floresta de abetos.

16

Um caminho largo feito de lajotas grandes de pedra calcária levava ao casarão branco de Martin Malm. Julia olhou para a construção e pensou na casa de Vera Kant em Stenvik. Elas eram mais ou menos do mesmo tamanho, mas essa estava naturalmente pintada, bem cuidada e habitada. Mas quem acendera a luz na casa de Vera Kant tarde da noite? Julia não conseguia parar de pensar nisso — será que ela realmente tinha visto a luz acesa na janela da casa?

Ela segurou no braço de Gerlof quando eles abriram o portão de ferro pesado, e os dois foram caminhando devagar sobre as pedras ásperas. Talvez fosse ele quem a apoiasse, assim como o contrário era verdadeiro, pensou Julia, porque ela estava nervosa.

Para ela, esse era um encontro com o assassino de Jens. Se era totalmente certo que Martin Malm tinha enviado a sandália numa carta, então ele devia ser o assassino — seja lá que reservas Gerlof fizesse.

O caminho de pedras terminava numa escada que levava a uma porta larga de mogno com uma tabuleta de ferro em que havia o nome MALM gravado. No meio da porta, abaixo de uma janelinha colorida, havia uma campainha, no formato de uma chave pequena.

Gerlof olhou para Julia.

— Pronta?

Julia balançou a cabeça e esticou a mão em direção à campainha.

— Só mais uma coisa — disse Gerlof. — Martin teve um derrame cerebral há muitos anos. Ele tem dias bons e ruins, assim como eu. Se ele estiver num dia bom, então podemos falar com ele. Se não...

— Ok — disse Julia, com o coração batendo forte.

Ela apertou a campainha e um sinal abafado mas demorado veio de lá de dentro do casarão.

Um vulto apareceu no vidro da porta depois de uns minutos e, em seguida, a porta foi aberta.

Uma mulher jovem, entre 20 e 25 anos, estava diante deles. Era baixa, loura e desconfiada.

— Olá — disse ela.

— Boa-tarde — disse Gerlof. — Martin está em casa?

— Está — respondeu a moça —, mas não creio que ele...

— Somos amigos — disse Gerlof, rápido. — Eu me chamo Gerlof Davidsson. De Stenvik. E esta aqui é minha filha. Nós gostaríamos de fazer uma visita ao Martin.

— Certo — disse a moça. — Eu vou ver se é possível.

— Será que podemos entrar para nos aquecer enquanto isso? — perguntou Gerlof.

— Está bem.

A menina deu um passo para trás.

Julia ajudou Gerlof a atravessar a soleira da porta e a pisar no chão de mármore do corredor. Era um corredor grande e escuro com revestimento de madeira nas paredes, nas quais estavam penduradas fotografias emolduradas de embarcações novas e antigas. Três portas levavam para o interior da casa e uma escada ampla, ao andar de cima.

— Você é parente do Martin? — perguntou Gerlof depois de terem fechado a porta.

A moça negou com a cabeça.

— Não, sou enfermeira em Kalmar — disse ela, e foi para a porta do meio.

Ela abriu a porta e Julia tentou ver o que havia atrás, mas uma cortina de pano escuro estava pendurada na abertura.

Ela e Gerlof permaneceram de pé, calados, como se o casarão com suas portas fechadas não inspirasse conversa. Tudo era silencioso e solene como numa igreja — mas quando Julia aguçou os ouvidos, acreditou ouvir alguém andando no andar de cima.

A porta do meio foi aberta e a enfermeira apareceu de novo.

— Martin não está se sentindo muito bem hoje — disse ela em voz baixa. — Lamento. Ele está cansado.

— É mesmo? — disse Gerlof. — Que pena... Faz anos que não nos vemos.

— Vocês podem voltar numa outra ocasião — disse a enfermeira.

Gerlof assentiu balançando a cabeça.

— Nós voltaremos. Mas vamos telefonar antes.

Ele foi andando em direção à porta e Julia acompanhou o pai, relutante.

Lá fora no jardim o ar parecia mais frio do que antes, pensou Julia. Ela caminhava em silêncio ao lado de Gerlof. Abriu a porta de ferro e olhou para trás, na direção do casarão.

Ela viu um rosto pálido olhando para ela das janelas grandes do andar de cima. Era uma mulher idosa que os acompanhava com um olhar sério por trás da vidraça.

Julia abriu a boca para perguntar se Gerlof a conhecia, mas ele já estava a caminho do carro. Ela teve de correr para abrir a porta para o pai.

Quando ela olhou para o casarão mais uma vez, a mulher da janela tinha desaparecido.

Gerlof acomodou-se no assento do carro e olhou para o relógio de pulso.

— Uma e meia — disse ele. — Nós podíamos comer alguma coisa. Depois temos que passar na Systembolaget e comprar umas bebidas. Eu prometi fazer umas compras para uns vizinhos em Marnäs. Está bem?

Julia sentou-se atrás do volante.

— Bebida alcoólica é um veneno — disse ela.

Eles comeram o prato de massa do dia num dos poucos restaurantes de Borgholm que continuavam abertos no inverno. O salão estava quase vazio, mas quando Julia tentou fazer Gerlof comentar sobre a visita na casa de Martin Malm, ele apenas sacudiu a cabeça de um lado para o outro e ocupou-se da comida. Depois ele insistiu em pagar a conta e em seguida eles foram para a Systembolaget, onde Gerlof comprou duas garrafas de *aquavit* temperadas com artemísia, uma garrafa de *advocaat* e seis latas de cerveja alemã. Julia teve de carregar tudo.

— Agora nós vamos para casa — disse Gerlof quando eles estavam de volta ao carro.

Ele tinha o tom descontraído de alguém que teve um dia produtivo na cidade, o que irritou Julia. Ela engatou rapidamente a primeira marcha e entrou na rua.

— Não aconteceu nada — disse ela quando, na estrada, eles pararam no sinal vermelho a leste de Borgholm.

— Como assim? — perguntou Gerlof.

— Como assim "como assim"? — retrucou ela, e entrou na rodovia norte. — Nós não conseguimos resolver nada hoje.

— Não senhora. Primeiro nós comemos biscoitos deliciosos na casa de Margit e Gösta — disse Gerlof. — Depois eu olhei de perto o revendedor de carros Blomberg. Além disso, nós...

— Por que você quis fazer isso? — perguntou Julia.

Gerlof ficou calado.

— Por diversos motivos.

Julia respirou fundo.

— Você precisa começar a contar as coisas para mim agora, pai — disse ela, olhando fixamente para a frente pelo para-brisa. Ela tinha vontade de parar o carro, abrir a porta e jogá-lo lá fora no *alvar*. Tinha a impressão de que ele estava gozando da sua cara.

Gerlof continuou calado por mais um tempo.

— Ernst Adolfsson teve uma ideia no verão — disse ele em seguida. — Uma teoria. Ele achava que meu neto, o nosso Jens, saiu para o *alvar* na neblina naquele dia e não desceu até a praia. E ele achava que Jens acabou cruzando com um assassino lá fora.

— Quem?

— Talvez Nils Kant.

— Nils Kant?

— O falecido Nils Kant, isso mesmo. Ele já estava morto e enterrado fazia dez anos a essa altura... Você mesma viu a sepultura dele. Mas havia boatos de que...

— Eu sei — disse Julia. — Astrid comentou sobre isso. Mas de onde é que vieram esses boatos?

Gerlof suspirou.

— Havia um carteiro em Stenvik... Erik Ahnlund. Depois de se aposentar, ele passou a contar uma história, para mim e para Ernst, e para todo mundo do povoado que quisesse ouvir, de que Vera Kant recebia cartões-postais sem remetente.

— E o que mais?

— Quando começaram a chegar esses cartões, isso eu não sei — disse Gerlof —, mas, segundo Ahnlund, chegavam cartões-postais na caixa de correios dela de diversos lugares da América do Sul nos anos 1950 e 1960. Várias vezes por ano. Sempre sem remetente.

— Eram de Nils Kant? — sugeriu Julia.

— Provavelmente. É a explicação mais coerente. — Gerlof olhou para a paisagem do *alvar*. — Depois, é claro, Nils Kant chegou em casa num caixão e foi sepultado em Marnäs.

— Eu sei — disse Julia.

Gerlof olhou para a filha.

— Mas os cartões-postais não pararam de chegar mesmo após o enterro — disse ele. — Vinham do exterior e não tinham remetente.

Julia olhou rapidamente para ele.

— Isso é verdade?

— Eu acho que sim — disse Gerlof. — Erik Ahnlund foi a única pessoa que realmente viu os cartões-postais enviados para Vera, mas ele jurou que continuaram a chegar pelo correio muitos anos depois da morte de Nils.

— E isso fez com que as pessoas em Stenvik acreditassem que Kant continuava vivo?

— Com certeza — respondeu Gerlof. — As pessoas sempre ficavam batendo papo ao cair da noite. Mas Ernst não era muito de fofoca e pensava o mesmo.

— E o que você acha?

Gerlof hesitou.

— Eu sou como São Tomé — disse ele em seguida. — Eu quero ter provas de que ele está vivo. E ainda não encontrei nenhuma.

— E por que você quis se encontrar com esse tal de Blomberg? — perguntou Julia.

Gerlof hesitou novamente, como se tivesse medo de parecer velho e caduco.

— John Hagman acha que Robert Blomberg pode ser Nils Kant — disse ele por fim.

Julia não tirava os olhos dele.

— Sei — disse ela em seguida. — Mas você não acredita nisso, não é?

Gerlof negou sacudindo devagar a cabeça.

— Parece improvável — respondeu ele. — Mas John tem razão em alguns pontos. Blomberg foi marinheiro, como eu. Ele nasceu e cresceu em Småland e foi trabalhar no mar como maquinista já adolescente. Ele viajou por muitos anos... 20, 25 anos ou mais. Então ele finalmente voltou para a Suécia e mudou-se para Öland. Casou-se aqui e teve filhos. Eu acho que é o filho dele que trabalha na oficina.

— Mas isso não parece muito suspeito — comentou Julia.

— Pois é — disse Gerlof. — A única coisa estranha é que ele esteve fora do país por um tempo bem longo. John ouviu boatos de que ele foi mandado embora do barco em que trabalhava e depois ficou perambulando em algum porto da América do Sul com problemas graves de alcoolismo, até que por fim um capitão sueco trouxe Blomberg de volta para a Suécia.

— Mas Blomberg não deve ser o único que se mudou para Öland, não é? — disse Julia.

— Ah, não — respondeu Gerlof. — Centenas de pessoas do continente se mudaram para cá.

— Por acaso John suspeita que todos os que vieram para cá sejam Kant?

— Não. E eu mesmo também não achei que Blomberg lembrasse Kant — disse Gerlof. — Mas a gente vê o que quer ver. Minha mãe, sua avó Sara, viu um duende uma vez quando era mais nova... Você se lembra? Ela chamava o duende de "um homem cinza".

— Lembro, eu já ouvi essa história — disse Julia. — Você não precisa...

Mas não dava para impedir Gerlof:

— Seja lá o que fosse aquilo, ela viu o homenzinho num dia de primavera no final do século XIX enquanto lavava roupas lá no estreito de Kalmar, em Grönhögen. De repente ouviu passos rápidos atrás de si e então ele saiu da floresta em disparada... Um homenzinho de 1 metro de altura com roupas cinza. Ele não disse nada, apenas correu rumo ao estreito, passando na frente de Sara sem olhar para ela. E quando ele chegou à água, não parou... Minha mãe chamou o ser, mas ele continuou entrando na água, até que as ondas cobriram o homenzinho e ele submergiu. Depois ele desapareceu.

Julia balançou a cabeça de um modo seco. Era uma história bizarra — talvez a mais estranha de todas contadas na família dela.

— Um duende que se suicida — disse ela. — Coisas assim a gente não vê todos os dias.

— É claro que essa história não é verdadeira — prosseguiu Gerlof. — Mas eu acredito nela. Eu *acredito* que minha mãe viu um duende ou, em todo caso, alguma espécie de força da natureza ou um fenômeno desconhecido que ela interpretou como sendo um duende. E, no entanto, eu sei que duendes e gnomos não existem.

— De qualquer forma, eles não costumam aparecer muito hoje em dia — disse Julia.

— É — disse Gerlof devagar —, e deve ser a mesma coisa com Nils Kant. Ninguém fala nele, ninguém vê Nils. Ele foi dado como morto pela polícia e está enterrado no cemitério de Marnäs com uma lápide funerária que qualquer um pode ver. E, ainda assim, existem, como eu já disse, certas pessoas aqui no norte de Öland que acham que ele ainda está vivo. Pelo menos aqueles que são velhos o suficiente para se lembrar dele.

— O que você acha? — perguntou Julia de novo.

— Eu acho que seria bom esclarecer todas as coisas com relação a Nils Kant — respondeu Gerlof.

— Eu prefiro achar o meu filho — disse Julia em voz baixa. — Foi por isso que eu vim para cá.

— Eu sei disso — disse Gerlof —, mas essas histórias podem estar relacionadas.

— Nils Kant e Jens?

Gerlof assentiu.

— Eu já sei que elas estão em parte relacionadas. Por intermédio de Martin Malm.

— Como assim?

— Ele estava com a sandália de Jens — respondeu Gerlof. — E foi uma das embarcações da Frete Malm que transportou o caixão de Nils Kant para a Suécia.

— É mesmo? Como você sabe disso?

— Isso não é nenhum segredo — respondeu Gerlof. — Eu mesmo estava no porto quando o barco chegou com o caixão. Uma funerária de Marnäs encarregou-se dele.

Julia ficou pensando sobre isso enquanto eles se aproximavam da bifurcação para Marnäs. Ela diminuiu a velocidade e fez a curva.

— Mas a gente não pôde falar com o remetente da sandália hoje — disse ela em seguida.

— É, mas você pôde ver a casa dele — disse Gerlof. — Martin Malm não estava se sentindo bem hoje, porém, mais cedo ou mais tarde, vai ser possível falar com ele. Talvez na semana que vem.

— Eu não posso ficar aqui só por causa disso — disse Julia. — Preciso voltar para Gotemburgo.

— É o que você diz — disse Gerlof. — Quando você vai?

— Não sei. Logo... Talvez amanhã.

— Amanhã é o enterro, na igreja de Marnäs — disse Gerlof. — Às 11 horas.

— Eu não sei se vou — disse Julia, e entrou no pátio que havia em frente à Casa Marnäs. — E eu nem conhecia Ernst direito. É uma tragédia ele ter morrido e eu nunca vou esquecer a manhã em que o encontrei... mas eu não o conhecia.

— Procure vir mesmo assim — disse Gerlof, e abriu a porta do carro.

Julia saiu para ajudá-lo. Ela carregava a sacola com as bebidas e a pasta.

— Obrigado — disse Gerlof, e apoiou-se na bengala. — Minhas pernas estão bem melhores agora.

— Então, até logo — disse Julia ao acompanhá-lo até o elevador. — Obrigada por hoje.

Ela saiu no pátio da Casa de novo, entrou no carro e viu Gerlof abrir a porta do elevador e entrar nele sem cair.

Depois deu a partida e pegou a estrada de novo, rumo ao leste. Queria comprar comida em Marnäs antes de ir para a cabana.

O crepúsculo chegava devagar, eram 16h10. As pessoas normais, pessoas que trabalhavam, deviam estar voltando para casa.

Mas algumas ainda estavam de serviço. Ao passar com o carro pela delegacia de Marnäs, ela viu que a luz estava acesa lá dentro.

Julia parou no supermercado e comprou leite, pão e um pouco de frios. Não tinha muito dinheiro na conta e faltava mais de uma semana para o pagamento seguinte da Secretaria de Seguro Social. A única coisa que ela podia fazer era não pensar nisso.

Quando Julia saiu do mercado, viu de novo as janelas iluminadas na delegacia. Ela pensou em Lennart Henriksson e no que Astrid tinha contado sobre ele. Até na vida de Lennart tinha acontecido uma tragédia grande.

Julia ficou em pé olhando para a luz nas janelas. Depois colocou as compras no bagageiro do Ford e trancou o carro. Em seguida atravessou a rua para bater à porta da delegacia.

17

— *Eu sempre coloquei a* culpa na minha mãe — disse Julia. — Ela adormeceu e o deixou sozinho.

Ela piscou para afastar as lágrimas dos olhos e prosseguiu:

— E culpei ainda mais o meu pai... Gerlof... Porque ele foi para a praia cuidar das redes. Se ele tivesse ficado em casa, Jens não teria saído: ele adorava o avô.

Julia fungou e suspirou.

— Eu coloquei a culpa neles durante muitos anos — disse ela —, mas na verdade a culpa foi minha. Eu deixei Jens e fui para Kalmar, me encontrar com um homem, mesmo sabendo que estava desperdiçando o meu tempo. Ele nem apareceu. — Ela calou-se e acrescentou: — Era o pai de Jens, Michael. Nós morávamos em casas separadas e ele estava em Skåne, mas tinha dito que iria de trem se encontrar comigo... Eu achei que a gente podia tentar de novo, mas não era o que ele pensava. — Ela fungou de novo. — Então Michael também não ajudou muito quando Jens desapareceu, ele continuou em Malmö... mas a grande culpada fui eu.

Lennart estava calado, ouvindo, do outro lado da mesa — era um bom ouvinte, achou ela —, e deixou Julia falar. Quando ela terminou, ele disse:

— Ninguém teve culpa, Julia. Foi apenas, como a gente costuma dizer entre nós da polícia, uma série de circunstâncias lamentáveis.

— É. Isso se foi um acidente.

— O que você quer dizer? — perguntou Lennart.

— Eu quero dizer que... Se Jens não tiver saído e encontrado alguém que o tenha levado embora.

— Sim... mas quem? — perguntou Lennart. — Quem iria fazer uma coisa dessas?

— Não sei — respondeu Julia. — Um louco? Você que é policial sabe muito mais dessas coisas.

Lennart sacudiu a cabeça devagar de um lado para o outro.

— É preciso que essa pessoa seja perturbada... muito perturbada — disse ele. — E nesse caso ela certamente já teve contato com a polícia por causa de outros crimes cometidos anteriormente. Não havia uma pessoa desse tipo em Öland naquela época. Confie em mim, nós procuramos pessoas suspeitas... Batemos em várias portas e checamos o nosso registro criminal.

— Eu sei — disse Julia. — Vocês fizeram o que estava ao alcance de vocês.

— A polícia achou que ele tivesse ido para o mar — disse Lennart. — São apenas uns 200, 300 metros até a água, e estava fácil se perder na neblina naquele dia. Muitos dos que morreram afogados no estreito de Kalmar desapareceram para sempre, tanto antes quanto depois do... — Ele calou-se. — Deve ser difícil para você falar sobre isso e eu não vou...

— Tudo bem. — Ela pensou e acrescentou, em seguida: — Eu achei que não seria bom vir para cá no outono e enfrentar tudo isso de novo, mas está sendo bom. Comecei a superar o que aconteceu com Jens... e sei que ele não vai voltar. — Ela esforçou-se para falar com total convicção. — Eu preciso tocar a vida.

Era noite de terça-feira em Marnäs. Julia apenas faria uma visita rápida a Lennart na delegacia, mas ela foi ficando por lá. E Lennart estava, pelo visto, prestes a terminar o trabalho, desligar o computador e ir para casa, mas ele ficou.

— Então você não tem nenhum compromisso hoje à noite? — tinha perguntado Julia.

— Tenho, mas é mais tarde — respondeu Lennart. — Eu faço parte do conselho de planejamento urbano e nós temos uma reunião hoje à noite, mas é só por volta das 19h30.

Julia quis perguntar qual partido político ele representava — mas podia ser um partido de que ela não gostasse. Depois quis perguntar se ele era casado, mas tampouco tinha certeza de que gostaria da resposta.

— Mas nós podemos pedir uma pizza do Moby Dick — sugeriu Lennart. — Você quer?

— Claro — respondeu ela.

Havia uma cozinha dentro da delegacia. Embora impessoais, as salas eram de certa forma aconchegantes, havia tapetes e até alguns quadros. Uma máquina de café muito limpa estava em cima do mármore da cozinha igualmente limpo. Havia uma mesinha baixa com duas poltronas no canto, e, quando as pizzas de presunto do restaurante do porto chegaram, Lennart e Julia comeram-nas sentados ali.

Enquanto eles comiam, conversavam — não foi apenas conversa à toa —, e a conversa dos dois veio a ser bastante sobre tristeza e saudade.

Julia não lembrava, mais tarde, qual dos dois tinha começado a ser tão íntimo, mas ela supôs que tinha sido ela.

— Eu preciso tocar a vida — disse Julia. — Se Jens desapareceu no estreito, então eu tenho que aceitar. Isso já aconteceu antes, como você diz. — E acrescentou, depois de uma pausa: — Só que ele tinha muito medo do mar, ele não gostava de brincar na praia. Então às vezes eu penso que ele foi para o outro lado, para o *alvar*. Sei que isso pode parecer estranho, mas... Gerlof acha a mesma coisa.

— Nós também procuramos lá — disse Lennart. — Procuramos por toda parte.

— Eu sei, eu tentei me lembrar... A gente se encontrou naquela época? — perguntou ela. — Eu e você?

Os policiais que tinham mergulhado no mar e feito perguntas quando Jens desapareceu eram apenas uma série de rostos sem nomes para ela. Eles tinham perguntado coisas e ela tinha respondido, mecanicamente. Quem eles eram não tinha a menor importância, contanto que encontrassem Jens.

Muito mais tarde ela tinha percebido que algumas das perguntas dos policiais partiram da hipótese de que ela mesma — por razões desconhecidas, talvez loucura — tivesse matado o próprio filho e escondido o corpo.

Lennart negou, sacudindo a cabeça.

— Você e eu nunca nos encontramos... Não chegamos a falar um com o outro — respondeu ele. — Outros policiais ficaram responsáveis pelo contato com você e com a sua família, e eu era, como já disse, um dos que comandavam a patrulha de busca. Reuni voluntários em Stenvik que procuraram pela praia durante toda a noite, e eu mesmo estava procurando de carro nas estradas ao redor de Stenvik e no *alvar*. Mas não encontramos Jens...

Ele calou-se e suspirou.

— Foram dias horríveis — prosseguiu ele —, especialmente porque tinha... tinha acontecido algo semelhante comigo, de caráter particular. Meu pai tinha...

Ele calou-se de novo.

— Eu estou sabendo, Lennart — disse Julia, com jeito. — Astrid Linder me contou o que aconteceu com o seu pai...

Lennart balançou a cabeça e olhou para baixo.

— Bem, não é nenhum segredo — disse ele.

— Quanto a Nils Kant — disse Julia —, quantos anos você tinha quando... quando isso aconteceu?

— Oito. Eu tinha 8 anos — disse Lennart, olhando para o chão. — Eu tinha começado na escola em Marnäs. Era um dos últimos dias antes das férias, um dia ensolarado e bonito. Eu estava feliz... esperava ansioso pelas férias de verão. Depois começou a correr um boato entre os alunos de que tinha havido tiros a bordo do trem para Borgholm, alguém de Marnäs tinha sido baleado... mas ninguém sabia direito. Foi só quando eu cheguei em casa que fiquei sabendo. Minha mãe estava em casa e as irmãs dela também. Elas ficaram sentadas em silêncio por um bom tempo, mas no final minha mãe contou o que tinha acontecido...

Lennart parou de falar com o olhar perdido no passado. Julia acreditou ver nos olhos dele o menino de 8 anos chocado e triste daquele dia.

— Será que policiais não podem chorar? — perguntou ela com cuidado.

— Podem, sim — disse Lennart, baixinho —, mas eu acho que somos especialistas em abafar os sentimentos. — Ele prosseguiu: — Nils Kant... Eu nem sabia quem ele era. Ele tinha uns dez anos a mais que eu, nós não nos conhecíamos. E agora ele tinha matado meu pai.

Fez-se silêncio novamente.

— O que você passou a achar dele depois disso? — perguntou Julia em seguida. — O que eu quero dizer é que eu entendo caso você tenha sentido ódio dele...

Ela pensou nela mesma, pois tinha se perguntado muitas vezes como reagiria caso se encontrasse com o assassino de Jens. Ela não sabia o que faria nesse caso.

Lennart suspirou e olhou pela janela escura que dava para o fundo do prédio da polícia.

— Claro, eu odiava Nils Kant — disse ele. — Profundamente. Mas também tinha medo dele... Especialmente de noite, quando não conseguia dormir. Eu morria de medo de que ele voltasse para Öland e matasse a minha mãe também. — Ele calou-se de novo. — Levou bastante tempo para esses sentimentos desaparecerem.

— Algumas pessoas dizem que ele está vivo — disse Julia. — Você já ouviu isso?

Lennart olhou para ela.

— Quem está vivo?

— Nils Kant.

— Vivo? — disse Lennart. — Não é possível.

— É. Eu também não acredito que...

— Kant não está vivo — disse Lennart, e cortou um pedaço de pizza. — Quem diz isso?

— Eu também não acredito — disse Julia rápido. — Mas Gerlof fala sobre isso o tempo todo desde que eu cheguei aqui... Parece que ele está tentando me fazer acreditar que Nils Kant está por trás do desaparecimento de Jens. Que Jens cruzou com Kant naquele dia. Embora ele já estivesse morto havia dez anos àquela altura.

— Ele morreu em 1963 — disse Lennart. — O caixão chegou ao porto de Borgholm no outono daquele ano. — Ele baixou os olhos. — E isso que eu vou contar agora não pode sair daqui... Mas o caixão foi aberto pela polícia de Borgholm. Muito discretamente, por algum motivo, talvez por medo de Vera Kant ou por respeito a ela, pois ela tinha muito dinheiro e terras... Mas o caixão foi aberto.

— Havia um cadáver dentro dele? — perguntou Julia.

Lennart balançou a cabeça.

— Eu vi o corpo — disse ele em voz baixa, e acrescentou: — Isso que eu vou contar não é totalmente oficial, mas quando o caixão chegou aqui...

— Numa das embarcações da Frete Malm — completou Julia.

Lennart confirmou balançando a cabeça.

— Acho que foi isso mesmo. Foi Gerlof quem deu toda essa informação a você? — perguntou ele, e continuou, sem esperar pela resposta: — Eu tinha acabado de ser admitido como oficial de polícia em Marnäs, depois de alguns anos em Växsjö, e pedi para ir a Borgholm e estar presente quando da abertura do caixão. É claro que meus motivos eram apenas de natureza particular, não de natureza profissional, mas os colegas de trabalho foram compreensíveis. O caixão estava num dos galpões do porto à espera da funerária dentro de uma caixa de madeira fechada com pregos, com documentos e carimbos de um consulado sueco na América do Sul. — Ele calou-se e depois continuou: — Um oficial mais velho arrombou a tampa do caixão. E era o corpo de Nils Kant que estava dentro dele, um corpo em parte ressecado e coberto de um bolor preto aveludado. Um médico do hospital de Borgholm que estava presente constatou que ele tinha se afogado em água salgada. Pelo visto, ele tinha ficado na água por bastante tempo, pois os peixes já tinham começado a...

O olhar de Lennart tinha voltado a ficar distante enquanto ele contava, mas de repente ele viu a mesa com a comida e pareceu se lembrar de que eles estavam comendo pizza.

— Desculpe pelos detalhes — disse ele rápido.

— Tudo bem — disse Julia. — Mas como vocês souberam que era mesmo Nils Kant? Foi por meio das impressões digitais?

— Não havia impressões digitais confiáveis dele — respondeu Lennart. — Tampouco registro da arcada dentária. Mas ele foi identificado por uma lesão na mão esquerda. Ele tinha quebrado vários dedos numa briga na pedreira de Stenvik. Eu mesmo tinha ouvido falar disso da boca de vários moradores de Stenvik. E o corpo no caixão tinha exatamente a mesma lesão. Então isso resolveu a questão.

A cozinha da delegacia ficou em silêncio durante alguns segundos.

— E o que você sentiu? — perguntou Julia em seguida. — Quando viu o corpo de Kant, quero dizer.

Lennart parecia refletir.

— Na verdade, nada. Era o Kant vivo que eu queria encontrar. Não dá para exigir explicações de um corpo morto.

Julia balançou a cabeça, pensativa. Havia um favor que ela tinha pensado em pedir a Lennart.

— Você já esteve alguma vez dentro da casa dos Kant? — perguntou ela. — A polícia já procurou por Jens lá dentro?

Lennart negou, sacudindo a cabeça.

— Mas por que nós iríamos procurar lá dentro?

— Sei lá... Eu apenas tentei imaginar para onde Jens deve ter ido. Se ele por acaso não foi para a praia e não foi para o *alvar*, então ele pode ter entrado em alguma casa da vizinhança. E o casarão de Vera Kant fica apenas a umas centenas de metros da nossa casa...

— Mas por que ele teria entrado lá? — disse Lennart. — E por que ele teria ficado por lá?

— Não sei. Se ele entrou lá e caiu, ou... — disse Julia, e pensou: Quem sabe, talvez Vera Kant fosse tão maluca quanto o filho.

Talvez você tenha entrado ali, Jens, e então Vera Kant trancou você lá dentro.

Ela prosseguiu em voz alta:

— Talvez seja improvável... mas será que você poderia dar uma olhada lá dentro? Junto comigo?

— Dar uma olhada... Você está querendo que a gente entre no casarão dos Kant? — perguntou Lennart.

— É só uma olhada rápida, antes de eu voltar para Gotemburgo amanhã — prosseguiu Julia, e não deixou que ele desviasse o olhar incrédulo. Ela quis falar da luz acesa que tinha visto dentro do casarão, mas resolveu não contar, caso ela apenas tivesse imaginado coisas. — Não é invasão de domicílio entrar numa casa abandonada, é? — perguntou ela. — E você pode entrar onde quiser como policial, não é?

Lennart negou com a cabeça.

— Nós temos que seguir uma série de regulamentos — respondeu ele. — Eu já pude improvisar às vezes como policial numa cidade pequena, mas...

— Mas ninguém irá nos ver — interrompeu Julia. — Stenvik está quase vazia e as casas ao redor do casarão de Vera Kant são de veraneio. Não mora ninguém ali perto.

Lennart olhou para o relógio.

— Eu preciso ir para a reunião do conselho agora — disse ele.

Pelo menos ele não tinha negado a sugestão dela, pensou Julia.

— E depois da reunião?

— Você está querendo fazer isso hoje à noite?

Ela assentiu.

— Vou ver — disse Lennart. — A reunião pode demorar. Eu posso ligar para você se acabar cedo. Você tem celular?

— Tenho. Então me ligue.

Havia uns lápis em cima da mesa da cozinha; Julia arrancou um pedaço da caixa da pizza e anotou o próprio número nele. Lennart colocou o pedaço da caixa no bolso da camisa e levantou-se.

— Não faça nada sozinha — disse ele, e olhou para ela.

— Está bem — prometeu ela.

— A casa de Vera Kant parecia estar prestes a desabar quando eu passei por ela da última vez.

— Eu sei. Eu não vou entrar lá sozinha — disse Julia.

Mas se Jens estivesse lá, sozinho no escuro — será que ele alguma dia a perdoaria por ela não ter procurado por ele?

* * *

As ruas em Marnäs estavam totalmente vazias quando eles saíram do posto. As lojas estavam escuras e apenas os quiosques na praça estavam abertos. O ar úmido parecia estar quase na faixa de zero grau.

Lennart apagou a luz e trancou a porta do posto.

— Então você vai descer para Stenvik agora? — perguntou ele.

Julia confirmou com um aceno de cabeça.

— Mas talvez a gente se encontre mais tarde, não é?

— Pode ser.

Julia lembrou-se de uma outra coisa.

— Lennart — disse ela —, você ficou sabendo de alguma coisa a respeito da sandália? A que você pegou com Gerlof?

Ele olhou para ela sem entender, mas em seguida se lembrou.

— Não, infelizmente — disse ele. — Ainda não. Eu enviei a sandália num pacote lacrado para Linköping, para o laboratório de medicina legal, mas ainda não chegou nenhuma resposta. Vou ligar para o SKL na semana que vem. Mas nós não devemos depositar esperanças demais nisso. Já se passou muito tempo e nem sabemos direito se esse é o sapato certo...

— Eu sei... Pode nem ser dele.

Lennart assentiu.

— Até logo, Julia.

Ele estendeu a mão, o que pareceu um modo um pouco impessoal de se despedir depois de tudo o que eles tinham contado um para o outro. Mas, como Julia também não era muito de abraçar as pessoas, apertou a mão dele.

— Tchau. Obrigada pela pizza.

— De nada. Eu ligo depois da reunião do conselho.

O olhar dele demorou-se no rosto dela um segundo a mais, de um jeito que depois poderia ser interpretado de qualquer forma. Em seguida ele se virou.

Julia atravessou a rua e foi para o carro. Ela saiu devagar do centro de Marnäs, passou pela casa de repouso, onde Gerlof talvez estivesse bebendo o café da noite agora, pela igreja escura e pelo cemitério.

Lennart Henriksson era casado ou solteiro? Julia não sabia e não tinha coragem de perguntar.

No caminho para Stenvik, ela ficou pensando se tinha contado coisas demais sobre si mesma e sobre os sentimentos de culpa que tinha. Mas foi bom poder desabafar e ver de um outro ângulo aquele dia estranho em Borgholm, em que Gerlof tinha vindo com novas teorias. Segundo elas, o assassino de Jens estava de cama, doente, num casarão luxuoso em Borgholm, e o assassino do comissário Henriksson, Nils Kant, talvez estivesse vivo e fosse vendedor de carros na mesma cidade — era difícil saber se Gerlof estava gozando ou não da cara dela.

Não. O pai dela não brincaria com esse tipo de coisa. Mas também não parecia que as ideias dele levavam a algum lugar.

Era melhor voltar para casa.

Ela resolveu que voltaria para Gotemburgo no dia seguinte. Primeiro iria ao enterro de Ernst Adolfsson, depois se despediria de Gerlof e de Astrid — e de tarde voltaria para casa e tentaria viver uma vida melhor que a de antes. Beber menos vinho, não tomar tantos remédios para dormir. Acabar com a licença médica assim que fosse possível e voltar a trabalhar como enfermeira. Parar de se agarrar ao passado e de ficar ruminando sobre enigmas que nunca poderiam ser resolvidos. Viver uma vida comum e tentar olhar para a frente. Depois ela podia voltar para visitar o pai — e talvez até Lennart — na primavera.

Quando as primeiras casas de Stenvik apareceram ao lado da estrada, ela diminuiu a velocidade. Na casa de Gerlof, ela parou o carro, saiu para a escuridão, abriu os portões e entrou com o carro no jardim. Ela dormiria em seu quarto na última noite ali, resolveu. Junto de todas as lembranças boas e ruins pela última vez.

Ao entrar na casa, acendeu algumas luzes. Depois saiu e desceu até a cabana, na praia, para apanhar a escova de dentes e as outras coisas que tinha deixado lá embaixo — inclusive as garrafas de vinho que trouxera de Gotemburgo e que, contrariando todas as previsões, ela não tinha aberto.

Julia estava bem ciente da presença da casa de Vera Kant no escuro à sua esquerda enquanto andava pela estrada vicinal, mas não virou a cabeça. Ela apenas olhou de relance para as luzes na casa de Astrid Linder e de John Hagman, ao sul, antes de descer para a cabana.

Quando terminou de recolher todos os seus pertences, Julia avistou a lamparina antiga de querosene pendurada na janela — depois de uns segundos de dúvida, tirou-a do gancho e levou-a para a casa. Para se prevenir.

No caminho de volta, ela olhou para o casarão de Vera, lá em cima atrás dos arbustos altos de espinho-branco: uma casa grande e negra. Não se via nenhuma luz acesa nas janelas agora.

"Nós nunca procuramos lá dentro", dissera Lennart.

E por que a polícia faria isso? Vera Kant não era suspeita de ter sumido com Jens.

Mas se Nils Kant tivesse se escondido lá dentro, se Vera Kant tivesse protegido o filho... Se Jens tivesse ido para a estrada vicinal no meio da neblina e descido na direção do mar e parado no portão de Vera Kant, aberto o portão e entrado...

Não, era improvável.

Julia continuou seu caminho até a casa de veraneio. Ela entrou de novo no calor da residência e acendeu as lâmpadas de todos os cômodos. Tirou da bolsa uma das garrafas de vinho e, já que essa era a última noite em Öland, abriu-a na cozinha e serviu-se de uma taça de vinho tinto. Após ter bebido tudo, em pé encostada na pia da cozinha, ela encheu rapidamente a taça de novo. Depois levou a taça consigo para a sala de estar.

O álcool foi se espalhando pelo corpo.

Mas, ainda assim — só uma olhadinha. Se a reunião de Lennart terminasse cedo lá em Marnäs e se ele ligasse... Então ela pediria outra vez para ele descer até Stenvik. Será que ele não queria mesmo olhar dentro da casa onde o assassino do pai dele tinha crescido? Dar só uma olhadinha rápida?

Era como uma febre, ela fora contaminada por Gerlof — Julia não conseguia parar de pensar em Nils Kant.

GOTEMBURGO, AGOSTO DE 1945

O primeiro verão depois dos seis longos anos da Segunda Guerra Mundial vem com luz, calor e muita confiança no futuro. Na cidade grande de Gotemburgo são planejadas a todo vapor áreas residenciais novas, e casebres antigos de madeira são demolidos. Nils Kant vê escavadeiras em ação ao caminhar pelas ruas da cidade.

PAZ NO MUNDO, foi o que Nils leu nas manchetes amarelas e brancas dos jornais colados nas paredes dos prédios do centro, no começo de agosto. Alguns dias depois, ele compra o *Göterborgs-Posten* e lê na primeira página: BOMBA ATÔMICA: O NOVO SUCESSO MUNDIAL. O Japão capitulou incondicionalmente; a nova bomba dos americanos colocou um ponto final na guerra. Deve ter sido uma bomba enorme para ter um sucesso desses, foi o que Nils ouviu as pessoas falarem no bonde, mas, quando ele vê uma foto no jornal da grande nuvem da bomba se levantando no céu, ele começa, por algum motivo, a pensar na mosca-varejeira que pousou na mão do soldado morto.

Para Nils, a paz não chegou — ele ainda é um homem procurado.

É fim de tarde. Ele está embaixo de uma árvore num pequeno parque na periferia da cidade e vê um jovem de terno aproximar-se a passos apressados, saindo de uma das ruas.

Quanto a Nils, ele está com um terno escuro usado que comprou numa loja em Haga, um terno nem novo nem gasto demais. Na cabeça, usa um chapéu que cobre bem a testa, e parou de se barbear. Está deixando a barba crescer, uma barba espessa e escura que ele apara a cada dois dias pela manhã em frente ao espelho do quartinho de solteiro que alugou em Majorna.

Pelo que ele sabe, existe apenas uma fotografia dele, tirada quando tinha 6 ou 7 anos; uma fotografia com a turma do colégio. Nils está na fileira de trás, com um boné escondendo parcialmente os olhos. Não é uma foto nítida e Nils não sabe sequer se a polícia tem acesso a ela, mas, ainda assim, ele quer ficar totalmente irreconhecível.

A rua que desce a partir do parque fica acima do nível do porto e é uma das mais sombrias de Gotemburgo, mais cheia de lama e de poeira do que de pedras e com casas de madeira sem pintura que parecem estar se apoiando uma nas outras para não cair. Esse lugar combina com o Nils Kant barbudo de terno usado e cabelo penteado para trás. Ele parece ser pobre, mas não criminoso. É o que ele espera, pelo menos.

Muito da fuga de Öland consistiu em adaptar-se, em não ser visto, de preferência, e, acima de tudo, em não chamar atenção.

Para Nils, foi difícil deixar as águas da costa do mar Báltico, de onde podia avistar sua ilha entre os abetos. Ele tinha permanecido nas cercanias da serraria do tio August e só quando viu, na terceira manhã, um carro de polícia estacionado na entrada do escritório é que ele partiu para o oeste.

E meteu-se pela densa floresta de abetos.

Ele estava acostumado a fazer caminhadas longas desde os tempos no *alvar* e era mestre em achar o caminho certo com a ajuda do sol e da intuição.

Durante o mês de julho, ele andou pelo país como um dos muitos rapazes pobres que iam a caminho das cidades grandes e de oportunidades melhores após a guerra, portanto não chamou atenção. Poucas pessoas chegaram a vê-lo. Ele evitava as estradas, caminhava pelas florestas, alimentava-se de frutos silvestres, bebia água do riacho, dormia embaixo de um abeto grande e frondoso ou num celeiro, se chovesse. Às vezes achava maçãs silvestres na floresta, às vezes ele entrava sorrateiramente numa granja e roubava ovos ou uma jarra de leite.

O estoque de balas de caramelo da mãe acabou no terceiro dia.

Ele parou em Husqvarna por algumas horas para ver a cidade onde a espingarda dele fora produzida, mas não encontrou nenhuma fábrica de armas e não tinha coragem de perguntar a ninguém onde ficava. Husqvarna parecia ser quase tão grande quanto Kalmar, e a cidade vizinha, Jönköping, era ainda maior. Embora o terno dele cheirasse a floresta e a suor, havia bastante gente nas ruas para ele ousar ficar passeando de lá para cá sem que alguém ficasse reparando nele.

Ele até teve coragem de comer num restaurante e de comprar sapatos novos de caminhada. Um par de sapatos de qualidade custou-lhe 31 coroas das cédulas que a mãe tinha dado a ele e que se juntara àquelas do tio August. O dinheiro da viagem encolheu, mas ainda assim ele entrou num restaurante pequeno perto da estação de trem e pediu um bife grande, uma cerveja pilsener e uma dose pequena do conhaque Grönstedt, pagando por tudo um total de 2,63 coroas. Caro, mas Nils achou que merecia depois da caminhada longa.

Com o ânimo fortalecido após a ida ao restaurante, ele deixou Jönköping e continuou caminhando para oeste pelas florestas da região de Västergötland durante mais algumas semanas. Por fim, chegou ao litoral.

Gotemburgo é a segunda maior cidade do reino, Nils aprendeu isso na escola. É enorme: quadras e mais quadras de prédios altos ao longo do rio Göta Älv, centenas de veículos nas ruas e pessoas de todos os tipos. No começo, Nils quase entrou em pânico por causa da quantidade de gente ao seu redor: nos primeiros dias ele acabava se perdendo o tempo todo. Nas ruas dos arredores do porto ele ouviu línguas estrangeiras, de marinheiros da Inglaterra, Dinamarca, Noruega e Holanda. Ele viu embarcações zarparem para portos estrangeiros ou atracarem devagar no cais, com carregamentos de outros países. Pela primeira vez na vida ele comeu uma banana; estava quase preta e um pouco podre, mas mesmo assim tinha um gosto bom. Uma banana da América do Sul.

Tudo ali no porto é grande em comparação com os portos de Öland; grande e diferente. Fileiras de guindastes erguem-se como animais pré-históricos negros, com o céu ao fundo, e barcos rebocadores expelem nuvens cinza de fumaça entre os transatlânticos grandes lá na via navegável. No porto de Gotemburgo, as velas e os mastros praticamente sumiram; existem apenas fileiras de navios cargueiros movidos a hélice pelos cais.

Nils caminhou na beira da água, estudou os cascos compridos e pensou nas bananas da América do Sul.

No quarto decadente do hotel para rapazes solteiros, ele fica o mínimo possível. Chega tarde e levanta-se cedo. Ele não sente saudades das noites geladas deitado em musgo e galhos na floresta, mas, quando está na cama, as paredes em volta parecem uma cela, e ele fica atento o tempo todo aos passos pesados de policiais na escada.

Numa noite, a porta do quarto se abriu e a figura grande do comissário Henriksson entrou no quarto de uniforme completo. As roupas dele estavam encharcadas de sangue. Ele estendeu a mão vermelha e gotejante na direção da cama.

Você me assassinou, Nils. Agora eu achei você.

Nils saltou da cama com os dentes trincados. O quarto estava vazio.

Ele enviou apenas um cartão-postal para Vera enquanto estava em Gotemburgo. Um cartão preto e branco com o farol Vinga na frente. Nils mandou o cartão, que atravessou o país até chegar a Stenvik, sem escrever remetente e sem nenhuma saudação no verso. Ele não tinha coragem de dizer mais do que isso para a mãe: que estava em liberdade e que se encontrava em algum lugar da costa ocidental, mas ele acreditava ser o suficiente.

O rapaz chegou no parque agora. Ele tem a idade de Nils e chama-se Max.

A primeira vez que viu esse rapaz foi há três dias num café pequeno do porto, na hora em que Max se sentou num canto a algumas mesas distante de Nils. Era fácil reparar nele, já que ele fumava cigarros de uma cigarreira de ouro e falava alto com um sotaque forte de Gotemburgo, com garçonetes, com o sorridente proprietário do café e com outros frequentadores do local. Todos o chamavam de Max. Às vezes vinham visitantes da rua e sentavam-se à mesa dele, homens novos e velhos que falavam em voz baixa. Então Max também abaixava a voz e as conversas se davam com gestos e frases curtas.

Max vendia algo, até aí estava claro, e, já que ele nunca deixava nenhuma mercadoria para os visitantes da mesa dele, Nils concluiu que ele vendia dicas e informações. Depois de uma hora, Nils se levantou e ele próprio sentou-se à mesa do canto sem dizer seu nome. De perto, ele viu que Max era mais novo do que ele, com o cabelo gorduroso e o rosto cheio de espinhas. Mas tinha o olhar atento enquanto ouvia o que Nils dizia.

Foi estranho conversar com um desconhecido depois de tanto tempo sozinho, mas ele conseguiu. Tão discretamente quanto os outros que se sentavam a essa mesa, Nils pediu uma boa dica. E um serviço importante. Max ouviu e concordou balançando a cabeça.

— Dois dias — disse ele.

Era o tempo que ele precisava para esse serviço importante.

— Eu pago 25 coroas — disse Nils.

— Trinta e cinco seria mais adequado — disse o rapaz, rápido.

Nils refletiu.

— Então, 30.

Max concordou balançando a cabeça e inclinou-se para a frente.

— Nós não vamos nos encontrar aqui de novo — disse ele ainda mais baixo. — Vamos nos encontrar num parque... num parque bom que eu costumo usar.

Ele disse o endereço, em seguida levantou-se e saiu rapidamente do café.

Agora Nils está esperando no parque. Faz meia hora que ele está ali, já deu uma volta, verificou se o local estava totalmente vazio e encontrou dois caminhos de fuga caso algo dê errado. Ele não disse seu nome para o novo conhecido, mas tem certeza de que Max entendeu logo que ele é alguém procurado pela polícia.

O rapaz vai direto até ele sem ficar olhando ao redor nem fazer sinais para terceiros à espreita.

Isso não é suficiente para fazer Nils relaxar, mas ele tampouco foge. Ele não tira os olhos de Max, que agora parou a mais ou menos 1 metro dele.

— *Celeste Horizon* — diz ele. — Esse é o seu barco.

Nils balança a cabeça.

— É uma embarcação inglesa. — Max senta-se numa pedra entre as árvores e apanha um cigarro. — Mas o capitão é dinamarquês e se chama Petri. Ele não estava muito interessado em saber quem iria embarcar, ele só queria saber do dinheiro.

— Nós vamos falar sobre o dinheiro — diz Nils.

— Eles estão carregando o navio com madeira agora e vão partir dentro de três dias — diz Max, e solta fumaça.

— Para onde?

— East London. Onde eles descarregam a madeira e partem em seguida para Durban, para transportar carvão, e depois eles continuam até Santos. Lá você pode desembarcar.

— Eu quero ir para a América do Norte — diz Nils rapidamente. — Para os EUA.

Max dá de ombros.

— Santos fica no Brasil, ao sul do Rio — diz ele. — Pegue um outro navio de lá.

Nils reflete sobre o assunto. Santos, na América do Sul? Pode ser um bom começo para viagens posteriores, antes de ele retornar para a Europa.

Ele balança a cabeça.

— Está bem.

Max levanta-se rapidamente. Ele estende a mão.

Nils coloca cinco moedas pesadas de 2 coroas na mão dele.

— Eu preciso me encontrar com esse Petri primeiro — diz ele. — Depois você recebe o resto. Você vai me mostrar onde ele costuma ficar.

Max dá um sorriso.

— Você vai ser um homem-blitz.

Nils apenas fica olhando para ele sem entender e Max continua:

— Os homens-blitz chegam aos portos de manhã bem cedinho e esperam para fazer as tarefas do dia. Alguns conseguem trabalho, outros voltam para casa. Você vai se misturar a eles amanhã bem cedo... então eles vão buscá-lo para o barco *Celeste Horizon*.

Nils balança a cabeça de novo.

O rapaz coloca rapidamente as moedas no bolso.

— Eu me chamo Max Reimer — diz ele. — E você?

Nils não responde. Ele não pagou para se livrar de perguntas? O sangue no pescoço começa a pulsar um pouco mais rápido: é a raiva dele que começa a despertar.

Max sorri satisfeito para ele, e não parece se sentir ameaçado.

— Eu acho que você é de Småland — diz ele, e apaga o cigarro. — É o que parece pelo seu sotaque.

Nils continua não dizendo nada. Ele sabe que pode esmurrar Max — Max é menor do que ele e seria fácil. Jogá-lo no chão e depois continuar chutando. Usar uma pedra pesada de arremate e esconder o corpo dentro do parque.

Seria bem fácil.

Mas e depois? Depois Max poderia voltar de noite do mesmo jeito que o comissário morto.

— Não faça tantas perguntas — diz ele, apenas, para Max, e começa a atravessar o parque rumo ao bairro do porto. — Você pode acabar perdendo dinheiro.

18

Lennart não telefonou.

Julia ficou esperando lá na casa de veraneio durante horas. O relógio deu 20h30 na terça-feira, depois 21 horas, mas ele não telefonou.

A essa altura, Julia já tinha bebido toda a garrafa de vinho, o que não foi difícil. E a decisão dela de entrar na casa de Vera Kant teve tempo de se tornar tão inabalável que na verdade não era mais importante se Lennart ia ou não aparecer.

Ela pensou em ligar para Gerlof e contar o que ia fazer, mas não ligou. Ela não podia mais continuar arrumando as malas nem limpando a casa para fazer o tempo passar. Estava inquieta e curiosa.

A escuridão e o silêncio imprensavam as paredes da casa. Às 21h45, Julia levantou-se por fim, um pouco tonta do vinho, porém mais decidida do que embriagada.

Vestiu um pulôver a mais por baixo do casaco e meias grossas de lã. Havia um gorro velho de lã marrom na entrada da casa com o qual ela cobriu o cabelo e em seguida ela se olhou rapidamente no espelho do corredor. Será que as rugas de preocupação na testa dela tinham se afinado um pouco depois da conversa com Lennart?

Talvez sim, ou pode ser que fosse o vinho.

Ela colocou o celular no bolso, a lamparina antiga na mão esquerda e apagou a luz da casa. Estava pronta.

Era só uma olhadinha.

O ar da noite tinha ficado claro e frio e apenas um vento fraco soprava nas árvores. Julia foi para a estrada vicinal e a escuridão envolveu-a, mas ela via pontos cintilantes de luzes do continente.

Ela parou após uns 10 metros e aguçou os ouvidos à procura de sons nas sombras: folhas farfalhando ou galhos estalando. Mas não se ouvia nada — nada se movia.

Stenvik estava deserta. O cascalho fazia um barulhinho fraco sob seus sapatos enquanto ela descia para a casa de Vera Kant.

Ali Julia parou de novo. O portão tinha um brilho branco pálido no escuro e estava fechado como sempre. Julia esticou devagar uma das mãos e tocou na maçaneta fria de ferro. Estava áspera de ferrugem e bastante emperrada. Ela apertou a maçaneta. O portão rangeu de leve, mas não se abriu. Talvez as dobradiças tivessem endurecido de tanta ferrugem.

Por fim, Julia colocou a lamparina no chão de cascalho, colocou-se bem junto do portão com as duas mãos na parte de cima dele e empurrou-o para cima e para dentro ao mesmo tempo. Então ele deslizou uns 20, 30 centímetros, e emperrou novamente. Mas agora ela podia passar pela abertura.

A embriaguez do vinho fazia desaparecer o medo do escuro, mas apenas em parte.

O jardim ali dentro estava cercado de árvores altas e cheio de sombras negras. Julia ficou imóvel por alguns minutos, deixando os olhos se acostumarem com o escuro. Aos poucos, ela começou a descobrir detalhes nessa nova escuridão; um caminho no jardim feito de lajotas de pedra calcária que conduzia para dentro do jardim como se fosse um convite silencioso, ao lado do caminho, uma tampa de poço redonda coberta de folhas e de manchas pretas de bolor e por toda parte a grama tinha crescido à vontade. Do outro lado do poço havia um depósito de lenha retangular, cujo teto parecia prestes a desabar, como uma barraca mal armada.

Julia deu um passo com cuidado para dentro do jardim escuro. E mais um. Ela aguçou os ouvidos e deu o terceiro passo. Era cada vez mais difícil seguir em frente.

O celular pôs-se a tocar de repente; o sinal do telefone fez com que seu coração desse um salto. Ela arrancou o telefone do bolso do casaco, como se ele pudesse incomodar alguém ou alguma coisa no escuro, e apertou no botão de atender chamadas.

— Alô?

— Alô... Julia?

Era a voz calma de Lennart.

— Oi — disse ela, e esforçou-se para parecer sóbria. — Onde você está?

— Eu estou na reunião — disse ele. — E nós ainda não acabamos... ela se estendeu. Mas eu vou para casa depois.

— Ok — disse ela, e deu mais um passo na trilha de pedra. Nesse momento ela viu uma das quinas da casa de Vera Kant. — Está bem. Então está certo...

— Além do mais, o enterro é amanhã e eu preciso trabalhar algumas horas antes de ir — prosseguiu Lennart. — Acho que não vou aguentar descer para Stenvik hoje à noite...

— É, eu entendo — disse Julia. — Fica para uma outra hora.

— Você está fora de casa? — perguntou Lennart.

Não havia nenhum tom de desconfiança na voz dele, mas, ainda assim, Julia ficou tensa ao mentir com uma resposta descontraída:

— Eu estou aqui fora no platô. Eu só... Só vim dar uma volta...

— Certo... A gente se vê amanhã? Na igreja?

— Sim... eu vou — respondeu Julia.

— Ok — disse Lennart. — Então boa-noite.

— Boa-noite... Durma bem — disse Julia.

A voz de Lennart desapareceu com um clique. Julia estava totalmente sozinha de novo, mas ela se sentia melhor agora. Já imaginava que ele não poderia vir.

A uma meia dúzia de passos terminava a trilha de pedra. Ali começava uma escada de degraus largos, também de pedra, que conduzia a uma porta branca de madeira e a um alpendre envidraçado cheio de arabescos de madeira que a chuva e o vento tinham castigado e corroído ao máximo.

O casarão erguia-se como um castelo silencioso de madeira diante de Julia. As janelas negras a lembravam das ruínas do castelo incendiado em Borgholm.

Você está aí, Jens?

Nem mesmo a escuridão podia encobrir a decadência da casa. As vidraças dos dois lados da porta principal estavam partidas e a tinta estava descascando no batente das janelas.

Lá dentro do alpendre estava escuro como breu.

Julia continuou devagar e deu os últimos passos na trilha de pedra. Ela escutava ao redor. Mas de quem ela estava se escondendo? Por que tinha quase falado aos sussurros com Lennart no celular?

Ela percebeu como era ridículo tentar não fazer barulho quando ninguém podia ouvi-la — ainda assim, não conseguiu relaxar. Subiu a escada de pedra com as pernas duras e as costas tensas.

Tentou pensar como Jens pensara, sentir como Jens sentira, se é que ele tinha estado ali naquele dia em que desaparecera. Se ele tivesse entrado no jardim de Vera Kant — será que ele tivera coragem de subir a escada que dava na porta e batido nela? Talvez.

A maçaneta de ferro da porta do alpendre apontava para baixo, como se alguém estivesse abrindo a porta pelo lado de dentro. Estava trancada, supôs Julia, e ela nem se preocupou em colocar a mão na porta — não antes de perceber que estava entreaberta. Um pedaço do batente de madeira tinha sido cortado ou arrancado, de forma que o trinco não podia mais engatar em nada. Em seguida, foi só abrir e entrar.

Alguém tinha arrombado a casa de Vera Kant.

Talvez ladrões? Eles iam para as zonas rurais no inverno para poder atuar sem serem incomodados nas casas vazias. Uma propriedade deserta que pertencera a uma das mulheres mais ricas do norte de Öland era certamente do interesse deles.

Ou fora outra pessoa?

Julia estendeu a mão sem fazer barulho e empurrou a porta. Estava emperrada, e, ao olhar para baixo, ela viu por quê. Um calço pequeno de madeira tinha sido enfiado embaixo dela.

Alguém tinha provavelmente colocado o calço ali para que a porta arrombada não fosse arrancada pelo vento. Será que um ladrão teria tanta consideração?

Não.

Julia tirou o calço do lugar cutucando-o com o pé e puxou a maçaneta de novo. As dobradiças estavam duras, mas a porta se abriu lentamente.

A escuridão compacta do outro lado da porta aumentou o nervosismo dela, mas ela não podia recuar agora. *A curiosidade matou o gato.*

Mas a pessoa que tinha colocado o calço ali tinha feito isso do lado de fora e, portanto, não estava mais na casa. Se não houvesse uma outra saída.

Julia atravessou com o máximo de cuidado a soleira da porta de Vera Kant.

Estava tão frio ali dentro quanto do lado de fora, escuro e o ar parado como numa gruta. Ela não enxergava nada, mas lembrou-se em seguida de que tinha uma lamparina na mão.

Apanhou uma caixa de fósforos no bolso do casaco, acendeu um fósforo e levantou o vidro da lamparina. O pavio grosso começou a produzir uma chama pequena e vacilante, que se tornou maior e mais forte quando Julia desceu o vidro em volta dele. A luz da lamparina foi suficiente para iluminar o alpendre vazio com uma luzinha cinza, embora a escuridão ainda estivesse presente fazendo sombras sorrateiras nos cantos do cômodo.

Ela levantou a lamparina e atravessou o pátio até chegar à porta ali dentro. Estava fechada, mas destrancada; Julia empurrou-a.

O corredor da casa de Vera. Era estreito e comprido, com papel de parede florido e desbotado do sol e tão deserto quanto o alpendre. Julia não teria se surpreendido se ainda houvesse um cabideiro ali dentro com os casacos pretos de Vera ou uma fileira de sapatos femininos pequenos, mas o chão estava completamente vazio. Nas paredes e no teto estavam penduradas cortinas brancas de teias de aranha.

No corredor havia quatro portas. Todas fechadas.

Ela estendeu a mão para a porta mais próxima e abriu-a.

O cômodo ali dentro era pequeno, tinha apenas alguns metros quadrados, e totalmente vazio à exceção de alguns potes de vidro com um conteúdo bolorento no chão. Um quartinho de guardar material de limpeza.

Ela fechou a porta com cuidado e abriu a seguinte.

Era a cozinha de Vera, e era grande.

Julia viu um chão de linóleo marrom que passava a ser de pedra polida no meio do cômodo, onde um enorme fogão de ferro preto reinava encostado na parede. Bem à frente havia duas janelas que davam para os fundos da casa, e Julia sabia que a casa dela se encontrava atrás das árvores, apenas a uns 200, 300 metros. Isso fez com que ela se sentisse menos sozinha e tivesse coragem de atravessar a soleira da porta.

À esquerda, ao longo da parede, uma escada estreita de madeira e um corrimão frouxo conduziam a uma subida íngreme para o segundo andar. Um cheiro fraco de plantas apodrecidas pairava no ar escuro e parado. Poeira e moscas mortas estavam aos montes no chão.

Ali Vera Kant devia ter se debruçado sobre guisados fumegantes de noite. Dali o filho dela tinha saído com uma espingarda escondida na mochila num belo dia de verão depois da guerra.

Eu vou voltar, mãe.

Será que ele prometera isso?

Havia uma porta semiaberta sob a escada e, quando Julia deu alguns passos silenciosos em frente na direção dela, viu uma descida íngreme no outro lado.

Era a escada para o porão. Aquele era um bom lugar por onde começar se ela estivesse procurando...

Um corpo assassinado e ocultado. Mas ela não estava procurando isso. Ou estava?

Era só uma olhadinha.

Julia sentiu o peso do celular no casaco. Ela tinha o número de Lennart gravado na memória do aparelho, e podia ligar quando quisesse — um pequeno consolo.

Em seguida ela olhou pela abertura da porta embaixo da escada, com a lamparina levantada a sua frente.

Os degraus da escada que desciam para o subsolo eram feitos de tábuas rústicas. Ao pé da escada havia um chão de terra bem batida que tinha um brilho negro e úmido à luz da lamparina.

Mas — alguma coisa estava errada.

Julia desceu mais uns degraus para ver melhor. Ela se curvou para não bater com a cabeça no teto reclinado e olhou para baixo.

O chão de terra do porão estava cavado.

O chão ao pé da escada estava intacto, mas alguém tinha feito buracos grandes e pequenos por toda parte junto às paredes de pedra. E havia uma pá encostada na escada de madeira, como se a pessoa que cavou apenas tivesse saído para fazer uma pausa.

Manchas de barro secas de um par de botas iam na direção dela ali nos degraus da escada.

A terra estava disposta de um modo que fazia uma trincheira pequena ao longo da parede, e dois baldes cheios estavam um pouco afastados. Alguém estava cavando de uma forma metódica o porão inteiro.

O que estava acontecendo?

Julia deu um passo para trás. Ela recuou o mais silenciosamente possível escada acima. Estava de volta na cozinha e prendeu a respiração para escutar melhor.

Tudo ainda estava em silêncio.

Ela podia telefonar para Lennart agora — mas não queria ser ouvida, nem ser vista.

Enfiou com cuidado a mão no bolso e apanhou o celular. Ela começou a atravessar a cozinha a passos curtos, ao mesmo tempo em que ligava o telefone e procurava o número de Lennart na memória. Em seguida ela deixou o polegar descansando em cima da tecla de completar chamadas.

Se alguma coisa acontecesse, se...

Ela tentou se convencer de que Jens estava com ela naquela casa escura, embora ele estivesse morto, e que ele queria que ela procurasse por ele. Conseguiu em parte, e seguiu em frente.

Bolos de poeira fugiram silenciosamente dos sapatos dela e esconderam-se no canto da parede quando ela atravessou o chão de linóleo da cozinha, pisou na parte de cimento e passou pelo fogão de ferro.

Então ela subiu, com o coração batendo forte, o primeiro degrau que levava ao segundo andar.

A madeira estalava sob os sapatos dela, mas apenas de leve. Julia deixou a mão direita, que segurava o celular, descansar de leve no corrimão, para sentir a proteção estável da parede, e continuou subindo, para onde a luz da lamparina não alcançava. Quando um degrau rangia, ela colocava, mesmo assim, o pé no degrau de cima.

A escuridão era total lá em cima.

Na metade da escada, ela parou, respirou e aguçou outra vez os ouvidos à procura de algum som. Depois voltou a prosseguir.

O corrimão terminava perto de uma abertura sem porta. Julia pisou com cuidado no assoalho de madeira do andar de cima.

Ela encontrava-se num corredor, tão estreito quanto o corredor lá debaixo e com portas fechadas nas duas extremidades.

O medo e a indecisão a fizeram parar de novo.

Direita ou esquerda? Se ela ficasse parada por muito tempo, acabaria não se movendo mais, então escolheu o lado esquerdo do corredor. Além disso, por ali parecia menos escuro. Ela continuou em frente, em meio a bolos de poeira ainda maiores e de cadáveres pretos de moscas.

Nas paredes havia quadrados claros — vestígios de quadros retirados.

Ela chegou ao final do corredor. Abriu a porta e segurou a lamparina a sua frente.

O quarto ali era pequeno e estava tão vazio quanto os outros. Mas não estava totalmente vazio. Julia deu um passo para atravessar a soleira da porta e deteve-se quando viu um vulto escuro deitado junto à parede ao lado da única janela do cômodo.

Não. Não havia ninguém deitado ali, constatou. Era um saco de dormir, desenrolado de uma forma que parecia um casulo preto. Estava abaixo de uma coleção de recortes de jornal colados na parede.

Julia deu mais um passo à frente. Ela viu que os recortes eram antigos e estavam amarelados, pregados no papel de parede com alfinetes.

SOLDADOS ALEMÃES ACHADOS MORTOS — A TIROS DE ESPINGARDA, estava escrito com letras pretas num dos recortes. Num outro lia-se:

ASSASSINO DE POLICIAL CAÇADO POR TODO O PAÍS.

E num terceiro, menos amarelado:

MENINO DESAPARECE SEM DEIXAR RASTRO EM STENVIK.

Num retrato em preto e branco ao lado da manchete, um garotinho sorria descontraído para ela, e Julia foi inundada pelo mesmo desespero que sentia cada vez que via o filho. Havia mais recortes de jornal, mas Julia não permaneceu no quarto para lê-los. Ela olhou rapidamente para o outro lado e saiu de costas do cômodo.

Parou. À luz da lamparina, viu que a porta da outra ponta do corredor agora estava aberta.

Estava fechada antes, mas agora se via o umbral que levava à escuridão do quarto. Esse quarto não era apenas escuro, era negro.

Ele não estava vazio. Julia sentiu que alguém estava esperando ali dentro. Uma mulher velha. Ela estava sentada numa cadeira junto da janela.

Esse era o quarto dela. Um quarto frio, cheio de solidão, de espera e de amargura.

A mulher esperava receber a companhia de alguém, mas Julia estava como que petrificada no corredor.

Ela ouviu alguma coisa se arrastando na escuridão. A mulher tinha se levantado. Agora ela ia devagar em direção à porta. Passos pesados se aproximavam...

Julia precisava sair dali. Ela precisava descer.

Ela correu até a escada, e depois desceu.

Teve a impressão de ouvir passos lá em cima e sentiu a presença fria da mulher idosa atrás dela.

Ele me enganou!

Julia sentiu o ódio na forma de um golpe forte nas costas. Ela pisou sem saber onde no escuro, errou o degrau seguinte e perdeu o equilíbrio, a 3 ou 4 metros do chão de pedra.

Tateou às cegas com os braços no ar, e tanto o celular quanto a lamparina voaram das mãos dela.

A lamparina e o telefone espatifaram-se no chão lá embaixo na cozinha. A lamparina cuspiu chamas — e Julia sabia que ela mesma, muito em breve, aterrissaria nas pedras lá embaixo.

Ela trincou os dentes, antecipando a dor.

19

No mesmo dia em que Ernst Adolfsson seria enterrado, Gerlof acordou no alvorecer frio e cinzento sentindo como se tivesse sido arremessado ao chão de uma altura grande. A dor nas articulações dos braços e nos joelhos era paralisante.

Era estresse, era a síndrome de Sjögren batendo à porta de novo — uma desgraça. Ele precisaria de uma cadeira de rodas para poder ir à igreja.

A síndrome reumática de Sjögren era uma companheira, não uma amiga — embora Gerlof tivesse tentado recebê-la de braços abertos e desarmá-la muitas vezes apenas relaxando e tentando ser amável quando ela chegava. Sjögren tinha livre acesso ao corpo dele — "pois não, pode entrar" —, mas não adiantava. A síndrome sempre era implacável quando vinha, ela se jogava sobre ele e se enterrava nas articulações, puxava os nervos dele, ressecava a boca e fazia arder os olhos.

Gerlof deixava a dor fazer o que ela queria até se cansar. Ele sorria bem na cara de Sjögren.

— Voltei para o carrinho de criança — constatou ele depois do café da manhã.

— Logo, logo você estará de pé novamente, Gerlof.

Marie, a assistente dele nesse dia, colocou uma almofada pequena atrás das costas de Gerlof e abriu o apoio para os pés da cadeira de rodas embaixo dos sapatos engraxados.

Gerlof tinha, com a ajuda de Marie, conseguido vestir a duras penas o único terno preto que tinha, que era lustroso e bem talhado. Ele tinha comprado o terno por ocasião do enterro de Ella, sua esposa, e depois o usara em duas dúzias de enterros, de amigos e parentes, na igreja de Marnäs. Mais cedo ou mais tarde, ele vestiria esse terno no próprio enterro.

Por cima do terno tinha o sobretudo cinza, um cachecol de lã grossa em volta do pescoço e um boné de feltro que lhe cobria as orelhas. A temperatura tinha caído e estava em torno de zero grau nesse dia lúgubre de meados de outubro.

— Então, já estão prontos? — perguntou Boel ao sair da secretaria. — Durante quanto tempo vocês vão ficar fora?

Era a velha pergunta de sempre.

— Vai depender de quanto o pastor Högström estiver inspirado hoje — respondeu Gerlof.

— Nós podemos esquentar o seu almoço no micro-ondas — disse Boel —, se for o caso.

— Muito obrigado — disse Gerlof, que duvidava da possibilidade de estar com muita fome depois do enterro de Ernst.

Ele pensou que Boel, com sua necessidade de controlar tudo, devia estar satisfeita agora que Sjögren o tinha obrigado a sentar-se na cadeira de rodas e feito dele uma pessoa fácil de se tomar conta. Mas em breve ele estaria de pé de novo, quando a síndrome se acalmasse. Ele andaria de novo e então encontraria o assassino de Ernst.

Marie vestiu as luvas e foi manobrar a cadeira de rodas.

Em seguida eles se foram. Para dentro do elevador, devagar para baixo e depois para o frio claro do lado de fora da Casa Marnäs, rampa abaixo e depois para o pátio. Cascalhos congelados da geada estalavam sob os pneus da cadeira de rodas quando eles entraram no caminho vazio para a igreja.

Gerlof trincou os dentes. Sentia-se terrivelmente impotente na cadeira de rodas, mas tentou relaxar e esquecer a responsabilidade.

— Estamos atrasados? — perguntou ele.

Ele tinha demorado demais para vestir o terno.

— Não muito — respondeu Marie. — Apenas um pouco, mas a culpa é minha... Que sorte que a igreja fica perto.

— Talvez a gente escape de ficar preso na igreja depois da hora — comentou Gerlof, e Marie riu por educação.

Ele ficou feliz com isso. Nem todos os assistentes da Casa Marnäs entendiam que era dever dos jovens rir do humor dos mais velhos.

Eles iam na direção da igreja. Gerlof abaixou a cabeça, tentando proteger o rosto do vento cortante que soprava do estreito de Kalmar. Ele sentiu, por força do hábito, que era um vento sudoeste forte e constante que teria sido suficiente para velejar num barco quase em linha reta para o norte ao longo da costa sueca, até Estocolmo — mas ele não tinha saudades do mar num dia como esse. O vento teria chicoteado as ondas para cima da amurada e o frio teria coberto a bancada de gelo. Depois de mais de trinta anos em terra, Gerlof ainda se sentia como um homem do mar e nenhum marinheiro queria navegar no inverno.

O sino pôs-se a tocar quando eles passaram pelo ponto de ônibus da igreja e entraram na rua. O som era um tilintar desolado e demorado que ecoava na paisagem plana e fez Marie apertar o passo.

Gerlof não tinha pressa de ir ao enterro, ele encarava a cerimônia mais como um ritual para as outras pessoas que choravam o morto. Quanto a ele, tinha se despedido de Ernst na semana anterior lá na pedreira, junto com John. A saudade do amigo tinha se misturado com a saudade que ele sentia da esposa, e esse sentimento existiria enquanto ele vivesse. Ao mesmo tempo tinha uma sensação desagradável de que Ernst não estava em paz: ele esperava impaciente que Gerlof finalmente encaixasse todas as peças do quebra-cabeça que o amigo tinha deixado para trás.

Havia no mínimo uma dúzia de carros no estacionamento estreito na frente da igreja. Gerlof olhou em volta à procura do Ford vermelho de Julia e não o encontrou. Mas viu que o Volvo de Astrid Linder estava ali, então supôs que ela tivesse então dado uma carona para Julia de Stenvik. Se é que a filha dele tinha ido para o enterro.

A igreja erguia-se no céu cinzento: a igreja caiada de Marnäs, uma construção do século XIX. Durante quase mil anos as igrejas cristãs tinham estado nesse mesmo lugar. Essa era a terceira da série, construída quando a igreja medieval tinha se tornado apertada e velha demais.

Eles entraram no cemitério e a cadeira de rodas subiu rapidamente o caminho largo de pedras, depois Marie desacelerou e empurrou a cadeira apenas nas rodas traseiras ao atravessar a soleira baixa da porta aberta da igreja.

Gerlof tirou o boné assim que eles entraram no átrio. Estava escuro e vazio, mas o salão da igreja lá dentro estava cheio de pessoas vestidas de preto. Havia um murmurinho suave no ar; a cerimônia ainda não tinha começado.

Muitas cabeças baixas viraram-se discretamente para o lado na direção de Gerlof quando ele foi levado, na cadeira de rodas, pelo corredor da lateral esquerda. Ele entendeu que as pessoas deviam achar que ele parecia fraco e acabado, e, naturalmente, elas tinham razão. Ele *estava* fraco e acabado, mas lúcido — isso era o mais importante.

Algumas pessoas frequentavam enterros para ver quem seria o próximo a parar no caixão. *Mas olhem bem,* pensou Gerlof, *mais divertido que isso, impossível.*

Ele iria se levantar e caminhar de novo, em breve.

A mão branca e magra de alguém apontou no corredor, acenando para ele de um dos bancos da frente. Era Astrid Linger, de chapéu preto com véu. Havia um lugar vazio ao lado dela, na quarta fileira, e ela pareceu não reparar que Gerlof estava de cadeira de rodas.

Marie parou e Gerlof, com a ajuda dela, deixou a cadeira de rodas para sentar-se no banco ao lado de Astrid.

— Você não perdeu nada — sussurrou Astrid no ouvido dele. — Está *muito chato.*

Gerlof apenas assentiu, depois de ter olhado pelo canto do olho para o lugar no outro lado de Astrid e ter reparado que Julia não estava ali.

Marie foi para trás da igreja com a cadeira de rodas. O burburinho silenciou sob a abóbada alta da igreja quando o organista começou a tocar o "Antigo Hino Pastoral". Gerlof já tinha ouvido a música melancólica em tantos enterros que perdera a conta. Ele relaxou ao som da melodia e olhou discretamente ao redor.

Era um público de pessoas mais velhas que tinha enchido a igreja. De umas cem, apenas algumas tinham menos de 50 anos.

O assassino de Ernst estava ali, escondido no meio de amigos e parentes — Gerlof tinha praticamente certeza disso.

Ao lado de Astrid estava o irmão dela, Carl, o último chefe de estação de Marnäs, que tinha mudado de profissão e se tornado dono de loja de ferragens quando a estação de trem fechara, na metade dos anos 1960. Atualmente ele estava aposentado. Fora o colega de trabalho, Axel Månsson, quem tinha dado o sinal para o trem com Nils Kant partir naquele dia de verão logo após a guerra, mas Carl também estava lá. Ele era contínuo naquela época e contou para Gerlof que tinha visto a vendedora de passagens Margit ligar para a polícia em

Marnäs e informar, sussurrando, que o jovem procurado, o Sr. Kant, tinha acabado de comprar uma passagem para Borgholm. Ele tinha visto inclusive o comissário Henriksson sair às pressas de Marnäs alguns minutos depois e ir se arrastando com sua barriga grande pela plataforma para conseguir apanhar o suspeito de assassinato.

Carl era talvez agora a última pessoa viva de Öland que tinha visto Nils Kant adulto de perto, mas, quando Gerlof lhe perguntara, uma vez, como era o rosto de Kant, Carl apenas balançara a cabeça de um lado para o outro — ele não gravava fisionomias.

Mais afastado no banco, estavam sentados outros aposentados de Marnäs: o velho Bert Lindgren, que tinha sido marinheiro e estivera fora por vários anos cruzando os setes mares nos anos 1950 e 1960 e, ao lado dele, o pescador de enguias, Olof Håkansson. Depois deste, Karl Lundstedt, um coronel do exército de Kalmar que tinha se mudado para a casa de veraneio em Långvik depois de se aposentar.

Não era coisa rara aposentados se mudarem para Marnäs; no entanto, Gerlof sabia que não era de gente velha que o norte de Öland estava precisando. Era de profissionais jovens e de mais trabalho.

A música do órgão silenciou. O pastor Åke Högström, que estava em Marnäs havia mais de dez anos, foi para a frente do féretro branco de madeira enfeitado de rosas. Ele tinha uma Bíblia grande com capa de couro nas mãos e olhava sério para a congregação através dos óculos redondos.

— Estamos reunidos aqui para nos despedir do amigo e canteiro Ernst Adolfsson... — O pastor fez uma pausa, ajeitou os óculos e começou, em seguida, a fazer seu discurso fúnebre partindo de uma pergunta importante: — Quem, senão o espírito de um ser humano, conhece o que existe dentro dele?

Primeira Carta de Paulo aos Coríntios, segundo capítulo, observou Gerlof.

— Nós seres humanos conhecemos muito pouco uns aos outros — pregou o pastor —, e apenas Deus conhece tudo. Ele vê todos os nossos erros e falhas e, ainda assim, Ele quer dar a todos nós proteção eterna...

De algum lugar nas fileiras de trás da igreja vinham tosses roucas.

Gerlof cerrou os olhos e ficou ouvindo com paz de espírito, tendo cochilado apenas umas poucas vezes. Quando, mais tarde, foi cantado o hino 113 sobre a rosa desabrochada, ele entoou a canção o melhor que pôde. Em seguida veio a prece conduzida pelo pastor, mais palavras bíblicas e mais hinos, assim como a bela canção "Onde rosas nunca morrem".

Embora já tivesse se despedido de Ernst na casa dele na pedreira, Gerlof sentiu um nó de uma tristeza sombria crescendo no peito quando viu seis homens sérios se levantarem durante a música final para carregar o caixão para fora, dentre eles os amigos do falecido Gösta Engström, de Borgholm, e Bernard Kollberg, que tiveram durante várias décadas um mercado no povoado Solby, ao sul de Stenvik, e que muitas vezes entregaram de carro mercadorias para Ernst. Os outros que carregavam o caixão eram parentes de Ernst em Småland.

O próprio Gerlof queria levantar-se e colocar o caixão de Ernst nos ombros, mas, em vez disso, teve de permanecer sentado até todos começarem a se levantar. Então Marie veio com a cadeira de rodas.

— Acho que eu consigo andar agora — disse Gerlof a ela, mas é claro que ele não conseguia.

Marie o ajudou a sentar-se de novo na cadeira, mas quando tudo estava pronto, Astrid inclinou-se e deu um tapinha no ombro dela.

— Eu ajudo Gerlof — disse ela, resoluta, e assumiu o controle da cadeira.

Marie olhou hesitante para Astrid, que era um palmo mais baixa do que ela e magra como um palito, mas Gerlof deu um sorriso encorajador.

— A gente se ajeita, Marie — disse ele.

Marie balançou a cabeça e Astrid conduziu a cadeira de rodas pelo corredor, com o irmão Carl ao lado.

— Ali está John — disse ela.

Gerlof virou a cabeça e viu John Hagman saindo da igreja com o filho Anders ao lado.

Gerlof voltou a abotoar o sobretudo quando o frio e o vento vieram ao encontro deles do lado de fora, e então ele sentiu um objeto chato no bolso do casaco. Só então lembrou que tinha levado o porta-níqueis de Ernst.

Pegou a bolsa, sentiu o couro gasto entre os dedos e perguntou a Astrid:

— Você viu a minha filha hoje?

— Hoje não — respondeu Astrid. — Mas ela não ia voltar para Gotemburgo? O carro dela não estava no platô quando passei por lá.

— Sei.

Então Julia tinha ido embora de manhã. Ela podia ter vindo para o enterro, achou ele, e deveria pelo menos ter telefonado e se despedido. Mas assim era a filha dele. Ele tinha, em todo caso, conseguido segurá-la em Öland por mais tempo do que ela havia planejado, e, embora eles não tivessem progredido muito, Gerlof acreditava que a estada tinha sido boa para ela. Ele lhe telefonaria em breve.

— Isso aí não é o dinheiro do Ernst? — perguntou Astrid.

Gerlof assentiu.

— Eu vou entregá-lo aos parentes dele de Småland — disse ele.

Eles também ficariam com todo o restante do conteúdo do porta-níqueis, à exceção do recibo do museu da madeira em Ramneby que Gerlof tinha escondido em sua mesa.

— Você é uma pessoa honesta, Gerlof — disse Astrid.

— Cada coisa no seu devido lugar — disse ele. — Eu não gosto de deixar coisas não resolvidas.

Eles estavam, agora, lá no meio das sepulturas e passeavam devagar por entre as lápides familiares. Das mais bonitas, muitas tinham sido esculpidas por Ernst antes de ele se aposentar — entre outras, a grande lápide de Ella. Era simples e bonita e tinha espaço suficiente para o nome e a data de Gerlof debaixo dos da esposa.

A sepultura recém-cavada de Ernst ficava numa fileira de túmulos de moradores de Stenvik. As pessoas que haviam assistido à cerimônia na igreja tinham se reunido num semicírculo em volta da cova. Astrid empurrou, resoluta, Gerlof para a frente entre os parentes e amigos do morto. Ele viu o buraco fundo no chão se abrindo diante da cadeira de rodas. A cova era preta e fria e não era possível sair dela caso se caísse lá dentro. Da parte dele, não ansiava por parar ali embaixo, mesmo que Sjögren castigasse suas articulações no frio.

Os que carregaram o caixão tinham feito uma pausa na beira da cova. Agora eles começaram a descer com cuidado o caixão na terra. Ali fora, Gerlof podia reconhecer mais rostos familiares: Bengt Nyberg, o redator do *Ölands-Posten*, estava do outro lado da sepultura sem câmera nas mãos, o que era coisa rara, e Gerlof tentou lembrar há quanto tempo ele morava e trabalhava como repórter em Marnäs. Quinze, vinte anos. Ele tinha vindo do continente assim como muitos outros.

Ao lado dele estava o agricultor Örjan Granfors, que uma vez, nos anos 1980, tivera as vacas apreendidas pelas autoridades em sua fazenda ao nordeste de Marnäs. Ele tinha sido condenado por maus-tratos a animais, lembrou Gerlof.

Bem juntinhos um do outro, ao lado de Granfors, estava o casal Linda e Gunnar Ljunger, os hoteleiros de Långvik. Eles conversavam em voz baixa, provavelmente sobre as novas construções lá na colônia de férias. Ao lado deles estava Lennart Henriksson, o policial. Ele estava de terno preto nesse dia, não de farda.

Gerlof olhou de novo para a sepultura. O que Ernst queria que ele fizesse? Como ele deveria prosseguir agora?

Ernst tinha falado sobre Nils Kant e sobre o pequeno Jens várias vezes nas últimas visitas que fizera a Gerlof no outono, como se os dois mistérios estivessem martelando na cabeça dele e estivessem unidos por alguma coisa que não ficara clara para mais ninguém.

Com o tempo, Gerlof tinha se conformado com o desaparecimento de Jens, na medida do possível, da mesma forma que tinha se conformado com a morte de Ella.

— Você viu isso aqui, Gerlof? — tinha lhe perguntado Ernst.

Gerlof fez que não com a cabeça e inclinou-se para a frente.

Era o livro do jubileu da companhia Frete Malm S/A. Gerlof tinha lido no *Ölands-Posten* sobre sua publicação, um mês antes, mas não o lera.

— Bem, você conhece Martin Malm — tinha dito Ernst. — Esta aqui é uma foto antiga dele do final dos anos 1950, na serraria da família Kant, em Småland.

— Eu não conheço muito bem o Martin — Gerlof tinha respondido, e apanhado o livro, surpreso. — Nós nos encontrávamos mais nos portos, quando trabalhávamos como capitão.

— E depois disso, quando vocês deixaram o trabalho no mar?

— Muito raramente. Três ou quatro vezes, talvez. Em alguns jantares para ex-capitães.

— Jantares? — perguntou Ernst.

— Em Borgholm.

— Você sabe de onde Martin conseguiu dinheiro para o primeiro transatlântico dele? — perguntou Ernst.

— Bem... não. Não sei — respondeu Gerlof. — Da família?

— Não da dele — disse Ernst. — O dinheiro veio da família Kant.

— Isso está no livro? — perguntou Gerlof.

— Não, mas é o que eu ouvi falar — respondeu Ernst. — Olhe aqui esta foto. August Kant está abraçado com Martin. Você faria isso?

— Não.

Mas era verdade; o severo diretor August Kant tinha a mão pousada amigavelmente no ombro do igualmente austero capitão Martin Malm. Estranho.

Ernst não quis dizer mais nada, mas ele certamente sabia de mais coisas que não contara. Ele tinha visto ou ouvido algo que havia feito surgir nele novas ideias. Ele tinha ido ao museu da madeira em Ramneby e procurado alguma coisa por lá sem dizer nada a Gerlof. E, algumas semanas depois disso, tinha combinado de se encontrar com alguém na pedreira, provavelmente por causa de alguma espécie de negociação que Gerlof continuaria não sabendo nada a respeito.

— Você quer ir adiante para se despedir, Gerlof?

A pergunta de Astrid no cemitério arrancou-o do mar de pensamentos.

— Eu já me despedi dele — disse Gerlof, negando com a cabeça

As últimas rosas foram lançadas sobre o caixão e em seguida o enterro terminou. Os convidados começaram a ir para o salão da congregação, ao lado da igreja, para uma cerimônia rápida.

— Um café cairia bem agora — disse Astrid.

Ela puxou a cadeira de rodas para trás e começou a levá-la dali

Apesar de Sjögren ter se instalado no pescoço dele, Gerlof virou-se e olhou de um lado a outro do cemitério, na direção de uma lápide funerária antiga.

A sepultura de Nils Kant.

Quem estava ali dentro, afinal de contas?

PUERTO LIMÓN, OUTUBRO DE 1955

A cidade litorânea está escura, barulhenta e fede a lama e mijo de cachorro.

Nils virou as costas para ela. Ele está sentado à mesa de sempre no terraço da taberna Casa Grande, com uma garrafa de vinho à frente e os olhos voltados para o mar, para o mar do Caribe, na Costa Rica. Embora o cheiro de lodo e de algas podres não seja muito melhor que o fedor que paira sobre as ruelas da cidade, pelo menos a água é um meio de ele sair dali.

Durante o dia ele costuma ficar em algum cais olhando para o mar cintilante ao sol.

O caminho de casa. O mar é o caminho para a Suécia. É só Nils ter dinheiro suficiente que ele viaja para casa.

Um brinde à volta.

Ele ergue a caneca com o vinho tinto morno e toma um gole largo para esquecer a grande dificuldade da viagem para casa. Porque a verdade é que ele não tem dinheiro suficiente. O dinheiro está quase no fim. Ele carrega bananas e barris de óleo no porto alguns dias na semana, porém mal dá para a comida e o aluguel. Ele precisaria trabalhar mais, mas não está muito bem de saúde.

— *Estoy enfermo* — resmunga ele para a noite.

Ele tem frequentes dores de barriga e de cabeça e as mãos começaram a ficar trêmulas.

Quantos copos ele já bebeu no bar Casa Grande para brindar à Suécia? A Öland? A Stenvik? E à mãe dele, Vera?

Não dá mais para contar os copos e as garrafas que ele esvaziou. Essa é uma noite como todas as outras no bar, à exceção de que Nils está comemorando seu trigésimo aniversário. Mas, na verdade, não há nada que comemorar — ele sabe disso, o que o faz sentir-se ainda pior.

— *Quiero regresar a casa* — sussurra ele no escuro.

Aos poucos ele aprendeu a falar espanhol e um bocado de inglês, mas o sueco ainda é a língua mais viva dentro dele.

Faz mais de dez anos que ele está fugido, desde que embarcou às escondidas no cargueiro *Celeste Horizon*, no porto de Gotemburgo, naquele verão após o fim da guerra.

No *Celeste Horizon*, ele foi colocado numa cabine que era tão apertada quanto um caixão, um caixão de ferro.

Ele já viajou em várias embarcações antigas pela costa da América do Sul desde esse dia, mas a *Celeste* foi sem dúvida a pior de todas. Não havia nenhum canto seco a bordo; a umidade do mar invadia tudo e o que não estava molhado ou bolorento estava então quebrado ou corroído pela ferrugem. A água escorria e pingava por todo o lado. A luz não chegou em nenhum momento à escotilha da cabine dele por mais de um mês, já que ficava a bombordo e o vazamento constante fazia com que a embarcação toda se inclinasse para esse lado.

Os motores vibravam o tempo todo. Nils ficava prostrado na cama da cabine escura, quase morto de tanto enjoo, e muitas vezes o comissário Henriksson estava calado ao lado dele, com sangue preto escorrendo do peito. Nessas horas Nils fechava os olhos e desejava que a embarcação acabasse batendo numa mina. O mar estava cheio delas, embora a guerra tivesse acabado — disso, aquele canalha do capitão Petri tinha lembrado Nils várias vezes. Ele também tinha deixado claro que, se o *Celeste Horizon* explodisse, Nils seria o último a subir no bote salva-vidas.

Durante o recarregamento do barco na Inglaterra, Nils teve de ficar na cabine duas semanas sem sair e quase enlouqueceu de tanto isolamento, até que eles finalmente zarparam e atravessaram o Atlântico rumo a oeste.

No litoral do Brasil, ele tinha visto um albatroz: um pássaro enorme que voava de um lado para o outro livre e descontraído, com as asas abertas sobre a crista das ondas no ar quente ao redor da embarcação. Nils interpretou isso como um bom sinal e resolveu ficar no Brasil por um tempo. Ele deixou o *Celeste Horizon* e o louco do Petri sem a menor hesitação.

Mas em Santos ele tinha visto *bumsen* pela primeira vez e ficou horrorizado com eles. Criaturas dignas de pena que vieram se arrastando para o cais antes mesmo de o *Celeste Horizon* ancorar, com o olhar vazio e as roupas rasgadas.

— *Bumsen* — disse um marinheiro sueco, com ar de desprezo, na amurada ao lado de Nils, e aconselhou-o: — Jogue pedaços de carvão neles se chegarem perto demais.

Bumsen eram os homens esquecidos, os alcoólatras, aqueles que não se sentiam em casa nem em terra nem em alto-mar. Marinheiros da Europa que deram uma volta a mais pelos bares e foram deixados para trás quando a embarcação deles partiu.

Nils não era nenhum *bumsen*, ele tinha dinheiro para dormir em hotel toda noite, ficou em Santos por alguns meses. Ele tomou vinho nos bares que os *bumsen* não tinham dinheiro para frequentar, ele passeava pelas praias de areia branca fora da cidade, aprendeu um pouco de espanhol e de português, mas não falava com ninguém a não ser que precisasse. Ele emagreceu bastante mas ainda era alto e forte, nunca foi vítima de uma tentativa de roubo, e vivia com saudades de Öland. Mandava todo mês para a mãe um cartão-postal sem remetente para mostrar que estava vivo.

Ele continuou viajando, dessa vez numa embarcação espanhola, para o Rio, onde havia mais gente, gente mais pobre, gente mais rica, onde as baratas eram mais gordas e havia mais *bumsen* nos portos e nas praias. E tudo se repetiu: caminhadas sem rumo, bebedeiras de vinho, saudades de casa e no final uma outra embarcação para longe daquilo tudo. Ele conseguiu economizar dinheiro limpando e lavando pratos a bordo.

Nils visitou uma série de cidades portuárias: Buenaventura, La Plata, Valparaíso, Chañaral, Panamá, Saint Martin, no Caribe, que estava cheia de franceses e de holandeses, e Havana, em Cuba, que estava cheia de americanos. E nenhuma cidade era nem um pouco melhor do que as que ele tinha deixado para trás.

Ele enviava cartões-postais assim que desembarcava num lugar novo. Mesmo sem mensagem nem remetente, ela entenderia que Nils estava vivo e que ele pensava nela. Ele tinha uma conduta exemplar, não jogava dinheiro fora com mulheres e quase nunca arrumava briga.

Nils queria chegar aos EUA e conseguiu um lugar num barco francês que iria para o norte e atravessaria o golfo para a úmida Louisiana. As luzes dos bares de New Orleans eram quentes e de um amarelo dourado — mas ele não podia entrar nos EUA sem passaporte sueco, eram essas as regras. Ele não tinha dinheiro para subornar mais ninguém, então teve de pegar um barco de volta para o sul.

Ele não suportava a ideia de ter de voltar para a América do Sul; além disso, lá também estava cada vez mais difícil de cruzar as fronteiras. Então ele desembarcou na Costa Rica, na cidade portuária de Limón. E ficou por ali.

Há mais de seis anos que ele mora em Limón, entre o mar e a selva. Na floresta úmida depois da cidade existem bananeiras e azaleias tão grandes quanto macieiras, mas ele nunca vai lá. Ele tem saudades do *alvar*. A floresta tropical cheira a lixo bolorento e o sufoca. Depois de cada temporal, as ruas retas de Limón viram avenidas de lama e os esgotos transbordam.

Os dias, as semanas e os meses passam voando.

Depois de alguns anos em Limón, ele escreveu pela primeira vez uma carta de verdade para a mãe, contou bastante sobre o que tinha acontecido com ele e deu seu endereço na cidade.

Chegou uma resposta com um pouco de dinheiro, e ele escreveu de novo. Pediu à mãe para ajudá-lo a entrar em contato com o tio August. Nils quer ir para casa agora. Ele está fora de Öland há mais de dez anos e essa já deveria ser uma punição suficiente.

Se existe alguém que pode levar Nils de volta para casa, esse alguém é o tio August. A mãe dele tem vontade, mas nunca conseguiria providenciar sozinha uma viagem para a Suécia.

Demorou, mas agora Nils está com um envelope diante de si ao lado da caneca de vinho, com o endereço dele em Limón escrito a tinta e um selo sueco no valor de 40 centavos. A carta chegou da Suécia há três semanas, com um cheque de 200 dólares, e ele a leu uma, duas, mil vezes.

A carta é do tio August, em Ramneby, Småland. Ele ficou sabendo pela irmã Vera que Nils está na América Latina e que ele quer voltar para casa.

Você nunca vai poder voltar para casa, Nils.

O tio August escreveu desse jeito. A carta tem apenas uma página e contém quase apenas exortações sérias, mas essa frase curta é aquela que Nils lê várias vezes.

Você nunca vai poder voltar para casa.

Nils tenta esquecer essas palavras, mas não consegue.

Ele lê a frase várias vezes, e é como se o comissário morto Henriksson estivesse atrás dele sorrindo e lendo por cima dos ombros dele.

Nunca, Nils.

Ele serve-se de mais vinho da garrafa. Mosquitos tão grandes quanto moedas de 1 coroa sueca zumbem na praia e uma barata lustrosa anda pelo balaústre de madeira.

Ele ouve risos altos no escuro vindos de dentro do bar, motocicletas explodindo pelas ruas lamacentas da cidade. Nunca há silêncio em Limón.

Nils bebe e fecha os olhos. O mundo dá voltas, ele está doente.

— *Quiero regresar a casa* — murmura ele no escuro.

Nunca.

Nils tem apenas 30 anos — ele ainda é jovem.

Ele não vai escutar o tio August. Ele vai continuar escrevendo para a mãe. Vai pedir a ela, implorar a ela. Ela tomará conta dele.

Agora você pode voltar para casa, Nils.

São as palavras que ele espera ler numa carta dela.

E elas têm que chegar, logo.

20

Gerlof estava atravessando o cemitério na cadeira de rodas e pensando. Ernst não tinha conseguido chegar a um acordo com uma pessoa quando morreu, acreditava Gerlof — mas um acordo envolvendo o quê?

Ernst nunca fora muito interessado em dinheiro, até onde Gerlof sabia — ele se contentava em poder trabalhar na pedreira e em vender uma ou outra escultura para algum turista e assim receber dinheiro para a comida e para o aluguel. Isso lhe bastava. Então por que ele não quisera contar para Gerlof sobre as ideias dele acerca do desaparecimento de Jens?

Ele tinha derrubado a pedra de Kant. Isso ele tinha feito. E o que significava isso?

Gerlof podia ficar pensando por um bom tempo nessas perguntas e os pensamentos apenas davam voltas, sem chegar a lugar algum. Ainda assim, ele voltava o tempo todo para a hipótese de que se Nils Kant não estivesse morto, se ele de alguma forma tivesse simulado a própria morte e conseguido retornar para a Suécia com outro nome, como John achava, então as pessoas que tentassem descobrir a verdade seriam ameaças para ele.

— Você está pronto, Gerlof? — perguntou Astrid atrás dele, quando eles chegaram ao salão da congregação.

Ele assentiu.

— Então vamos entrar — disse ela, e deu impulso, empurrando Gerlof na rampa de deficientes.

Não havia a mesma quantidade de pessoas ali que no enterro, mas, apesar disso, Gerlof e Astrid tiveram de andar em zigue-zague para passar por elas. Algumas inclinaram-se para perguntar como Gerlof estava, e, depois de três conversas humilhantes desse gênero, ele se obrigou a ficar de pé. Queria mostrar que podia andar apesar das dores, que não era inválido.

Astrid colocou de lado a cadeira de rodas e Gerlof apoiou-se na bengala e continuou a cumprimentar os conhecidos. Gösta Engström não estava (ainda bem) interessado na saúde dele e, melhor ainda, Margit não estava ao lado dele quando Gerlof se aproximou, as pernas cambaleantes. Eles puderam ter uma conversa em voz baixa sobre os acontecimentos do outono e, por último, Gerlof contou o que ele achava sobre a morte de Ernst.

— Não foi acidente? — disse Gösta.

Gerlof fez que não com a cabeça.

— Você quer dizer... um assassinato?

— Alguém empurrou Ernst pedreira abaixo e depois derrubou a escultura em cima dele — disse Gerlof. — É o que eu e John achamos.

Ele estava com medo de receber um risinho como resposta, mas Gösta olhou sério para ele.

— Quem iria fazer uma coisa dessa? — perguntou ele.

Gerlof sacudiu a cabeça de novo.

— Essa é a grande questão.

Em seguida, Margit Engström apareceu para cumprimentá-lo. Gerlof apertou a mão dela e prosseguiu devagar com seu andar vacilante.

Ele cruzou com Bengt Nyberg, do *Ölands-Posten*, que, como sempre, estava à caça de notícias:

— Parece que vocês estão com falta de funcionários na Casa Marnäs agora. É verdade? Estão tendo problemas com o serviço da Casa?

Gerlof não tinha nada para contar. Parecia que quase todos os convidados ali no salão queriam alguma coisa dele. Antes de ele conseguir chegar à mesa do café, esbarrou com Gunnar Ljunger, acompanhado da mulher. Gunnar foi direto ao assunto, como de costume:

— Eu preciso de mais seis agora, Gerlof — disse o hoteleiro. — Sua filha falou com você? Ela nos visitou em Långvik um dia desses e eu pedi a ela para lhe dar o recado: mais seis.

Era, naturalmente, sobre os barcos de garrafa que ele estava falando.

— Não vai ficar apertado nas prateleiras? — perguntou Gerlof.

— Nós vamos expandir — respondeu Ljunger. — Eles vão ficar nas janelas da parte nova do restaurante.

Ele apanhou um caderno e uma caneta com o texto publicitário COMPRE E DIVIRTA-SE EM LÅNGVIK! e escreveu alguns números num pedaço de papel, que, depois, entregou para Gerlof.

— Esse é o preço — disse Ljunger. — Por cada barco.

Gerlof olhou o papel. Ele não estava contente com o que a família Ljunger estava fazendo lá em Långvik, aquilo era pura exploração territorial — mas aquela quantia de quatro algarismos era suficiente para fazer a manutenção da casa de veraneio e da cabana de pescador em Stenvik por pelo menos mais um ano.

— Eu tenho dois barcos prontos — disse ele. — O resto vai demorar... talvez para a primavera...

— De acordo, serve. — Ljunger endireitou as costas. — Eu compro aos poucos. Venha comer em Långvik um dia desses.

Gunnar apertou a mão de Gerlof, depois a mulher dele, Linda, sorriu para ele e então o casal saiu dali. Gerlof conseguiu finalmente chegar às mesas para beber café e comer bolo de cenoura.

Astrid e Carl já estavam sentados ali, e, depois que Gerlof tinha conseguido a duras penas se sentar e ter o café servido, um outro homem se sentou na frente dele. Era Lennart Henriksson.

— Então acabou — disse o policial para Gerlof.

Gerlof assentiu com a cabeça.

— É claro que a tristeza fica.

— É. E a sua filha... Ela está aqui? — perguntou Lennart.

— Não. Ela voltou para Gotemburgo.

— Ela foi ontem?

Gerlof negou com um aceno.

— Deve ter sido hoje de manhã.

Lennart olhou para ele.

— Ela não passou na sua casa para se despedir?

— Não. Mas isso não me surpreende muito.

Ele podia ter acrescentado que Julia e ele não tinham conseguido se aproximar muito um do outro durante a estada dela em Öland, mas resolveu deixar o próprio Lennart chegar a essa conclusão.

Lennart estava calado olhando para baixo, para a xícara de café. Ele tinha uma ruga de preocupação na testa e tamborilava de leve com os dedos da mão direita na mesa.

Em seguida ele levantou os olhos e encarou Gerlof.

— Mas você tem *certeza* de que ela viajou?

— Astrid disse que o carro não estava mais lá.

Astrid balançou a cabeça, confirmando a informação.

— O platô estava vazio. E as cortinas estavam fechadas na cabana, não é mesmo, Carl?

O irmão dela balançou a cabeça.

— Ela se despediu de vocês? — perguntou Lennart.

Gerlof não entendeu por que ele estava tão preocupado.

— Não propriamente — respondeu Astrid. — Mas não é sempre que se tem tempo de fazer essas coisas...

— Eu vou ligar para ela — disse Lennart. — Você deixa, Gerlof?

— Claro. É algo específico que você quer com ela?

— Não — respondeu Lennart, e pegou o telefone celular

— Você tem o número dela? — perguntou Gerlof.

— Tenho. — Lennart discou o número no telefone. — Eu só quero confirmar onde Julia está. Ela disse que talvez viria...

Ele ficou em silêncio e colocou o aparelho no ouvido.

— Eu não entendo como funciona um celular — cochichou Astrid para Gerlof. — Como a gente telefona com eles?

— Não faço a mínima ideia — respondeu Gerlof, e perguntou a Lennart: — Ela atendeu?

Lennart baixou o telefone.

— O número está fora de... está na caixa postal. — Ele olhou para Gerlof e acrescentou: — É claro que se pode desligar o telefone... se a gente não quiser ser incomodado.

— Então Julia deve ter feito isso — disse Gerlof. — Ela deve estar passando de carro por Småland agora.

Lennart concordou, mas, ainda assim, não parecia de todo satisfeito. Ele continuou tamborilando com os dedos na mesa e por fim se levantou.

— Com licença — disse ele. — Eu... preciso ir ver uma coisa.

Em seguida ele apanhou a xícara de café e se levantou.

Gerlof viu que ele apressou o passo para a saída, e ficou se perguntando se a filha e Lennart tinham algum projeto juntos que ele desconhecia — mas, apenas alguns segundos mais tarde, uma colher começou a bater discretamente numa xícara de café no outro lado do salão. Uma cadeira arranhou no chão e alguém se levantou.

Gerlof viu, para sua surpresa, que era John Hagman. Tanto ele quanto o filho pareciam desconfortáveis nos ternos pretos.

John limpou a garganta; seu rosto estava vermelho e os dedos passavam nervosamente pelas laterais do paletó preto. Em seguida ele começou um discurso:

— Bem... Eu não costumo fazer isso... não mesmo... Mas eu só queria dizer umas palavras sobre o meu amigo e amigo de muitos, Ernst Adolfsson, e sobre o povoado Stenvik. Vai ficar mais silencioso e mais escuro no povoado agora...

Mais ou menos uma hora depois, Gerlof estava de volta à Casa Marnäs — ele pegou uma carona com Margit e Gösta — e respirou aliviado. Fez uma refeição tardia que Boel esquentou para ele. Em cima de uma das mesas do refeitório vazio estava a edição do dia do *Ölands-Posten*, e seus olhos pousaram numa das manchetes de primeira página: IDOSO DESAPARECIDO ENCONTRADO MORTO.

E ainda mais essa desgraça. O artigo era sobre o homem idoso que tinha saído de casa no sul de Öland havia mais ou menos uma semana e que agora tinha sido encontrado num matagal no *alvar*, morto de frio.

A polícia não suspeitava de nenhum crime, dizia o jornal. O homem era velho e senil e parecia ter se perdido a menos de 1 quilômetro do povoado onde morara toda a vida.

Gerlof não conhecia o morto, mas ainda assim considerou o artigo um mau sinal.

Durante o resto da tarde ele permaneceu no quarto, nem desceu para o café.

Saiu somente na hora do jantar, que foi *kroppkakor* de Öland. O prato estava sem sal e com pouca carne — não se parecia em nada com a gostosura que Ella costumava fazer uma vez por mês —, mas, mesmo assim, Gerlof comeu alguns.

— Correu tudo bem lá na igreja sem mim? — perguntou Marie ao servir-lhe a refeição.

— Sim — respondeu Gerlof.

— Então Ernst Adolfsson está enterrado agora? — disse Maja Nyman, do outro lado da mesa.

Ela também era de Stenvik, pensou Gerlof, embora fizesse mais de quarenta anos que não morasse lá.

Ele assentiu.

— É, agora Ernst descansa ao lado da igreja.

Ele pegou o garfo e pôs-se a comer, como sempre agradecido por ter dentes saudáveis. E, ainda bem, Sjögren também tinha finalmente se acalmado.

— O caixão era bonito? — perguntou Maja.

— Era. De madeira pintada de branco, envernizado e bonito.

— Eu gostaria de ter um de mogno — disse Maja. — Se não for caro demais... Senão, vai ser uma madeira barata e cremação.

Gerlof balançou a cabeça por educação, comeu mais um pouco dos bolinhos e estava prestes a dizer que cremação era definitivamente o melhor quando alguém tocou no ombro dele. Era Boel.

— Telefone para você, Gerlof — disse ela em voz baixa.

Ele virou a cabeça.

— No meio do jantar?

— É. Pelo visto é importante. É Lennart Henriksson... da polícia.

Gerlof sentiu de repente um frio no estômago, um frio que fez Sjögren despertar de seu cochilo noturno e agarrar as articulações dele de novo. O reumatismo sempre piorava com o estresse.

— Então eu atendo — disse ele.

Julia? Com certeza era algo com Julia, e deviam ser más notícias. Ele levantou-se com dificuldade.

— Você pode atender na cozinha — disse Boel.

Ele foi para lá, apoiado na bengala. A cozinha estava vazia. O telefone de plástico vermelho estava pendurado na parede; Gerlof pegou o fone.

— Davidsson — disse ele.

— Gerlof... aqui é Lennart.

A voz dele estava muito séria.

— Aconteceu alguma coisa? — perguntou Gerlof, embora ele tivesse certeza da resposta.

— Sim. É com a Julia. Ela não foi para Gotemburgo.

— Onde ela está?

Gerlof prendeu a respiração.

— Lá em Borgholm — respondeu Lennart. — No hospital.

— É grave?

— Bastante. Mas podia ter sido muito pior. Ela se machucou um bocado. Estão fazendo os curativos nela... Eu vou descer até lá para buscá-la hoje à noite.

— O que houve? — perguntou Gerlof. — O que ela andou fazendo?

Lennart hesitou, encheu o pulmão de ar e respondeu:

— Ela entrou na casa de Vera Kant ontem a noite e caiu da escada. Ela estava um pouco... bem, estava bastante confusa quando a encontrei. Ela disse que a casa é habitada. Que Nils Kant mora lá.

21

Julia foi despertada do conforto do sono por um rangido demorado e, depois de alguns segundos, lembrou-se de onde estava: no casarão de Vera Kant, em Stenvik.

Sentia frio. A dor no corpo quebrado a tinha deixado entorpecida, de forma que, depois de uma longa vigília caída no chão, ela tinha cerrado os olhos e sonhado com o último verão com Jens, quando o sol parecia brilhar sem parar em Öland. Quando o outono estava distante.

Quando viu um chão poeirento e sujo debaixo de si, e soube que tinha amanhecido.

O rangido vinha da porta que se abria.

— Julia? — chamou uma voz que fez eco acima dela.

Duas mãos levantaram-lhe a cabeça e colocaram uma jaqueta dobrada ou um pulôver debaixo do seu pescoço.

— Você está me ouvindo? Julia, acorde!

Ela virou o rosto dolorido para o teto. Conseguia usar apenas o olho esquerdo — o direito estava totalmente inchado.

Era a voz calma de Lennart — ela a reconheceu antes mesmo de ver que realmente era ele. Não estava de farda, mas de terno preto e com sapatos finos e reluzentes. O calçado estava coberto da lama ressecada do jardim de Vera, mas ele não parecia se importar com isso.

— Estou ouvindo — respondeu ela.

— Ótimo. — Ele não soou irritado, apenas cansado. — Então, bom-dia.

— Eu entrei aqui e... caí da escada — prosseguiu ela com a voz fraca, e ergueu a cabeça do chão. — Fiz uma besteira.

— Gerlof disse que você tinha ido para casa — disse Lennart. — Mas eu achei que você podia estar aqui.

Julia estava deitada no alpendre, até onde tinha conseguido se arrastar de madrugada, quando acordara por fim no chão da cozinha entre os restos do celular espatifado e da lamparina quebrada. O querosene tinha vazado e queimado mas o fogo se extinguira no chão de pedra.

Ela não tinha conseguido se levantar, pois alguém enfiara um prego em brasa em seu pé direito. Então ela foi se arrastando com dificuldade até a porta da casa, apenas para sair da cozinha, e, na escuridão do alpendre, tinha desistido de novo. Ela ouviu o vento soprar lá fora e não tinha mais forças de tentar sair na noite. Havia parado na porta, o tempo todo morrendo de medo de ouvir passos vindo de dentro da casa.

— Uma besteira — repetiu Julia. — Uma besteira mesmo...

— Não pense nisso agora. Eu devia ter vindo ontem à noite, mas a reunião... — Lennart calou-se, e ela sentiu as mãos dele sob seus braços tentando levantá-la, com cuidado. — Você consegue ficar de pé? — perguntou ele.

Julia torcia para que ele não fosse reparar no vinho que ela tinha bebido. A embriaguez ainda existia no gosto ruim em sua boca.

— Não sei... Eu quebrei alguma coisa... alguns ossos.

— Tem certeza?

— Eu sou enfermeira.

E era mesmo. E o diagnóstico que ela tinha dado para si mesma, antes mesmo de começar a se arrastar para fora da cozinha, foi fratura de punho, de clavícula e possivelmente também do pé direito.

O pé podia naturalmente ter sofrido apenas uma torção violenta, era difícil dizer com certeza. Julia tivera pacientes que não podiam se apoiar no pé torcido durante semanas enquanto outros com o pé quebrado saíam andando pra lá e pra cá normalmente seu rosto, achando que a dor logo ia passar.

Como seu rosto estava, ela não fazia a menor ideia. Horrível, provavelmente. Talvez ela também houvesse tido sangramento de nariz, pois estava entupido.

— Tente se levantar, Julia — disse Lennart.

Que bom que a voz dele tinha permanecido calma, nem zangada nem estressada.

— Desculpe — disse ela com a voz embargada.

— Por quê?

Lennart levantou-a cuidadosamente.

— Desculpe por ter entrado aqui sem você.

— Não pense nisso agora — disse Lennart de novo.

— Eu vim procurar Jens. Vi uma luz na janela uma noite dessas e achei que... ele mora aqui.

— Mora? Quem?

— Nils... — disse Julia. — Nils Kant, o filho de Vera. Ele tem um saco de dormir lá no andar de cima. Eu vi. E recortes antigos de jornal.

— Você consegue andar? — perguntou Lennart.

— Ele também andou cavando no porão... Não sei por quê. Será que o corpo do Jens está lá embaixo? Você acha, Lennart? Será que ele escondeu o corpo dele lá?

— Vamos.

Lennart pôs-se a ajudá-la a sair da casa, para o vento frio e escada abaixo. Não foi fácil, ela não conseguia usar o pé direito, mas Lennart a segurava o tempo todo.

Quando eles estavam no caminho de pedra, Julia viu um carro verde-escuro estacionado do lado de fora do portão.

— É seu, Lennart? — perguntou ela.

— Sim.

— Você não tem um carro de polícia? Você deveria ter um carro de polícia.

— Esse é o meu carro particular... Eu fui ao enterro hoje.

— Isso... O enterro.

O enterro de Ernst, Julia lembrou-se dele agora. Ela tinha perdido o enterro.

O velho portão estava tão difícil de abrir quanto na noite anterior, então Lennart teve de deixá-la apoiada num só pé enquanto ele puxava e chutava o portão o suficiente para que eles pudessem passar.

Ela sentou-se com dificuldade no carro, como se tivesse 90 anos.

— Lennart — disse ela, rápido, antes que ele tivesse tempo de fechar a porta. — Você pode entrar no casarão e apenas dar uma olhada? Eu só preciso saber se... se foi isso mesmo que eu vi hoje de madrugada. No andar de cima e no porão.

Ele olhou para ela durante uns segundos, em seguida balançou a cabeça.

— Imagino que você vá esperar aqui — disse ele.

Ela assentiu.

— Você está com... um revólver?

— Revólver?

— É... Caso haja alguém lá agora... lá dentro. Eu acho que não, mas...

Lennart riu um pouco.

— Eu não trouxe nenhum revólver, apenas uma lanterna de bolso — disse ele. — Não se preocupe, Julia, eu me viro. Volto logo.

Lennart fechou a porta do carro e apanhou a lanterna no porta-luvas. Julia viu-o entrar no jardim e desaparecer atrás do depósito de lenha caindo aos pedaços.

Ela respirou aliviada no silêncio do carro, recostou-se com cuidado no assento e pousou o olhar perdido no platô e no mar cinza que se via no fim da estrada vicinal.

Lennart não ficou ausente por muito tempo, talvez entre cinco e dez minutos. Julia já tinha ficado aflita no instante em que ele desaparecera, e sentiu-se aliviada quando o viu surgir atrás do portão.

Ele abriu a porta do motorista, sentou-se e balançou a cabeça para ela.

— Você tem razão — disse ele. — Alguém esteve lá. E foi recentemente.

— É — disse Julia. — E eu acho que...

Lennart levantou a mão rapidamente.

— Não foi Nils Kant — interrompeu ele.

Em seguida, ele colocou um objeto pequeno na frente dela, no painel de controle do carro.

— Eu encontrei isso aqui no porão. Havia várias no chão lá embaixo.

Era uma caixinha de rapé, um desses modelos redondos e descartáveis.

— É alguém que usa rapé — disse ela.

— É, ele usa rapé... seja lá quem for que tenha estado aqui — disse Lennart, e girou a chave para dar partida. — Agora nós vamos para Borgholm.

No hospital, em Borgholm, eles rasgaram as roupas de Julia, tanto o pulôver quanto a calça comprida, e deram a ela uma injeção de analgésico. Um médico jovem foi examiná-la e perguntou como as lesões tinham acontecido.

— Foi uma queda de madrugada — disse Lennart, que estava na porta do consultório prestes a ir embora. — Lá em Stenvik.

— Na praia?

Lennart hesitou apenas uns segundos, mas depois assentiu.

— Sim, na praia.

Então Lennart saiu, e o médico começou a apertar as costas e a barriga de Julia, a puxar-lhe os braços e as pernas, e as enfermeiras tiraram uma série de raios X. Depois eles colocaram o gesso úmido e frio. Julia não protestou, ela conhecia os procedimentos e apenas queria resolver de vez aquilo.

Havia coisas mais importantes para pensar. Ela tinha feito uma descoberta importante no casarão de Vera Kant, tinha certeza disso.

Nils Kant estava vivo. Ele estava vivo e morava na antiga casa da mãe, exatamente como naquele filme horripilante do Hitchcock. Ele vivia escondido na casa e Jens tinha entrado ali sorrateiramente e então Kant vira-se obrigado a matá-lo. Se é que eles não tinham se encontrado na neblina lá no *alvar*. Talvez Nils Kant gostasse de caminhar por lá.

Julia não queria ficar no hospital. Ela pediu um telefone emprestado, já que seu celular estava quebrado, e telefonou para Astrid. Ela contou o que tinha acontecido e fez uma pergunta.

Astrid estava em casa e, é claro, Julia podia ficar na casa dela por uns dias. Era sempre bom ter companhia.

Lennart voltou para buscá-la depois de pouco mais de uma hora.

— É preciso tomar cuidado com as pedras e rochedos nas praias — disse o jovem médico quando ele deu uma olhada no gesso, e despediu-se dela com um aperto de mão. — Especialmente no escuro.

— Você precisou resolver alguma coisa na cidade? — perguntou Julia quando eles tomaram o caminho de volta para o norte da ilha.

— Eu estive na delegacia — respondeu Lennart, ao volante. — Os computadores de lá são mais rápidos do que o meu lá em Marnäs, então eu registrei algumas ocorrências. — Ele olhou para ela. — Dentre elas, uma invasão de domicílio em Stenvik.

— Ah...

— Isso não tem a ver com você — disse Lennart. — Eu registrei que alguém arrombou e dormiu no casarão dos Kant. Você nunca esteve ali dentro, lembre-se disso. Você viu que a luz estava acesa lá dentro um dia desses. No dia seguinte você me ligou e fez a denúncia. Certo?

Julia olhou para ele.

— Ok — respondeu ela. — Eu tropecei e me machuquei na praia. No escuro.

— Exatamente — disse Lennart.

Ele entrou numa bifurcação para descer até Stenvik.

— Mas eu ainda acho que Nils Kant esteve lá dentro — acrescentou ela em voz baixa. — Acho que ele não está morto.

— Você pode achar o que quiser — disse Lennart, seco. — Kant está morto.

No entanto, Julia viu, ou achou que viu, uma sombra de dúvida nos olhos dele.

PUERTO LIMÓN, MARÇO DE 1960

O sol desapareceu, a escuridão desceu sobre o litoral oriental da Costa Rica. Nas sombras da prainha ao pé do terraço do bar Casa Grande, alguém tosse baixo e põe-se a assobiar para si mesmo, uma melodia alegre e descontraída que sobe e abaixa quase no mesmo ritmo do marulho noturno das ondas quebrando na areia. Do interior do bar ouvem-se risos e o tilintar de copos.

Relâmpagos silenciosos cintilam brancos no horizonte. Um estrondo abafado vem em seguida. É um temporal noturno lá longe no Mar do Caribe, uma trovoada que vem se aproximando do continente devagar.

Nils Kant está sentado à mesa de costume lá no terraço, sozinho como sempre, embaixo das lampadazinhas vermelhas. Ele olha fixamente para a taça pela metade e, em seguida, a esvazia de um só gole.

Essa é a sexta ou sétima taça da noite?

Ele não se lembra, não tem importância. Nils não queria beber mais do que cinco taças de vinho morno esta noite, mas não tem importância. Logo ele vai pedir mais um. Não há razão de parar de beber, absolutamente nenhuma.

Ele coloca na mesa a taça vazia e coça o braço esquerdo. Está vermelho e inchado. Nos últimos anos ele começou a ter eczemas na pele dos braços e das pernas por causa do sol. A pele descasca muito, fica machucada, e os lençóis estão salpicados de gotas de sangue todo dia de manhã quando ele acorda. E no travesseiro sempre há alguns fios de cabelo: apareceu uma mancha de calvície bem no alto da cabeça dele.

É o sol, o calor, a umidade. Nils está se desintegrando aos poucos. Não há nada que ele possa fazer a respeito.

Nada a fazer a não ser continuar bebendo. O vinho que ele toma é de marca barata já faz alguns anos, pois a frequência com que o dinheiro da mãe dele chega foi diminuindo cada vez mais desde meados dos anos 1950.

A explicação que a mãe dele deu foi apenas que a pedreira da família tinha sido vendida e fechada. Quanto dinheiro ela ainda tinha, ela não contou para ele. E já faz muitos anos que o tio August não escreve de Småland.

Nils não brigou com ninguém nem feriu seriamente nenhuma pessoa desde que saiu de Öland. Mas o comissário Henriksson ainda fica certas noites na beira da cama dele, calado e sangrando. Um pequeno consolo é que isso acontece mais raramente agora.

Nils agarra a taça de vinho e inclina-se antes de se levantar, entrar no bar e encher a taça de novo — e, exatamente nesse instante, ele percebe que reconhece de fato a melodia assobiada no escuro lá embaixo.

Ele para na mesa e escuta mais atento.

Sim, ele já ouviu essa canção, muitos anos atrás. Ela tocou bastante no rádio durante a guerra e estava na coleção de discos de gramofone da mãe dele.

Hej, mina lustiga bröder...

Uma canção alegre e animada. Ele não se lembra do nome, mas se lembra da letra.

Hej, om du vill, säj bara till,
*Så går vi hem till Söder...**

Ele não ouvia essa música desde que deixou Stenvik — é uma canção sueca. Nils levanta-se. Ele espia com cuidado debruçado no balaústre de madeira, a 3 ou 4 metros do chão.

Sombras.

Mas não é que alguém está sentado lá embaixo na areia, bem junto das estacas do terraço?

— Olá? — chama ele em sueco.

O assobio para subitamente.

— Olá você — responde uma voz calma lá embaixo do escuro.

Sim, Nils vê uma pessoa sentada lá embaixo depois que os olhos se acostumam com a escuridão. É um homem de chapéu. Ele parou de assobiar e não se mexe.

Os pingos finos de uma chuvinha fria começam a cair quando Nils vai para a escada na outra ponta do terraço. Ele coloca a mão no corrimão e desce com as pernas vacilantes.

Para baixo no escuro, passo a passo, até sentir a areia macia ainda quente sob as sandálias de couro.

Faz anos que Nils fica sentado lá em cima no terraço de noite, mas ele nunca esteve ali embaixo na praia no escuro antes. Podia haver ratos ali, ratos grandes e famintos.

Ele aproxima-se, com cautela, das estacas grossas que sustentam o terraço lá no alto.

A pessoa que respondeu ainda está sentada ali, tranquilamente recostada numa cadeira de praia que pode ser alugada por alguns *colónes* na loja perto dali.

---

* Olá, alegres camaradas.../ Olá, se você quiser, é só dizer/ então nós vamos para casa, para Söder... (*N. da T.*)

É um homem, vê Nils, com as mangas arregaçadas e uma espécie de chapéu de sol que lhe encobre o rosto. Ele canta baixinho, para si mesmo, a mesma melodia alegre de antes:

Säj bara till
*Så går vi hem...**

Nils dá mais alguns passos e para. Seu corpo oscila por causa do vinho mas também por causa do nervosismo.

— Boa-noite — diz o homem.

Nils limpa a garganta.

— Você é... sueco? — pergunta ele.

As palavras suecas soam estranhas na boca de Nils.

— Não dá para perceber? — diz o homem na cadeira de praia, ao mesmo tempo que um raio brilha no horizonte.

À luz do raio Nils pôde entrever o rosto branco do sueco. Alguns segundos depois ouve-se um trovão fraco vindo do mar.

— Eu achei que seria melhor você me encontrar no escuro — diz o sueco.

— Como? — diz Nils.

— Eu procurei você lá no seu quarto, mas a senhoria disse que você costuma ficar aqui no bar bebendo à noite. Talvez não haja muita coisa para fazer em Costa Rica, não é?

— O que você quer? — pergunta Nils.

— É mais importante saber o que *você* quer, Nils.

Nils não diz nada. Por um breve instante ele tem a impressão de que já viu esse homem antes, quando era mais jovem.

Mas quando? Em Stenvik?

Ele não se lembra.

---

* É só dizer/ então vamos pra casa... (*N. da T.*)

O sueco segura o braço da cadeira de praia e põe-se de pé. Ele olha rápido para o mar e em seguida bem nos olhos de Nils.

— Você quer ir para casa, Nils? — pergunta ele. — Para a Suécia? E para Öland?

Nils balança devagar a cabeça.

— Então eu posso providenciar isso — diz o sueco. — Nós vamos dar a você uma vida totalmente nova, Nils.

22

— *Eu não estou acusando* você de nada, Gerlof — disse Lennart, devagar —, mas, pelo visto, você fez a sua filha acreditar que Nils Kant está vivo. E que ele mora na casa que era da mãe dele. E que ele sequestrou o filho dela no *alvar*.

Era fim de tarde na Casa Marnäs e Gerlof estava sentado à escrivaninha. Ele tinha os olhos grudados no chão e parecia um garotinho de escola que foi pego fazendo uma travessura.

— Eu não posso ter insinuado uma coisa dessas — disse ele por fim. — Não que Nils esteja escondido na casa de Vera, isso eu nunca disse, mas que ele pode estar vivo...

Lennart apenas fez um muxoxo. Ele estava fardado em pé na frente de Gerlof, no meio do quarto. Tinha ido à casa de repouso para comunicar que Julia agora estava descansando na casa de Astrid, depois de ter sido engessada e de terem-lhe feito os curativos, na casa de saúde de Borgholm, no dia anterior.

— Como ela está? — perguntou Gerlof.

— Pé direito torcido, pulso quebrado, clavícula quebrada, um bocado de sangramento no nariz, hematomas pelo corpo e concussão cerebral — respondeu Lennart, e fez um muxoxo de novo. — Mas, como eu disse antes, podia ter sido pior, ela podia ter quebrado o pescoço. Mas também podia ter sido melhor... Ela podia, por exemplo, não ter nem entrado na casa de Vera Kant.

— Ela vai ser processada agora? — perguntou Gerlof. — Por invasão de domicílio?

— Não — respondeu Lennart. — Não da minha parte. Tampouco da parte dos donos da propriedade.

— Você falou com eles?

Lennart balançou a cabeça.

— Eu consegui encontrar um sobrinho de Vera em Växjö — respondeu ele. — Telefonei para ele antes de vir para cá. Um primo mais novo de Nils... Faz muito anos que ele não aparece em Stenvik e ele tinha certeza de que ninguém na família tampouco tinha estado aqui. São vários primos de Småland que são donos do casarão, mas, pelo visto, eles não conseguem chegar a um acordo sobre se vão reformar ou vender a casa.

— Eu suspeitava que fosse algo desse tipo — comentou Gerlof. Depois ele sacudiu a cabeça em lamentação e olhou para o policial. — Eu nunca disse a Julia que *eu* acho que Nils Kant está vivo, Lennart. Só disse que *algumas pessoas* acham isso.

— E quem são elas?

— Bem... Ernst — respondeu Gerlof, que não queria envolver John Hagman num caso de polícia. — Ernst Adolfsson achava isso. Acho que ele acreditava que Nils Kant está vivo e que matou Jens no *alvar*. Então Ernst tentou me fazer...

Lennart olhou com ar cansado para ele.

— Detetive particular — interrompeu ele. — É gente que acha que sabe mais do que nós da polícia sobre como um crime deve ser resolvido.

Gerlof pensou em fazer um comentário irônico, mas nada lhe veio à mente.

— Bem, por outro lado, alguém esteve de fato na casa de Vera — prosseguiu Lennart.

Gerlof olhou-o surpreso.

— Verdade?

— A porta estava arrombada. E havia vestígios da presença de alguém no segundo andar. Recortes de jornal na parede, comida velha... e um saco de dormir. E o porão está cavado.

Gerlof refletia.

— Você inspecionou a casa? — perguntou ele.

— Apenas muito rapidamente — respondeu Lennart. — Minha prioridade foi levar sua filha para o hospital.

— Está certo. O pai dela agradece — disse Gerlof.

— Eu deixei Julia na casa de Astrid, e hoje de manhã entrei no casarão de Vera Kant mais uma vez antes de vir para cá — continuou o policial. — Julia teve sorte, pois a lamparina espatifou-se no chão de pedra lá na cozinha quando caiu da mão dela. Se tivesse caído perto da parede, a casa inteira poderia ter se incendiado.

Gerlof balançou a cabeça.

— Mas e aquilo que você disse sobre o porão? — perguntou ele. — Andaram desenterrando coisas? Ou enterrando?

— Não deu para ver direito. Desenterraram, é o que eu acho. Ou apenas cavaram.

— Ladrões não costumam cavar à procura de coisas — comentou Gerlof. — Ou dormir na casa.

Lennart olhou novamente com ar cansado para Gerlof.

— Agora você está brincando de detetive de novo.

— Só pensei alto. E eu acho...

— O quê?

— Bem... Acho que deve ter sido alguém de Stenvik que esteve no casarão.

— Gerlof...

— É possível fazer muita coisa em Stenvik sem ser incomodado — prosseguiu Gerlof. — Você sabe muito bem disso. Aqui não há quase ninguém que veja...

— Você pode escrever uma carta para o jornal sobre a falta de policiais — disse Lennart.

— Mas se há uma coisa que as pessoas sempre veem — continuou Gerlof —, são pessoas estranhas. Estranhos com pás, carros desconhecidos estacionados em frente ao casarão de Vera, coisas desse tipo as pessoas veriam em Stenvik. E isso elas não viram, pelo que sei.

Lennart refletiu.

— Quem mora em Stenvik o ano inteiro? — perguntou ele em seguida.

— Não muita gente.

Lennart ficou calado por alguns segundos.

— Eu posso precisar da sua ajuda, Gerlof — disse ele depois, e acrescentou: — Não com a investigação, mas com uma verificação rápida de dados. Encontrei uma coisa no porão. — Ele enfiou a mão no bolso da farda. — Havia várias caixinhas de rapé na janela do porão e embaixo da escada. Todas vazias. Elas não podem ser da época de Vera Kant.

Ele apanhou uma caixinha de rapé junto com um bloco de anotações. A caixinha estava enrolada num saquinho de plástico.

— Eu não uso rapé — disse Gerlof.

— Certo. Mas você conhece alguém que use rapé aqui em Stenvik?

Gerlof hesitou por alguns segundos e em seguida balançou a cabeça. Não adiantava esconder coisas que a polícia, de qualquer forma, conseguiria descobrir.

— Apenas uma pessoa — respondeu ele.

E deu um nome a Lennart, que o anotou no bloco e acenou com a cabeça.

— Obrigado pela ajuda.

— Eu gostaria de ir junto — disse Gerlof. — Se você for visitá-lo. — Lennart abriu a boca, mas Gerlof acrescentou rápido: — Estou me sentindo bem hoje, posso andar sozinho. Ele não vai ficar tão nervoso e vai abrir a boca se eu estiver junto. Tenho quase certeza disso.

Lennart suspirou.

— Então vista o casaco — disse ele — que nós vamos até lá.

— Foi um discurso bonito, John — disse Gerlof. — No enterro de Ernst, é do que eu estou falando.

John estava sentado do outro lado da mesa em sua pequena cozinha e balançava a cabeça sem responder. Ele recostou-se na cadeira por alguns segundos e depois inclinou-se para a frente de novo. Estava tenso, isso Gerlof via nitidamente, e a razão também não era difícil de se ver: a terceira pessoa à mesa era Lennart Henriksson, ainda de farda. Eram 17h45 e estava escuro lá fora.

A caixinha de rapé vazia estava em cima da mesa.

— Então vocês vão reabrir o caso?

— Depende... — respondeu Lennart, e deu de ombros. — Nós gostaríamos de falar com Anders, se é que essa caixinha é dele. Pois, nesse caso, foi com certeza ele quem dormiu no casarão de Vera Kant, cavou no porão e pendurou na parede um monte de recortes de jornal sobre Nils Kant e Jens Davidsson. Por isso, gostaríamos de esclarecer onde Anders estava no dia em que o pequeno Jens desapareceu.

— Vocês não precisam perguntar a ele — disse John. — Isso eu sei.

— Certo — disse Lennart. Ele apanhou um bloco e uma caneta. — Pode falar.

— Ele estava aqui — disse John, seco.

— Em Stenvik?

John assentiu.

— E você também estava aqui? Pode confirmar o álibi dele naquele dia?

John deu de ombros.

— Já faz muitos anos — disse ele. — Eu não me lembro... mas de noite nós estávamos lá fora procurando na beira da praia. Os dois. Disso eu me lembro.

— Eu também me lembro disso — disse Gerlof.

Embora muitas lembranças daquela noite fossem bem vagas, Gerlof tinha na cabeça uma imagem clara de John e seu filho, que naquela época devia ter uns 20 anos, andando lado a lado pela praia no sentido sul.

— E de tarde? — perguntou Lennart. — O que Anders fez?

— Não lembro — respondeu John. — Ele podia estar na rua. Mas, com certeza, não estava na casa de Gerlof. — John olhou para o amigo. — Anders não tem maldade dentro dele, Gerlof.

Gerlof assentiu.

— Ninguém disse que tinha.

Lennart continuava anotando.

— De qualquer jeito, nós temos que falar com ele — disse Lennart em seguida. — O seu filho está aqui?

— Ele está em Borgholm — respondeu John. — Desceu ontem depois do enterro.

— Ele mora lá?

— Às vezes ele fica por lá... junto com a mãe — disse John. — Às vezes, aqui comigo. Ele faz o que tem vontade. Anders não tem carteira de motorista, então vai e volta de ônibus.

— Com que idade ele está agora?

— Ele tem 42 anos.

— Quarenta e dois anos... e mora com os pais? — comentou Lennart.

— Não é nenhum crime. — John apontou por cima do ombro com o polegar. — E ele tem a própria casinha dele, aqui atrás da minha.

— Eu acho... — interrompeu Gerlof com cuidado — ... que se pode dizer que Anders é um pouco especial. A gente pode dizer isso, não é, John? Ele é um menino bom e prestativo, mas diferente.

— Eu cruzei com Anders algumas vezes — disse Lennart. — Ele me parece bem responsável pelo seus atos.

John mantinha a cabeça erguida e virada para a frente.

— Anders gosta de ficar sozinho — disse ele. — Ele pensa muito. Não fala tanto quanto pensa, não comigo e nem com mais ninguém. Mas ele não tem maldade.

— E o endereço? — perguntou Lennart.

John mencionou o endereço de um apartamento na Köpmansgatan. Lennart anotou.

— Certo — disse ele. — Então não vamos mais incomodar você, John. Podemos voltar para Marnäs agora.

A última frase foi dirigida para Gerlof, que estava atrás dele e cada vez mais se sentia como um segundo policial.

Era uma sensação muito desagradável, pois ele tinha visto o pavor crescendo nos olhos de John durante a conversa. O pavor de que a Autoridade, que voava em círculos lá no alto como uma ave de rapina, finalmente tivesse avistado ele e seu único filho lá na região deserta do norte de Öland e agora nunca os deixaria em paz.

— Ele não tem maldade — repetiu John, apesar de Lennart já ter se levantado e estar a caminho da porta.

— Não se preocupe, John — disse Gerlof em voz baixa, sem parecer convincente. — Será que nós podemos nos falar hoje à noite, por telefone? De acordo?

John assentiu, mas ainda olhava tenso para Lennart, que esperava na porta.

— Vamos, Gerlof — disse ele.

Pareceu uma ordem. Gerlof nem sequer se sentia mais como um policial, e sim como um cachorrinho —, no entanto, ele se levantou obedientemente e seguiu o policial para fora. Na verdade ele também queria visitar a filha na casa de Astrid, mas ficaria para uma outra vez.

Os músculos de Gerlof tremiam mais do que o normal quando ele caminhou para o quarto; as articulações também estavam doendo mais do que de costume. Ele estava de volta à Casa Marnäs; Lennart o havia levado de carro.

Ele ouviu o telefone tocar do outro lado da porta e achou que não iria conseguir atender, mas continuou tocando.

— Davidson?

— Sou eu.

John.

— Como vão as coisas?

Gerlof sentou-se pesadamente na cama.

John ficou calado.

— Você falou com Anders? — perguntou Gerlof.

— Falei. Eu telefonei para Borgholm. Falei com ele.

— Certo. Talvez você não deva dizer a ele que a polícia quer...

— Tarde demais — interrompeu ele. — Eu disse que a polícia esteve aqui.

— Certo — disse Gerlof. — E o que ele disse?

— Nada. Apenas ficou ouvindo.

Os dois ficaram em silêncio.

— John... nós dois sabemos o que Anders estava fazendo na casa de Vera Kant. O que ele estava procurando lá no porão — disse Gerlof. — O tesouro dos soldados. O espólio de guerra que todo mundo sempre achou que eles carregavam ao desembarcar em Öland.

— É — disse John.

— O tesouro que Nils Kant pegou — continuou Gerlof —, se é que ele fez isso.

— Faz muitos anos que Anders vem falando nesse tesouro — disse John.

— Ele não vai encontrá-lo — disse Gerlof. — Disso eu sei.

John ficou calado de novo.

— Nós temos que ir para Ramneby — prosseguiu Gerlof. — Para a serraria e para o museu da madeira. Nós podemos ir amanhã.

— Amanhã não — disse John. — Eu preciso ir a Borgholm para buscar Anders.

— Então na semana que vem. Quando o museu está aberto — disse Gerlof. — E depois podemos ficar em Borgholm e ver como está Martin Malm.

— Claro — disse John.

— Agora nós vamos encontrar Nils Kant, John — disse Gerlof.

Eram quase 21 horas dessa mesma noite. Os corredores da Casa Marnäs estavam silenciosos e vazios.

Gerlof estava diante da porta fechada de Maja Nyman, apoiado na bengala. Não se ouvia nenhum barulho de dentro do quarto dela. Acima de um olho mágico estava pendurado um papelzinho escrito à mão com a mensagem: BATA NA PORTA, POR FAVOR! JOÃO 10:7

"Em verdade voz digo: eu sou a porta das ovelhas", recitou Gerlof de cor para si mesmo.

Ele hesitou por um instante, em seguida levantou a mão direita e bateu na porta.

Após um tempo, Maja abriu. Fazia algumas horas que eles tinham se visto no jantar e ela ainda estava com o mesmo vestido amarelo e a mesma blusa branca de antes.

— Boa-noite — disse Gerlof, sorrindo de leve. — Eu só queria ver se você estava aqui.

— Gerlof.

Maja sorriu, mas ele pensou ter visto uma ruga de preocupação entre todas as outras da testa dela, perto dos cabelos brancos. A visita não era esperada.

— Posso entrar? — perguntou ele.

Ela assentiu, um pouco hesitante, e deu um passo para trás no quarto.

— Eu não arrumei nada por aqui — disse ela.

— Não tem a menor importância — disse Gerlof.

Apoiado na bengala, ele entrou devagar no quarto, que parecia tão arrumado quanto nas vezes em que ele estivera ali antes. Um tapete persa vermelho-escuro cobria quase todo o chão e as paredes estavam cheias de quadros e retratos.

Gerlof tinha estado ali no quarto de Maja muitas vezes. Eles tiveram um relacionamento, que começou uns meses após a mudança de Gerlof para a Casa Marnäs e acabou depois de alguns anos, quando as dores da síndrome de Sjögren pioraram. Depois disso, eles continuaram mantendo uma amizade serena, que ainda existia. Os dois eram de Stenvik, os dois estavam sozinhos depois de casamentos longos. Tinham muito o que conversar.

— Tudo bem com você, Maja? — perguntou ele.

— Tudo bem. Estou com saúde.

Maja puxou uma cadeira da mesinha marrom que havia perto da janela e Gerlof sentou-se agradecido. Maja sentou-se também e então o quarto ficou em silêncio.

Gerlof viu-se obrigado a dizer alguma coisa:

— Eu fiquei pensando, Maja, se você podia me contar uma coisa sobre a qual nós conversamos uma vez.

Ele enfiou a mão no bolso e apanhou o envelopezinho branco que Julia tinha dado a ele na semana anterior.

— Minha filha achou esta carta no cemitério, na lápide de Nils Kant — disse Gerlof. — Eu sei que foi você quem escreveu essa carta e a colocou lá, não é isso que eu gostaria de perguntar. Eu só queria saber...

— Não tenho motivos de me envergonhar — disse Maja.

— Claro que não — disse Gerlof. — Eu não...

— Nils nunca recebe o melhor buquê — disse Maja. — O melhor buquê vai sempre para o meu marido... Eu sempre cuido da sepultura de Helge primeiro, antes de dar uma olhada na de Nils.

— Isso é bom — disse Gerlof. — Todas as sepulturas devem ser cuidadas. — Ele prosseguiu: — Não era isso que eu queria perguntar, é sobre outra coisa... Eu lembro uma vez que você contou que encontrou Nils Kant perto do *alvar*, no mesmo dia em que ele... cuidou dos soldados alemães.

Maja balançou a cabeça com gravidade.

— Eu vi no rosto dele — disse ela. — Ele não disse nada, mas eu vi que alguma coisa tinha acontecido... só que ele não quis dizer o quê. Eu tentei falar com ele, mas Nils fugiu para o *alvar* de novo.

— Entendo — disse Gerlof. Ele fez uma pausa e continuou, com jeito: — E você disse que recebeu algo dele naquele dia...

Maja olhava fixamente para ele. Ela assentiu.

— Eu só queria saber se você podia me mostrar o que ele lhe deu — prosseguiu Gerlof. — E se você falou sobre isso com mais alguém. Você fez isso?

Maja remexia-se na cadeira olhando para ele.

— Mais ninguém sabe disso — disse ela, ríspida. — E não foi uma coisa que eu recebi, foi algo que eu peguei.

— Como?

— Eu não recebi nada de Nils — disse Maja. — Eu peguei. E já me arrependi disso muitas vezes...

— Uma caixa — disse Gerlof. — Você disse que era uma caixa.

— Eu fui atrás de Nils... — disse Maja. — Eu era jovem e curiosa. Curiosa demais... Então fiquei escondida atrás dos arbustos de zimbro e vi Nils se afastar. E ele foi para o marco sacrificial, nos arredores de Stenvik.

— O amontoado de pedras? — disse Gerlof. — O que ele fez lá?

Maja ficou calada. O olhar dela estava distante agora.

— Ele fez um buraco na terra — respondeu ela por fim.

— Ele enterrou alguma coisa? — perguntou Gerlof. — Foi a caixa?

Maja olhou para ele e disse:

— Nils está morto, Gerlof.

— Parece que sim.

— Ele *está* morto — disse Maja. — As pessoas acham que não, mas eu sei. Ele teria entrado em contato comigo do contrário.

Gerlof concordou balançando a cabeça.

— Você desenterrou a caixa quando Nils se afastou do marco?

Maja sacudiu a cabeça.

— Não, eu corri para casa — disse ela. — Foi mais tarde... quando ele já tinha voltado para casa.

Demorou alguns segundos para Gerlof entender.

— Você quer dizer... quando ele voltou para casa num caixão.

Maja assentiu.

— Então eu fui para o *alvar* e desenterrei a caixa — disse ela.

Ela levantou-se devagar, tirou o amarrotado da saia com a palma das mãos e foi para onde estava a TV, no canto do quarto. Gerlof continuou sentado, mas virou a cabeça para acompanhá-la.

— Foi num dia de outono nos anos 1960, alguns anos depois do enterro de Nils — disse Maja olhando para trás. — Helge estava na plantação e as crianças estavam na escola em Marnäs. Então eu tranquei a casa e fui sozinha para o *alvar* com uma pá de jardim num saco plástico.

Gerlof viu Maja tirar com dificuldade uma caixa de madeira azul enfeitada com rosas vermelhas de uma prateleira embaixo da TV. Ele já tinha visto a caixa antes: era a antiga caixa de costura dela. Ela carregou a caixa para a mesinha e colocou-a na frente de Gerlof.

— Eu atravessei a rodovia — continuou ela — e depois de mais ou menos meia hora cheguei ao *alvar*. Achei o que sobrara do marco sacrificial e tentei me lembrar do lugar onde eu vi Nils cavar... E no final eu me lembrei.

Ela abriu a tampa da caixa. Gerlof viu tesouras, fios de lã e vários rolos de linha de costura e pensou no tempo em que ele próprio costurava os rasgos das velas dos barcos. Em seguida Maja levantou o fundo falso da caixa e colocou-o ao lado, e Gerlof viu um estojo chato no compartimento secreto lá embaixo.

Uma caixa de metal, com manchas antigas de ferrugem.

Gerlof ao menos esperava que fosse ferrugem.

— Aqui está.

Maja tirou o estojo da caixa e entregou-o a ele. Ele ouviu alguma coisa tilintar lá dentro.

— Posso abrir? — perguntou ele.

— Você pode fazer o que quiser com isso, Gerlof.

O estojo não tinha cadeado; ele o abriu com muito cuidado.

Algo cintilava e brilhava lá dentro.

Talvez fosse apenas um monte de pedaços de vidro, apenas bugigangas — mas era difícil não ver que se tratava de outra coisa, de algo mais nobre. E uma cruz estava junto. Gerlof não era nenhum expert, mas parecia ser um crucifixo de ouro puro.

Gerlof fechou a tampa, antes de se sentir tentado a apanhar as pedras e senti-las entre os dedos.

— Você falou sobre esse achado com alguém? — perguntou ele em voz baixa.

— Eu contei para o meu marido antes de ele morrer — respondeu Maja.

— Você acha que ele contou para alguém?

— Ele não falava sobre esse tipo de coisas com as pessoas — respondeu Maja. — E se tivesse contado, ele teria me dito. Nós não tínhamos segredos um com o outro.

Gerlof acreditou nela. Helge não era uma pessoa muito falante. Mas, de algum modo, os boatos sobre o espólio de guerra que estava com os soldados mortos por Nils tinham começado a se espalhar pelo norte de Öland. Gerlof também tinha ouvido esses boatos — assim como John e Anders Hagman.

— Então as pedras estiveram escondidas aqui com você o tempo todo? — indagou ele.

Maja assentiu.

— Eu nunca fiz nada com elas, pois não eram minhas. — Ela acrescentou: — Mas eu tentei entregá-las à mãe de Nils uma vez.

— É mesmo? Quando foi isso?

Maja sentou-se com cuidado na cadeira ao lado dele e Gerlof observou que ela até puxou a cadeira para mais perto, de forma que os joelhos dos dois se roçaram entre os pés trabalhados da mesinha.

— Isso foi alguns anos depois, no final dos anos 1960. Helge tinha ouvido falar que Vera Kant estava vendendo todas as terras dela no litoral e que estava começando a ficar sem dinheiro. Então eu pensei que ela deveria receber as pedras de volta...

— Você foi visitá-la? — indagou Gerlof.

Maja balançou a cabeça.

— Eu peguei o ônibus para Stenvik e entrei no jardim de Vera... Era verão, então a porta da casa estava entreaberta quando eu subi a escada com as pernas tremendo. Eu tinha medo de Vera, como a maioria... — Maja calou-se e prosseguiu em seguida: — Um gramofone ou rádio estava tocando dentro da casa, eu ouvi uma música tocando baixinho. E vozes. Ela estava com visita.

Gerlof prendeu a respiração.

— Ela tinha uma empregada há muitos anos, então talvez tivesse sido...

— Não. Eram dois homens — interrompeu Maja. — Eu ouvi duas vozes masculinas vindo da cozinha. Um que murmurava e um que falava muito mais alto e mais decidido, quase como um capitão...

— Você viu algum deles? — perguntou Gerlof.

— Não, não — disse Maja. — E tampouco fiquei ali ouvindo às escondidas... Eu bati na porta assim que subi a escada. Então as vozes ficaram em silêncio e Vera saiu às pressas para o alpendre e fechou a porta da cozinha. Foi um choque voltar para o povoado e vê-la depois de tantos anos. Ela estava tão magra e retorcida... parecia uma corda ressecada. Mas continuava uma pessoa ressabiada, ela olhou para mim como se eu fosse um ladrão ou algo assim. "O que você quer?", perguntou ela. Nenhuma saudação, nada de gentileza. Eu esqueci totalmente o que tinha ido fazer ali. Eu tinha as pedras no bolso, mas nem apanhei o estojo. Comecei a gaguejar alguma coisa sobre Nils e o *alvar*... mas acho que foi burrice minha. E *foi* mesmo uma burrice, pois a Vera gritou comigo e me mandou embora. Depois ela voltou para a cozinha. E eu voltei para casa... e alguns anos depois ela morreu.

Gerlof balançou a cabeça. Vera tinha morrido na mesma escada de onde Julia caíra. Ele perguntou:

— Você chegou a ouvir o que eles falavam? Os dois homens?

Maja negou com a cabeça.

— Eu só ouvi algumas palavras antes de bater na porta — disse ela. — Alguma coisa sobre saudade. Foi o homem que falava alto que disse alguma coisa sobre alguém que tinha saudades: "E vocês sentem falta um do outro" ou alguma coisa desse tipo.

Gerlof refletiu.

— Talvez fossem parentes de Vera — disse ele. — Parentes de Småland, talvez?

— Pode ser — retrucou Maja.

Eles ficaram em silêncio. Gerlof não tinha mais perguntas; ele via-se obrigado a refletir sobre aquilo tudo.

— Bem... — disse ele, e esticou a mão para dar um tapinha carinhoso no ombro de Maja, mas ela inclinou-se um pouco para a frente de forma que os dedos dele foram parar no rosto dela.

Eles permaneceram ali, e o estremecimento deles transformou-se aos poucos numa carícia.

Maja fechou os olhos.

Gerlof contraiu-se e levantou-se da cadeira.

— Bem... — disse ele de novo. — Eu não posso... mais.

— Tem certeza? — perguntou Maja, e abriu os olhos.

Gerlof balançou a cabeça tristemente.

— São muitas dores no corpo — disse ele.

— Talvez elas desapareçam na primavera — disse Maja. — Isso acontece às vezes.

— É. — Ele levantou-se o mais rápido que pôde. — Obrigado pela conversa, Maja. Eu não vou contar para ninguém. Você sabe disso.

Maja continuou sentada à mesinha.

— Está bem, Gerlof.

Gerlof percebeu que ainda segurava o estojo na mão esquerda, colocou-o de volta na mesa. Porém, Maja apanhou-o, tirou de dentro o crucifixo e entregou de novo a caixa a ele.

— Fique com elas — disse ela. — Eu não quero mais tomar conta disso. É melhor que fique com você.

— Então está combinado.

Ele acenou várias vezes com a cabeça, como num adeus desajeitado, e saiu do quarto de Maja com o estojo no bolso da calça. Era um objeto pesado e frio e tilintou de leve quando Gerlof atravessou o corredor vazio.

Ele passou a chave na porta ao voltar para o quarto. Não costumava fazer isso, mas hoje decidiu trancar a porta.

O espólio de guerra, pensou ele. Soldados sempre procuram espólios de guerra. De quem os soldados tinham recebido ou tirado as pedras preciosas? Será que alguém além deles tinha morrido por causa delas?

E onde ele ia guardar as pedras? Olhou ao redor. Ele não tinha nenhuma caixa de costura com fundo falso.

Por fim, foi até a estante de livros. Numa das prateleiras havia o barco de garrafa que representava a última viagem do brigue *Bluebird de Hull,* como ele imaginava que tinha sido aquela noite de tempestade na costa de Bohuslän. O *Bluebird* estava a caminho do penhasco Bohusläniano.

Gerlof levantou a garrafa e tirou a rolha. Em seguida, abriu o estojo e derramou, devagar e com cuidado, as pedras na garrafa. Sacudiu o vidro para ajeitá-las no lugar certo. Olhando-se rapidamente, parecia que as pedras eram rochedos nos quais o brigue iria bater e depois afundar.

Por enquanto servia.

Gerlof colocou a garrafa de volta na prateleira e escondeu o estojo vazio atrás de uma fileira de livros numa prateleira mais baixa.

Durante o resto da noite, antes de se deitar, ele olhou várias vezes na direção da garrafa. Depois da 12ª ou 15ª olhada, ele começou a entender por que Maja parecia tão aliviada ao entregar o velho estojo de metal para ele.

Naquela noite ele teve de novo o único pesadelo de verdade da época em que trabalhava no mar.

Sonhou que estava na amurada de um barco que deslizava devagar pelo mar Báltico, em algum lugar entre o extremo norte de Öland e a ilha Oaxen. Estava anoitecendo e não ventava, e Gerlof olhava para as águas claras como um espelho no horizonte, sem ver terra firme em lugar nenhum...

... e depois ele olhava para baixo e avistava na água uma antiga mina da Segunda Guerra Mundial.

Ela boiava bem perto da superfície: uma esfera de aço grande coberta de algas e mariscos, com aguilhões pretos e salientes.

Não dava para escapar. Gerlof só podia ficar assistindo enquanto o casco da embarcação e a mina, lenta mas inexoravelmente, se aproximavam um do outro, cada vez mais e mais perto.

Ele acordou sobressaltado, com um grito, na escuridão da Casa Marnäs, um pouco antes de a mina explodir.

23

Domingo de manhã. Julia estava sentada perto da janela da sala de Astrid com as muletas apoiadas nas costas da cadeira, vendo a irmã mais velha, acompanhada do marido, pegar de volta o carro dela lá no platô.

Ela tinha conseguido ficar com o carro duas semanas a mais do que o planejado, mas agora era o fim. Talvez fosse melhor assim, pois de qualquer forma ela não podia dirigir com fraturas no corpo.

Lena e Richard tinham chegado no sábado para uma visita rápida em Öland. Tinham tomado café com Gerlof em Marnäs antes de passar a noite de sábado para domingo na casa de veraneio. De manhã eles desceram até a casa de Astrid Linder para visitar Julia e então ficou claro que eles também tinham planejado levá-la de volta para Gotemburgo.

É claro que eles não tinham se preocupado em informar Julia sobre o plano. Ela só soube que Lena e Richard iam fazer uma visita quando o Volvo verde-escuro apareceu rodando na estrada e parou em frente à casa de Astrid. Então era tarde demais para fugir.

— Olá! — exclamou Lena, animada, quando Astrid abriu a porta. Ela deu um abraço em Julia que fez a fratura na clavícula doer até o pescoço. — Como você está? — Lena olhou para as muletas.

— Agora eu estou bem — respondeu Julia.

— Papai telefonou e contou o que aconteceu — disse Lena. — Mas que chato... Se bem que podia ter sido pior... Você deve pensar desse jeito, podia ter sido pior. — E na verdade isso era tudo o que a irmã tinha a dizer sobre todos os ossos quebrados de Julia. Ela acrescentou: — Mas que gentileza da Astrid deixar você ficar aqui. Que amor de pessoa, não é?

— Astrid é um anjo — comentou Julia.

E era verdade. Astrid era um anjo que gostava do povoado Stenvik vazio, mas ela tinha dito que também se sentia sozinha às vezes. Era viúva, e sua única filha trabalhava como médica na Arábia Saudita, só ia à Suécia no Natal e para o alto verão.

Richard não tinha na verdade absolutamente nada a dizer: ele só acenava com a cabeça impacientemente para Julia. Não pendurou o casaco de outono marrom claro e já começou a olhar para o relógio Rolex depois de apenas alguns minutos. Para ele, a única coisa importante era pegar o carro e voltar para Torslanda, pensou Julia, pois assim a filha dele poderia usá-lo.

Astrid convidou para tomar café com biscoitos e Lena falou encantada sobre a calma e o silêncio que havia em Stenvik agora em outubro, quando todos os turistas tinham ido embora. Richard estava sentado com as costas eretas ao lado da esposa e não dizia nada. Julia estava do outro lado da mesa, olhando pela janela e pensando na casa de Vera Kant, atrás das árvores grandes.

— Bem, está na hora de puxar a carroça — disse Lena depois do café. — Nós temos uma longa viagem pela frente.

Ela ajudou rapidamente a tirar da mesa a louça do café. Richard saiu para ajudar Astrid a consertar uma calha que estava despencando nos fundos da casa.

Julia não podia fazer nada, apenas ficar olhando. Ela não tinha ossos, nem trabalho, nem filhos. Mas a vida continuava mesmo assim, de algum modo.

— Que gentileza vocês terem vindo — disse ela.

Lena balançou a cabeça.

— A gente resolveu vir na hora e ajudar você a voltar para casa — disse ela. — Você não pode dirigir agora.

— Obrigada — disse Julia —, mas não precisa. Eu vou ficar aqui.

Lena não ouviu:

— Se eu for dirigindo o Ford com você, então Richard pode levar o Volvo sozinho para casa — prosseguiu ela, e enxaguou o bule de café. — A gente costuma parar em Rydaholm para almoçar, lá existe um restaurante bonzinho.

— Eu não posso voltar para casa sem o Jens — disse ela. — Preciso achar o Jens agora.

Lena virou-se e olhou para ela.

— O que você disse? — indagou. — Mas não há nenhuma...

Julia sacudiu a cabeça de um lado para o outro e interrompeu a irmã:

— Eu sei que Jens está morto, Lena — disse ela, e continuou olhando nos olhos de Lena. — Ele está morto. Eu entendi isso agora, mas não se trata disso. Eu só quero achá-lo, seja lá onde ele estiver.

— Está bem, está bem. O papai gosta de ter você por perto — disse Lena. — Então está tudo certo.

"É, bem melhor do que ficar bebendo vinho e tomando remédio para dormir em frente à TV em Gotemburgo", pensou Julia. Por um segundo, ela sentiu todos os anos desperdiçados na forma de um aperto forte no peito. Foram anos em que a saudade do filho desaparecido tinha se tornado mais importante do que as lembranças felizes dele que poderiam tê-la consolado: um buraco negro de tristeza no qual ela afundou, enquanto deixava de se ocupar com a própria vida.

Mas agora ela sentia paz. Um pouquinho de paz.

No final, quando se está velho, o que importa é poder estar num lugar onde haja paz e onde a gente se sinta em casa, junto das pessoas de que gostamos. Como Stenvik, com o anjo da Astrid. E Gerlof. E Lennart. Julia gostava de todos eles.

E a intenção de Lena era boa. Julia sabia que até a irmã mais velha, de uma forma ou de outra, tinha boas intenções.

— Está bem — disse ela. — A gente se vê em Gotemburgo.

Meia hora depois, Richard estava sentado no Volvo grande verde-escuro do lado de fora da casa de Astrid; Lena entrou no pequeno Ford.

Ela inclinou-se e acenou do para-brisa para Julia. E em seguida eles partiram, primeiro Richard e depois Lena.

Julia respirou aliviada.

Alguns minutos depois, o telefone começou a tocar no corredor, mas ela não teve forças para atender.

— Eu atendo — disse Astrid. Julia ouviu-a apanhar o fone, escutar algo e chamar por ela: — É da polícia, Julia, para você... É Lennart.

No chão liso do interior da casa, Julia podia se deslocar mais facilmente e mais rápido apenas com uma das muletas; foi isso que ela fez agora.

Ela apanhou o fone.

— Alô.

— Como você está? — perguntou Lennart.

— Melhor. O tempo cura todas as fraturas... e Astrid está cuidando de mim.

— Ótimo — disse ele. — Eu tenho novidades... mas talvez você já esteja sabendo.

— Vocês encontraram Nils Kant? — perguntou Julia.

Lennart pareceu suspirar baixinho do outro lado.

— Não foi nenhum fantasma que andou cavando lá no porão — respondeu ele. — Gerlof não disse nada?

— Nós não tivemos muito tempo de conversar.

— Seu pai me ajudou a encontrar o dono das caixinhas de rapé — disse Lennart. — Você sabe, as caixinhas que havia lá embaixo no porão da Vera.

— E quem é o dono?

— Anders Hagman.

— Anders Hagman? — repetiu Julia. — Você está falando de Anders... lá do camping? Do filho do John?

— Ele mesmo.

— Tem certeza?

— Ele próprio não confirmou isso, pois ainda não falamos com ele — respondeu Lennart. — Anders está se escondendo. Mas tudo indica que é ele.

— Então não era Nils Kant quem estava dormindo no casarão.

— Não. Sempre costuma existir uma explicação simples, Julia. Anders Hagman mora a apenas uns 300, 400 metros dali. Era fácil entrar às escondidas na casa de Vera Kant quando ficava escuro.

— Mas por que ele cavou o porão?

— Há várias hipóteses a respeito. Eu tenho algumas e discuti as minhas ideias com os meus colegas aqui em Borgholm — disse Lennart, e perguntou: — Você conhece o Anders? Vocês tinham contato no tempo em que você morava em Stenvik?

— Não. Ele é mais novo que eu... quatro ou cinco anos mais novo — respondeu Julia, que mal se lembrava de Anders Hagman na infância.

Ela tinha apenas uma vaga lembrança de um menino forte, calado e tímido. Ele andava sozinho, trabalhava no camping do pai e nunca participava das danças da festa do verão ou das festas no píer ou das outras coisas que aconteciam em Stenvik — não que ela se lembrasse.

— Ele foi condenado por agressão — disse Lennart. — Você sabia disso?

— Agressão?

— Foi uma briga entre bêbados no camping, 12 anos atrás. Anders sentiu-se ameaçado e esmurrou um rapaz de Estocolmo. Eu estava no lugar naquela noite e prendi Anders. Ele recebeu uma sentença condicional e foi multado.

Fez-se silêncio por alguns segundos.

— Ele é suspeito de alguma coisa agora? — indagou Julia. — Vocês estão à caça dele?

— Não, não se trata de caçá-lo — respondeu Lennart. — A gente só quer encontrá-lo, falar com ele... esclarecer o que ele estava fazendo na casa de Vera Kant. Ele cometeu, de qualquer forma, uma invasão de domicílio.

Eu também, pensou Julia.

— Vocês não vão perguntar sobre Jens? — perguntou ela. — Sobre onde Anders estava quando Jens desapareceu?

— Talvez — respondeu Lennart. — O que você acha?

— Não sei.

Ela não conseguia nem se lembrar se Anders Hagman chegara a conhecer o filho dela. Mas ele devia ter conhecido, não é? Eles tinham tomado banho de mar perto do molhe no verão, ao alcance da vista de quem estivesse no camping. Jens corria de lá para cá na praia de calção e de chapéu o dia inteiro. Será que Anders ficava no platô olhando para ele?

— Anders provavelmente está em Borgholm. Nós vamos encontrá-lo — disse Lennart. — Se soubermos de alguma coisa interessante, eu entro em contato com você.

Gerlof também tinha telefonado para Julia após o acidente, mas ela não deixou a conversa se estender. Estava com vergonha. Quanto mais ela pensava na invasão do casarão de Vera Kant e na ideia dela de que Jens estava lá dentro, mais ela se envergonhava.

Na segunda-feira de manhã, Gerlof foi finalmente para Stenvik, no carro de John Hagman, e tocou a campainha. Julia lutava com as muletas para conseguir chegar até a porta: estava sozinha em casa. Astrid estava em Marnäs fazendo compras.

John era quem dirigia, mas ele continuou sentado lá fora no carro. Julia olhou para o dono do camping, encolhido e pensativo ao volante.

— Eu só passei por aqui para ver como você está — disse Gerlof, apoiado na bengala e ofegante depois de ter percorrido sozinho os 20 metros do carro até a casa.

— Eu estou bem — disse Julia, apoiada nas muletas. — Você e John estão passeando?

— Nós vamos para Småland — disse Gerlof, lacônico.

— Quando vocês voltam para casa?

Gerlof riu um pouco.

— Boel, da Casa Marnäs, perguntou exatamente o mesmo. Ela quer realmente que eu fique trancado no quarto dia e noite. — Ele prosseguiu: — Talvez a gente visite Martin Malm, se ele estiver melhor da cabeça do que na vez passada.

— Isso tem alguma coisa a ver com Nils Kant? — perguntou Julia.

— Pode ser. Vamos ver.

Julia balançou a cabeça: se ele não queria contar mais, então ela não ia insistir.

— Eu fiquei sabendo sobre Anders Hagman — comentou ela. — E que você apontou Anders para a polícia.

— Eu mencionei o nome dele... John não deve estar muito contente com isso — disse Gerlof. — Mas o nome dele a polícia ia descobrir de qualquer jeito, mais cedo ou mais tarde.

— Eles querem falar com ele — disse Julia. — Eu não tenho certeza... mas parece que a polícia em Borgholm está prestes a reabrir a investigação. Estou falando do caso de Jens.

— É... mas eu acho que eles estão na pista errada com Anders. E é claro que John também acha isso.

— E será que vocês não podem ajudar a polícia?

— A polícia não escuta o que nós aposentados dizemos, não quando eles acham que as nossas ideias são malucas — respondeu Gerlof. — Não merecemos crédito.

— Mas vocês não desistem. E isso é de se admirar.

— É — retrucou Gerlof, e abriu a porta da frente. — Nós fazemos o que está ao nosso alcance.

— Então continuem buscando — disse Julia. — Mal não faz.

O comentário foi irônico, sem que ela soubesse disso: da vez seguinte que Julia veria o pai, ele estaria à beira da morte.

— Então até logo.

CIDADE DO PANAMÁ, ABRIL DE 1963

Cidade do Panamá, onde termina o Canal do Panamá.

Edifícios e casebres podres uns ao lado dos outros. Carros, ônibus, motocicletas e jipes. Mestiços, policiais militares, banqueiros, mendigos, moscas zunindo e bandos de soldados americanos suados nas avenidas. Cheiro de gasolina queimada, de frutas podres e peixe assado.

Nils Kant passeia pelas ruas apertadas todos os dias, as solas dos pés ardendo dentro dos sapatos.

Ele procura marinheiros suecos.

Não existe nenhum deles na Costa Rica — Nils nunca cruzou com nenhum. Para ter certeza de encontrar suecos, ele teve de viajar para cá, para a Cidade do Panamá.

A viagem de ônibus para o sul leva seis horas. Nils fez cinco viagens dessas para a zona do canal no período de quase dois anos.

No canal comprido que liga os oceanos, as embarcações fazem fila para evitar navegar o caminho mais longo ao redor do Cabo de Hornos. Marinheiros desembarcam ali para farrear no porto grande. Alguns ficam por lá: *bumsen*.

Ele está procurando pelo homem certo dentre os marinheiros deixados para trás: aqueles que se reúnem no porto quando as embarcações nórdicas atracam, na frente da Igreja Escandinava por ocasião da distribuição de pão — e perto dos bares e das lojas o restante do tempo. Aqueles que bebem qualquer coisa que contém álcool, de rum colombiano barato a álcool puro destilado de graxa de sapato.

Na segunda noite da quinta visita, ele caminha pelas calçadas de cimento rachadas e vê uma pessoa parecendo um vulto agachar-se com uma garrafa numa entrada escura a meia quadra da porta da Igreja Escandinava. Movimentos lentos de joelhos flexionados. Fungadas, ataques de tosse e o fedor de vômito.

Nils para na frente dele.

— Como vai? — pergunta ele.

Nils fala sueco. Ele não perde tempo com quem não entende na hora o que ele diz.

— Quê? — pergunta o *bumsen.*

— Eu disse: como vai?

— Você é sueco?

O olhar do sueco é mais triste e cansado do que apagado, a barba está por fazer, mas as rugas em volta da boca e dos olhos não são tão profundas. Não faz muito tempo que esse homem anda bebendo, embora ele pareça ter pouco mais de 35 anos — mais ou menos a idade de Nils.

Nils confirma balançando a cabeça.

— Eu sou de Öland.

— Öland? — O *bumsen* levanta a voz e tosse. — Öland, caramba... Eu sou de Småland... É... Caramba. Nascido em Nybro.

— O mundo é pequeno — diz Nils.

— Mas agora... Eu perdi a passagem pela eclusa.

— É mesmo? Que pena.

— Foi no ano passado. Eu perdi... o barco, ele ia passar pela eclusa depois de dois dias. Para cima, para baixo. Acabei detido na delegacia daqui... por causa de uma briga no bar; eu bebi cerveja direto do barril. — O homem ergue o rosto com uma luz nova no olhar. — Você tem dinheiro?

— Talvez.

— Então compre alguma coisa, compre uísque... Eu sei onde.

O homem quer se levantar, mas as pernas estão duras demais.

— Eu acho que vou comprar uma garrafa — disse Nils. — Uma garrafa de uísque, nós podemos dividir. Mas você precisa esperar aqui. Vai ficar aqui?

O homem balança a cabeça e fica de cócoras novamente.

— Compre qualquer coisa — balbucia ele apenas.

— Está certo — diz Nils, e endireita as costas sem olhar o homem nos olhos. — A gente pode ficar amigo.

Cinco semanas depois na Jamaicatown, que é o nome dos bairros ingleses em Puerto Limón:

Hotel Tican, lê-se no letreiro, mas quase não é um hotel e a recepção é apenas um tampo de madeira quebrado em cima de dois pés de mesa com um livro de hóspedes manchado de bolor. Uma escada do lado de fora do prédio conduz aos quartinhos do segundo andar. Nils ouve um inglês falado em voz alta de um prédio do outro lado da rua.

Ele sobe a escada em silêncio, passa por uma barata gorda lustrosa que está indo para o lado contrário e descendo pela parede. Ele chega à varanda pequena do segundo andar e bate na porta do segundo quarto da fileira de quatro portas.

— *Yes, sir!* — exclama uma voz lá de dentro, e Nils abre a porta.

É a terceira vez que ele revê o sueco que diz ter vindo para ajudá-lo a voltar para casa.

O sueco está sentado na única cama do quarto quente do hotel, em meio a uma confusão de lençóis embolados e de almofadas com manchas marrons, com o peito nu brilhando de suor. Ele tem um copo na mão. Um ventilador pequeno está zunindo em cima da cômoda, ao lado da cama.

O homem que Nils começou a chamar para si mesmo de o Ölaniano. Ele nunca contou de onde é, mas Nils escutou-o falar atentamente e acha que ele tem um leve sotaque de Öland. Ele percebeu que o homem conhece bem a ilha. Será que é de lá que Nils conhece o homem?

— Entre, entre. — O sueco sorri, recosta-se na parede e acena com a cabeça para uma garrafa de rum das Antilhas que está em cima da cômoda. — Quer algo para beber, Nils?

— Não.

Nils fecha a porta. Ele parou de beber. Não totalmente, mas quase.

— Limón é uma cidade maravilhosa, Nils — diz o homem em cima da cama, e Nils não percebe nenhum sarcasmo na voz. — Eu fui dar uma volta por aí hoje e encontrei um bordel genuíno, assim, por mero acaso, escondido em uns quartos atrás de um bar. Mulheres maravilhosas. Mas é claro que eu não me deixei levar, para usar de palavras mais educadas... Tomei um drinque e fui embora.

Nils apenas assente e encosta-se na porta fechada.

— Eu achei uma pessoa — diz Nils. — Um candidato adequado. — Para Nils, ainda não é natural falar sueco em voz alta depois de 18 anos no exterior. Ele procura pelas palavras. — Além disso, ele é de Småland.

— Certo, que bom — diz o sueco. — Onde foi? Na Cidade do Panamá?

Nils confirma com a cabeça.

— Eu levei o rapaz comigo... O controle nas fronteiras ficou mais rígido, eu tive que subornar alguns para poder passar, mas deu certo. Ele está em San José agora, num hotel barato. Ele perdeu o passaporte, mas nós demos a entrada num passaporte novo na embaixada da Suécia.

— Ótimo. Como ele se chama?

Nils sacode a cabeça de um lado para o outro.

— Nada de nomes — diz ele. — Você não disse o seu.

— Você só precisa ler lá embaixo na recepção — diz o homem na cama. — Eu registrei o meu nome no livro de hóspedes. Todo mundo precisa fazer isso.

— Eu li o livro — diz Nils.

— E então?

— Estava escrito Fritiof Andersson — diz Nils.

O homem balança a cabeça satisfeito.

— Você pode me chamar de Fritiof, é o suficiente.

Nils faz que não com a cabeça.

— Eu quero saber o seu nome verdadeiro.

— O meu nome não é importante — diz o homem, e olha bem para ele. — Fritiof serve. Você não acha?

— Pode ser. — Nils balança a cabeça devagar. — Por enquanto.

— Ótimo. — Fritiof limpa o suor do peito e da testa com um lençol. — Agora temos que falar sobre outras coisas. Eu vou...

— Foi mesmo minha mãe quem enviou você? — pergunta Nils.

— Mas eu já disse isso.

O homem em cima da cama parece não gostar de ser interrompido.

— Ela devia ter enviado uma carta com você — diz Nils.

— A carta vem mais tarde — diz Fritiof. — Você já recebeu o dinheiro, não foi? Sua mãe que mandou. — Ele toma um gole do drinque. — Agora nós vamos falar de outro assunto...

Eu viajo para a Suécia de novo dentro de dois dias. Nós não vamos ter contato por um tempo. Mas eu volto para cá quando tudo estiver pronto, e então será a última vez. Quanto tempo vai demorar, o que você acha?

— Bem... talvez umas semanas. Ele precisa receber o passaporte e vir para cá — diz Nils.

— Certo — diz Fritiof. — Não perca o rapaz de vista e faça tudo na ordem certa. Então você poderá voltar para casa depois.

Nils balança a cabeça.

— Ótimo — diz Fritiof, e enxuga o rosto de novo.

Alguém dá uma gargalhada lá embaixo na rua, uma motocicleta passa estalando. Nils só quer abrir a porta e sair do quarto fedorento.

— Aliás, como é que a gente se sente? — pergunta o homem, e inclina-se para a frente.

— Como assim, sente? — diz Nils.

— Eu sou um pouco curioso. — O homem que se diz chamar Fritiof Andersson sorri em meio aos lençóis sujos. — Eu só queria saber, Nils, por pura curiosidade... Como a gente se sente quando mata alguém?

24

Gerlof e John atravessaram de carro a ponte de Öland, passaram por Kalmar e foram para o norte contornando o litoral de Småland. Nenhum dos dois falou muito durante a viagem.

Gerlof pensava que estava cada vez mais difícil deixar a Casa Marnäs — Boel, a chefe do setor, quis saber com detalhes, de manhã, para onde ele iria e por quanto tempo ficaria fora. Por último, ela insinuou que talvez ele fosse saudável demais para continuar morando na casa de repouso.

— Há muitos idosos com deficiências motoras no norte de Öland que gostariam de ter um quarto aqui na instituição, Gerlof — dissera Boel. — Nós precisamos ter certeza de que estamos dando prioridade aos casos certos. O tempo todo.

— Então faça isso — tinha dito Gerlof, e fora embora, apoiado na bengala.

E ele não teria direito de receber assistência? Ele, que mal podia andar 10 metros sem a ajuda de alguém? Boel bem que deveria ficar contente por ele poder pegar um ar fresco de vez em quando, junto de velhos amigos como John. Não é mesmo?

— Então Anders fugiu — disse Gerlof por fim, quando faltavam apenas alguns quilômetros para chegar a Ramneby.

— Foi — disse John.

Ele sempre respeitava os limites de velocidade quando estava na estrada e agora tinha se formado uma fila comprida de carros atrás deles.

— Eu imagino que você tenha contado que a polícia estava atrás dele — disse Gerlof.

John estava calado ao volante, mas por fim ele confirmou, balançando a cabeça.

— Não sei se isso foi uma boa ideia — disse Gerlof. — A polícia sempre fica irritada se as pessoas não querem falar com ela.

— Ele só quer que o deixem em paz — disse John.

— Eu não sei se isso é uma boa ideia — repetiu Gerlof.

John ficou calado de novo.

— Você falou com Robert Blomberg quando esteve em Borgholm na semana passada? — perguntou ele em seguida. — Estou falando do vendedor de carros.

— Eu vi Robert — respondeu Gerlof. — Ele estava sentado na loja. Nós não nos falamos... eu não sabia direito o que eu iria dizer.

— Ele pode ser Kant? — indagou John.

— Se você quer saber a minha opinião, eu... Eu pensei no assunto e acho que não — respondeu Gerlof. — Parece pouco provável que alguém como Nils Kant voltaria da América do Sul com um outro nome e depois conseguiria viver em Borgholm sem chamar atenção e construir uma vida nova.

— É — disse John. — Talvez.

Alguns minutos mais tarde eles passaram por uma tabuleta amarela com o nome RAMNEBY. Eram 10h45. Um caminhão com a carroceria repleta de toras de madeira recém-cortadas passou ribombando na estrada.

Gerlof nunca tinha visitado Ramneby nem de carro nem de barco. O próprio povoado não era maior que Marnäs, de forma que eles o atravessaram rápido e entraram na via que descia para a serraria.

Havia um portão de aço fechado na serraria e do lado de fora um estacionamento, onde John deixou o carro.

Gerlof pegou sua pasta e em seguida eles foram para o portão grande e tocaram a campainha. Depois de um tempo, ouviu-se um chiado num interfone ao lado do botão da campainha.

— Alô? — disse Gerlof, sem saber se ele devia se dirigir à campainha, ao interfone, ou talvez ao céu. — Alô... Nós queríamos visitar o museu da madeira. Vocês podem abrir?

Silêncio no interfone.

— Eles ouviram você? — sussurrou John.

— Não sei.

Gerlof ouviu um grasnido atrás dele, virou a cabeça e viu umas gralhas numa bétula sem folhas ao lado do estacionamento. Elas continuaram grasnando, e Gerlof achou que o som era diferente do que faziam as gralhas de Öland. Será que as aves também tinham dialetos?

Em seguida ele viu alguém vindo do outro lado do portão, um senhor, de boné e jaqueta acolchoada preta, que se movia quase tão devagar quanto o próprio Gerlof. O homem apertou um botão do outro lado e o portão se abriu.

— Heimersson — disse o homem, e estendeu a mão.

Gerlof apertou a mão dele, dizendo:

— Davidsson.

— Hagman — disse John.

— Nós queremos visitar o museu da madeira — disse Gerlof de novo. — Eu telefonei ontem...

— Isso — disse Heimersson, e virou-se para mostrar o caminho. — Ainda bem que vocês telefonaram. Na verdade, o museu fica aberto apenas durante o verão. Até agosto. Mas se o visitante telefona antes, a gente costuma dar um jeito.

Agora eles estavam no interior da fábrica. Gerlof tinha esperado sentir o cheiro de madeira recém-cortada nas narinas e ver grupos de homens de bonés carregando tábuas para lá e para cá em meio a montes de serragem — ele estava, como sempre, preso ao passado. Tudo o que viu, porém, foram apenas caminhos e pátios de asfalto entre prédios grandes e cinza de aço e de alumínio. Havia letreiros grandes de cor branca com o nome MADEIRAS RAMNEBY escrito neles.

— Eu trabalho aqui há 48 anos — informou Heimersson por cima do ombro de Gerlof. — Comecei quando tinha 15 anos e fiquei. É isso... Agora cuido do museu.

— Nós somos do povoado onde os donos daqui moravam — disse Gerlof. — Do norte de Öland.

— Donos? — disse Heimersson.

— A família Kant.

— Eles não são mais os donos. Eles venderam a fábrica no final dos anos 1970, quando o diretor Kant morreu. É uma empresa florestal do Canadá que é a dona da Ramneby agora.

— O dono anterior... August Kant era o nome dele? — disse Gerlof. — Você tinha contato com ele?

— Sim, tínhamos — respondeu Heimersson, e sorriu como se a pergunta fosse engraçada. — Eu encontrava o diretor todo dia. Ele sempre vinha no velho MG dele... Aliás, chegamos. Aqui é o antigo escritório, ele acabou ficando pequeno demais no final.

MUSEU DA MADEIRA, estava escrito numa tabuleta no alto da porta. Heimersson destrancou a porta, entrou e acendeu a luz.

— Pronto... Bem-vindos. São 30 coroas por pessoa.

Ele tinha ido para trás de um balcão com uma registradora antiga e enorme.

Gerlof pagou a entrada dos dois, recebeu dois comprovantes iguais àquele que encontrara no porta-níqueis de Ernst Adolfsson e em seguida ele e John continuaram museu adentro.

Não era um lugar grande, apenas duas salas e um corredor pequeno que as ligava. Algumas serras antigas e instrumentos de medição estavam no meio das salas, e nas paredes havia retratos pendurados. Uma infinidade de fotografias em preto e branco atrás de vidros e molduras, todas com textos explicativos escritos em tiras de papel. Gerlof aproximou-se calado e pôs-se a olhar para as fotos de grupos de empregados da serraria, de lenhadores com serras nas mãos e fotos de veleiros com âncoras alçadas e o convés coberto de pilhas de madeira.

— Existem fotos mais recentes na outra sala — informou Heimersson atrás dele.

— Certo — disse Gerlof.

Ele preferia andar sozinho pelo museu e observou que John mantinha-se afastado do guia.

— Nosso primeiro computador também está ali — disse Heimersson. — É o progresso... Todo corte de madeira é comandado por computadores atualmente. Eu mesmo não entendo como a coisa é feita, mas funciona.

— Sei.

Gerlof continuou a procurar entre as fotos em preto e branco.

— Ramneby exporta madeira enobrecida até para o Japão — informou Heimersson. — A gente de Öland nunca fez negócio por lá, não é?

— Não — respondeu Gerlof, e acrescentou rápido: — Mas a nossa pedra calcária está no chão da Catedral de Saint Paul, em Londres.

Heimersson ficou calado e Gerlof mudou de assunto:

— Um amigo nosso esteve aqui no mês passado, aqui no museu. Ernst Adolfsson.

— De Öland?

Gerlof assentiu.

— Ele era canteiro. Esteve aqui em meados de setembro.

— Foi, eu me lembro bem disso — disse Heimersson. — Eu abri o museu especialmente para ele, do mesmo jeito que fiz para vocês. Foi uma visita agradável. Ele disse que morava em Öland, mas que as raízes dele estavam aqui no povoado.

— Em Ramneby? — perguntou Gerlof.

— Sim. Ele cresceu aqui no povoado, antes de se mudar para Öland.

Isso era novidade para Gerlof, que nunca tinha ouvido Ernst falar do povoado onde nascera.

Ele deu mais alguns passos e então viu: a foto de Martin Malm e August Kant lado a lado no porto da serraria, os dois pouco à vontade em frente a uma fileira de trabalhadores mais jovens.

Reunião amistosa de negócios no cais da serraria em 1959, estava escrito a máquina na tira de papel embaixo da foto, embora apenas um homem no grupo estivesse sorrindo de modo amigável. Os outros, inclusive Martin e Kant, olhavam sérios para a câmera.

Mil novecentos e cinquenta e nove. É, isso foi vários anos antes de Martin comprar a primeira embarcação grande, observou Gerlof.

Nessa cópia da foto, que era maior que o retrato do livro, via-se nitidamente a mão no ombro esquerdo de Martin; pelo menos isso era um sinal de relação amistosa. O próprio Gerlof nunca tivera a ideia de colocar o braço no ombro de Martin Malm; ele não era o tipo de pessoa que inspirava qualquer forma de intimidade. Mas para August Kant isso não tinha sido nenhum problema.

— Esse aqui é um dos nossos amigos — comentou Gerlof, e apontou para o rosto de Martin Malm. — Um capitão de Öland.

— É mesmo — disse Heimersson. Ele não parecia muito interessado. — Havia barcos o tempo todo aqui antigamente...

Eles levavam madeira para Öland. Vocês não têm muitas árvores por lá.

— Nós tínhamos árvores, mas elas foram desmatadas pelo pessoal do continente — disse Gerlof. Ele apontou para a foto de novo. — E aquele ali é August Kant, não é?

— É o diretor, ele mesmo.

— Ele tinha um sobrinho bastante conhecido — disse Gerlof. — Nils Kant.

— Isso mesmo — disse Heimersson. — O assassino do policial, falava-se muito nele. Os jornais também comentavam. Mas ele morreu, não foi? Ele não fugiu para o exterior e morreu?

— Foi — respondeu Gerlof. — Mas ele apareceu aqui alguma vez antes disso?

— Eu acho que o diretor não gostava muito de Nils — respondeu Heimersson. — Ele nunca falava do sobrinho. Então ninguém mais falava nele, não se o diretor estivesse por perto.

— Talvez ele não quisesse dar a perceber que sabia onde Nils estava... — disse Gerlof.

— É — disse Heimersson —, talvez fosse isso. Mas Nils esteve aqui quando fugiu de Öland, depois do assassinato do policial.

— É mesmo? E falou com o tio?

— Isso eu não sei. Mas ele ficou aqui por um tempo... as pessoas viam Nils na floresta — disse Heimersson, e apontou para as fotos. — Gunnar era contínuo comigo naquela época, ele ficava se gabando de ter encontrado Nils e ter recebido dinheiro dele. Mas ele se gabou demais da conta... Eu lembro que alguém acabou dizendo à polícia que Nils Kant estava aqui. A polícia veio e ficou vigiando a serraria durante vários dias, caso ele aparecesse. Todos estavam um pouco nervosos... mas nós fizemos o nosso trabalho, é claro. E o assassino do policial ficava longe de nós.

Gerlof quase pôde ver Nils jovem espreitando o prédio do escritório do outro lado do pátio, como ele se agachava e espiava com cuidado na janela para encontrar o tio August.

— Por acaso o nosso amigo Ernst falou sobre essa foto do cais? — perguntou ele.

Heimersson refletiu.

— Sim — respondeu ele. — Ele demorou-se nessa foto. Queria saber os nomes.

— Os nomes? — repetiu Gerlof. — Dos trabalhadores da serraria?

— É. E eu dei a ele os nomes que eu lembrava. A gente costuma esquecer essas coisas com o passar dos anos, eu por exemplo não consigo mais...

— Será que eu também poderia saber esses nomes? — interrompeu Gerlof.

Ele tinha tirado um caderno da pasta de couro, e uma caneta esferográfica.

— Está bem — respondeu Heimersson. — Agora vejamos, da esquerda...

De três homens na fileira, Heimersson não se lembrava o nome, eram provavelmente marinheiros; mas, o restante, Gerlof anotou: Per Bengtsson, Knut Lindqvist, Anders Åkergren, Clae Frisell, Gunnar Johansson, Jan Ekendahl, Mikael Larsson. Em seguida ele olhou para a lista sem reconhecer nem sequer um nome. Ainda não entendia qual era a intenção de Ernst com isso.

Heimersson continuou andando descontraído. Ele atravessou na frente deles o corredor que dava para a outra sala do museu.

— Aqui nós temos o nosso primeiro computador... Grande como um elefante. É assim que eles eram antigamente.

Gerlof balançou a cabeça distraidamente e deixou que Heimersson o guiasse pela sala onde o desenvolvimento tecnológico da serraria e do ramo florestal era apresentado. Tratava-se, basicamente, de estatísticas e máquinas grandes.

— Muito interessante, interessante mesmo — disse Gerlof após dez minutos. — Muito obrigado.

— Às ordens — disse Heimersson. — É sempre um prazer encontrar pessoas interessadas na produção de madeira.

Ele acompanhou os dois até o pátio asfaltado e apontou para uma das construções de aço.

— Nós acabamos de receber um aparelho novo de raios X para investigar a qualidade da madeira — informou ele. — Vocês querem vê-lo?

Gerlof viu um aceno negativo rápido vindo de John, que estava farto de ouvir sobre madeira.

— Obrigado — disse ele —, mas eu acho que isso é muito técnico para nós. Gostaríamos de dar uma olhada no porto em vez disso. Sozinhos.

— O porto? — repetiu Heimersson. — Eu não chamaria aquilo de porto. Aqui é raso demais para receber embarcações grandes. Toda madeira é transportada de caminhão.

— Mesmo assim, nós gostaríamos de dar uma olhada — disse Gerlof.

É, aquilo não era um porto apresentável: Gerlof percebeu isso quando desceram pouco mais de 100 metros para a água. Mal havia um cais, o asfalto estava partido e as pedras quadradas de granito ao longo do cais tinham sido arrancadas do lugar, havendo entre elas, agora, brechas grandes.

Ao lado do cais, um píer de madeira entrava uns 10 metros na água. Até o píer precisava de conserto, achou Gerlof. Será que não havia madeira suficiente da serraria para fazer isso?

Um velho barquinho a remo de madeira estava balançando sozinho perto do píer, à espera silenciosa de que algum dono fosse tirá-lo da água antes de chegarem as tempestades de inverno.

Estava soprando uma brisa continental, muito gelada, e de longe Öland parecia uma faixa negra no horizonte. Embora o litoral de Småland fosse bonito com suas ilhas e baías, Gerlof já tinha saudade da ilha dele.

— Devia ser aqui que os veleiros de Martin Malm costumavam ancorar — disse ele.

— É — disse John. — A foto foi tirada aqui.

Não havia muito mais o que olhar, e Gerlof sentia o frio entrando pelo sobretudo. Ele não tinha a mínima vontade de ir para o píer com aquele vento, e, quando John deu meia-volta, ele fez o mesmo.

No caminho de volta, Gerlof parou e olhou para o pátio aberto entre os prédios da serraria. O lugar estava de repente totalmente deserto.

Nesse mesmo instante ele foi tomado de uma certeza súbita. Não era lógica, vinha do subconsciente dele como um peixe escuro que emerge e ataca bem perto da superfície da água, e, antes que ele tivesse tempo de refletir sobre essa certeza, ele abriu a boca:

— Começou aqui.

— O quê? — perguntou John.

— Tudo começou aqui. Nils Kant e Jens e... Meu neto morreu por causa de alguma coisa que começou aqui.

— Aqui em Ramneby?

— É, aqui. Aqui na serraria.

— Como você sabe disso?

— Eu sinto isso — respondeu Gerlof, e ele próprio percebeu que o que dissera parecia uma idiotice. Ainda assim, ele se viu obrigado a continuar: — Foi uma espécie de encontro, eu acho que foi um encontro. Quando Nils veio para cá... Ele deve ter encontrado o tio August e combinado alguma coisa. Deve ter acontecido algo assim.

Mas a sensação de certeza já tinha desaparecido.

— Sei. Então vamos para casa? — perguntou John.

Gerlof balançou a cabeça devagar e retomou o caminho.

Gerlof estava sentado sozinho no carro de John. O veículo fora estacionado perto das casas de pedra na Larmgatan deserta, no centro de Kalmar. John quis parar na cidade para fazer uma visita rápida à irmã, Ingrid, antes de voltar para Öland.

Gerlof ficou pensando. Será que a visita ao museu da madeira tivera mesmo algum proveito? Ele não sabia.

Do outro lado da rua, a porta do prédio de Ingrid abriu-se e John saiu de lá de dentro. Ele foi direto para o carro e abriu a porta do motorista.

— Tudo bem com ela? — perguntou Gerlof.

John sentou-se atrás do volante sem responder. Em seguida ele deu a partida no motor e entrou na rua.

Eles deixaram Kalmar e iam em silêncio pela autoestrada reta na direção de Öland, mas quando chegaram à ponte Gerlof achou que o silêncio já tinha durado o bastante.

— Algo de errado? — perguntou ele. — Aconteceu alguma coisa na casa de Ingrid?

John balançou a cabeça, seco.

— A polícia pegou Anders — disse ele. — Eles estiveram lá na hora do almoço e buscaram o meu filho.

— Mas onde? — perguntou Gerlof. — Na casa de Ingrid?

John assentiu.

— Anders estava na casa da tia Ingrid. Ele estava escondido lá. E agora eles o prenderam.

— Prenderam? Você tem certeza disso? — disse Gerlof. — A polícia só prende alguém quando acha que...

— Ingrid disse que eles entraram sem bater — interrompeu John. — Entraram e mandaram Anders seguir com eles para Borgholm. Não quiseram responder às perguntas dela.

— Você sabia que ele tinha vindo para Kalmar? — perguntou Gerlof.

John não disse nada, apenas confirmou com a cabeça de novo.

— Como eu falei para você hoje de manhã — disse Gerlof, devagar —, nunca é bom fugir se a polícia quer falar com a gente. Nesse caso eles apenas ficam desconfiados.

— Anders não confia neles — disse John. — Ele tentou evitar aquela briga no camping. Mas foi ele quem acabou processado, e não as pessoas de Estocolmo.

— Eu sei — disse Gerlof. — E isso foi injusto. — Ele refletiu um pouco e perguntou em seguida, com o maior cuidado possível: — Mas se for o caso de... a polícia achar que Anders poderia ter alguma coisa a ver com o desaparecimento do meu neto e querer falar com ele sobre isso... existe alguma coisa que possa indicar que eles têm razão? Você conhece Anders melhor do que ninguém... Você já teve essa suspeita?

John sacudiu a cabeça.

— Anders é uma pessoa direita.

— Você nem precisa pensar mais um pouco?

— A única coisa estúpida que ele fez — disse John — foi se esconder nos arbustos de zimbro perto do píer uma noite. Ele estava espiando umas meninas que mudavam de roupa na escola de natação. Nessa época ele devia ter uns 12, 13 anos. Eu disse para ele nunca mais fazer isso de novo. E nunca mais ele fez isso, pelo que eu sei.

Gerlof balançou a cabeça.

— Mas isso não é algo tão grave — comentou ele.

— Ele é um rapaz direito — repetiu John. — Mas, mesmo assim, eles prenderam o meu filho.

O carro tinha atravessado a ponte agora e estava de volta à ilha.

Gerlof ficou pensando enquanto olhava para a paisagem do *alvar* castigada pelo vento a leste da rodovia.

— Agora nós vamos para Borgholm — disse ele. — Eu vou falar com Martin Malm pela última vez. Ele vai me contar o que realmente aconteceu.

25

— *Não sou eu quem* vai falar com Anders Hagman — disse Lennart para Julia quando eles estavam a caminho de Borgholm no carro da polícia. — Vem um inspetor criminal de Kalmar, especializado em coisas desse tipo.

— O interrogatório vai ser longo? — perguntou Julia, e olhou para Lennart ao volante.

Ele vestia um casaco novo de policial: uma jaqueta de inverno forrada de pele com o emblema da polícia no ombro. Vestido para a cidade.

— Eu não acho que podemos chamar isso de interrogatório — disse Lennart. — É apenas uma conversa. Ele não está preso nem detido nem nada desse tipo. Não há nenhuma razão para isso. Mas se Anders admitir que foi ele quem invadiu o casarão de Vera Kant e guardou aqueles recortes velhos de jornal, então também vão falar bastante sobre o seu filho. E a gente vai ver o que Anders tem a dizer a respeito.

— Eu tentei lembrar se... ele de alguma forma mostrou algum interesse pelo Jens... — disse Julia. — Mas não me lembro de nada disso.

— Isso é bom. A gente não deve ficar suspeitando das pessoas.

Lennart tinha telefonado na hora em que ela estava tomando o café da tarde com Astrid, na terça-feira. Ele tinha informado que Anders Hagman fora encontrado em Kalmar e levado para Borgholm. Mais ou menos meia hora depois, ele foi buscá-la de viatura. Julia estava agradecida por Lennart tê-la deixado participar desde o começo da investigação, se é que isso podia ser chamado de uma investigação, mas ela estava ao mesmo tempo nervosa pelo que a aguardava.

— Eu não vou ficar na mesma sala, não é? — perguntou ela. — Acho que eu não...

— Não, não — respondeu Lennart. — Vai ser apenas Anders e Niklas Bergman, o inspetor.

— Vocês têm espelho falso... ou algo desse tipo? — perguntou Julia.

Ela arrependeu-se da pergunta quando Lennart começou a sorrir ao volante.

— Não, não temos nada disso — respondeu ele. — Isso aparece mais nos seriados americanos, quando há confrontação de testemunhas e coisas nesse estilo. Às vezes nós usamos gravações, mas isso também não ocorre muitas vezes. Há bastante confrontação em Estocolmo, mas não aqui.

— Você acha que foi ele? — perguntou Julia quando eles pararam no primeiro sinal de trânsito de Borgholm.

Lennart sacudiu a cabeça.

— Não sei. Mas temos que falar com ele.

A delegacia de Borgholm ficava numa rua transversal à via de acesso da cidade. Lennart parou no estacionamento e abriu o porta-luvas. Julia viu que ele vasculhava no meio de papéis, cartões de visita e caixinhas de chiclete.

— Não posso esquecer isso aqui — disse ele. — Não que ela seja necessária, mas não deve ser deixada no carro.

Em seguida ele apanhou a arma, que estava num coldre preto com o nome GLOCK gravado no couro. Lennart prendeu rapidamente o coldre na cintura, esperou Julia sair do carro e se apoiar nas muletas e depois mostrou o caminho até a delegacia.

Julia precisou esperar na copa da delegacia de Borgholm. Parecia uma copa como qualquer outra, mas num canto havia uma televisão e ela se deu conta de que estava assistindo ao mesmo programa de vendas americano que costumava assistir em casa, em seu apartamento de Gotemburgo, durante o dia.

Agora isso era algo impensável. Como é que ela algum dia pudera achar aquilo um programa interessante?

Quase às 14 horas, Lennart voltou para a sala.

— Está feito — disse ele. — Por agora. Você quer descer para comer alguma coisa?

Julia negou com a cabeça, sem querer mostrar o quanto estava curiosa. Lennart com certeza contaria para ela no momento certo. Ela apanhou as muletas e saiu com ele do posto.

— Anders ainda está lá dentro? — perguntou ela quando eles saíram na friagem da Storgatan.

— Não. Ele recebeu permissão para ir ao apartamento dele em Borgholm.

Ele ia a passos lentos, para seguir o mesmo ritmo de Julia. Ela tentou andar com as muletas o mais rápido que podia, mas o vento estava gelado e seus dedos ficaram dormentes ao redor do pegador da muleta.

Lennart acrescentou:

— Ou para o apartamento da mãe dele, não sei direito se é dele ou dela. Mas ele prometeu que não iria sumir para lugar nenhum, caso nós precisássemos falar novamente com ele... Você topa comida chinesa? Estou cansado de pizza.

— Contanto que seja perto — disse Julia, e deixou Lennart mostrar o caminho de um restaurante chinês ao lado da igreja de Borgholm.

Restavam apenas poucos clientes do almoço. Lennart e Julia penduraram seus casacos e sentaram-se a uma mesa na janela. Julia olhava para a construção branca da igreja lá fora e lembrou-se do verão quente em que ela fez a crisma ali. Ela estava apaixonada por um menino do grupo de crisma que se chamava... Qual era o nome dele? Isso fora tão importante naquela época, mas agora ela não se lembrava mais.

— Mas o que é que Anders estava fazendo no casarão? — perguntou Julia em voz baixa depois de eles terem pedido a comida, cinco pratos pequenos diferentes para dividirem. — Ele contou?

— Bem... Ele diz que estava cavando à procura de diamantes — respondeu Lennart.

— Diamantes?

Lennart balançou a cabeça e olhou pela janela.

— É um boato antigo... eu também já ouvi essa história. O boato diz que os alemães que Nils Kant matou levavam consigo um espólio de guerra do Báltico. Alguma espécie de pedras preciosas, é o que dizem. Anders imaginou que Nils tinha escondido essas pedras no porão antes de fugir. Então ele ficou cavando... mas nunca encontrou nada — disse Lennart, e acrescentou: — Em todo caso, é o que ele diz. Ele é uma pessoa um pouco diferente.

— E os recortes de jornal? — perguntou Julia.

— Estavam escondidos num armário. Ele achou os recortes e pendurou-os na parede. Anders acha que foi Vera quem os guardou. Você sabe o que mais ele disse? Disse que sentiu a presença de Vera Kant lá dentro. Que ela anda pelo casarão. Ou seja, o fantasma dela.

— Sei — foi tudo o que Julia disse.

Ela não queria contar que suspeitava o mesmo. Não queria pensar nem por um segundo na noite em que entrara no casarão de Vera.

Julia ainda tinha uma pergunta, mas não sabia se queria fazê-la. Um pouco antes de os pratos chegarem à mesa, porém, Lennart acabou dizendo o que ela queria saber:

— Anders diz que não cruzou com o seu filho naquele dia de outono. Fizeram uma pergunta direta a respeito e ele disse que não sabia de nada. Ele não saiu de casa naquele dia, havia muita neblina e estava frio e úmido lá fora. Ele ficou sabendo por outras pessoas o que tinha acontecido quando nós pedimos ajuda com a busca. — Ele acrescentou: — Niklas Bergman, que conversou com ele, teve a impressão de que Anders falou a verdade. Ele foi tão aberto a respeito disso quanto a respeito da invasão do casarão dos Kant.

Julia apenas assentiu.

— Eu não acho que a gente vai progredir mais com isso — prosseguiu Lennart. — Não enquanto não aparecer nada de novo.

Julia assentiu mais uma vez. Ela baixou os olhos para as próprias mãos e disse:

— Eu tentei tocar a vida adiante... não me enterrar no passado. Não deu muito certo antes, mas nesse outono eu venho me sentindo melhor. Um pouco melhor. Consegui viver o meu luto... não pude fazer isso antes. — Ela olhou para Lennart de novo. — Acho que foi bom para mim ter vindo para Öland... e reencontrado meu pai. E você.

— Fico muito feliz com isso — disse Lennart. — Eu também estive preso ao passado, por muito tempo. — Ele calou-se e depois continuou: — E eu ficava muito mal às vezes, até eu perceber que a gente não fica menos infeliz quando se vinga. A gente tem que tocar a vida. É difícil olhar para a frente, mas eu acho que a gente tem que fazer isso.

— É — disse Julia. — A gente tem que deixar os mortos em paz.

PUERTO LIMÓN, JULHO DE 1963

Nils deixa a praia dos arredores de Limón, que se chama Playa Bonita, na hora em que o vinho todo já acabou e a festa está quase no fim. Ele esvaziou duas garrafas de vinho tinto chileno sozinho esta noite. Apesar disso, porém, ele não se sente bêbado o bastante para aquilo que o aguarda.

Há pouca gente na Playa Bonita hoje, e quase todos já foram para casa há muito tempo.

Sobraram apenas dois homens. Eles estão sentados na areia diante de uma pequena fogueira em brasa. Parecem apenas sombras. Eles cantam baixinho e riem, bêbados, um abraçado no outro. Uma das sombras é o homem que Nils conhece como Fritiof Andersson; o outro é a vítima deles. Nils pensa nele às vezes como "O rapaz de Småland", mas na maioria das vezes como O Borrachon. *O bebum.*

A Costa Rica é muito melhor do que o Panamá, acha o Borrachon, que não entende por que ele não veio aqui muito antes. E Limón é uma cidade fantástica. Na verdade ele nunca vai querer voltar para casa.

Nils disse que ele podia ficar o tempo que quisesse.

Foi Nils quem ajudou o Borrachon a ir para a Costa Rica. Ele providenciou para que o rapaz se recuperasse um pouco do embotamento do álcool e arranjou-lhe um passaporte provisório na embaixada da Cidade do Panamá, para substituir o que ele esquecera no último barco, e então ele pegou o trem para o norte, para San José. Nils arranjou um quarto num hotel barato perto da estação central, cuidou para que Borrachon tivesse dinheiro para o vinho e para um pouco de comida e depois esperou Fritiof Andersson chegar.

Borrachon estava muito agradecido, tão agradecido que cansava. Ele encontrara um novo amigo, alguém que o entendia. Alguém por quem ele podia morrer.

Nils balança a cabeça e sorri para o Borrachon, mas por dentro ele deseja o tempo todo que Fritiof retorne o mais rápido possível para ajudá-lo. *Lá vem Fritiof Andersson...* Nils não quer ficar amigo desse sueco submisso que se parece com ele próprio, ele só quer voltar para Öland. Fritiof prometeu que ia cuidar disso, e tudo que ele quer em troca é...

Olá, se você quiser, é só dizer
que nós vamos para casa...

... e tudo que Fritiof quer são apenas as pedras preciosas que estão no esconderijo.

É o que Nils suspeita. Nas visitas que Fritiof fez a Nils, ele mencionou as pedras várias vezes. Ele sabe o que aconteceu com Nils lá no *alvar* depois da guerra.

— Eles disseram de onde vinham, aqueles alemães? — perguntou Fritiof. — É verdade que eles levavam um espólio de guerra para Öland? Se é que eles tinham um espólio de guerra... O que aconteceu com esse espólio? O que você fez com ele, Nils?

Eram tantas perguntas, mas Nils suspeita de que esse homem que diz se chamar Fritiof já sabe a resposta para a maioria delas.

Nils respondeu às perguntas, de um modo seco, mas onde ele escondeu as pedras, isso ele não contou. Esse tesouro é dele, seja lá que valor tenha. Ele viveu sem dinheiro por tantos anos que agora ele merece o tesouro.

Não demorou muito e o Borrachon ficou inquieto no quartinho em San José, mas Nils era obrigado a segurá-lo ali até Fritiof chegar. Depois de três dias, não havia mais o que conversar e depois de uma semana a única coisa que Nils e o Borrachon tinham em comum era o vinho. Eles ficavam sentados no quarto de hotel, rodeados de garrafas vazias, e lá fora o sol ardia na rua.

Finalmente o avião de Fritiof aterrissou no aeroporto e ele apareceu no hotel com um sorriso grande no rosto, embaixo dos óculos escuros. Borrachon acordou da embriaguez sem entender direito quem era o sueco novo e o que ele queria, mas Fritiof arranjou outras garrafas de vinho e a festa continuou. Fritiof cantava e ria, mas mantinha o controle o tempo todo; ele estudava o Borrachon com um olhar firme.

No dia seguinte à chegada de Fritiof, Nils voltou primeiro de trem para Limón. Ele retornou para sua moradia pequena, pagou o último aluguel à senhoria, madame Mendoza, e cortou o cabelo, que ficou tão curto quanto o do Borrachon. Em seguida foi ao bar do porto e acenou com a cabeça para todos os pobres coitados que nunca sairiam de Limón. Ele bebeu vinho e cuidou para que fosse visto pelas ruas lamacentas da cidade por várias noites seguidas, aparentemente muito embriagado.

— *Echa* — dizia ele. Ele agradecia a todos.

Contou para madame Mendoza e para vários *barmen* que em breve faria uma caminhada pelo litoral norte, passando pela Playa Bonita — mas que voltaria dentro de alguns dias, quando um amigo sueco viria visitá-lo.

— *Echa* — diz ele apenas. — *Hasta pronto.*

No alvorecer do último dia em Limón, ele levantou, deixou um pouco de dinheiro nas gavetas da cozinha e a maioria dos pertences dele, e levou apenas algumas roupas, um pouco de comida, a carteira de dinheiro e as cartas da mãe. Em seguida ele deixou finalmente Limón. Deu uma volta pelo mercado da praça, onde os velhos vendedores de peixe já estavam, a postos, e eles testemunharam em silêncio como começou a viagem de Nils de volta para casa. Ele passou pela estação de trem e prosseguiu para o norte, saindo da cidade, a caminho do encontro com Fritiof Andersson sem olhar para trás.

Não fugindo — mas a caminho de casa.

Pela primeira vez depois de quase vinte anos, Nils está a caminho de Öland.

26

Não foi uma enfermeira jovem que abriu a porta pesada do casarão de Martin Malm dessa vez. Foi uma senhora, de cabelos longos e grisalhos, de blusa e calças de cor clara. Gerlof reconheceu a mulher: a esposa de Martin, Ann-Britt Malm.

— Boa-tarde — disse Gerlof.

A mulher permaneceu parada na porta, seu rosto pálido ainda sério; ele viu que ela não o tinha reconhecido.

— Gerlof Davidsson — disse ele, passando a bengala para a mão esquerda e estendendo a direita. — De Stenvik.

— Ah, sim... — disse ela. — Gerlof, claro... Você esteve aqui na semana passada, junto com uma mulher.

— Era a minha filha.

— Eu vi vocês dois lá do andar de cima quando estavam indo embora, mas quando eu perguntei a Ylva, ela não se lembrou do nome de vocês — disse Ann-Britt Malm.

— Foi isso — disse Gerlof. — Eu queria conversar um pouco com Martin sobre os velhos tempos, mas ele não estava se sentindo bem naquele dia. Será que hoje é possível?

Gerlof sentia o vento gelado do estreito nas costas e tentava não tremer. Mas ele gostaria muito de entrar no calor da casa.

— Martin não está muito melhor hoje — disse Ann-Britt Malm.

Gerlof balançou a cabeça em compreensão.

— Mas um pouco melhor, talvez? — disse ele, e sentiu-se como um vendedor de porta em porta. — Eu não vou ficar muito tempo.

Por fim, ela abriu a porta para ele.

— Vamos ver como ele está hoje — disse ela. — Entre.

Gerlof virou-se antes de entrar na casa e olhou para a rua.

John continuava no carro. Gerlof acenou com a cabeça para ele. "Trinta minutos", ele tinha dito a John. "Se você vir que eles me deixaram entrar, pode voltar dentro de trinta minutos."

John levantou uma das mãos atrás do para-brisa e deu a partida no motor. Ele partiu.

Quando Gerlof entrou no calor da casa suas juntas pararam aos poucos de tremer. Ele colocou a pasta no chão de pedra do vestíbulo grande e tirou o casaco.

— É quase inverno lá fora hoje — disse ele a Ann-Britt Malm.

Ela apenas assentiu, pelo visto não estava interessada em jogar conversa fora.

Ann-Britt foi abrir mais um pouco a porta lateral, que estava apenas entreaberta. Gerlof seguiu-a em silêncio.

Havia um cômodo maior lá dentro, um salão. O ar ali era abafado e ruim e tinha um cheiro curtido de cigarro. Várias janelas davam para o pátio dos fundos, mas as cortinas escuras estavam fechadas. Do teto pendia um lustre de cristal coberto por um pano branco. Em dois cantos do salão havia lareiras com azulejos e no terceiro, uma televisão ligada que passava desenhos animados em volume baixo.

Flinstones, viu Gerlof.

Em frente à TV havia uma cadeira de rodas, onde estava sentado um homem velho e encolhido com um cobertor em cima dos joelhos. A cabeça calva estava áspera de tantas pintas escuras, e uma antiga cicatriz branca atravessava-lhe a testa. O queixo tremia sem parar.

Esse era Martin Malm, o homem que tinha enviado a sandália de Jens.

— Visita para você, Martin — anunciou Ann-Britt.

O velho armador virou a cabeça de um sobressalto. Seus olhos pousaram em Gerlof e fixaram-se nele.

— Boa-tarde, Martin — disse Gerlof. — Como você está?

O queixo trêmulo de Martin afundou-se alguns centímetros num acenar rápido.

— Tudo bem com você?

Ele negou sacudindo a cabeça.

— Não? Tampouco comigo — disse Gerlof. — Nós estamos do jeito que merecemos.

Silêncio. Lá na TV, Fred Flinstone saltava para dentro do carro e desaparecia numa nuvem de fumaça.

— Quer um café, Gerlof? — perguntou Ann-Britt.

— Não, obrigado, estou bem assim.

Gerlof estava torcendo para ela não ficar ali no salão.

Pelo visto, ela não pensava em fazer isso. Ann-Britt deu meia-volta com a mão na maçaneta da porta e olhou para Gerlof pela última vez, como se eles se entendessem.

— Eu volto dentro de um instante — disse ela.

Em seguida saiu e fechou a porta.

Tudo ficou muito silencioso no salão.

Gerlof ficou parado alguns instantes, depois foi até uma cadeira encostada na parede. Embora a cadeira estivesse a vários metros de Martin, Gerlof sabia que não teria forças de arrastá-la para mais perto, então sentou-se ali mesmo.

— Pronto... — disse ele. — Agora nós podemos conversar um pouco.

Malm ainda olhava para ele.

Gerlof observou que no salão não havia objetos da vida do mar, diferentemente do corredor e do próprio quarto dele na Casa Marnäs. Ali não havia fotografias de embarcações, nem certificados de navegação em moldura, nem bússolas antigas.

— Você não tem saudades do mar, Martin? — perguntou ele. — Eu tenho. Até mesmo num dia de ventania como esse, quando a gente nem deve sair de casa. Mas eu ainda tenho isso aqui... — Ele levantou a pasta. — Aqui dentro eu tinha todos os meus papéis quando estava navegando, e ela ainda está inteira... Eu queria mostrar uma coisa para você...

Ele abriu a pasta, tirando dela um livro sobre a Frete Malm S/A, e prosseguiu:

— Isso aqui você já conhece. Eu olhei esse livro muitas vezes e aprendi um monte de coisas sobre todas as suas embarcações e aventuras no mar, Martin. Mas existe uma fotografia aqui que é especialmente interessante.

Ele abriu o livro e deixou-o na página com a foto de Ramneby.

— Esta aqui — prosseguiu ele. — É do final dos anos 1950, não é mesmo? Antes de você comprar seu primeiro transatlântico.

Ele levantou os olhos para Martin Malm e viu que tinha conseguido prender a atenção do velho armador. Malm não tirava os olhos do retrato, e Gerlof viu que a mão direita dele tinha pequenos espasmos, como se ele quisesse levantar a mão e apontar para a foto.

— Você se reconhece? — perguntou ele. — Acho que sim. E o seu veleiro também? É o barco *Amelia*, não é? Ele costumava ficar ao lado do meu *Cavalgador de Ondas* no cais daqui de Borgholm.

Martim Malm olhava fixamente para a foto sem dizer nada. Ele tinha uma respiração pesada, como se o ar não fosse suficiente.

— Você se lembra de onde ela foi tirada, a foto? Eu mesmo transportava na maioria das vezes óleo de motor para Oskarhamn quando eu navegava para Småland, mas aqui é mais ao sul. Não é mesmo?

Martin não respondeu, mas ele não desgrudava os olhos da foto antiga que Gerlof segurava. Os homens enfileirados no píer olhavam fixamente para ele, e Gerlof viu que o queixo de Martin tinha voltado a tremer descontroladamente.

— Serraria de Ramneby, não é mesmo? Não há um texto explicativo, mas foi Ernst Adolfsson quem reconheceu o lugar. Quando essa foto foi tirada, ainda era possível viver velejando um só barco. A duras penas, mas, em todo caso... — Gerlof apontou para a foto de novo. — E aqui está o dono da serraria em pessoa, August Kant. O irmão de Vera Kant. August você conhecia bem, não é? Vocês dois tinham vários negócios juntos.

Martin tentou levantar-se da cadeira de rodas para chegar mais perto de Gerlof. Pelo menos era isso que parecia: os ombros dele tinham contrações e ele respirava ofegante, as pernas contraídas pressionando o apoio de pés da cadeira de rodas. Ainda com os olhos cravados na fotografia, ele abriu a boca:

— Frr-chôff — disse ele com voz pastosa.

— Como? O que você disse, Martin?

— Frr-chôff — repetiu Martin.

Gerlof olhou intrigado para ele e abaixou o livro com a foto da serraria. O que Martin tinha dito? *Freixo*, parecia ser isso.

Ou será que fora um nome — *Fridolf*?

Ou *Fritiof*?

PUERTO LIMÓN, JULHO DE 1963

Nils espera tenso há mais de meia hora no escuro, sob as palmeiras, de costas para a praia. Os mosquitos amontoam-se ao redor dele. Ele os espanta e pensa em Öland, em como era caminhar pelo *alvar* em Öland, livre e despreocupado. Está com os ouvidos aguçados o tempo todo, mas não ouve nada que vem da praia.

Finalmente, e vindos de trás passos se aproximam na areia.

— Demorou, mas agora ele está dormindo — diz Fritiof.

— Ok.

Nils volta com Fritiof para a praia. O Borrachon sueco dorme encolhido perto da fogueira; parece um saco de carvão. A cabeça está pendurada e a mão segura a última garrafa de vinho.

— Agora você pode começar — diz Fritiof.

— Eu?

— Você, sim. — Fritiof olha bem nos olhos dele. — Eu já tive bastante trabalho mantendo esse bebum acordado a viagem inteira. Agora você assume o comando.

Nils olha do alto para o Borrachon, mas não se move.

— Ele não vale nada, Nils — diz Fritiof. — Só tem valor para nós.

Nils continua imóvel.

— Você acha que vai para o inferno por causa disso? — pergunta Fritiof.

Nils faz que não com a cabeça.

— Você não vai — diz Fritiof. — Vai poder voltar para casa.

— É aqui — diz Nils.

— Como?

— O inferno é aqui.

— Muito bem. — Fritiof balança a cabeça. — Então está na hora de você sair dele.

Nils balança a cabeça, cansado; em seguida, ele se abaixa e pega a parte de cima do corpo do Borrachon. O homem balbucia dormindo, mas não oferece resistência. Nils arrasta-o pela areia, para longe da fogueira, na direção do mar negro.

— Cuidado com os tubarões — diz Fritiof atrás dele.

A água está morna e as ondas, grandes, mas suaves. Nils entra de costas no Mar do Caribe e arrasta o corpo do Borrachon.

De repente ele se move. Dá uma tossida quando a espuma das ondas lava o rosto dele e começa a resistir. Nils trinca os dentes, entra mais alguns metros na água, de costas, até o mar bater nas coxas dele; depois ele empurra o Borrachon para debaixo d'água. Ele fecha os olhos e põe-se a contar: *Um, dois, três...*

O homem agita os braços de um lado para o outro, tentando levantar a cabeça da água. Nils segura o homem, pensa em Öland e continua contando.

...48, 49, 50...

Ele tem a impressão de que leva uma hora para o corpo parar de se mexer na água. Ainda assim, Nils continua segurando petrificado o Borrachon debaixo d'água. Tudo o que tem vida deve cessar, não pode sobrar nada. Se ele esperar bastante tempo, pode ser que o Borrachon não venha a aparecer nos sonhos dele, como aconteceu com o comissário.

— Pronto? — exclama Fritiof da beira da praia.

— Sim.

— Certo, Nils. — Fritiof entra na água, abaixa-se para ver o Borrachon, levanta um dos braços do rapaz e o deixa cair. — Bom trabalho.

Nils não diz nada. Ele continua em pé na corrente das ondas, enquanto Fritiof arrasta o corpo para a beira d'água, e Nils pensa de repente no irmão mais novo. Axel.

Foi um acidente, Axel, não foi por mal... Matar faz voltar os que já estão mortos, com mais força do que nunca.

Fritiof atravessa a água indo para a areia e enxuga a testa com a manga da camisa. Ele respira aliviado.

— Muito bem, então está resolvido — diz ele, e vira-se para Nils. — Você pode falar agora.

— Falar o quê?

Nils sai devagar da água e fica na frente dele.

— Sobre o espólio de guerra que você escondeu. Onde está, Nils?

O corpo do rapaz de Småland está caído entre os dois na praia. Nils sente que Fritiof assume a dianteira agora, mas ele se nega a ceder.

— Nesse caso, qual é o seu nome, Fritiof Andersson? O verdadeiro?

O homem diante dele não responde.

— Se você me levar para casa — diz Nils por fim —, então eu digo onde está o espólio.

— Isso vai demorar um pouco — diz Fritiof, e abana com a mão para afastar um mosquito. — Eu vou providenciar tudo, mas vai demorar um pouco. Uma coisa de cada vez. Primeiro o corpo tem que chegar a Öland... Ele deve ser enterrado e esquecido completamente. Depois você pode ir para casa. Você entende isso, não é?

Nils confirma com um aceno de cabeça.

Fritiof cutuca o corpo entre eles com o sapato.

— Nós vamos arrastá-lo de novo mais alguns metros para dentro d'água, fazer uns cortes no rosto dele e colocar o corpo no fundo... e deixar os peixes aparecerem para fazer o trabalho deles. Depois ninguém vai poder ver nenhuma diferença entre vocês dois. — Ele aponta com a cabeça para a bolsa pequena do Borrachon, que está perto da fogueira. — Não esqueça de levar o passaporte dele. Do contrário, você pode não conseguir entrar no México.

— E depois disso — diz Nils —, você vai voltar para cá?

— Vou. Você fica na Cidade do México e eu volto para cá dentro de mais ou menos uma semana. Eu arrasto o corpo para a areia e limpo os vestígios, depois eu vou para Limón e começo a perguntar às pessoas se elas viram meu amigo sueco chamado Nils. O melhor seria se outra pessoa chegasse aqui e encontrasse o corpo, mas do contrário eu mesmo terei que fazer isso.

Nils começa a despir-se.

— Agora vamos trocar de roupa.

Fritiof olha para ele.

— Mais alguma coisa? — diz ele. — Alguma coisa que você tenha esquecido?

Nils tira a camisa no escuro.

— O quê?

Fritiof aponta em silêncio para a mão esquerda de Nils, para os dois dedos curvados dele.

Em seguida ele se abaixa, apanha o braço do Borrachon, estica o membro de forma que a mão esquerda fique sobre a areia e depois pisa com força nos dedos anular e médio com o salto do sapato. Mais forte, cada vez mais forte, até se ouvir um leve estalo no escuro.

— Pronto — diz Fritiof, tirando um lenço do bolso e amarrando os dedos quebrados, para entortá-los na direção da palma da mão. — Agora vocês são quase uma cópia um do outro.

Nils apenas fica olhando. Esse homem, Fritiof, está sempre um passo à frente no planejamento. Que final ele imaginou para isso tudo?

Nils coloca a aflição de lado.

— Tire as calças dele. Eu vou secá-las na fogueira. Então ele fica com as minhas em vez dessas, e com a minha carteira.

Agora ele só quer ir para casa. É só ele poder voltar para Stenvik que isso aqui terá um final feliz.

Então não importa que ele esteja agora no inferno.

27

— *Nós estamos velhos, nós* dois — disse Gerlof para Martin Malm. — E temos tempo para pensar. Eu venho pensando em muitas coisas nos últimos tempos...

Os olhos dele encontraram os de Martin. Os dois homens ainda estavam sentados um na frente do outro no salão escuro, onde a TV mostrava agora imagens de Fred Flinstone extraindo pedra da montanha.

Gerlof ainda tinha na mão o livro com a foto de Ramneby.

— Sua empresa de frete não era tão grande quando essa foto foi tirada — disse ele. — Eu sei disso pois a minha também era pequena. Você tinha alguns veleiros que carregavam pedras, madeira e todo tipo de mercadorias pelo pequeno mar Báltico, do mesmo jeito que todos nós. Mas depois levou apenas três ou quatro anos para você comprar a sua primeira embarcação de aço e começar a viajar pela Europa e cruzar o Atlântico. Nós outros continuamos nos arranjando com nossos barcos por mais um tempo, até que as regras quanto à tripulação mínima e ao carregamento máximo ficaram pesadas demais. Nós não conseguimos empréstimo dos bancos para barcos maiores. Só você investiu numa frota moderna no momento certo. — Ele ainda olhava para Malm. — Mas de onde veio o dinheiro para isso, Martin? Você não tinha mais dinheiro do que os outros donos de barco naquele tempo, e os bancos devem ter sido tão sovinas com você quanto conosco.

Martin tensionou as mandíbulas, mas não disse nada.

— Será que ele veio de August Kant, Martin? — disse Gerlof. — Do proprietário da serraria de Ramneby?

Martin olhava fixamente para Gerlof. A cabeça dele moveu-se num espasmo.

— Não? Mas eu acho que sim.

Gerlof enfiou a mão na pasta de novo, colocou a bengala a sua frente e levantou-se. Desviou devagar do aparelho de TV e aproximou-se de Martin.

— Eu acho que você foi pago para trazer para casa um assassino da América do Sul, Martin. O assassino Nils Kant... O sobrinho de August.

Martin movia a cabeça agora para a frente e para trás. Ele abriu a boca de novo.

— Ee-ra — disse ele. — Ee-ra A-ant.

— Vera Kant — disse Gerlof. Ele começava a entender Martin um pouco melhor agora. — Foi a mãe de Nils. Com certeza ela queria trazer o filho para casa. Mas foi o irmão dela, August, quem pagou, não foi? Ele pagou você para primeiro trazer para Öland um corpo num caixão, que foi sepultado em Marnäs, de forma que todos acreditassem que Nils Kant estava morto. Depois você mesmo trouxe Nils para casa alguns anos depois, mais discretamente.

Ele ficou na frente de Martin, que se viu obrigado a levantar a cabeça para vê-lo lá no alto.

— Nils veio para casa, provavelmente no final dos anos 1960, e ficou escondido em algum lugar aqui em Öland. Ele não precisava se esconder muito, já que ninguém o reconhecia depois de 25 anos. Ele podia certamente visitar a mãe às vezes e fazer suas caminhadas pelo *alvar*.

Gerlof baixou os olhos e mirou o homem na cadeira de rodas.

— Eu acho que era por lá que Nils estava passeando num dia de setembro com névoa, quando cruzou com um menininho que tinha se perdido na neblina. Meu neto Jens.

Gerlof olhou para o chão.

— E então alguma coisa deu errado — prosseguiu ele em voz baixa. — Alguma coisa aconteceu e Nils ficou com medo. Eu não acho que Nils Kant era tão mau e tão louco como alguns dizem. Ele só era medroso e impulsivo e podia ser violento às vezes. E por isso Jens morreu. — Gerlof suspirou. — E depois... você sabe melhor do que ninguém. Eu acho que Nils veio pedir ajuda a você. Juntos, vocês dois enterraram o corpo em algum lugar no *alvar*. Mas você guardou algo.

Ele mostrou o objeto que tinha tirado de dentro da pasta. Era o envelope marrom com o logotipo cortado da Frete Malm, aquele que Gerlof tinha recebido pelo correio.

— Você guardou uma das sandálias de Jens. Você a enviou para mim faz alguns meses, neste envelope. — Gerlof fez uma pausa e perguntou: — Por que você fez isso? Queria confessar?

Martin olhou para o envelope e seu queixo moveu-se mais uma vez.

— Nino é alen — disse ele.

Gerlof balançou a cabeça sem entender. Ele sentou-se devagar para recuperar o fôlego e lançou o último olhar demorado para Martin.

— Você matou Nils Kant, Martin?

A última pergunta de Gerlof ficou naturalmente sem resposta, então ele mesmo a respondeu:

— Eu acho que sim... Acho que Nils se tornou perigoso demais para você. E acho que foi ele quem deixou essa cicatriz aí na sua testa. Mas é claro que eu também não posso provar isso.

Ele inclinou-se para a frente e colocou devagar o livro e o envelope na pasta antiga. Tinha sido cansativo.

Numa estante na parede menor havia fotos emolduradas da família; Gerlof viu jovens sorrindo em várias delas.

— Nossos filhos, Martin... — disse ele. — Nós sabemos que eles vão nos esquecer. Queremos que eles se lembrem de tudo de bom que nós, apesar de tudo, fizemos, mas não é sempre que isso acontece.

Gerlof estava cansado e começou a falar o que vinha a sua mente. Martin Malm também parecia sem forças na cadeira de rodas. Ele não se mexia nem tentava dizer mais nada.

O ar dentro do salão parecia ter acabado, e o lugar, aparentemente, estava mais escuro do que antes. Gerlof levantou-se devagar.

— Bem, Martin, está na hora de eu ir — disse ele. — Passe bem na medida do possível... Talvez eu volte.

Ele mesmo achou que a última frase soara ameaçadora — essa fora, em parte, a intenção dele.

A porta que dava para o corredor foi aberta antes de ele chegar a ela. O rosto pálido de Ann-Britt Malm apareceu.

Gerlof sorriu sem forças para ela.

— Agora nós já batemos o nosso papo — disse ele.

Na verdade, fora apenas Gerlof quem tinha falado, e ele não recebera sequer uma resposta clara.

Ele passou pela esposa de Martin Malm e ela fechou a porta do salão atrás dele.

— Muito obrigado — disse Gerlof, e acenou com a cabeça para ela.

— Fui eu que enviei aquilo — disse Ann-Britt.

Gerlof parou. Ele apontou para a pasta, na qual se via a ponta do envelope marrom.

— Martin está com câncer de fígado — disse Ann-Britt. — Ele não tem muito tempo de vida.

Gerlof permaneceu em pé, sem saber o que dizer. Ele olhou para a pasta.

— Como a senhora... você... — ele limpou a garganta — ... sabia para onde devia ser enviado?

— Martin me deu o envelope no verão — disse Ann-Britt. — A sandália já estava dentro e ele tinha escrito o seu nome. Foi só enviar.

— Foi você que ligou? — perguntou ele. — Alguém me telefonou depois que o envelope chegou... alguém que desligava o telefone.

— Foi. Eu queria perguntar... sobre a sandália — disse Ann-Britt. — Saber por que Martin estava com ela, o que podia significar. Mas eu estava com medo da resposta... Que Martin pudesse ter feito alguma coisa com o seu filho.

— Não era filho — disse Gerlof, cansado. — Jens era meu neto. Mas eu não sei o que a sandália significa.

— Eu também não sei, e é... — Ela fez uma pausa. — Martin não quis falar nada a respeito quando ele apanhou o envelope, mas eu... Eu achei que ele tinha tomado conta da sandália, como uma espécie de garantia. Será que foi isso?

— Garantia? — disse Gerlof.

— Com relação a outra pessoa — disse Ann-Britt. — Não sei.

Gerlof a encarou.

— Martin comentou alguma vez sobre os Kant? A família Kant?

Ann-Britt hesitou; em seguida assentiu, sem olhar para Gerlof.

— Comentou, mas apenas sobre os negócios que eles fizeram... Vera Kant investiu dinheiro nas embarcações de Martin.

— Vera? — repetiu Gerlof. — Não foi o August?

— Não. Vera Kant investiu dinheiro na primeira embarcação a motor de Martin — disse ela. — E ele precisava desse dinheiro, disso eu sei.

Gerlof apenas balançou a cabeça. Ele só tinha mais uma pergunta, e depois queria sair daquela casa grande e sombria.

— Quando Martin deu o envelope a você — disse ele —, ele tinha recebido alguma visita, logo antes disso?

— Nós não recebemos muitas visitas — respondeu Ann-Britt.

— Eu acho que alguém de Stenvik pode ter estado aqui — disse ele. — Um ex-canteiro... Ernst Adolfsson.

— Sim, Ernst — disse Ann-Britt. — Nós compramos vários trabalhos dele, mas ele está morto agora. Ele esteve aqui e fez uma visita... mas eu acho que foi no verão.

Ernst tinha chegado antes de novo, pensou Gerlof.

— Obrigado — disse ele apenas, e apanhou o casaco de inverno. O sobretudo parecia muito mais pesado agora, como uma armadura. — Martin vai ser transferido para o hospital? — perguntou ele.

— Não, não vai haver hospital — respondeu Ann-Britt. — Os médicos sempre vêm aqui.

Lá fora na escada, o vento agarrou-o de novo e dessa vez o fez perder o equilíbrio. Era o cansaço. Além disso, tinha começado a chuviscar. Quando a rua lá fora se mostrou deserta de carros, ele apertou os olhos para enfrentar sozinho o frio, mas então viu o veículo de John estacionado a uns 10 metros.

John apenas acenou com a cabeça ao abrir a porta do assento do carona para Gerlof se sentar.

— Está feito — disse Gerlof.

— Certo — disse John.

Foi só então que Gerlof viu alguém sentado no banco traseiro: uma pessoa de ombros largos que tinha conseguido se afundar e se esconder atrás de John. Era o filho dele, Anders.

— Eu estive no apartamento — disse John. — Anders está em casa de novo. Ele foi solto.

— Que bom. Olá, Anders.

O filho de John apenas acenou com a cabeça.

— Que bom que a polícia acreditou em você, não é? — disse Gerlof.

— É — disse Anders.

— Agora você não vai mais entrar na casa de Vera Kant, não é mesmo?

— Não. — Anders sacudiu a cabeça. — Lá tem assombração.

— Eu já ouvi falar nisso — disse Gerlof. — Mas você não tinha medo?

— Não — respondeu Anders. — Ela ficava no quarto dela.

— Ela? Você está falando de Vera?

Anders confirmou com a cabeça.

— Ela é uma pessoa amargurada.

— Amargurada?

— Ela se sente enganada.

— É mesmo? — disse Gerlof.

Ele pensou no que Maja Nyman tinha dito sobre as duas vozes masculinas que ouvira na cozinha de Vera. Será que uma delas era de Martin Malm?

A chuva continuava; John ligou o limpador do para-brisa ao partir.

— Eu pensei em ficar aqui com Anders em Borgholm por um tempo — disse ele. — Nós vamos tomar um café com a mãe dele. Com certeza você é bem-vindo.

— Não, eu preciso ir para casa — disse Gerlof. — Do contrário, Boel vai ter um ataque histérico.

— É mesmo — disse John.

— Eu posso pegar o ônibus para Marnäs — disse Gerlof. — Não tem um ônibus para lá às 15h30?

— Nós podemos confirmar na estação — disse John.

Gerlof ficou em silêncio e pensativo enquanto eles passavam por Borgholm. Como sempre, ele teve a sensação de que não tinha aproveitado tudo na casa de Martin Malm, de que tinha feito as perguntas erradas e que não tinha entendido corretamente as poucas respostas que recebera. Ele devia ter feito anotações.

— Martin não consegue mais falar — disse ele, e suspirou.

— É mesmo? — disse John.

Quando o carro fez a curva à direita na praça, Gerlof virou a cabeça e viu de repente Julia do outro lado da rua.

Ela estava sentada num restaurante perto da igreja acompanhada de Lennart Henriksson, o policial. Gerlof não ficou surpreso ao ver os dois juntos.

Julia estava olhando para Lennart e parecia calma, achou Gerlof, quando o carro passou pela janela do restaurante. Feliz talvez não, mas em paz. E Lennart também parecia mais bem-disposto do que nos últimos tempos. Isso era bom.

— Então você pode ir de ônibus? — perguntou John.

— Sim. Estou me sentindo bem agora. — Isso era em parte verdade; ele podia caminhar, ao menos. Ele acrescentou: — E nós temos que apoiar o transporte coletivo. Do contrário, também vão desativar as linhas de ônibus.

John foi para o norte, na direção do terminal rodoviário de Borgholm. Ali tinha sido uma estação de trem antigamente, a parada final de trens como o que Nils Kant tinha deixado depois de matar o policial — mas agora eram apenas ônibus e táxis que paravam ali.

O carro parou no estacionamento. John saiu do automóvel, deu a volta e foi abrir a porta para Gerlof.

— Obrigado — disse Gerlof, e colocou-se de pé cambaleante. Ele despediu-se de Anders com um aceno de cabeça.

Tinha sido um dia cansativo, mas ele lutava com todas as forças para caminhar firme e decentemente até os ônibus que ficavam atrás da estação, com a pasta em uma das mãos e a bengala na outra. A chuvinha tinha apertado um pouco. O ônibus com destino a Byxelkrok via Marnäs já estava na parada; o motorista lia jornal.

Gerlof parou na porta do ônibus.

— Pelo menos agora está acabado — disse ele. — Nós fizemos o que estava ao nosso alcance. Martin vai ter que viver com o que fez. Pelo menos durante o tempo que lhe resta.

— É. Ele vai — disse John.

— Aliás... — continuou Gerlof. — Fridolf... você já ouviu falar em algum conhecido de Martin Malm com esse nome?

— Fridolf? — perguntou ele. — Como em "Little Fridolf"?*

— É. Ou talvez Fritiof — disse Gerlof. — Fridolf ou Fritiof.

— Eu nunca ouvi falar — respondeu John. — É importante?

— Não. Acho que não.

Gerlof ficou calado diante de John por alguns instantes, enquanto dois rapazes adolescentes de casacos pretos acolchoados e cabelos cortados bem rente passaram rápido por eles e entraram no ônibus com uma passada larga, sem olhar nem sequer uma vez para os homens velhos.

Gerlof percebeu que não tinha a menor importância se ele tinha ou não acabado de revelar um assassino. Isso não mudava nada. A vida continuaria sendo a mesma ao redor dele e Öland ainda era um lugar escassamente povoado.

---

* Referência a uma série de rádio e a filmes famosos na Suécia nos anos 1950. (*N. da T.*)

Ele estava deprimido. Talvez fosse uma crise dos 80 anos.

— Então, obrigado — disse ele para o amigo. — Eu telefono para você quando chegar em casa.

— Faça isso.

John acenou com a cabeça e segurou a bengala do amigo enquanto Gerlof subia devagar os degraus altos do ônibus. Ele pegou a bengala, pagou a passagem ao motorista com o desconto para aposentados e sentou-se à direita na janela. Pelo vidro, ele viu John voltar para o carro velho e entrar no veículo.

Gerlof recostou-se, cerrou os olhos e ouviu o ônibus roncar, dando a partida. Devagar como um veleiro antigo, ele começou a sair da estação.

Fridolf ou Fritiof, pensou ele. E um encontro em Ramneby, onde Ernst tinha crescido.

Fridolf? Fritiof?

Gerlof não conhecia ninguém em Öland com esses nomes.

28

— *Não, eu não sou* casado — disse Lennart. — E nunca fui.

— Você não tem filhos? — perguntou Julia.

Ele sacudiu a cabeça.

— Também não tenho filhos. — Ele abaixou os olhos para os copos semivazios. — Para ser exato, eu tive apenas um relacionamento sério na minha vida... E durou quase dez anos. Acabou há cinco anos... Ela está morando em Kalmar agora e nós ainda somos amigos. — Ele sorriu para Julia. — Depois disso passei a me dedicar mais à minha casa e ao meu jardim.

— O norte de Öland talvez não seja o melhor lugar — comentou Julia. — Bem, caso se queira conhecer alguém, é o que quero dizer.

— Você está dizendo que não há muito o que escolher — disse Lennart, e continuou a sorrir. — É, é verdade. Deve ser muito melhor em Gotemburgo, não é?

— Não sei... — respondeu Julia. — Eu quase parei de procurar. — Ela bebeu o resto do copo d'água e prosseguiu: — Na verdade, eu também só tive um relacionamento sério. E foi há muito mais tempo do que o seu... Foi com o pai de Jens,

Michael, e a nossa relação acabou quando... bem, depois daquilo. Você sabe.

— É preciso ser bastante determinado para ter um relacionamento — comentou ele.

Julia assentiu.

— Mas quais são os seus planos agora? — perguntou Lennart. — Vai ficar em Öland?

— Eu não sei... talvez — respondeu Julia. — Não há muito o que me prenda em Gotemburgo. E Gerlof não tem lá muita saúde. Ele não quer ninguém tomando conta dele, mas eu acho que ele pode vir a precisar de mim.

— O norte de Öland precisa de enfermeiras, eu sei disso — disse Lennart, e olhou para ela. — E eu gostaria que você...

Ele foi interrompido por um sinal monótono; Julia quase deu um pulo de susto. Lennart olhou para o pager no cinto.

— Estão me chamando de novo — resmungou ele.

— É alguma coisa importante? — perguntou Julia.

— Não, parece que é só uma checagem lá na delegacia. — Ele levantou-se. — Eu só vou pagar.

— Nós podemos dividir a conta — disse Julia.

— Não, não. — Lennart abanou as mãos, impedindo-a. — Eu que arrastei você para cá.

— Obrigada — disse Julia.

Como sempre, ela não tinha dinheiro.

— A gente pode se encontrar... — Lennart olhou para o relógio — ... às 15h45 lá na delegacia? A essa altura eu devo estar pronto. Então nós podemos deixar a cidade grande e ir para casa.

— Está bem.

— Será que você quer me acompanhar para conhecer minha casa? Ela não é grande, mas fica na beira do mar no norte de Marnäs. O sol nasce na praia a cada novo dia, para fazer uso de palavras poéticas.

— Claro — disse Julia.

Eles separaram-se do lado de fora do restaurante. Lennart foi rapidamente na direção da delegacia e Julia ia devagar com as muletas na direção da Kungsgatan, para dar uma olhada nas lojas. Parece que não havia nenhuma liquidação de roupas aquela semana, mas ela podia ver o que havia nas vitrines.

Ela passou por uma tabacaria e leu automaticamente uma série de manchetes de jornal — ACIDENTE GRAVE NA E22; NENHUM DOS MORTOS FOI IDENTIFICADO; CAROLA FELIZ DE NOVO; TUDO SOBRE A TV NO FERIADO!; *VOCÊ* GANHOU NA LOTERIA? — sem dar importância.

Ela sentia-se bem agora, apesar das fraturas. Estava de fato até feliz. Feliz por Gerlof e ela terem se aproximado um do outro mais do que nunca, feliz por ela e a irmã terem se despedido mais ou menos como amigas e feliz também porque Lennart Henriksson parecia gostar da companhia dela.

Julia estava até mesmo feliz pelo fato de a polícia ter soltado Anders Hagman. Teria sido horrível se alguém de Stenvik tivesse alguma coisa a ver com o desaparecimento de seu filho. Nesse caso, seria melhor que Jens tivesse descido para a praia sem que ninguém o tivesse visto na neblina. Ele tinha dominado o medo do mar, começado a pular de um lado para o outro dentro d'água e escorregado.

Julia achava isso agora.

JÖNKÖPING, ABRIL DE 1970

— *Não é grande, mas* daqui a gente pode ver um pouco do Vättern — diz o dono do imóvel, e aponta para fora da janela. — Os móveis da cozinha e a cama estão incluídos no aluguel.

O dono do imóvel está resfolegante nos cômodos pequenos. O elevador do prédio está quebrado e ele ficou com a testa brilhando de suor depois de ter subido as escadas até o quarto andar. Ele está de terno e sustenta uma barriga bem grande sob a camisa social.

— Certo — diz o futuro inquilino.

— Há boas possibilidades de guardar o carro.

— Obrigado, mas eu não tenho carro.

Não leva mais que cinco minutos para inspecionar o apartamento inteiro; na verdade, menos que cinco. Um cômodo e uma cozinha no último andar de um edifício na rua Gröna, no sul de Jönköping.

— Eu alugo. Por seis meses. Talvez por mais tempo.

— Uma profissão que exige muitas viagens? Sem carro?

— Eu vou de ônibus e de trem — diz o inquilino. — Já morei em muitos lugares... e estou esperando que meus chefes me chamem.

Nils ainda está testando o nome novo e a vida nova. Ele vai se acostumando aos poucos e sente que a vida antiga vai se apagando. Mas ela não desaparece por completo. É como se ele tivesse uma outra vida guardada sob o vidro de uma queijeira. A vida nova é mais livre, ela tem número de registro civil e um passaporte que funciona nas fronteiras — mas, apesar disso, ele nunca sente que ela é totalmente genuína. Não na Costa Rica, nem durante os anos no México ou o ano que passou nos arredores de Amsterdã ou os últimos seis meses num apartamento quase vazio em Bergsjö, perto de Gotemburgo, quando ele às vezes acordava no meio da noite suando frio e achava que estava de volta ao calor escaldante da Costa Rica.

— Posso perguntar a sua idade? — diz o senhorio.

— Quarenta e quatro.

— São os melhores anos.

— É, talvez sim.

Quando Nils pergunta quando vai poder finalmente ir para Öland, só recebe respostas evasivas de Fritiof.

— Quem não tem paciência comete erros — disse Fritiof em uma ligação ruidosa há três semanas. — Você precisa ter calma, Nils. O caixão está enterrado em Marnäs, a grama já está crescendo na sepultura e sua mãe velhinha aparece colocando flores no túmulo de vez em quando. Ela está esperando por você.

— Ela está bem? — ele quis saber.

— Sim, está.

Fritiof faz uma pausa e prossegue:

— Mas ela recebeu cartões-postais. Cartões-postais estranhos. Primeiro alguns da Costa Rica. Depois do México e da Holanda. Você sabe disso?

Nils sabe. Ele enviou cartas e cartões-postais para a mãe durante todos esses anos, mas sempre agiu com cautela.

— Eu não escrevi o remetente — disse Nils.

— Está bem. Com certeza ela ficou feliz — disse Fritiof. — Mas agora há boatos de que Nils Kant está vivo. Não na polícia, eles não dão a mínima para fofocas de cidadezinha, mas aqui em Stenvik. É por isso que você não pode perder a paciência. Entende?

— Entendo. Mas o que vai acontecer quando eu chegar em Öland?

— Bem, o que vai acontecer... — disse Fritiof, como se a resposta não fosse interessante. — O que vai acontecer é que você vai chegar em casa, vai ficar perto da sua mãe. Mas primeiro nós vamos à caça ao tesouro. Não é mesmo?

— Nós já falamos sobre isso. Se eu chegar em casa, eu mostro o tesouro.

— Muito bem. Nós só precisamos esperar o momento certo — disse Fritiof.

— Está bem. E quando ele vai chegar?

Mas Fritiof já tinha desligado o telefone.

Esse homem, que com certeza tem outro nome, apenas desligou o telefone na cara dele. Nils tem a sensação de que ele já é um caso encerrado para Fritiof Andersson, um homem morto. Morto e enterrado no cemitério de Marnäs.

— O pagamento é adiantado — diz o dono do apartamento.

— Está bem — diz Nils. — Eu posso pagar agora.

— É um mês de aviso prévio.

— Está bem. Eu não preciso de um prazo maior.

Nils não está morto, ele está a caminho de casa.

E o homem que diz se chamar Fritiof não cometerá o erro de pensar diferente.

29

Gerlof estava no ônibus que ia para Marnäs, pensando. Ele tinha cochilado um pouco no trecho entre Borgholm e Köpingsvik, mas acordou quando o ônibus chegou ao *alvar*. Agora ele estava pensando.

Ele tinha falado mais do que o planejado na atuação na casa de Martin Malm, um monte de hipóteses mal fundamentadas que possivelmente nunca poderiam ser verificadas. Confissão mesmo, ele não recebeu, mas agora ele tinha pelo menos dito tudo o que queria.

Agora ele podia tocar a vida adiante. Fazer mais barcos de garrafa. Receber visitas de John e tomar café. Ler os obituários no jornal e ver o inverno chegar do lado de fora da Casa Marnäs.

Mas era difícil esquecer. Havia muito o que pensar.

Ele apanhou novamente o livro sobre a empresa Frete Malm; o livro do jubileu da firma, que estava começando a ficar bem gasto nos cantos de tanto sair e entrar na sua pasta. Gerlof abriu a página com a foto do cais em Ramneby e, mais uma vez, viu Martin Malm e August Kant lado a lado na frente dos trabalhadores emburrados da serraria.

Ele pensou no que Ann-Britt tinha contado — que fora Vera Kant quem emprestara dinheiro para a primeira embarcação grande de Malm, e não August. Isso significava, em outras palavras, que Vera tinha pagado Martin Malm para trazer Nils para casa.

Mas se August Kant não queria se envolver com o sobrinho e talvez preferisse que Nils ficasse para sempre bem longe, na América do Sul, então o que significava essa foto que mostrava laços comerciais e fraternais de August com Martin Malm? A mão de August nos ombros de Martin...

Pois *era* mesmo a mão de August, não era? Gerlof olhou mais de perto. O polegar parecia estar no lado errado com relação aos dedos.

Ele ficou olhando para a foto até doer os olhos e os contornos do retrato em preto e branco começarem a perder a nitidez. Então ele apanhou os óculos de leitura na pasta, colocou-os no rosto e continuou a olhar. Quando isso não adiantou, ele tirou os óculos e segurou-os como se fossem uma lupa por cima do retrato. Os rostos brancos dos trabalhadores da serraria ficaram mais perto dele desse modo, mas ao mesmo tempo eles se desmanchavam em pontos pretos e brancos.

Gerlof passou a lente por cima da foto e olhou mais de perto a mão no ombro de Malm. Lá estava ela, descansando de um jeito camarada perto do pescoço do capitão, mas agora Gerlof via nitidamente que aquilo que devia ser a mão direita de August era na verdade a mão esquerda de alguém. E bem atrás da mão...

Gerlof olhou para os rostos sorridentes da foto.

De repente ele viu pela primeira vez a mesma coisa que Ernst devia ter visto.

— *Ai, meu Deus* — disse ele.

Invocar o nome do Pai era uma expressão muito antiga: a mãe dele tinha proibido Gerlof de dizê-lo fazia mais de setenta anos. Ele tinha praguejado dessa forma apenas uma vez desde então.

Para ter certeza mesmo, ele também apanhou o caderno de anotações e folheou até encontrar os nomes que ele tinha escrito lá no museu da madeira, em Ramneby, e leu um deles.

— Meu Deus... — disse Gerlof de novo.

Durante alguns segundos, ficou totalmente absorto na descoberta. Em seguida olhou para cima e se lembrou de que estava num ônibus do distrito que ia para Marnäs, no norte da ilha. Mas eles ainda não tinham chegado, ainda estavam no sul de Stenvik, e, quando olhou pela janela, o ônibus tinha acabado de passar pela primeira placa que mostrava CAMPING 2 KM.

Stenvik, o ônibus logo estaria em Stenvik. Ele tinha de falar com John sobre aquele achado.

Gerlof esticou-se para procurar um dos botões vermelhos de parada e o apertou.

Quando o ônibus estava parando no ponto, 100 metros ao norte da bifurcação para Stenvik, ele enfiou o livro e os óculos na pasta e levantou-se nas pernas trêmulas.

A porta do meio do ônibus abriu com um chiado e Gerlof desceu a escada e saiu para o frio e o vento. Sjögren resmungava nos braços e nas pernas, mas a dor ainda não estava incomodando muito.

A porta fechou-se atrás dele e o ônibus foi embora. Ele estava sozinho na parada de ônibus e ainda chuviscava. Antigamente havia uma proteção de madeira ali onde era possível se sentar caso estivesse chovendo, antes de ir para casa ou enquanto a pessoa estivesse à espera do ônibus, mas ela tinha sido, é claro, retirada. Tudo o que era bom e de graça era retirado rapidamente.

Quando o som abafado do motor do ônibus tinha desaparecido, Gerlof olhou ao redor na paisagem deserta, abotoou o casaco e olhou em seguida para a placa amarela, lá longe, que apontava para Stenvik. Era para lá que ele iria.

Ele olhou de um lado para o outro várias vezes para não ser atropelado ao atravessar a estrada, mas não havia um carro sequer ao alcance da vista. A rodovia estava totalmente deserta. Ele caminhou os 50 metros até a bifurcação num passo bem acelerado. Quando entrou na bifurcação, o vento quase bateu direto no rosto dele e a caminhada ficou mais devagar.

Ele tinha conseguido andar uns 200 metros na beira da estrada descendo para o povoado quando lembrou de repente que John Hagman não se encontrava em Stenvik.

John estava em Borgholm.

Gerlof parou no caminho e piscou devido ao vento.

Como é que ele pudera ter se esquecido disso? Ele tinha se despedido de John na estação havia menos de meia hora, mas tinha ficado tão fora de si com a descoberta na foto de Ramneby que se esquecera disso.

Mas alguém devia estar lá em Stenvik, não é? Julia podia ainda não ter voltado, mas Astrid devia estar lá. Ela quase sempre estava em casa. Em todo caso, ele não podia fazer nada a não ser continuar andando: Marnäs era ainda mais longe do que Stenvik.

Agora os passos pesavam mais e o frio começava a penetrar pelo sobretudo. Como a ventania o empurrava, ele abaixou a cabeça.

Um passo de cada vez no asfalto partido. Ele contava os passos: um, dois, três — e no 25º ele levantou os olhos de novo, mas as árvores no horizonte que marcavam o fim do *alvar* e o começo do povoado não pareciam estar mais perto.

Pela primeira vez, Gerlof começou a ficar um pouco aflito, como um nadador que num ato de ousadia resolve atravessar um lago gelado, mas que de repente perde as forças no meio do caminho. Retornar para a rodovia era impossível, mas não era mais fácil continuar seguindo em frente.

Ele pisou de mau jeito com o pé esquerdo, tropeçou na beira do asfalto e quase caiu no canal. Com a ajuda da bengala, ele conseguiu por pouco manter o equilíbrio, e foi nessa hora que ele ouviu novamente o som abafado de um motor.

Era um carro, e ele vinha de Stenvik.

O carro era grande, reluzente e verde-escuro, constatou Gerlof quando o veículo chegou mais perto: era um Jaguar, com os limpadores do para-brisa balançando de modo ritmado.

O carro não passou por ele: diminuiu a velocidade e a janela lateral fumê deslizou automaticamente para baixo, mostrando um rosto de barba grisalha ao volante.

— Olá! — exclamou uma voz alegre.

Gerlof viu que era Gunnar Ljunger, de Långvik.

O hoteleiro que sempre ficava falando sobre barcos de garrafa novos toda vez que eles se viam era a última pessoa no mundo que Gerlof queria encontrar nesse instante, mas, apesar disso, ele se viu obrigado a levantar a mão num aceno cansado.

— Boa-tarde, Gunnar — disse ele com voz fraca na ventania, e deu um passo à frente na estrada.

— Olá, Gerlof — exclamou Ljunger de dentro do carro. — Aonde está indo?

Essa era uma pergunta bem estúpida que podia ter recebido uma resposta estúpida, mas Gerlof apontou com a cabeça na direção do povoado e disse:

— Para Stenvik.

— Vai visitar alguém?

— Sim, talvez. — Gerlof cambaleou com o vento. — Talvez Astrid.

— Astrid Linder? — disse Ljunger. — Parece que ela não estava em casa quando eu passei de carro... As luzes estavam apagadas.

— É mesmo?

Se Astrid também não estava em casa, então ninguém estava em casa em Stenvik. Nesse caso, Gerlof morreria de frio lá embaixo com o vento do mar. A polícia iria encontrar o corpo frio e rígido dele no dia seguinte, atrás de algum arbusto de zimbro.

— Por acaso você está indo para Marnäs, Gunnar? — perguntou ele. — Vai passar pela Casa Marnäs?

— Claro... Eu ia fazer umas compras na loja de ferragens. Eu lhe dou uma carona.

— Você faz isso?

— Mas é claro. — Ljunger inclinou-se e abriu a porta do carona. — Entre.

— É muito gentil de sua parte.

Gerlof entrou com dificuldade no calor do carro, com a bengala e a pasta.

Estava silencioso e muito quente dentro do carro, o aquecedor estava ligado no máximo. Ljunger estava sentado com o casaco acolchoado desabotoado, e, apesar de Gerlof ainda estar morrendo de frio, ele também abriu o sobretudo.

— Muito bem, então vamos — disse Ljunger. — Para Marnäs.

Ele acelerou ao máximo e o carro grande deu um arrancão com tamanha força que o corpo de Gerlof foi empurrado para trás no assento.

— Você tem algum horário marcado, Gerlof? — perguntou Ljunger.

— Não, mas eu queria...

— Muito bem, então nós temos tempo de olhar uma coisa.

Eles já estavam na rodovia, que se encontrava tão vazia quanto antes. Ljunger pegou a direção sul, não norte.

— Acho que eu não posso... — iniciou Gerlof, mas Ljunger interrompeu:

— Como vão os barcos de garrafa?

— Vão bem — respondeu Gerlof, apesar de não ter trabalhado com eles nem sequer um minuto na semana anterior: ele nem tinha pensado neles. — Você pode aparecer na Casa Marnäs um dia desses antes do Natal, e então nós podemos dar uma olhada neles...

Ljunger assentiu. Ele dirigiu apenas uns 200, 300 metros na rodovia e pegou outro caminho depois. Essa era uma estrada pequena, pedregosa e sem placas, que estava entre um campo numa colina e um muro de pedras antigo. Levava para o leste, para o mar.

— Eu pensei numa coisa... Será que é tarde demais para colocar um casco todo vermelho nos barcos? — perguntou Ljunger. — Se der, ficaria bonito.

— Claro. Acho que dá. — Gerlof balançou a cabeça e puxou o ar. — Gunnar, para onde estamos indo afinal de contas?

— Está perto — respondeu Ljunger. — Daqui a pouco chegamos lá.

Depois ele não disse mais nada, mas deixou o carro andar devagar no caminho estreito. Gerlof podia apenas ir junto na viagem e ficar olhando o balanço monótono do limpador do para-brisa.

Ele olhou para o espaço entre os dois assentos. Ali estava o telefone celular de Gunnar, que era preto com listas prateadas e muito menor do que qualquer um que Gerlof tivesse visto antes — apenas a metade do tamanho do de Julia.

— Aonde nós estamos indo, Gunnar? — perguntou Gerlof em voz baixa.

Ljunger não respondeu — era como se ele não escutasse mais o que Gerlof dizia. Apenas olhava para o caminho de cascalho molhado de chuva diante do carro e esquivava-se de buracos e calombos na trilha com facilidade. Ele sorria.

A testa de Gerlof brilhava de suor.

Ele deveria dizer alguma coisa, algo trivial e corriqueiro. Talvez perguntar por educação sobre a situação do setor hoteleiro. Mas estava cansado, e a cabeça não funcionava mais para jogar conversa fora nesse dia.

Gerlof só conseguiu, no final, perguntar uma coisa:

— Você já esteve alguma vez na América do Sul, Gunnar?

Ljunger sacudiu a cabeça, ainda sorrindo.

— Infelizmente, não — respondeu ele, e acrescentou: — O mais próximo que estive foi na Costa Rica.

ÖLAND, SETEMBRO DE 1972

Do assento do carona num Volvo azul, lá no alto da ponte nova, Nils Kant inclina-se para a frente na janela para ver o estreito de Kalmar. Está de tarde e uma neblina paira sobre as águas; uma neblina densa formou-se no estreito e está a caminho da ilha.

— Vai haver neblina de noite — diz ele.

— É o que nós esperamos — diz Fritiof Andersson, ao lado dele.

— Nós? — diz Nils. — Há mais pessoas?

— Você vai encontrá-las em breve.

Nils tenta relaxar e olha pelas grades da ponte. Ele quase pode ver a si mesmo jovem lá embaixo no estreito, nadando para se salvar na direção do continente; mal tinha completado 20 anos.

Como ele conseguiu ir tão longe na água gelada? Agora ele tem 46 anos e não conseguiria nadar nem 100 metros.

A ponte de Öland é enorme, são toneladas de aço e cimento erguidas acima do mar formando uma construção que é quase tão larga quanto uma autoestrada e com vários quilômetros de extensão. Nils nunca iria imaginar que a ilha dele algum dia receberia uma ligação dessas com o continente.

— Essa ponte é antiga? — pergunta ele.

— Não, é muito nova — responde Fritiof ao volante.

Ele não tem falado muito desde que visitou Nils em Jönköping, na noite passada. Ele deu a Nils roupas escuras para a viagem e um gorro de tricô preto para cobrir a testa, mas quase não disse palavra.

O Fritiof Andersson alegre e encantador que procurou Nils na Costa Rica há mais de dez anos não existe mais; na verdade, ele sumiu desde que o rapaz de Småland se afogou no mar ao norte de Limón. Depois daquela noite, Fritiof tratou Nils mais como uma bagagem; mudando-o de lugar em cidades e países diferentes, alugando para ele apartamentos pequenos e baratos ou quartinhos em hotéis de solteiros em bairros feios, e só entrava em contato por telefone no máximo algumas vezes por ano.

Na noite anterior à viagem para Öland, Fritiof não parava de falar no tesouro de novo. Onde ele estava? Onde Nils tinha escondido o espólio de guerra? No casarão?

Nils sacudiu a cabeça de um lado para o outro. E contou, por fim:

— Está enterrado no *alvar*, bem a leste de Stenvik. Perto do antigo marco sacrificial. Nós podemos ir lá e buscar o tesouro juntos.

— Está bem, então nós vamos buscá-lo.

Nils esperou muito tempo para fazer a última viagem. Agora ele está ali.

— Eu não vou embora nunca mais — diz Nils para Fritiof.

Ele fecha os olhos na hora que o carro sai da ponte e pisa em terra firme ao norte de Färjestaden. De volta a Öland, finalmente.

— Eu não vou embora — repete ele. — Eu vou ficar com a minha mãe e não vou deixar ninguém me ver. — Ele faz uma pausa e pergunta: — Ela ainda está bem de saúde, Vera?

— Está sim.

Fritiof Andersson pisa no acelerador quando eles entram no grande *alvar* na direção de Borgholm.

Muita coisa mudou em Öland desde o tempo em que Nils era jovem, percebe ele. Há mais arbustos e árvores na ilha e a estradinha de cascalho para Borgholm virou uma rodovia asfaltada e larga, tão plana e reta quanto a ponte. A ferrovia que atravessava a ilha de norte a sul deve estar desativada, pois Nils não vê nenhum trilho no *alvar*. A fileira de moinhos que se erguia nas praias para capturar o vento do estreito também não existe mais, restam apenas alguns moinhos.

Há menos gente na ilha, pelo que parece, mas, apesar disso, muitas casas novas lá embaixo na beira do mar. Nils aponta com a cabeça para elas.

— Quem mora em todas essas casas? — pergunta ele.

— Eles vêm para o verão — responde Fritiof, lacônico. — Fazem dinheiro em Estocolmo e compram casas em Öland. Eles atravessam a ponte de carro e ficam tomando sol nas férias, depois voltam rápido para casa para ganhar mais dinheiro. Eles não querem ficar aqui no inverno... é frio e melancólico demais.

Ele falava como se em parte entendesse essas pessoas.

Nils não diz nada. Fritiof parecia ter razão com relação aos moradores temporários, pois quase todos os carros que ele vê estão indo na direção contrária, para longe da ilha. O verão acabou, agora é outono.

As ruínas do castelo pelo menos ainda existem e elas estão do jeito que sempre foram, com os buracos vazios das janelas no penhasco lá no alto de Borgholm.

Depois de passar pelo castelo, eles quase chegam lá embaixo na cidade, e a neblina começa a se espalhar devagar no ar. Fritiof diminui a velocidade e entra num estacionamento pequeno na fronteira de Borgholm, de onde se avistam as ruínas do castelo. Ele para o carro sem dar nenhuma explicação.

— Pronto — diz ele apenas. — Eu disse que nós teríamos companhia.

Ele abre a porta do carro e acena.

Nils olha ao redor. Alguém vem caminhando devagar pela estrada: um homem que parece ter uns 50 anos. Ele veste um pulôver de lã cinza, calças de gabardine e sapatos de couro lustrosos que parecem caros, e ele balança a cabeça para Fritiof.

— Vocês estão atrasados.

O homem tem um chapéu bem puxado na frente, de maneira que lhe cobre a testa. Ele não tem nenhuma bagagem, apenas um cigarro fumado pela metade na mão. Ele dá a última tragada, joga o cigarro no chão e olha tenso ao redor antes de se aproximar do carro.

— Nils, eu acho que você deve se sentar no banco traseiro agora — diz Fritiof em voz baixa. — É mais seguro quando chegarmos a Stenvik.

Em seguida ele próprio sai do carro. Há uma cabine telefônica no fim do estacionamento e Nils vê que Fritiof se dirige rapidamente até lá. Ele enfia uma moeda, disca um número e fala bem resumidamente ao telefone.

Nils também sai do carro; o homem de roupas caras pisa no cigarro com o pé direito e apenas fica olhando para ele, sem cumprimentá-lo. Ele entra e senta-se no banco da frente.

Nils não se senta de uma vez no banco traseiro. Ele anda uns 10 metros pela estrada e aproveita a sensação de estar de volta e poder se mover livremente de novo na ilha.

A ilha dele.

De repente alguns carros passam pela rodovia. Nils vê rostos pálidos olhando fixamente para ele do para-brisa. Ele segue-os com os olhos, até eles desaparecerem ao longe na neblina.

— Venha agora! — exclama Fritiof com voz irritada atrás dele.

Ele está de volta no carro.

Nils retorna devagar, abre a porta traseira do carro e ouve o homem no banco da frente perguntar em voz baixa:

— Correu tudo bem, Gunnar?

Depois ele olha rápido para Nils, nervoso e com cara de culpado, como se tivesse falado demais.

O homem que o tempo todo se dizia chamar Fritiof também vira o rosto e sorri.

— Não importa, nós podemos nos apresentar usando nossos nomes verdadeiros agora — diz ele. — Eu me chamo Gunnar e este aqui é Martin. E conosco aqui no banco traseiro está Nils Kant. Mas todos aqui confiam uns nos outros, não é?

— Claro.

Nils assente, lacônico, e fecha a porta.

Então Fritiof se chama Gunnar. E Nils sabe que já encontrou Gunnar em algum lugar, mas ele ainda não lembra onde.

— Então vamos para Stenvik — diz Gunnar.

O carro roda na estrada de novo, passa por Borgholm e segue para o norte. A paisagem torna-se cada vez mais familiar para Kant, mas a neblina do estreito fica mais densa e apaga o horizonte.

O ar fica cada vez mais cinza. Gunnar sabia que haveria neblina, ele contava com ela, e é por isso que Nils pode ir para casa hoje. O que mais ele calculou?

Ao norte de Köpingsvik, Gunnar acende o farol de neblina e aumenta a velocidade. Nils vê tabuletas com nomes passarem por ele. São nomes conhecidos de povoados em Öland. Mas é a paisagem o que o emociona mais: os campos, a relva, os muros retos de pedras que começam na beira da estrada e continuam na direção da neblina.

E o *alvar*, o *alvar* dele. O *alvar* estende-se para todos os lados — com suas cores de um marrom e cinza predominantes e seu céu infinito, ele é grande e belo do jeito que Nils se lembrava.

Nils está em casa de novo.

Ninguém conversa no carro e depois de 15 minutos de silêncio Nils vê a placa que ele estava esperando. STENVIK. Embaixo dela há uma seta grande com a indicação CAMPING.

A estrada que desce para o povoado está asfaltada e Stenvik tem agora um camping. Quando foi isso?

O carro passa pela bifurcação para Stenvik, depois diminui a velocidade.

— Nós vamos pegar a via norte para Stenvik — diz Gunnar. — Há menos trânsito por lá e não precisamos passar dentro do povoado.

Alguns minutos depois, ele entra na estrada vicinal norte, onde há um tamborete de ordenha vazio e abandonado perto da rodovia. Na última vez que Nils viu o tamborete, ele estava cheio de vasilhas de aço com leite das granjas ao longo da estrada; agora ele está manchado de musgo branco e parece prestes a desmoronar.

Toda Öland mudou em 25 anos, mas a estrada norte para Stenvik está mais ou menos do mesmo jeito que ele lembrava: estreita e sinuosa e ainda coberta de cascalho. Ela está totalmente deserta com canais cheios de capim em ambos os lados e com o *alvar* atrás dela.

Gunnar deixa o Volvo andar devagar e depois de uns 200, 300 metros ele para totalmente. Ele vira-se para Nils e ao lado dele Martin também se vira. Ambos olham para ele.

Gunnar não tira os olhos de Nils; o olhar de Martin é mais vacilante.

— Aqui estamos — diz Gunnar, sério. — Nós trouxemos você para Stenvik. E agora você vai desenterrar o seu espólio de guerra no marco sacrificial. Certo?

— Eu quero encontrar a minha mãe primeiro — diz Nils, sem tirar os olhos de Gunnar.

— Vera não vai a lugar nenhum, Nils — diz ele. — Ela pode esperar mais um pouco. É melhor assim, pois estará bem escuro na hora em que a gente chegar ao povoado. Certo?

— Nós vamos dividir as pedras — diz Nils.

— Claro. Mas primeiro temos que desenterrá-las.

Nils fica olhando para ele por mais alguns segundos e em seguida olha para a paisagem pelo vidro do carro. A neblina está compacta agora, e logo virá o pôr do sol.

Ele balança a cabeça. Ele vai dar a Gunnar e a Martin metade das pedras preciosas e assim eles ficam quites.

— Nós precisamos de alguma coisa com que cavar — diz ele em voz baixa.

— Claro. Nós temos pás e uma picareta na mala — diz Gunnar. — Pensamos em tudo. Não se preocupe.

Mas Nils não consegue relaxar. É ele sozinho contra dois estranhos agora, exatamente como foi com o rapaz de Småland, na escuridão à beira do Mar do Caribe. A diferença é que o garoto de Smålänning confiava nos novos amigos. Esse não é o caso de Nils.

Gunnar não estaciona na beira da estrada, ele reduz a marcha perto de uma pequena entrada no muro de pedra e gira o volante. O carro sai da estrada vicinal.

Lentamente, o veículo entra no mundo plano de relva do *alvar*.

Nils vira a cabeça, mas ele só vê neblina pelo vidro traseiro. O caminho que conduz ao povoado natal dele desaparece por completo.

30

Gerlof estava sentado em silêncio com as costas eretas no banco do carona ao lado de Gunnar Ljunger, a caminho das terras desertas ao sul de Marnäs. A conversa cautelosa que ele tinha tentado iniciar não dera certo, pois Gunnar não respondia. O que Gerlof podia fazer era apenas permanecer ali e terminar de desabotoar o casaco de inverno e tirá-lo a duras penas, já que o calor dentro do carro era simplesmente tropical. Talvez ele próprio pudesse regular a ventilação no painel que havia do lado do carona, mas Gerlof não sabia como.

Tudo parecia ser controlado eletronicamente, e Gunnar não fazia nenhuma menção de ajudá-lo.

Eles estavam próximos à costa oriental da ilha agora. O carro passou devagar por um aterro de meio metro de altura e de vários metros de largura que cortava a paisagem plana. Gerlof reconheceu onde estava. Era ali que a ferrovia de Öland atravessava o *alvar*, antes de a companhia desativá-la.

Ele olhou para o relógio de pulso. Eram quase 17 horas.

— Eu acho que tenho que voltar agora, Gunnar — disse ele em voz baixa. — Daqui a pouco eles vão ficar se perguntando na Casa Marnäs onde eu me meti.

— Pode ser que sim — disse Gunnar —, mas eles não devem vir procurar por aqui. Certo?

A ameaça foi tão clara agora que Gerlof afastou-se dele e puxou a maçaneta da porta.

O Jaguar estava em baixa velocidade e ele podia ter se atirado para fora do carro, talvez até mesmo sem fraturar nenhum osso, e conseguir voltar para a rodovia antes de escurecer — mas não dava para abrir a porta do passageiro. Ljunger tinha trancado a porta com algum tipo de controle eletrônico.

— Gunnar, eu quero sair — disse ele, e tentou soar decidido, como o capitão que ele um dia tinha sido.

— Você vai poder sair em breve — disse Gunnar, e continuou dirigindo.

Eles atravessaram uma velha grade enferrujada entre dois muros de pedra e depois apareceu o mar Báltico. A água tinha um aspecto cinza e frio.

— Por que você está fazendo isso, Gunnar? — perguntou Gerlof.

— Isso na verdade não estava nos meus planos — disse Gunnar. — Eu segui o ônibus que saiu de Borgholm e vi você descer na via de acesso sul para Stenvik. Foi só eu continuar indo para a via de acesso norte, atravessar o povoado e apanhar você. — Ljunger reduziu ainda mais a velocidade e virou a cabeça na direção dele. — O que você foi fazer na casa de Martin Malm, Gerlof?

Gerlof sentiu que fora descoberto. Ele demorou a responder.

— Na casa de Martin? — disse ele. — Do que você está falando?

— Você e John Hagman — disse Gunnar. — Você entrou e John ficou esperando lá fora.

— Ah, sim. Eu e Martin conversamos um pouco... Nós dois fomos marinheiros — disse Gerlof, e acrescentou: — Como você sabe disso?

— Ann-Britt telefonou para o meu celular enquanto você estava conversando sobre os velhos tempos com Martin — respondeu Gunnar. — Ela estava preocupada com todas essas visitas que Martin vem recebendo de ex-capitães... primeiro Ernst Adolfsson e agora você. Duas vezes nas últimas semanas, pelo visto. Tem sido um entra e sai danado na casa de Martin ultimamente.

— Então você e Ann-Britt são bons amigos — disse Gerlof, cansado.

— Na verdade, Martin e eu é que somos antigos parceiros de negócios, mas não dá mais para conversar com ele — disse Gunnar. — Ann-Britt cuida dos negócios do marido, e ela costuma pedir conselhos a mim.

Gerlof recostou-se no assento. Era melhor parar de fingir que estava tudo bem.

— Parceiros, claro — disse ele. — Vocês têm sido parceiros há um bom tempo, não é? Desde os anos 1950.

Ele enfiou a mão na pasta e tirou dela o livro do jubileu da Frete Malm.

— Eu mostrei esta foto para o Martin — disse ele —, e já olhei para ela muitas vezes... Mas levou muito tempo para eu ver o que ela na verdade retratava.

— É mesmo? — Gunnar deu a volta num arvoredo com olmos baixos. Eles estavam a apenas uns 100 metros do mar. — Mas agora você sabe?

Gerlof assentiu.

— São dois homens com certo poder num cais em Ramneby: o industrial August Kant e o capitão Martin Malm, os dois no meio de um grupo de trabalhadores da serraria. E a mão de August parece estar colocada de uma forma camarada no ombro de Martin. — Ele fez uma pausa e prosseguiu: — Mas não é a mão de August Kant. Ela pertence ao homem que está *atrás* de Martin Malm no cais. Eu só vi isso agora há pouco, no ônibus.

— Uma imagem fala mais do que mil palavras — comentou Gunnar e diminuiu a velocidade do carro. — Não é assim que se costuma dizer?

Agora a praia a leste da ilha estava na frente deles, depois de um prado com relva amarelada. A chuva caía tanto na terra quanto no mar, uma chuva fria que na verdade queria ser neve.

— E o homem que está atrás de Martin Malm é um funcionário da serraria que se chama Gunnar Johansson. E que depois trocou de sobrenome — disse Gerlof. — Certo?

— Mais ou menos; eu era supervisor na serraria a essa altura. Mas você está correto quando diz que eu troquei meu nome para Ljunger. Foi quando eu vim para Öland.

Ele desligou o motor do carro e tudo ficou muito silencioso. O que se ouvia era apenas o vento e a chuva.

— Aquela foto nunca deveria ter feito parte do livro — disse Gunnar. — Foi Ann-Britt que a incluiu , e eu soube disso apenas quando o livro já estava impresso. Mas só você e Ernst Adolfsson me reconheceram. Ernst lembrava-se de mim obviamente dos tempos de escola...

— Ele cresceu em Ramneby, eu sei disso agora — disse Gerlof. — Para mim não foi tão fácil reconhecer você. Mas eu só queria saber uma coisa...

Ele sabia que estava perto do fim agora; Gunnar o mataria da mesma forma que tinha assassinado Ernst. Gerlof continuou falando para adiar o inevitável:

— ... você era supervisor na serraria e com certeza tinha ouvido falar nas histórias que corriam sobre o terrível sobrinho de August Kant, Nils. E foi então que você teve a ideia de...

— Eu o encontrei — interrompeu Gunnar.

— Quem? — perguntou Gerlof. — Nils?

— É, Nils. Eu comecei como contínuo na serraria depois da guerra, e Nils foi para lá; ele tinha fugido da polícia de Öland. Ele estava escondido no meio dos arbustos quando me avistou. E me pediu para chamar o diretor Kant. Foi o que eu fiz, mas o diretor não queria saber dele. August Kant me deu cinco notas de 100 que eu deveria dar a Nils, para que ele desaparecesse. Eu surrupiei duas e dei três notas para Nils. — Gunnar sorriu com a lembrança. — Depois eu vivi como um rei com aquelas notas durante o resto do verão.

— Então você entendeu logo que podia ganhar dinheiro com Nils Kant — disse Gerlof, e observou a chuvinha fina pelo para-brisa.

— Isso, mas não exatamente *quanto* eu podia ganhar com isso. Eu não fazia a menor ideia. Eu achei que talvez fosse ganhar umas mil coroas e uma viagem grátis ao outro lado do Atlântico para trazer Nils para casa, quando toda a confusão tivesse se acalmado. Foi isso o que sugeri a August, quando ele já tinha me transformado em supervisor da serraria, mas ele disse um não categórico. Ele não estava nem um pouco interessado em trazer de volta a ovelha negra da família para a Suécia.

Ele levantou a mão e apertou um botão ao lado do volante: e ouviu-se um clique na porta ao lado de Gerlof.

— Pronto, agora está aberta — disse ele. — Saia.

Gerlof continuou sentado.

— Mas você não desistiu — disse ele, e olhou para Gunnar. — Quando August disse não, você entrou em contato com a mãe de Nils, Vera Kant, e apresentou a mesma oferta a ela. E ela disse sim. Não é mesmo?

Gunnar Ljunger suspirou, como se estivesse com uma criança teimosa ao lado. Ele olhou pelo para-brisa, para a paisagem costeira do lado de fora.

— Vera me fez descobrir essa ilha bonita — diz ele. — Eu vim para cá pela primeira vez no verão de 1958. Peguei a barca para Stora Rör e depois o trem para o norte. A ferrovia estava prestes a ser desativada naquela época e a navegação de Öland também estava nas últimas. Muitos achavam que era o fim de Öland, mas no trem eu ouvi pessoas falando de uma ponte que talvez fosse construída. Uma ponte comprida, de forma que gente de Öland pudesse sair da ilha quando quisesse. E de forma que gente do continente pudesse vir para cá.

— Gente rica do continente — disse Gerlof.

— Exato. — Gunnar inspirou e prosseguiu: — E depois eu cheguei aqui no norte de Öland e descobri o sol e todas as praias. Muito sol e muita água, mas quase nenhum turista. Então eu comecei a pensar, já antes de bater na porta de Vera Kant em Stenvik. — Ele deu um suspiro. — Vera estava sozinha e infeliz no seu casarão, com saudades do filho. Eu comecei a falar com ela.

— Sozinha e infeliz — disse Gerlof. — Mas muito rica.

— Não tão rica quanto a gente imagina — disse Ljunger. — A pedreira estava prestes a ser fechada e o irmão dela tinha se apropriado da serraria da família em Småland.

— Ela era rica em terras — disse Gerlof, cansado. — Terras no litoral... terrenos na beira da praia.

Ele se perguntava como iria morrer. Será que Gunnar tinha alguma arma? Ou ele pegaria uma das milhões de pedras de Öland e simplesmente bateria na cabeça de Gerlof, mais ou menos como tinha feito com Ernst?

— Vera tinha muitas terras, é verdade — disse Gunnar. — Eu acho que ninguém em Stenvik tinha consciência da quantidade de terras que ela possuía, tanto no sul quanto no norte de Stenvik. Essas terras não tinham, é claro, nenhum valor enquanto ela não fizesse nada com elas, mas a pessoa certa podia assumir o comando e vendê-las para pessoas do continente...

— Ele pôs-se a abotoar o casaco acolchoado e acrescentou: — Nos anos 1950 havia poucas casas de veraneio aqui em cima, mas eu sabia que haveria uma procura por mais casas, e por hotéis e restaurantes também. E quando a ponte foi construída, os preços começaram a subir de um modo incrível.

— Então você recebeu Långvik de Vera — constatou Gerlof.

— Eu não recebi nada. Eu comprei todas as terras dela, tudo dentro da lei. É claro que foi por um valor muito baixo e com o dinheiro que eu peguei emprestado de Vera, mas eu tenho documentos de tudo e tudo foi feito dentro da lei.

— E Martin Malm conseguiu dinheiro emprestado para embarcações maiores.

— Isso mesmo. Nós nos conhecemos na época em que Martin transportava madeira para Ramneby — disse Gunnar, e balançou a cabeça. — Eu precisava de colaboradores de confiança... Alguém que trouxesse o caixão de Nils Kant do exterior e, mais tarde, inclusive Nils. É claro que podia demorar para ele chegar em casa, já que nesse caso Vera não iria mais me dar terras. Eu sabia disso.

Ele sorriu satisfeito para Gerlof.

— Venha.

Gunnar abriu a porta do motorista.

Gerlof olhou pelo para-brisa. Ele viu um prado deserto, onde o vento comprimia o capim no chão.

— O que existe aqui? — perguntou Gerlof.

— Não é muito — respondeu Gunnar, e saiu do carro. — Você vai ver.

31

— *Saia do carro, Gerlof.*

Gunnar Ljunger tinha fechado a porta do lado dele, dado a volta no carro rapidamente e aberto a porta do carona. Ele esperava impaciente que Gerlof saísse do carro.

— Eu preciso vestir... — começou Gerlof.

Mas Gunnar enfiou no carro uma das mãos enluvadas.

— Você não precisa de nenhum casaco, Gerlof — disse Gunnar. — Você está quente agora, não é mesmo?

Ljunger era pelo menos 15 anos mais novo do que Gerlof, alto, grande, e tinha força de sobra nos braços. Ele segurou firme embaixo do braço de Gerlof e meio que o arrancou do carro.

Ele próprio estava com o casaco amarelo acolchoado, com o texto LÅNGVIK CONFERENCE CENTER em preto nas costas.

— Venha.

Ele bateu a porta do carro, levantou o chaveiro e apertou um botãozinho nele. As portas do carro foram trancadas com um clique fraco.

Para Gerlof, coisas assim eram quase mágica. Ele tinha conseguido pegar a bengala, mas a pasta ainda estava no chão do carro. Deu alguns passos incertos em direção ao prado na beira do mar, e imaginava agora o que Gunnar ia fazer.

No primeiro minuto foi de fato bom para o corpo de Gerlof ter saído da sauna que estava dentro do carro; o vento refrescava e parecia que ele não precisava de roupas de frio.

Mas Gerlof não aguentaria ficar sem casaco, ele sabia disso. Estava incrivelmente frio ali fora, apenas poucos graus acima de zero. O vento soprava do mar Báltico com rajadas fortes e os pingos de chuva fina eram como preguinhos caindo no rosto dele.

— Olhe aqui, Gerlof. — Gunnar tinha se afastado um pouco, indo para o caminho de cascalho perto do prado da praia, e apontou para um muro de pedra na frente de um arvoredo pequeno. Junto ao muro crescia uma árvore solitária e raquítica. — Você está vendo o que é isto aqui? — perguntou ele.

Gerlof deu alguns passos vacilantes para mais perto.

— Uma macieira — disse ele em voz baixa.

— Exato, uma macieira antiga. — Gunnar pegou o braço dele e o puxou com cuidado mas com firmeza para mais perto da praia. Ele apontou outra vez, dessa vez para um arbusto retorcido. — E ali — disse ele —, quase não dá para ver, mas é de fato uma groselheira sozinha. — Ele olhou para Gerlof. — E o que isso significa?

— Um jardim abandonado — respondeu Gerlof.

— Isso, e a gente pode achar as pedras da fundação da casa embaixo da relva. — Gunnar olha ao redor. — Eu achei essa praia há alguns anos. Ela costuma ser bem deserta, inclusive no verão. A gente pode ficar sentado aqui, pensando, e às vezes... — Gunnar olhou para a macieira de novo: — Às vezes eu fico aqui só pensando nessa árvore e nas pessoas que moravam aqui. Por que eles não ficaram num lugar tão bonito como esse?

— Pobreza — respondeu Gerlof, e tiritou de frio pela primeira vez.

Ele tentava manter-se reto no vento, não tremer nem balançar. Mas o que ele vestia na parte de cima do corpo era apenas uma camisa social de pano fino e uma camisa de baixo quase tão leve quanto a outra, e agora ele começava a sentir o frio de outono penetrar no tecido.

— É, com certeza eles eram pobres — disse Ljunger. — Talvez tenham ido embora e cruzado o Atlântico num navio, como fez Nils Kant e outras centenas de pessoas de Öland. Mas o resumo da história é que... — Ele fez uma pausa de novo. — O resumo da história é que eles nunca enxergaram o potencial aqui na ilha. E vocês de Öland nunca fizeram isso.

Gerlof apenas assentiu; Gunnar podia ficar tagarelando o quanto quisesse.

— Eu quero entrar no carro de novo — disse ele.

— Está trancado — disse Gunnar.

— Eu estou morrendo de frio.

— Então vá para casa em Marnäs. — Gunnar apontou para o muro ao lado da árvore. — Ali existe uma abertura no muro. Atrás dele, existe uma trilha que vai para o norte, passando por uma antiga pista de dança... São apenas alguns quilômetros para chegar ao povoado, é só seguir reto.

Gerlof oscilou com o vento. Ele não se importou com isso agora, ele tinha algo importante a dizer.

— Só eu sei, Gunnar.

Gunnar olhou para ele sem responder.

— Como eu disse antes... Eu descobri tudo agora no ônibus, quando vi que era você atrás de Martin Malm.

Gunnar deu de ombros.

— Ernst Adolfsson também quis me impressionar com esse retrato — disse ele —, mas ele também quis impressionar com mais coisas, registros antigos de propriedades e coisas desse tipo. Eu não me assusto facilmente.

— Ele foi mais rápido que eu — disse Gerlof, cansado. — Eu achei que Ernst tinha contado tudo, mas ele não contou. O que ele queria de você?

— A pedreira. Ele queria comprar a pedreira de mim por um valor simbólico, para não contar para todo mundo o que ele sabia sobre os meus negócios com Vera.

— Mas isso não era uma exigência tão grande assim — disse Gerlof.

— Não diga isso. Essas terras não têm valor no momento, mas podem vir a ter no futuro. Um cassino cravado na montanha, talvez... quem sabe? Então eu recusei a oferta. — Ele olhou para Gerlof. — Mas vocês, ex-marinheiros, supervalorizam a própria importância, se é que acreditam que alguém mais está interessado em coisas que aconteceram há décadas.

— *Você* pelo menos está interessado, Gunnar — disse Gerlof. — Do contrário, nós não estaríamos aqui.

— Eu não posso ter um bando de aposentados correndo de lá para cá falando coisas — disse Gunnar, com ar cansado. — Você entende, não é? Não se trata apenas dos projetos em andamento... Nós temos requerimentos importantes a respeito de Långvik que estão esperando aprovação do departamento de planejamento da cidade agora. Trata-se de investimentos grandes. Sessenta terrenos novos vão ser vendidos ao leste do povoado nos próximos seis meses, e quanto você acha que eles valem?

Gerlof entendeu.

— Mas, como eu disse, só eu sei, mais ninguém. Nem John, nem a minha filha.

Gunnar sorriu para ele, achando graça.

— É muito nobre da sua parte assumir todo o mérito, Gerlof. E eu acredito em você.

— Você também matou Vera Kant, Gunnar?

— Não, não. Ela caiu da escada e quebrou o pescoço, foi o que eu ouvi. Eu nunca matei ninguém.

— Você matou Ernst Adolfsson.

— Não. Nós tivemos uma discussão. Acabou virando uma briga.

— Ele atirou uma das esculturas dele na pedreira durante a briga, não foi? — perguntou Gerlof.

— Foi, ele fez isso. E depois eu o empurrei e ele caiu arrastando consigo uma das esculturas grandes. Foi um acidente, exatamente como a polícia achou.

— Você matou Nils Kant — disse Gerlof.

— Não.

— Então foi Martin — disse Gerlof. — E Jens? Quem de vocês matou Jens?

Gunnar parou de sorrir. Ele olhou para o relógio de pulso e deu alguns passos de volta para o carro.

— Jens cruzou com vocês lá no *alvar*? — prosseguiu Gerlof, erguendo a voz. — Por que vocês mataram o meu neto? Ele tinha 6 anos... Ele não era nenhuma ameaça para vocês.

— É melhor deixar esse assunto sombrio de lado, Gerlof. Eu preciso ir agora.

E com certeza era verdade. Gunnar tinha uma agenda cheia. Tirar a vida de Gerlof era apenas um item a mais na lista de afazeres de hoje.

Gerlof fechou os olhos se protegendo do frio e da chuva. Ele não ia aguentar ficar de pé por muito tempo. Mas ele não cairia de joelhos diante de Gunnar Ljunger, não iria se rebaixar desse jeito.

— Eu sei onde estão as pedras preciosas — disse ele.

Gerlof deu um passo na direção do carro, apoiado na bengala. Se ele chegasse perto o bastante de Gunnar, talvez ele pudesse levantar a bengala e fazer um estrago na carroceria reluzente.

— As pedras preciosas?

Gunnar olhou para ele. Ele segurava a maçaneta da porta do carro.

— Isso mesmo. O espólio de guerra dos soldados. Me deram as pedras e eu as escondi. Ajude-me a entrar no carro e nós vamos apanhá-las.

Gunnar apenas sacudiu a cabeça de um lado para o outro e sorriu novamente.

— Obrigado pela oferta — disse ele. — Eu perguntei a Nils sobre esse espólio várias vezes, mas na verdade era Martin que queria as pedras. Além do mais, nem se sabe com certeza se elas têm algum valor. Para mim, as terras de Vera foram suficientes... Não se deve ser ganancioso demais.

Em seguida ele abriu rápido a porta, entrou no carro e sentou-se.

Ele deu a partida. O motor nem sequer roncou, apenas fez um barulhinho ao pôr-se em marcha, perfeitamente ajustado.

Gunnar deu marcha a ré e o carro deslizou devagar para trás na estrada de cascalho, fora de alcance, justamente na hora em que Gerlof tinha conseguido dar o último passo para a frente e levantar a bengala.

Tarde demais. *Meu Deus!*

Gerlof continuou impotente no prado. Ele foi abaixando a bengala devagar enquanto olhava o carro e, dentro dele, seu casaco desaparecer ao longe.

Gunnar estava sentado confortavelmente atrás do volante e nem sequer olhou para Gerlof. Ele tinha virado o pescoço para poder dar a ré na estrada de cascalho. Lá em cima onde a ferrovia passava, deu a volta e seguiu em frente.

Um pouco mais adiante, quase na rodovia, o Jaguar parou por um breve instante. Gerlof apertou os olhos e viu que Gunnar abriu a porta do veículo. Primeiro jogou a pasta de Gerlof para fora do carro e depois o casaco de inverno. E então fechou a porta e foi embora. O som de motor desapareceu.

Gerlof ficou para trás com a chuva batendo nas costas. O vento forte zunia nos ouvidos dele.

Ele começou a ficar encharcado e congelado e nunca teria forças de voltar para a rodovia agora, ou para Marnäs. Gunnar também sabia disso.

Ele levantou um dos pés e moveu o corpo instável, fazendo um semicírculo, virando-se com passinhos de pato. A paisagem praiana ainda estava cinza e deserta.

O terreno antigo para onde Gunnar apontara estava a uns 50 metros dali. Possivelmente ele aguentaria andar até lá e se proteger um pouco do vento atrás do muro de pedra.

— Vá, então — resmungou ele para si mesmo.

Gerlof começou a se mexer. Um passo de cada vez, com o apoio seguro da bengala a cada vez que as próprias pernas o traíam. O braço livre, ele mantinha levantado sobre o peito, uma proteção patética contra o vento.

O caminho de cascalho sob os seus sapatos era duro e firme, construído com pedras calcárias esmigalhadas muitos anos antes. O carro de Gunnar Ljunger não tinha deixado nenhuma marca nele e, se houvesse marcas de pneu mais adiante nas poças de lama da estrada, a chuva iria apagá-las. Era como se Gunnar nunca tivesse estado ali, como se Gerlof tivesse chegado sozinho.

"A polícia não suspeita de crime." Assim estaria, certamente, no final da matéria no *Öland-Posten*, quando eles encontrassem Gerlof morto ali fora.

O céu lá no alto tinha começado a escurecer.

Um passo de cada vez. Gerlof levantou a mão trêmula e tirou da testa pingos frios da chuva fina.

Quando foi se aproximando devagar da praia, ele ouviu as ondas cada vez mais nitidamente, o bater ritmado da água na pequena faixa de areia ao pé do prado. Mais ao longe, sobre o mar aberto, uma gaivota solitária voava de um lado para o outro ao vento. Essa não era a única vida que se podia ver, pois, a várias milhas náuticas mar adentro, Gerlof viu a silhueta cinza e indefinida de um navio cargueiro grande indo para o norte. Mas ele podia ter acenado e gritado para a embarcação o quanto quisesse que ninguém o veria nem escutaria.

Ele nunca tinha estado nessa pequena praia antes, não que se lembrasse. Gerlof tinha saudades da costa escarpada de Stenvik; era árida e bonita. Ali na costa oriental de Öland era plano e verde demais para ele.

A estrada de cascalho terminava de repente e uma trilha estreita continuava cortando a relva no lugar da estrada. Já fazia um bom tempo que ninguém tinha andado por ali, pois a relva da trilha estava alta e era difícil caminhar no meio dela, pelo menos para Gerlof, que mal conseguia levantar as pernas. De vez em quando soprava uma ventania mais forte do mar que o fazia balançar e quase cair. Mas ele continuou andando, um passo de cada vez, e finalmente chegou à macieira. Os poucos metros até ali tinham custado quase toda a sua energia.

Era uma macieira lastimável, magra e retorcida pelos ventos fortes do mar. Os galhos estavam sem nenhuma folha e não ofereciam nenhuma proteção, mas Gerlof pôde pelo menos recostar-se no tronco áspero e recuperar o fôlego um instante.

Ele sentiu algo no bolso direito da calça. Ali havia um objeto duro; ele apanhou-o.

Era o celular preto de Gunnar Ljunger.

Gerlof lembrou. Ele tinha apanhado o telefonezinho do espaço entre os assentos do carro, quando Gunnar saíra e dera a volta no veículo. Um segundo antes de Gunnar arrancá-lo do carro, ele tinha conseguido afaná-lo e colocá-lo no bolso.

Mas o furto do celular não ajudava em nada, pois Gerlof não tinha a menor ideia de como fazer uma ligação com o aparelhinho. Ele experimentou discar alguns números — o número de John Hagman —, mas não aconteceu nada. O celular estava morto.

Devagar, ele colocou o telefone de volta no bolso.

Será que ele devia ficar agradecido por Gunnar Ljunger tê-lo deixado ficar com os sapatos? Sem eles, Gerlof não poderia ter andado nem sequer um metro.

Não, ele não estava agradecido. Ele odiava Gunnar.

Terras e dinheiro: aquilo tudo se resumia a isso. Martin Malm tinha recebido dinheiro para comprar embarcações novas. E Gunnar Ljunger tinha recebido um monte de terras ao redor de Långvik para explorar.

Vera Kant tinha sido enganada todos esses anos, assim como Nils.

Naturalmente, até Gerlof também tinha sido.

Gerlof sabia agora quase tudo sobre o que tinha acontecido; esse era seu objetivo o tempo todo, mas ele não se contentava mais com isso. Queria contar para outras pessoas, para John, Julia e, principalmente, para a polícia.

Ele quisera o tempo todo reunir todos os envolvidos no drama, explicar como tudo tinha acontecido e depois apontar quem tinha feito, quem tinha matado Nils Kant e o pequeno Jens. Grande comoção, vozes cochichando na sala. O assassino iria se desesperar e acabar confessando, todas as outras pessoas ficariam admiradas com a verdade. Aplaudiriam.

"Você só quer se sentir especial", Julia lhe dissera uma vez. E ele achava que ela tinha razão. Ele queria se sentir importante. Não velho, esquecido e semimorto.

Mas ele estava quase morto agora. Vida era luz e calor, e agora, depois de o sol ter se posto, o calor estava acabando. Os pés de Gerlof eram como blocos de gelo nos sapatos, os dedos da mão estavam dormentes. O frio era paralisante, mas também estranhamente relaxante — quase agradável.

Ele fechou os olhos por alguns segundos. Em sua mente, viu como Gunnar Ljunger ia embora em seu carrão. Ele tinha jogado no chão o casaco e a pasta de Gerlof para deixar uma pista falsa, supôs. Para aqueles que encontrassem essas coisas no final, tudo seria óbvio: um homem idoso e senil tinha saltado do ônibus e se perdido, caminhado para o lado errado e, no seu estado de confusão mental, tirado as roupas de frio na estrada. Por fim, ele tinha morrido de frio lá na praia quando anoitecera.

Gunnar não se contentou em tirar a vida de Gerlof; ele também tinha de transformá-lo num imbecil.

Ele aspirou o ar frio arquejante. Quando era mesmo que o corpo desistia e deixava de funcionar? Não era quando a temperatura do sangue ficava abaixo de 30 graus?

Gerlof devia fazer alguma coisa, talvez descer para a praia e tentar escrever uma mensagem na areia antes de morrer: GUNNAR LJUNGER: ASSASSINO, com letras garrafais que a chuva não poderia apagar. Mas ele não tinha forças.

Aquilo ali era como ter caído de uma embarcação no meio do mar; era frio, molhado e solitário. Gerlof nunca tinha aprendido direito a nadar, e cair na água em alto-mar fora sempre um dos seus grandes receios. Teria sido seu fim.

Ele pensou em Ella. Sempre acreditara que de alguma forma ia sentir a presença dela quando estivesse à beira da morte, mas não sentia nada.

Depois ele pensou em Julia. Será que ela já tinha deixado Borgholm? Talvez ela estivesse passando agora mesmo lá em cima na rodovia, na viatura de Lennart. Ele esperava que Gunnar não a incomodasse.

Eu nunca fico em pé quando posso sentar e nunca sento quando posso me deitar.

Era uma frase que Gerlof tinha lido uma vez, mas agora ele não lembrava onde.

As pernas dele se dobraram; não aguentavam mais ficar eretas. Gerlof foi desmoronando devagar com as costas se esfolando dolorosamente na casca da árvore.

Sob a copa sem folhas da macieira, ele foi deslizando para baixo com as pernas tortas, sabia que não teria forças para se levantar. Não sem ajuda.

Seria um grande erro sentar-se e cerrar os olhos embaixo da macieira, Gerlof sabia disso. Na hora em que ele se sentasse, iria querer se deitar mais cedo ou mais tarde, depois fechar os olhos e entrar na escuridão.

Adormecer seria um erro ainda maior.

Mas, no final, Gerlof desistiu e afundou-se aos poucos na relva.

Ele só iria se sentar e fechar os olhos, só por um instante.

ÖLAND, SETEMBRO DE 1972

Gunnar tinha uma picareta de ferro e duas pás na mala do Volvo. Ele tira os utensílios do carro, entrega uma pá para Martin e em seguida olha para Nils.

— Muito bem, então estamos aqui — disse ele. — Para onde nós vamos?

Nils está em pé no frio do *alvar* e olha ao redor na neblina. Ele sente o cheiro familiar da relva, das ervas e do solo pobre, e vê arbustos de zimbro, pedras e trilhas marcadas de leve. Tudo está do jeito que era na juventude dele, mas ele não sabe onde está. Todos os pontos de referência desapareceram com a neblina.

— Nós vamos para o marco sacrificial — diz ele em voz baixa.

— Disso eu sei, você disse isso ontem à noite — diz Gunnar, irritado. — Mas onde ele está exatamente?

— Aqui... Perto.

Nils olha ao redor e começa a se afastar rápido do carro.

Martin, que mal disse uma palavra durante a viagem inteira, alcança Nils rapidamente. Ele acendeu de imediato um cigarro novo ao sair do carro, e agora o traga com os lábios apertados quando eles se põem a caminho. Gunnar junta-se a eles e anda ao lado de Martin.

Nils reduz um pouco a marcha, como se não tivesse pressa. Ele quer ter os dois homens na frente dele, tê-los sob vigilância.

A neblina agora está mais densa do que nunca, segundo as lembranças de Nils. Na verdade, ele se lembra apenas que o sol sempre brilhava no *alvar* quando ele caminhava por ali na adolescência. Agora é como se ele estivesse andando num bolsão de ar no fundo do mar. A 10 metros de distância, a paisagem já está apagada, todas as cores são de um cinza esbranquiçado, todos os sons abafados. Ele veste apenas um pulôver fino, um casaco de couro escuro e jeans e sente frio no ar gelado.

— Você vem, Nils?

Gunnar parou e virou-se. Ele é apenas um vulto grande e cinza na frente de Nils, difuso como num desenho a carvão. O olhar dele é esquivo e impossível de se decifrar.

— Nós não queremos perder você de vista — diz ele, mas antes de Nils conseguir alcançá-lo direito, Gunnar se vira e recomeça a andar, com passadas largas na relva.

O sol desaparece devagar sobre o *alvar*. Vai ser tarde da noite quando Nils chegar à casa da mãe. Será que ela sabe que ele chega hoje?

Nils pisa numa pedra chata com os cantos assimétricos, quase no formato de um triângulo — e a reconhece de repente. Ele sabe onde está agora.

— É mais para a esquerda — diz.

Gunnar muda a direção dos passos sem dizer palavra.

Nils pensa ouvir um som abafado na neblina; ele para e escuta. Um carro lá na estrada vicinal? Ele escuta calado, mas não ouve mais nada.

Eles estão perto agora, mas, quando Gunnar e Martin param finalmente num tufo de capim de tamanho médio, Nils não acha que eles chegaram. Ele não vê as pedras do marco sacrificial em nenhum lugar.

— É aqui — diz Gunnar, lacônico.

— Não — diz Nils.

— É sim.

Gunnar chuta o capim várias vezes, de forma que a ponta de uma pedra aparece.

Só então Nils percebe que não existe mais nenhum marco sacrificial. Ele foi esquecido. Faz décadas que as pessoas que fazem caminhada por ali não colocam pedras em homenagem aos mortos, e a relva amarela do *alvar* cobriu o marco.

Nils pensa na última vez em que esteve ali, quando ele escondeu o tesouro. Ele era tão jovem naquela época, jovem e quase orgulhoso de si por ter atirado nos soldados.

Depois tudo só deu errado. Tudo deu errado.

Nils aponta.

— Aqui... está aqui em algum lugar — diz ele. — Cavem aqui.

Ele olha para Martin, que está com a pá na mão, tateando para colocar mais um cigarro na boca. Por que ele está tão nervoso?

— Cavem agora — diz Nils. — Se vocês querem ter o tesouro.

Ele dá um passo e vai para o outro lado do marco sacrificial. Atrás dele, ouve uma pá sendo enterrada no chão. A escavação começa.

Nils faz o reconhecimento do terreno na neblina, mas nada se move. Tudo está em silêncio.

Atrás dele, Martin começou a cavar um sulco profundo na terra. Ele já esbarrou em várias pedras, que Gunnar teve de tirar com a picareta, e está com o rosto vermelho. Respira pesado e olha azedo para Nils.

— Não tem nada aqui embaixo — diz ele. — Apenas pedras.

— Existe sim — replica Nils, e olha para baixo, para dentro do buraco grande. — Foi aqui que eu escondi as pedras.

Mas o buraco está vazio, percebe Nils — exatamente como Martin disse.

— Me dê isso aqui — diz Nils, e estica-se, irritado, para apanhar a outra pá.

Em seguida ele mesmo se põe a cavar, rápido e com força.

Depois de alguns minutos, ele vê as pedras calcárias achatadas que tirou do marco sacrificial muito tempo atrás — as pedras que ele colocou ali para proteger o estojo de metal.

Elas ainda estão ali, pretas de terra agora, mas o tesouro sumiu.

Nils olha para Martin.

— Foi você quem pegou o tesouro — diz ele em voz baixa, e dá um passo à frente. — Onde está?

32

— *Portanto, chegamos — disse* Lennart, e desligou o motor da viatura. — O que você acha do meu esconderijo?

— É muito bonito — respondeu Julia.

Ele tinha entrado com o carro numa estradinha particular entre os pinheiros e os olmos mais ou menos uns 5 quilômetros ao norte de Marnäs. O carro andou entre as árvores e parou em uma clareira. Ali estava o mar cinza-azulado e, em frente a ele, havia a casa de tijolos marrom-avermelhado de Lennart e o pequeno jardim.

A casa não era grande, exatamente como ele tinha dito, mas a localização era fantástica. Além da casa só se avistava o horizonte amplo. A grama bem aparada descia terreno abaixo e transformava-se quase imperceptivelmente na faixa de areia da praia.

Os troncos desnudos das coníferas emolduravam o jardim como se fossem as paredes de uma igreja. Eles faziam sombras no chão e abafavam todos os ruídos.

Fez-se um silêncio solene na hora em que Lennart desligou o motor do carro, ouvia-se apenas o farfalho suave no topo dos pinheiros.

— É claro que os pinheiros são de replantio — disse Lennart —, mas foi muito antes do meu tempo.

Eles saíram do carro e Julia inspirou o cheiro da floresta de olhos fechados.

— Há quanto tempo você mora aqui?

— Faz muito tempo... Quase vinte anos. Mas eu ainda gosto. — Ele olhou ao redor, como se estivesse procurando alguma coisa, e perguntou: — Você é alérgica a gatos? Eu tenho uma gata persa que se chama Missy, mas acho que ela está passeando por aí.

— Tudo bem, eu não tenho problemas com gatos — respondeu Julia, e pôs-se a seguir Lennart, apoiada nas muletas, em direção à casa.

A construção parecia tão firme com suas paredes de tijolos... como se nenhuma tempestade de inverno do mar Báltico pudesse abalar a estrutura. Lennart abriu a porta da cozinha na lateral da casa e a segurou para Julia passar.

— Você ainda não está com muita fome, certo? — perguntou ele.

— Não, só mais tarde — disse Julia, e entrou num corredor pequeno dentro da cozinha.

Lennart não era meticuloso, apenas organizado. A casa inteira estava muito mais em ordem do que o pequeno apartamento de Julia em Gotemburgo, com os exemplares do *Ölands-Posten* colocados com capricho no porta-jornal de madeira na parede. Alguns exemplares da revista *Polícia Sueca* eram a única coisa que revelava a profissão dele. No mais, havia varas de pescar no corredor, dois ou três vasos de flores em cada janela e uma prateleira repleta de livros de culinária no alto do fogão na cozinha.

Em lugar nenhum Julia viu latas de cerveja ou garrafas de bebida. Ela se alegrou com isso.

Lennart percorreu a casa e acendeu as luminárias da janela no cômodo grande contíguo à cozinha.

— Você quer descer para a praia — exclamou ele — antes de escurecer? Se a gente levar um guarda-chuva...

— Claro, se eu também puder levar as muletas.

Lennart riu.

— Nós vamos com cuidado. Do cabo, a gente pode ver Böda se o tempo estiver claro — disse ele, e acrescentou: — Você sabe, a baía que tem a praia comprida.

Julia sorriu.

— Sim, eu sei o que é Böda — disse ela.

— É claro. — Ele olhou para fora da cozinha. — Eu esqueci que você é daqui. Vamos?

Ela assentiu e olhou de relance para o relógio. Eram 17h15.

— Posso usar o seu telefone primeiro? — perguntou ela.

— Claro.

— Eu só vou ligar rápido para Astrid e dizer onde estou — disse Julia.

— Está no mármore da pia — informou Lennart.

Astrid sempre atendia dizendo o próprio número de telefone, de forma que Julia agora sabia o número de cor. Ela discou rápido e ouviu o sinal de chamada. No quinto sinal Astrid atendeu, com Willy latindo ansioso ao fundo.

— Julia? — disse ela quando ouviu quem era. — Eu estava nos fundos da casa passando o ancinho no jardim. Onde você está?

— Eu estou em Marnäs; bem, ao norte de Marnäs, na casa de Lennart Henriksson. Nós...

— Gerlof está com você?

— Não — respondeu Julia. — Ele deve estar na casa de repouso.

— Não, ele não está lá — disse Astrid, firme. — A diretora de lá, Boel, ligou para mim agora há pouco querendo saber onde ele estava. Ele saiu de lá hoje de manhã com John Hagman e não voltou. Mas eu não vou ficar preocupada, se você não estiver.

— Então ele deve estar com John — disse Julia.

— Não — disse Astrid, ainda firme. — Foi John quem telefonou para Boel. Ele tinha se despedido de Gerlof no ônibus e devia ter recebido um telefonema dele quando chegasse em casa.

Julia pensou. Gerlof podia fazer o que bem entendesse e com certeza não devia ter acontecido nada com ele, mas...

— Nesse caso eu preciso ligar para a casa de repouso — disse ela, embora na verdade só quisesse descer para a praia com Lennart agora.

— Telefone, então — disse Astrid, e despediu-se.

Julia desligou o telefone.

— Tudo certo? — perguntou Lennart atrás dela. Ele estava na porta que dava para o corredor e já tinha vestido o casaco. — Vamos descer? Depois nós podemos tomar um café.

Julia concordou, mas tinha uma ruga de preocupação. Seguiu Lennart para o corredor e vestiu o casaco.

O céu tinha escurecido lá fora, era quase noite e ainda estava mais frio que antes. O chiado do vento no topo dos pinheiros em volta da casa soava ainda mais desolado agora.

Nenhum dos mortos está identificado, pensou Julia.

Era uma manchete de jornal sobre um acidente de carro que ela tinha lido lá em Borgholm, lembrou ela. Agora a manchete começou a martelar na cabeça dela: *Nenhum dos mortos foi identificado, nenhum morto identificado...*

Ela virou-se.

— Lennart — disse ela. — Eu sei que estou sendo muito chata e que me preocupo sem necessidade... Mas será que nós podemos andar na praia um pouco mais tarde hoje e ir à Casa Marnäs agora? Eu só preciso conferir se Gerlof chegou lá.

ÖLAND, SETEMBRO DE 1972

— *Tesouro? Eu não peguei* nenhuma droga de tesouro — diz o homem que se chama Martin.

— Você escondeu o estojo de metal — diz Nils, e dá um passo à frente. — Quando eu virei as costas.

— Mas que estojo? — diz Martin, e apanha o pacote de cigarro de novo.

— Vamos ficar calmos — diz Gunnar atrás dele. — Nós estamos no mesmo barco.

Gunnar está perto demais, bem atrás de Nils.

Nils não quer tê-lo ali. Ele olha rápido para trás e depois olha para Martin de novo.

— Você está mentindo — diz ele, e dá mais um passo à frente.

— *Eu?* Mas se eu trouxe você para casa! — diz Martin, irritado. — Eu e Gunnar arranjamos tudo para trazer você de volta, na minha embarcação. Por mim, você poderia ter ficado por lá.

— Mas eu não conheço você — diz Nils, e pensa: *Meu tesouro. Minha Stenvik.*

— É? — Martin acende um cigarro. — Eu não estou nem aí pra quem você conhece.

— Largue a pá, Nils — diz Gunnar.

Ele ainda está atrás de Nils, e perto demais.

Martin também está próximo demais. De repente, ele levanta a pá.

Nils suspeita que Martin planeja golpeá-lo com o cabo da pá, mas é tarde demais. Nils também tem uma pá nas mãos, e já conseguiu levantá-la.

Ele brande a pá com os dois braços em volta do cabo, tão forte quanto na vez em que bateu com o remo em Lass-Jan, trinta anos atrás. O velho furor transborda, toda a paciência dele desaparece. Ele só fez esperar esse tempo todo.

— O tesouro é meu! — grita ele, e o homem à sua frente fica turvo.

Martin move-se, mas não tem tempo de se esquivar. A pá o acerta no ombro esquerdo, e depois embaixo do ouvido dele.

Martin cambaleia para o lado, sem equilíbrio, e então Nils faz pontaria e bate de novo, no mínimo tão forte quanto antes, na testa de Martin.

— Não!

Martin berra, rodopia e cai, bem em cima do marco sacrificial.

Nils levanta a pá de novo e agora ele mira o rosto desprotegido de Martin.

— Pare com isso! — berra Gunnar.

Aos pés de Nils, Martin levanta os braços. O sangue escorre pelo rosto dele; ele espera o golpe mortal.

Mas Nils não pode bater.

— Pare com isso, Nils!

A mão de alguém segura o cabo da pá. É o braço de Gunnar que o segura, e ele dá um puxão tão forte que Nils larga a pá.

— Já basta! — diz Gunnar. — Essa briga foi totalmente desnecessária. Como você está, Martin?

— Puta que o pariu! — balbucia Martin, com a voz pastosa e os braços ainda levantados como que para proteger a cabeça. — Ande logo, Gunnar! Não espere até que... *Faça logo!*

— Está cedo demais — diz Gunnar.

— Eu estou indo agora — diz Nils.

Ele dá um passo para trás, de frente para Gunnar.

— Dane-se o plano... A gente precisa terminar isso — diz Martin. — Ele é louco, esse filho da mãe...

Ele tenta levantar-se devagar, com sangue escorrendo do nariz e um corte sangrando na testa.

— Alguém pegou o tesouro... Vocês ou outra pessoa — diz Nils, com os olhos grudados em Gunnar. — Então o combinado não vale mais. — Ele suspira. — Eu vou para casa agora, para Stenvik.

— Ok... — Gunnar dá um muxoxo cansado sem olhar nos olhos de Nils. — Então nada mais de acordos. É melhor nós irmos embora.

— Eu quero ir embora daqui — diz Nils.

— Não.

— Sim. Eu vou agora.

— Você não vai sair daqui — diz Gunnar, e dá um passo para mais perto. — Nunca foi parte do plano que você saísse daqui. Será que você não entende? Você vai ficar aqui.

— Não. Eu vou embora — diz Nils. — Não vou ficar aqui.

— Vai sim... pois você está morto.

Gunnar levanta devagar o espeto pesado e olha ao redor na neblina, como se quisesse ter certeza de que ninguém vai ver o que está acontecendo.

— Você não pode ir para casa, Nils — diz ele. — Você é um homem morto. Você está enterrado lá em Marnäs.

33

Gerlof estava morrendo e pessoas mortas apareceram para ele. Os mortos também faziam barulho. As pernas de um guerreiro que tinha caído numa batalha esquecida da idade do bronze roçavam uma na outra lá embaixo na praia — ele fechou os olhos para não ter de ver o fantasma dançando lá na praia, mas ouvia nitidamente o roçar das pernas.

Ao abrir os olhos, ele viu o amigo Ernst Adolfsson andando em círculos no prado com a parte de cima do corpo ensanguentada, procurando por pedras na relva.

E quando Gerlof olhou para o mar, a Morte em pessoa estava velejando lá longe no crepúsculo, bem na direção do vento, a bordo de um barco antigo de madeira com velas negras.

O pior de tudo foi quando a esposa dele, Ella, sentou-se de camisola junto da macieira, olhou-o com um olhar sério e pediu que ele parasse de resistir. Gerlof fechou os olhos, ele queria mesmo desistir e acompanhá-la no barco negro; queria adormecer e deixar de sentir a chuva e o frio, deixar de se preocupar e fazer de conta que estava deitado em seu quarto na Casa Marnäs. Ele não sabia por que continuava acordado. Morrer demorava, e isso o incomodava.

O farfalho continuava lá na praia. Gerlof virou a cabeça devagar e abriu os olhos.

O horizonte, a linha entre o céu e o mar, tinha desaparecido por completo na escuridão.

Mas será que eram mesmo pernas antigas que faziam esse barulho ou era outra coisa? Será que havia alguém vivo por perto?

Em algum canto no corpo entorpecido dele ainda havia um restinho de vontade de viver, e Gerlof conseguiu levantar-se devagar, apoiado na velha macieira. Era como içar uma vela grande com vento forte — difícil, mas não impossível. Ele contou: um, dois, três, e depois se colocou de joelhos.

Eia! Eia!, pensou ele, e colocou o pé direito no chão.

Depois ele se viu obrigado a descansar por alguns minutos. Ficou imóvel, à exceção da tremedeira nos joelhos, antes de fazer um último esforço e dar um arrancão para ficar de pé, como um levantador de pesos.

Eia, Eia!

Deu certo. Ele estava de pé, com uma das mãos na árvore e a outra apoiada na bengala.

A vela grande estava içada; agora o barco iria se mover para o mar. Ele podia navegar usando o motor se precisasse. Gerlof sempre cuidou bem de suas máquinas. Os veleiros dele tinham motor de ignição. Requeriam lubrificação de hora em hora quando estavam em funcionamento, mas ele nunca tinha se esquecido de lubrificá-los.

— Eia! — disse ele para si mesmo.

Ele largou a árvore e deu um passo curto em direção à água. Sentia-se razoavelmente bem; as articulações estavam dormentes e não doíam mais.

Ele mantinha-se próximo ao muro de pedra, onde a relva era mais baixa que a do prado, e se aproximava aos poucos da praia. O vento soprava do mar — atravessava a camisa molhada dele e entrava no peito. Mas o farfalho na praia ficou mais alto e o som fez Gerlof seguir em frente. Ele foi ficando cada vez mais certo do que era aquilo.

Ele tinha razão, era um saco plástico vazio.

Para ser mais exato, um saco de lixo, grande e preto, enterrado pela metade na areia. Provavelmente jogado de algum barco no mar Báltico. Havia mais lixo lá embaixo na praia: uma embalagem de leite velha, uma garrafa verde, uma lata enferrujada. Era terrível ver como as pessoas jogavam lixo dos barcos no mar o tempo todo — mas se Gerlof quisesse sobreviver, ele precisaria desse saco plástico. Se o arrancasse da areia, fizesse um furo no fundo do saco e entrasse nele, serviria de proteção contra a chuva e manteria o calor do corpo durante a madrugada.

Muito bem.

Um bom plano, ainda mais vindo de uma cabeça tão gelada.

O problema era chegar à praia, pois o prado acabava numa saliência pronunciada, formada, ao longo do tempo, pelas ondas. Ela era íngreme como um degrau e estava dezenas de centímetros acima da areia.

Vinte anos antes, ou talvez apenas dez, Gerlof teria rápida e simplesmente descido para a praia sem pensar muito — mas agora ele não confiava mais no próprio senso de equilíbrio.

Gerlof reuniu as forças, respirou fundo o ar gelado e deu um passo no vento com o pé direito levantado e a bengala esticada à frente.

Não deu certo. A bengala pousou na praia primeiro e penetrou fundo na areia úmida.

Gerlof caiu para a frente, soltou a bengala tarde demais e ouviu que ela se quebrou com um estalo forte.

Ele foi caindo na direção da praia e tentou parar com a mão direita. Ao aterrissar, a superfície da areia estava dura como um chão de pedra, e todo o ar saiu dele quando a parte superior do corpo bateu na areia.

Gerlof ficou deitado a alguns metros do saco plástico.

Ele não podia se mexer — alguma coisa estava quebrada. Tentar alcançar o saco tinha sido um bom plano, mas dessa vez ele não teria forças para se levantar.

De novo ele cerrou os olhos. Não voltou a abri-los nem mesmo quando o barulho de um motor de carro chegou aos ouvidos dele.

O som não lhe importava em nada.

34

O rádio da polícia, ao lado do volante do carro de Lennart, tinha estado em silêncio até ele começar a chamar no microfone para uma central de alarme em Kalmar — depois disso veio a resposta chiada que Julia não pôde decifrar.

Mas Lennart ouvia concentrado.

— A busca com os cachorros vai demorar — disse ele, e olhou para a escuridão pelo para-brisa —, mas logo virá um helicóptero.

— Quando? — perguntou Julia ao lado dele.

— Vão levantar voo de Kalmar dentro de alguns minutos — disse Lennart e acrescentou: — E eles têm uma termocâmera.

— Termocama?

— Câmera — repetiu Lennart. — Ela registra a temperatura do corpo. É boa para se usar no escuro.

— Ótimo — disse Julia, mas não ficou mais calma com isso.

Ela olhava o tempo todo pela janela do carro, mas estava muito escuro lá fora. Eram 18h30 e estava quase escuridão total. Ela mal sabia em que trecho da rodovia eles se encontravam.

Mais cedo, lá na casa de repouso, Boel tinha primeiro ficado irritada por Gerlof não ter telefonado.

— Será que é preciso trancá-lo no quarto? — disse ela, e deu um suspiro. — Será?

Depois ela ficou quase tão preocupada quanto Julia e formou uma patrulha de busca com os funcionários do turno da noite, que seguiram a pé para ver se Gerlof estava sentado em alguma parada de ônibus.

Lennart, antes, estava mais calmo, mas agora ele também entendia que a situação era preocupante. Pelo rádio, ele enviou um alarme para o comandante da polícia de plantão em Borgholm.

Depois de alguns telefonemas rápidos, ele também tinha conseguido localizar o motorista de ônibus, que havia dirigido até o ponto final em Byxelkrok e estava de volta com o ônibus em Borgholm. Ele não conseguiu lembrar se Gerlof fora passageiro dele, mas sabia que tinha parado em pelo menos dois pontos na rodovia antes de Marnäs e no mínimo em mais três pontos entre Marnäs e Byxelkrok.

Eram pouco mais de 18 horas quando Julia e Lennart entraram no carro de novo e começaram a procurar. Mais dois carros com os funcionários da casa de repouso partiram ao mesmo tempo. Boel ficou na secretaria ao lado do telefone.

Ainda chovia. Julia e Lennart rumaram para o sul ao sair da Casa Marnäs — embora não se soubesse com certeza se Gerlof tinha saltado do ônibus ali, pois ele também podia ter cochilado e descido depois de Marnäs. Mas eles tinham de começar por algum lugar.

Lennart mantinha a velocidade baixa, o carro não andava muito mais rápido do que uma bicicleta motorizada, e entrava em cada parada de ônibus e estacionamento para não deixar passar nenhum trecho do caminho.

— Mas não dá para ver nada... — resmungou Julia.

Não porque houvesse muito o que ver; ninguém caminhava na rodovia naquela noite fria e chuvosa. Ela via apenas canais escuros, arbustos e troncos de árvores cinzentos na frente.

O rádio da polícia começou a chiar de novo. Lennart ouviu a mensagem.

— O helicóptero levantou voo — disse ele. — Estão indo para Marnäs agora.

Julia balançou a cabeça. Era só do helicóptero que eles poderiam esperar algum resultado, percebeu ela.

— Isso é típico de Gerlof? — perguntou Lennart depois de um tempo.

— Como assim?

— O que perguntei é se... ele já apresentou, como diz o termo, perda das faculdades mentais?

— Não. — Julia sacudiu rapidamente a cabeça, mas refletiu um pouco e acrescentou: — Mas eu não ficaria muito surpresa... se ele por acaso tiver descido do ônibus e seguido caminhando, ou seja lá o que aconteceu. Acho que ele pensa demais.

— Nós vamos encontrá-lo — disse Lennart.

Julia assentiu.

— Ele vestia um sobretudo de inverno quando saiu hoje de manhã — comentou Julia. — Então ele aguenta o frio, não é?

— Com o casaco ele aguenta ficar fora a noite inteira — respondeu Lennart. — Especialmente se ele também encontrar algo para se proteger do vento.

Mas lá no *alvar* não havia, é claro, nada para se proteger, pensou Julia.

35

— *Gerlof! Cadê, Gerlof?*

Gerlof abriu os olhos devagar, despertando de mais um sonho agradável em que velejava. Ele pestanejou com o chuvisco.

— Como? — disse ele com a voz rouca, ou só pensou ter dito.

Ele ainda estava de costas lá na praia, com a perna direita doendo e latejando.

Lá em cima no prado, parecendo um vulto grande contra o céu noturno, estava o hoteleiro Gunnar Ljunger, naquele casaco feio e amarelo.

Será que ele estava mesmo ali? Sim, estava, não era um sonho. Mas Gunnar não sorria agora, constatou Gerlof. No rosto, ele tinha uma ruga de irritação.

— Onde está meu telefone? — perguntou ele.

Gerlof engoliu em seco; a boca estava ressecada e ele mal podia falar.

— Eu escondi — sussurrou ele.

— Você telefonou para alguém? — perguntou Ljunger.

Gerlof negou sacudindo a cabeça. É que ele não tinha conseguido telefonar. Um monte de botões e não dava para saber qual apertar.

— Cadê? Você enfiou o celular no rabo?

— Desça e venha procurar — sussurrou Gerlof.

Mas Gunnar ficou onde estava. E Gerlof sabia por quê; se ele descesse para a praia, seus sapatos deixariam marcas profundas na areia. Nem mesmo a chuva poderia apagá-las.

O celular estava no bolso da calça de Gerlof, não muito bem escondido, mas agora Gunnar se via obrigado a pensar num modo astuto de pegá-lo.

— Você é duro na queda, Gerlof — disse ele apenas, e endireitou as costas. — Mas eu vejo que você caiu e se machucou.

A voz de Gerlof parecia ter sumido, pois não saiu nenhuma palavra quando ele abriu a boca. Os lábios estavam ressecados e rígidos do frio.

— Quem tem mais paz são os mortos — disse Gunnar com voz calma, acima dele. — "A morte é implacável mas correta, então cante hei, ô, hô..." Palavras de Dan Andersson, caso você não saiba. Eu adoro as canções dele, as baladas de marinheiro de Taube também. Foi de fato Vera Kant quem me ensinou a gostar delas. Ela tinha um monte de discos de 78 rotações.

— Ela tinha terras e dinheiro... — sussurrou Gerlof na areia.

— Como?

— As terras e o dinheiro de Vera... Trata-se apenas disso.

Gunnar sacudiu a cabeça de um lado para o outro.

— Trata-se de um monte de coisas — disse ele. — Terras, dinheiro, vingança e sonhos grandes... E amor a Öland também, como eu disse antes. Eu amo esta ilha.

Gerlof viu que ele enfiou a mão no bolso da jaqueta e tirou um par de luvas de couro.

— Eu acho que está na hora de você dormir agora, Gerlof. E quando você dormir, eu vou achar o celular. Você não devia ter pegado o aparelho.

Gerlof estava cansado da falação de Gunnar. Blá-blá-blá. O hoteleiro estava lá na beira do prado falando o tempo todo e se negava a deixá-lo em paz, ao mesmo tempo que o som fraco de algo farfalhando tinha surgido no escuro.

— Está na hora de dizer adeus — disse Gunnar. — Eu acho que nós vamos...

Ele calou-se de repente e virou a cabeça.

O som foi ficando cada vez mais alto, como uma barulhada na água, como se o vento no mar estivesse virando uma tempestade.

A intensidade do som aumentou rapidamente, transformando-se numa ventania ensurdecedora que arrastava as leves roupas de Gerlof.

Agora ele também viu que o espectro lá em cima de Gunnar tinha virado a cabeça para o céu, mudo de surpresa.

Gerlof olhou para cima. Um vulto deslizou por ele lá no alto. Um corpo enorme com olhos reluzentes pairava sobre a praia. A parte superior era escura e a inferior clara, e a coisa retinia o tempo todo, e a palavra POLÍCIA aparecia iluminada na parte de baixo.

Era um helicóptero.

Gunnar não estava mais vigiando Gerlof. Ele tinha sumido, fugido — como um gnomo que foi descoberto, ele fugia a passos largos pela trilha de cascalho.

Gerlof olhava. Hélices enormes retiniam dando voltas e mais voltas. Sim, era mesmo um helicóptero que voava lá em cima; o aparelho empinou-se, voou para o prado e desceu.

O helicóptero da polícia aterrissou suavemente e Gerlof fechou os olhos.

Ele não se sentiu alegre nem aliviado, não sentia nada. O cérebro ainda esperava que o navio da morte fosse chegar e arrastá-lo para o mar. Mas ele não veio.

O retumbar das pás do rotor foi se acalmando e abriram-se duas portas no helicóptero. Homens de capacete saíram de lá de dentro com as costas encurvadas. Vestiam uniformes cinza tipo macacão; eram pilotos ou policiais, e deslocavam-se rápido na relva na direção de Gerlof.

Um deles carregava um cobertor sob o braço, o outro segurava uma maleta branca. Gerlof começou a entender por que eles tinham vindo e respirou aliviado.

O helicóptero estava ali por causa dele. Ele iria sobreviver.

36

— *Lá está ele!*

Julia disse isso gritando, de forma que Lennart diminuiu tão rápido a velocidade que o carro derrapou. Mas a viatura parou quase de imediato, atravessada na rodovia. Eles estavam bem ao sul da bifurcação para Stenvik.

— Onde?

Julia apontou para fora do para-brisa.

— Estou vendo Gerlof — disse ela. — Lá fora, lá... no prado. Caído ali!

Lennart inclinou-se para a frente. Em seguida ele acelerou e girou o volante.

— Eu vou dar a volta. — O carro fez uma curva acentuada na estrada molhada de chuva. — Há um caminho ali... Vou entrar nele.

Mas quando eles pegaram a estradinha de cascalho, Julia viu que tinha se enganado. Não era nenhum corpo. Era...

Lennart parou o carro e Julia abriu rápido a porta. Mas ela andava devagar com as muletas, então ele chegou primeiro.

Ele abaixou-se e tirou o objeto do pequeno canal da estrada de cascalho.

— É só um casaco — disse ele, e levantou a peça. — Um casaco jogado fora.

Julia aproximou-se e olhou. Ela prendeu a respiração.

— É do meu pai — disse ela.

— Tem certeza? — perguntou Lennart. — Parece que...

— Olhe no bolso interno.

Lennart abriu o casaco e vasculhou no bolso. Tirou dali uma carteira e abriu-a.

— Eu devia ter trazido uma lanterna... — resmungou ele, e tentou colocar a carteira próximo à luz dos faróis do carro.

— É de Gerlof — disse Julia. — Eu conheço essa carteira.

Lennart sacou dela uma carteira de motorista vencida e balançou a cabeça.

— Sim, é dele.

Em seguida ele olhou ao redor.

— Gerlof! — Chamou ele. — Gerlof!

Mas o vento e o motor do carro ligado abafaram rapidamente o chamado.

— A gente pega o carro e dá uma olhada — disse ele. — Eu não conheço esse caminho... Acho que ele leva à praia.

Ele virou-se, voltou para a viatura e fez uma chamada rápida no microfone do rádio.

Julia foi atrás dele e sentou-se no banco do carona.

— O helicóptero sabe onde nós estamos agora — disse Lennart.

Ele engatou a primeira marcha e fez o carro andar para a frente devagar, enquanto apertava os olhos para poder enxergar lá fora.

— Eu vou desligar os faróis — disse ele —, assim podemos ver melhor.

Ficou totalmente preto na estrada diante deles, mas, quando os olhos de Julia já tinham se acostumado com a escuridão, ela pôde ver o *alvar* de ambos os lados da paisagem. Cada vulto novo que surgia lá fora parecia ser o de um homem velho em pé na relva, mas os vultos eram apenas arbustos de zimbro.

De repente, Lennart apontou para cima.

— Lá está ele — disse Lennart. — Era isso que estávamos esperando.

Julia olhou para um par de luzes vermelhas e brancas que piscavam e se mexiam no céu. Ela entendeu que era o helicóptero, ao mesmo tempo que o rádio da polícia fez um barulho.

Lennart prestou atenção.

— Acho que eles encontraram alguma coisa — disse ele. — Lá perto do mar.

Ele acelerou, fez a curva — e, um segundo depois, o carro inteiro foi de repente iluminado por uma luz branca que feria a vista. Era outro carro.

— Meu Deus! — gritou Lennart ao lado de Julia.

Ele tentou frear, mas era tarde demais. O carro que vinha na direção contrária na curva estava em alta velocidade.

— Segure-se!

Julia trincou os dentes e jogou os braços para a frente, contraindo-se diante da colisão.

A batida arremessou Julia para a frente, mas o cinto a segurou, ao mesmo tempo que ela viu o capô do carro ser amassado igual a um pedaço de papel.

O cinto de segurança funcionou, mas a pressão em cima das costelas doeu.

Silêncio. Passaram-se alguns segundos de uma paralisação silenciosa depois da batida.

Julia ouviu Lennart suspirar aliviado no volante e xingar em voz baixa.

Em seguida ele acendeu os faróis de novo. Apenas um deles parecia funcionar agora. O farol iluminou o carro reluzente que tinha se chocado contra eles.

Lennart esticou-se para abrir o porta-luvas. A tampa tinha voado; ele pegou o coldre com a arma.

— Tudo bem com você, Julia? — perguntou ele.

Ela piscou os olhos.

— Tudo bem... Acho que sim.

— Você fica aqui no carro. Eu volto logo.

Lennart abriu a porta e o frio entrou. Julia hesitou mas então abriu também a porta ao lado dela.

Quase ao mesmo tempo, a porta do outro automóvel foi aberta. Um homem alto e de ombros largos saiu zonzo de lá de dentro.

— Quem está aí? — ela ouviu Lennart chamar.

— Mas de onde é que você veio? — Julia ouviu uma outra voz, num tom mais alto. — Ligue os faróis, seu idiota! Por que você não acende o farol quando está na estrada?

— Vamos com calma — disse Lennart. — Eu sou policial.

— Quem é... Henriksson, é você? — disse a outra voz.

Julia colocou as pernas para fora do carro e ficou tateando à procura das muletas. Ela pôs-se de pé, embora o chão fosse inclinado.

— Você está vindo da praia? — perguntou Lennart.

À luz do farol, ela reconheceu de repente o outro motorista. Era o hoteleiro de Långvik.

Depois ela também se lembrou do nome dele: Gunnar Ljunger.

— Quem está aí? — exclamou ele.

— Calma, Gunnar — disse ele. Pelo visto, Lennart também o reconhecera. — De onde você está vindo?

— De... de lá da praia. — Gunnar baixara a voz. — Eu estava dirigindo por lá.

— Você viu Gerlof Davidsson? — perguntou Lennart.

Gunnar ficou calado alguns segundos.

— Não — respondeu ele depois.

— Nós estamos procurando por ele — disse Lennart, e apontou. — O helicóptero lá longe também.

— Sei.

Gunnar foi estranhamente indiferente, achou Julia. Ela deu um passo para a frente e perguntou a Lennart, do outro lado do capô do carro:

— Estamos longe da praia?

— Não muito, eu acho — disse ele. — A uns 200, 300 metros.

Foi o suficiente para Julia.

— Eu preciso ir até lá — disse ela.

Ela segurou firme as muletas e começou a caminhar aos pulos, passando pelo carro de Gunnar Ljunger e seguindo pelo caminho de cascalho.

— Gunnar, você precisa sair do caminho — ela ouviu Lennart dizer atrás dela. — Eu preciso descer com o carro até a praia.

— Henriksson, você não pode...

— Saia do caminho — disse Lennart. — Você vai esperar no carro, nós precisamos esclarecer isso.

A voz dele desapareceu rapidamente, levada pelo vento atrás de Julia. Mais adiante dos carros, ela viu de novo a luz do helicóptero, que tinha aterrissado a menos de 500 metros dela.

Ela apertou o passo, escorregou algumas vezes nas poças de lama do caminho, mas conseguiu manter o equilíbrio nas muletas e continuou em frente.

Quando Julia chegou mais perto, ela viu, sob as luzes do helicóptero, que dois homens de macacão cinza-claro estavam debruçados sobre alguma coisa lá na praia. Um corpo. Eles levantaram o corpo da areia e colocaram um cobertor em volta dele.

— Pai!

Os homens olharam rapidamente para ela e depois continuaram com o trabalho.

O corpo na praia estava enrolado no cobertor e não se mexia. Julia queria vê-lo se mexer, levantar a cabeça, mas só quando ela estava a alguns metros da praia é que viu um sinal de vida.

Gerlof tossiu. Uma tosse seca, rouca.

— Pai! — exclamou Julia de novo.

Ele virou a cabeça devagar para ela.

— Julia...

Ele tossiu de novo.

— Atenção agora — disse um dos homens. — Vamos carregá-lo.

Eles levantaram Gerlof no cobertor e tiraram-no rápido dali.

— Eu posso ir junto? — perguntou Julia atrás deles, e acrescentou: — Eu sou filha dele. E enfermeira.

— Não dá — disse o homem mais próximo dela, sem olhar para cima. — Não há lugar.

— Para onde vocês vão? — perguntou ela.

— Para a emergência em Kalmar.

Mesmo assim, ela acompanhou o pai até o helicóptero, embora as muletas agarrassem na relva o tempo todo. Ela lutava para ficar perto do corpo no cobertor.

— Eu estarei no hospital, pai.

Um segundo antes de colocarem Gerlof no helicóptero, ele levantou a cabeça, e ela pôde ver seu rosto. Branco como cera. Mas os olhos estavam abertos e de repente eles olharam para ela. Ele disse alguma coisa, em voz baixa e imperceptível.

— O quê? — Ela se inclinou, ouvindo com atenção.

— Foi Gunnar — sussurrou Gerlof.

Julia sussurrou em resposta:

— O que ele fez, pai?

— Pegou... o nosso Jens.

Depois ele não estava mais ali, levantado como um vegetal para o assento traseiro do helicóptero. As portas foram fechadas ao redor de Gerlof.

— Você tem de se afastar agora — disse um dos pilotos, antes de fechar a porta.

Julia andou para trás nas muletas, desajeitada.

Quando as pás do rotor começaram a girar de novo, ela estava a uns 50 metros de distância e viu que elas foram girando cada vez mais rápido. O milagre da tecnologia. Um tamborilar alto na escuridão — e em seguida o helicóptero levantava com seu pai velhinho em direção ao céu negro, subindo cada vez mais alto e rumando em alta velocidade para o sudeste.

Aos poucos foram aparecendo os sons mais suaves do murmulho das ondas e do vento. Julia ouviu um chamado distante e virou a cabeça.

Era Lennart. Os dois carros ainda estavam parados lá na curva e, embora os braços de Julia estivessem doendo, ela ajeitou-se de novo com as muletas e retornou ao local do acidente na estrada de cascalho.

— Era Gerlof lá embaixo? — perguntou Lennart quando ela chegou.

— Sim. Ele foi levado para Kalmar.

— Que bom.

Gunnar Ljunger ainda estava no carro com a porta aberta, mas não tinha saído do caminho para deixar a viatura passar.

Depois que ele desligara o motor, após a colisão, o carro não quisera mais funcionar. O que se ouvia era apenas um clique fraco quando Gunnar girava a chave.

Ele bateu irritado no volante com capa de couro.

— Você vai trancar o carro e deixá-lo aqui — disse Lennart. — Venha conosco para Marnäs.

Gunnar fez um muxoxo, mas não tinha escolha. Ele apanhou uma pasta no Jaguar e sentou-se, em seguida, no banco de passageiros da viatura, ao lado de Lennart. Julia teve de ajeitar-se no banco traseiro.

Durante a viagem para Marnäs ela inclinou-se e observou Gunnar de trás.

O que ele estava fazendo na praia? O que ele tinha dito para Gerlof?

Gunnar estava sentado com as costas eretas e parecia não perceber o olhar dela, mas a atmosfera no carro era tensa.

— Você quer falar agora? — perguntou Lennart depois de alguns minutos.

— Falar o quê?

— O que você estava fazendo no caminho costeiro.

— Passando o tempo — disse ele, lacônico.

— Por que você dirigia tão rápido?

— Eu tenho um Jaguar.

— Você sabia que Gerlof estava lá embaixo na praia?

— Não.

Julia suspirou.

— Ele está mentindo — disse ela para Lennart.

Gunnar não comentou a afirmação.

— Com certeza foi o calor do seu corpo que o helicóptero rastreou, Gunnar — disse Lennart. — A temperatura de Gerlof provavelmente estava baixa demais. Que sorte que você estava lá.

Gunnar tampouco comentou isso. Ele olhava para fora da janela com os olhos entreabertos, indiferente ou muito cansado.

Depois de alguns minutos de viagem, a viatura chegou ao centro de Marnäs.

Havia uma vaga bem na frente da delegacia; Lennart estacionou ali. Ele abriu a porta da delegacia e em seguida os três entraram.

Lennart acendeu a luz e ligou o computador. Gunnar foi para o meio da sala, como um militar diante da tropa.

— Eu vou dar uma explicação resumida e nada mais — disse ele, e olhou para Lennart. — Não vou ficar mais tempo aqui do que o necessário hoje à noite. Eu quero ir para casa.

— É o que nós todos queremos, Gunnar — disse Lennart. Ele digitou a senha no computador. — Você quer café?

— Não. — Gunnar olhou para Julia e perguntou: — Ela vai ficar aqui?

Lennart pareceu ter se chocado quando Julia foi tratada apenas como *ela* — mas ela apenas balançou a cabeça de um lado para o outro. Ela tinha outra coisa com que se preocupar.

— *Ela* vai visitar o pai no hospital — disse Julia — e ver se ele sobrevive. — Julia olhou bem na cara de Gunnar. — Eu vou perguntar a ele o que foi que aconteceu lá embaixo na praia.

— Está bem, faça isso.

Gunnar nem sequer olhou para ela, mas havia um sorriso estranho no rosto dele, como se tudo aquilo apenas o divertisse.

— Sente-se, Gunnar — disse Lennart, e apontou para a cadeira ao lado da escrivaninha.

Depois ele deu alguns passos até a porta, onde estava Julia, e baixou a voz.

— Você consegue se arranjar agora?

Ela assentiu e apanhou as muletas.

— Vou ver se passa algum ônibus. Senão, pego um táxi.

— Ok — disse Lennart. — Você me liga depois? Eu vou para casa assim que acabarmos aqui.

Julia sorriu e assentiu, como se tudo estivesse às mil maravilhas aquela noite.

— Até logo.

Ela queria dar um abraço apertado nele, mas não iria fazer isso na frente de Gunnar Ljunger.

Ela desceu a escada, saiu para a rua vazia e fria de novo e olhou para o ponto de ônibus do outro lado da praça. Havia um ônibus ali — mas será que ele ia para o sul?

Um táxi para Kalmar custaria centenas de coroas; essa era a alternativa, na pior das hipóteses. Mesmo que ela tivesse de esvaziar toda a conta e mesmo que tivesse de ficar sentada esperando a noite toda na emergência, ela iria para o hospital. Queria estar lá quando Gerlof acordasse. Lennart entenderia que ela precisava ficar com Gerlof agora e, além disso, ele mesmo tinha muito o que fazer.

Ela começou a atravessar a rua com as muletas e foi até a praça.

Então pensou de repente no sorriso — no estranho sorriso de Gunnar Ljunger.

Seu carro estava danificado e ele fora mais ou menos acusado de assassino por Gerlof. Mas, à escrivaninha de Lennart na delegacia, ele tinha exibido aquele sorrisinho na cara, como se uma possibilidade de fuga estivesse esperando por ele lá dentro.

Como se ele pensasse em...

Julia parou subitamente na calçada do outro lado da rua. Ela estava a meio caminho do ponto, mas, sem pensar muito, deu meia-volta. Começou a saltar com as muletas, para a delegacia.

Faltavam apenas uns 10 metros para chegar lá, mas, ainda assim, Julia não conseguiu chegar a tempo.

Quando ainda estava na calçada, ela ouviu o tiro. Foi apenas um estampido seco sem eco, mas ele veio de dentro da delegacia.

Um baque abafado veio da janela.

Mais um tiro foi dado alguns segundos depois.

Julia deu mais três pulos com as muletas e, ao perceber que continuava devagar demais, jogou-as no asfalto. E correu.

Ela subiu a escada com passadas largas, o que fez a dor irradiar pelo pé quebrado.

Ela sentiu cheiro de pólvora ao abrir a porta, e só então parou.

Tudo estava em silêncio. O silêncio era absoluto na delegacia.

Julia espiou com cuidado lá dentro e viu primeiro as pernas de Lennart estendidas ao lado da escrivaninha. O coração dela quase parou — mas depois ela viu que ele se mexia.

Ele estava caído de joelhos ao pé da escrivaninha, com uma das mãos apoiada no chão e a outra apertando forte a testa, que sangrava.

O coldre de Lennart estava desabotoado; ele rolou devagar e levantou os olhos para Julia, uma expressão embotada e confusa.

— Onde ele está? — perguntou ele. — Gunnar?

Julia viu o que tinha acontecido.

Não era Lennart quem estava baleado — era Gunnar Ljunger.

Julia agora podia vê-lo, e percebeu que Gunnar tinha achado um caminho de fuga.

Gunnar não estava mais sorrindo. O corpo dele estava caído no chão do outro lado da escrivaninha e os sapatos lustrosos mexiam-se com espasmos leves. Uma poça de sangue tinha começado a crescer no chão sob sua cabeça e gotas tinham respingado e produzido manchas cor-de-rosa no casaco amarelo. O sangue resplandecia à luz da lâmpada no teto.

Gunnar olhava para o teto com a boca entreaberta. Seus olhos pareciam surpresos, como se ele não entendesse direito que tudo tinha acabado de fato.

Na mão direita, ele ainda segurava a arma de Lennart.

37

— *Como você está, Lennart?* — perguntou Gerlof em voz baixa no leito do hospital.

Lennart deu de ombros, cansado.

— Mais ou menos. Eu deveria ter sido mais atento — disse ele, e suspirou fundo. — Deveria ter percebido o que ele ia fazer.

— Não pense mais nisso, Lennart — disse Julia, do outro lado do leito de Gerlof.

— Ele me enganou. Ele tinha se sentado, então achei que ele tinha ficado mais relaxado... Mas foi nesse instante que ele me agarrou, me imprensou contra a escrivaninha e arrancou o meu coldre. Eu não estava preparado. — Ele suspirou e passou a mão no curativo da testa. — Estou velho demais, não reajo mais tão rápido. Eu deveria ter...

— Não pense mais nisso, Lennart — repetiu Julia. — Foi Gunnar quem atacou *você*, e não o contrário.

O primeiro tiro que Gunnar Ljunger tinha dado acertara apenas a parede da delegacia, mas Lennart tinha batido com a cabeça na quina da escrivaninha na briga pela arma. Ele levou vários pontos no hospital de Marnäs e havia um corte profundo na testa sob o curativo.

Agora Lennart e Julia estavam na enfermaria do hospital de Borgholm, sentados um de cada lado do leito de Gerlof. Era fim de tarde e o sol de outono amarelo-escuro descia sobre a cidade lá fora.

Gerlof esperava que a visita não fosse demorada, pois na verdade ele só queria ficar sozinho e dormir. Ainda não tinha forças para sair da cama.

Ele sentia-se, ao menos, lúcido agora, mas não se lembrava muito dos últimos dias. Provavelmente ele não teria sobrevivido não fosse o transporte rápido de helicóptero para a emergência de Kalmar. O estado de saúde dele tinha passado de gravíssimo com perigo de vida para apenas grave em dois dias. Depois ele finalmente melhorou e ficou mais estável e no quarto dia ele pôde ser transferido de ambulância para o hospital de Borgholm.

Ali era mais tranquilo do que em Kalmar. Gerlof ocupava um quarto privativo no segundo andar, com vista para Slottskogen e para os casarões de Borgholm. Julia e Lennart tinham ido visitá-lo, cinco dias após a tentativa de Gunnar de acabar com ele na praia.

— Essa é a terceira vez em dois dias que eu venho aqui, pai — disse Julia. — Mas é a primeira vez que você está acordado.

Gerlof assentiu, cansado.

O braço esquerdo dele estava com um torniquete e coberto de curativos depois da queda na praia. Um pé estava engessado. Uma solução nutriente estava acoplada a uma agulha enfiada no braço dele, um outro tubo ligado a um cateter e ele estava enrolado em dois cobertores — mas, apesar disso, ele se sentia um pouco mais bem-disposto do que no dia anterior. A febre tinha baixado aos poucos.

Gerlof tentou sentar-se para poder ver melhor Julia e Lennart. Ela levantou-se rápido e ajudou o pai colocando uma outra almofada nas suas costas.

— Obrigado.

A voz dele estava muito fraca, mas ele podia falar.

— Como você se sente hoje, pai? — perguntou ela.

Gerlof levantou devagar o polegar. Ele tossiu e puxou o ar com dificuldade.

— Primeiro eles acharam... que eu estava com pneumonia — sussurrou ele, devagar. Tomando fôlego de novo, ele continuou: — Mas, de manhã, disseram que eu só tinha bronquite. — Gerlof tossiu de novo. — E eles têm certeza de que eu vou poder ficar com os dois pés. — Ele fez uma pausa e acrescentou: — Eu quero ficar com eles.

— Você é duro na queda, Gerlof — disse Lennart.

— Gunnar Ljunger... disse o mesmo.

O pager de Lennart apitou de repente no cinto.

— De novo...

O policial suspirou, cansado. Ele olhou para o visor do aparelho.

— Parece que o meu chefe quer falar comigo de novo. As perguntas nunca acabam... — disse ele. — Eu preciso telefonar para ele. Volto logo.

Lennart sorriu para Julia, que sorriu de volta e apontou com a cabeça para o leito.

— Não saia daí, Gerlof.

Gerlof assentiu devagar e Lennart fechou a porta.

A enfermaria ficou em silêncio, mas não era um silêncio tenso. Nada precisava ser dito. Julia colocou a mão no cobertor do pai e inclinou-se.

— A família e os amigos mandam lembranças — disse ela. — Lena ligou de Gotemburgo ontem à noite, ela vem em breve. E Astrid também mandou um abraço, é claro. John e Gösta estiveram aqui ontem, mas disseram que você estava dormindo. Todo mundo que você conhece está pensando em você.

— Obrigado. — Gerlof tossiu de novo. — E como você está? — sussurrou ele.

— Bem — disse Julia. — Eu estive bastante com Lennart nos últimos dias, lá na casa dele na floresta de pinheiros. Mas ele teve que ficar escrevendo um monte de relatórios a maior parte do tempo e precisou descer para Borgholm... Eu não pude ajudá-lo muito. Eu fiquei mais é sentada no quarto ao lado, preocupada com você.

— Vai... ficar tudo bem comigo — sussurrou Gerlof.

— Sim, agora eu sei — disse Julia. — E comigo também.

Ele tossiu e continuou:

— Então você está forte?

— Estou. — Julia sorriu, como se ela não entendesse direito o que ele queria dizer. — Estou muito mais forte.

Gerlof continuou a sussurrar:

— Eu fiquei pensando... Não tenho certeza... mas acho que sei como tudo aconteceu agora.

Julia olhou para ele.

— Tudo? — disse ela.

— Tudo isso — sussurrou Gerlof. — Você quer saber... o que aconteceu com Jens?

Julia olhou séria para ele. Ela prendeu a respiração.

— Você sabe agora, pai? — perguntou ela. — Gunnar contou em detalhes o que aconteceu?

— Ele disse... bastante coisa — respondeu Gerlof. — Não tudo, eu acho. Então eu deduzi... uma parte do que aconteceu. Mas não se trata de nenhum final feliz, Julia. Você quer saber?

Julia apertou os lábios e assentiu.

— Diga.

— Você lembra que eu disse, quando você veio para Öland, que talvez o assassino se sentisse tentado a aparecer para olhar a sandália de Jens? — perguntou Gerlof.

— Mas ele não veio.

Gerlof olhou para o sol descendo sobre as árvores lá fora. Ele gostaria de ser pequeno agora e ouvir as histórias horripilantes no crepúsculo em vez de ser velho e ele mesmo ser obrigado a contá-las.

— Mas eu acho que ele apareceu — disse ele. — O assassino veio até nós... Embora eu e você não víssemos isso.

ÖLAND, SETEMBRO DE 1972

Gunnar está em pé bem na frente de Nils e levanta devagar a picareta pesada. Ele olha ao redor na neblina, como se quisesse ter certeza de que ninguém verá o que está acontecendo no *alvar*. Ou o que acontecerá.

— Você não pode ir para casa, Nils — diz ele. — Você está morto. Você está enterrado lá em Marnäs.

Nils balança a cabeça de um lado para o outro.

— Largue isso — diz ele.

Um silêncio sepulcral pareceu de repente reinar no *alvar* inteiro, como se todo o ar tivesse desaparecido debaixo do céu.

— Largue você primeiro, Nils.

Nils faz que não com a cabeça de novo. Ele olha rapidamente para o outro caçador de tesouro, Martin, que respira pesado no chão onde está caído, a alguns metros de distância, com a mão tapando a testa. Ele não representa nenhuma ameaça agora. Mas Gunnar não é inofensivo. Ele está de pé com as pernas afastadas, os ouvidos aguçados, e tem a impressão de que ouviu algo ao longe.

— Ok — diz ele em seguida. — Eu largo a picareta.

E ele faz isso. Ela cai, fazendo um baque pesado, ao lado do marco sacrificial.

— Isso. — Em seguida Nils também larga a pá, mas ele não relaxa. — E agora eu quero ir para...

De repente ele também ouve um barulho. A intensidade aumenta. Um barulho longe lá na estrada vicinal que se transforma rapidamente num ronco abafado.

Um motor de carro.

— Acho que temos companhia — diz Gunnar.

Ele não parece surpreso.

Passam-se mais alguns segundos. Depois um vulto grande toma forma na neblina atrás deles. Um vulto que anda na relva em cima de quatro rodas.

É um outro Volvo, um Volvo marrom e novo que vem devagar na neblina. Ele aproxima-se e para ao lado do carro de Gunnar, e o motor é desligado.

A porta do motorista é aberta.

Nils não reconhece o carro e tampouco o homem que sai dele. Mas ele vê que o homem é muito mais novo que ele e está vestido numa farda bem engomada de policial. Ele carrega um revólver no coldre. Ele fecha a porta do carro, endireita a jaqueta e vai calado até eles.

O homem que chegou para na frente de Nils a alguns metros de distância. Os olhos estão voltados para Nils e ele abre a boca.

— Nós nunca nos encontramos — diz o policial. — Mas eu tenho pensado muito em você.

Nils olha de boca aberta.

— Você matou meu pai — diz o policial.

Durante alguns segundos Nils não entende nada.

— Nils, este é Lennart — diz Gunnar, a uns metros dele. — Lennart Henriksson. O pai dele era comissário. Você deve lembrar, quando você era mais novo, muitos anos atrás... Vocês se encontraram no trem que ia para Borgholm.

O filho do comissário.

Então, finalmente, Nils entende. Ele entende o que vai acontecer e reage por fim. Nils vê Henriksson segurar o coldre. Ele recua na neblina e corre.

— Pare!

Naturalmente Nils não para, ele foge. A armadilha que foi armada está prestes a se fechar, mas ele se joga para fora dela.

Ele não é mais jovem e não se movimenta com tanta agilidade na relva, mas ali é o *alvar*, o terreno dele. Ele foge através da neblina de cabeça baixa, vai em direção à moita mais próxima e espera ouvir um tiro atrás dele — mas ele já está agachado atrás da proteção dos zimbros antes de o tiro chegar.

Nils ouve vozes altas atrás dele na neblina, mas elas estão mais distantes.

Ele não para. Pega a reta a passos largos.

Será que esse é o caminho para o povoado?

Nils acha que sim. Ele está a caminho de casa, agora ele finalmente vai chegar em casa, ver a mãe, e nada vai impedi-lo.

Ele vê de repente uma pessoa tomar forma lá longe na neblina; Nils para a fim de recuperar o fôlego.

Ele está pronto para correr de novo, mas esse não é nenhum perseguidor. É um menininho, não tem mais do que 5, 6 anos. Ele surge da neblina cinza e para a apenas uns dez curtos passos dele.

O menino é pequeno, magro, está vestido de short e camisa vermelha de pano fino e nos pés ele tem um par de sandalinhas. Ele olha em silêncio e com curiosidade para Nils e hesita, como se na verdade não tivesse medo mas soubesse que deveria ter.

Mas Nils não é perigoso, não para crianças. Ele apenas se defendeu o tempo todo, e ele tentou de verdade salvar o irmão de se afogar naquele dia de verão, embora fosse tarde demais — e nunca na vida fez mal a criança nenhuma. Nunca.

— Olá — diz Nils, e respira ofegante.

Ele tenta acalmar a respiração para não assustar a criança.

O menino não responde.

O homem vira a cabeça rápido e olha ao redor, mas parece que ninguém o persegue. A neblina protege Nils. Ele não pode ficar ali por muito tempo, mas agora ele pode respirar aliviado.

Em seguida ele olha de novo, sem sorrir, para o menino e pergunta baixinho:

— Você está sozinho?

O menino confirma em silêncio balançando a cabeça.

— Você se perdeu?

— Acho que sim — diz o menino em voz baixa.

— Não se preocupe... Eu conheço cada canto aqui do *alvar*. — Nils dá um passo, aproximando-se dele. — Qual o seu nome?

— Jens — responde o menino.

— Jens de quê?

— Jens Davidsson.

— Ok. Eu me chamo...

Ele hesita — qual dos nomes dele ele deve usar?

— Eu me chamo Nils — diz ele no final.

— Nils de quê? — pergunta Jens. É como se fosse uma brincadeira.

Nils ri um pouco.

— Eu me chamo Nils Kant — diz ele e dá mais um passo.

O menino não se mexe, num mundo que é feito apenas de relva, pedras cinzentas e uns arbustos de zimbro. Relva, pedras e arbustos é tudo o que se pode ver no meio da neblina. Nils tenta sorrir para ele para mostrar que está tudo bem.

A neblina fecha-se em volta deles, não se ouve nenhum som. Nem mesmo o canto de pássaros.

— Não se preocupe — diz Nils.

Ele vai levar o menino para o povoado e achar a casa dele, e depois ele próprio vai para a casa da mãe.

Agora eles estão bem pertinho um do outro. Nils e Jens.

Depois surge um ronco alto de motor atrás deles. Nils tenta dar meia-volta e correr, mas ele não tem tempo de dar nem sequer um passo.

O ronco aumenta e parece vir de todos os lados.

É o carro, o Volvo marrom, e ele vem correndo no meio de pedras e arbustos, derrapando na relva antes de se endireitar e ir na direção dele, para cima dele. A velocidade dele não diminui.

Esquerda ou direita?

O carro cresce, ele é bem grande. Nils só tem uns segundos para escolher, um segundo — e depois é tarde demais. Ele só fica parado olhando, com os braços em volta do menino. Não há nada com o que se proteger.

Tudo desaparece por um instante.

Tudo fica em silêncio. Escuridão fria.

Os sons voltam na forma de ecos abafados. Neblina, frio e um motor de carro ligado.

— Conseguiu pegá-lo? — pergunta uma voz.

— Sim... Estou vendo.

Nils está caído de costas no chão, estirado na relva. A perna direita está embaixo dele num ângulo estranho, mas ele não sente dor.

O carro está parado a alguns metros dele, com o motor ligado. A porta do motorista está aberta. O policial sai devagar de lá de dentro com o revólver na mão.

A porta do carona também se abre. Gunnar sai do carro, mas fica junto do automóvel e olha para a paisagem no outro lado do *alvar*.

O policial aproxima-se de Nils e para.

Ele não diz nada, apenas fica olhando para ele.

Nils lembra-se de repente do menino na neblina, Jens — para onde ele foi?

Ele sumiu.

Nils espera que Jens Davidsson tenha sumido, que ele tenha escapado na neblina e voltado correndo para Stenvik nas sandalinhas dele. Uma fuga bem-sucedida. Nils quer ir com ele, voltar para casa, mas ele não consegue se mexer. Sua perna deve estar quebrada.

— Acabou — diz ele apenas.

Acabou, mãe. Acabou aqui no alvar.

Nils está muito cansado. Ele poderia ir se arrastando para Stenvik, mas ele não tem forças.

Os mortos reúnem-se ao redor dele, vultos cinza que se intrometem em silêncio.

O pai dele e o irmão menor, Axel. Os dois soldados alemães. O comissário do trem e o marinheiro sueco de Nybro.

Todos mortos.

O jovem policial balança a cabeça diante dele.

— É, acabou.

Ele para a apenas dois passos de Nils.

O policial destrava o revólver com o cano voltado para baixo, depois levanta a arma, aponta para a cabeça de Nils e aperta o gatilho.

38

Gerlof tinha contado a história sobre a morte de Nils Kant sussurrando devagar.

Julia tivera de se inclinar para ouvir. Mas ela ouvira tudo, até o final.

Agora ela estava sentada petrificada e em silêncio junto do leito. Ela olhou para Gerlof.

— Isso... Aconteceu mesmo? — perguntou ela depois de um longo momento de silêncio na enfermaria. — Isso que você acabou de contar? Isso aconteceu... Você tem certeza disso?

Gerlof assentiu devagar.

— Absoluta — sussurrou ele.

— Por quê? Como você pode ter certeza?

— Bem... Foram coisas que Ljunger disse para mim... Quando ele estava esperando eu morrer no frio... — disse Gerlof. — Ele falou... Que não se tratava só de terras e do dinheiro de Vera Kant. Ele disse que também era uma questão de vingança. Mas... se vingar de quem? E quem queria se vingar? Eu fiquei pensando aqui no hospital... e só consegui encontrar uma pessoa.

— Não — disse Julia, apenas.

— Por que eles trariam Nils Kant para casa...? — sussurrou Gerlof. — Não seria por causa de Gunnar. Para Gunnar, Nils tinha mais valor na América... Lá ele não representava nenhum perigo e Gunnar podia, a cada ano que passava, arrancar mais e mais terras de Vera... O espólio de guerra dos alemães não tinha nenhuma importância em comparação com todas as terras de que Gunnar podia se apropriar. — Ele puxou o ar. — Mas uma outra pessoa queria trazer Nils para a Suécia... e quase deixá-lo chegar em casa e encontrar a mãe para depois executá-lo. Isso seria uma punição adequada.

— Alguém que ajudou — continuou Gerlof. — Uma pessoa que ajudou Gunnar Ljunger e Martin Malm a desembarcar o caixão em Öland e que estava presente quando ele foi aberto e vistoriado... e que podia convencer todos ali de que o corpo de Nils Kant tinha chegado à Suécia. Um policial jovem e confiável.

Silêncio novamente. Gerlof virou a cabeça e olhou para a porta.

Julia virou-se.

Lennart estava de volta. Ele tinha aberto a porta da enfermaria, sem que ela tivesse percebido. Ele entrou no quarto, como se tudo estivesse normal.

— Bem — disse ele —, foi meu chefe quem ligou de novo. Eles encerraram as investigações lá em Marnäs agora, então eu posso começar a trabalhar quando...

Lennart calou-se, parou e viu o olhar sério dos dois.

— Aconteceu alguma coisa? — perguntou ele, e foi para trás da cadeira de visitantes.

— Nós estávamos falando... sobre a sandália, Lennart — disse Gerlof. — A sandália de Jens.

— A sandália?

— Aquela que você pegou de mim... se você lembra — disse Gerlof. — Já chegou a resposta do seus peritos criminais do continente... por acaso eles encontraram algum vestígio nela?

Lennart olhou em silêncio para Gerlof durante alguns segundos, depois sacudiu a cabeça de um lado para o outro.

— Não — disse ele. — Nenhum vestígio... Eles não acharam nada.

— Você disse que tinha enviado a sandália — disse Julia, e olhou para ele.

— Você enviou, não foi? — perguntou Gerlof. — Nós podemos verificar se eles receberam, não é?

— Eu não sei... Talvez — respondeu Lennart.

Ele olhava o tempo todo para Gerlof, mas não havia raiva no olhar dele. Estava pálido. Ele levantou as mãos devagar e colocou-as nas costas da cadeira.

— Há uma coisa que eu queria saber, Lennart... — disse Gerlof, e perguntou: — Quando foi mesmo que você conheceu Gunnar Ljunger?

Lennart baixou os olhos para as próprias mãos.

— Eu não lembro — disse ele.

— Não?

— Acho que foi... em 1961 ou 1962. — A voz dele era monótona e sem vida. — No verão, quando eu comecei a trabalhar na polícia de Marnäs. O restaurante dele em Långvik tinha sido arrombado... E eu fui lá registrar a ocorrência. Nós começamos a conversar.

— Sobre Nils Kant?

Lennart balançou a cabeça. Ele ainda não olhava para Julia.

— Sobre ele e outras coisas — disse ele. — Gunnar sabia... Ele estava informado de que eu era o filho do comissário baleado. Algumas semanas depois ele me telefonou e me convidou para ir ao escritório dele de novo. Ele perguntou se eu queria achar Kant e atraí-lo para a Suécia aos poucos e me vingar do meu pai... se eu teria interesse nisso

Lennart calou-se.

— O que você respondeu?

— Eu disse que estava interessado — disse Lennart. — Eu iria ajudá-lo e ele me ajudaria. Foi um acordo.

— E esse negócio acabou alguns dias atrás? — disse ele em voz baixa. — Na delegacia de Marnäs? Você ficou com medo que ele fosse contar coisas sobre você para os seus colegas? Quem foi que segurou o revólver, Lennart... a arma que matou Gunnar?

Lennart só olhava para as próprias mãos.

— Não importa — disse ele.

— Um acordo — disse Julia em voz baixa.

Ela olhou pela janela. Viu a noite caindo lá fora, mas pensava em outras coisas.

Ela pensou que Martin Malm tinha conseguido dinheiro para embarcações novas.

E que Gunnar Ljunger tinha conseguido se apropriar de um monte de terras baratas para vendê-las caro.

E que Lennart Henriksson, por quem ela havia pouco achava que tinha se apaixonado, finalmente tinha podido se vingar de Nils Kant.

Tudo isso à custa da vida de seu filho.

— Foi um acordo — disse Lennart. — Eu ajudaria Gunnar e Martin Malm com algumas coisas... e eles me ajudariam.

— Então vocês se encontraram na neblina lá no *alvar*... Naquele dia — disse Gerlof.

— Gunnar me telefonou de manhã e disse que eles iriam para o marco sacrificial — disse Lennart. — Nós iríamos nos encontrar lá. Mas eu me atrasei e estava uma confusão quando cheguei... Martin Malm caído no chão e todo ensanguentado.

Kant tinha batido nele com a pá. Malm nunca se recuperou... Ele teve a primeira hemorragia cerebral apenas alguns dias depois.

— E Jens? — perguntou Julia em voz baixa.

— Foi um acidente, Julia. Eu não vi Jens... — disse Lennart com a voz embargada e sem olhar para ela. — Quando Kant estava morto, nós achamos... o corpinho embaixo do carro. Ele não conseguiu... escapar quando eu fui com o carro para cima de Kant.

Ele ficou em silêncio.

— Onde vocês enterraram o menino? — perguntou Gerlof.

— Ele está no cemitério, no túmulo de Kant — disse Lennart. Ele falava como se fosse alguém obrigado a reviver um pesadelo. — Nós levamos o corpo do menino e de Kant para lá no escuro. Colocamos um sininho no portão do cemitério para ouvir caso alguém viesse e separamos a grama. Colocamos a terra numa lona. Depois cavamos madrugada adentro. Martin Malm, Gunnar e eu. Nós três... nós cavamos sem parar. Foi horrível.

Julia fechou os olhos.

"Junto a um muro de pedra", pensou ela. "Jens estava enterrado junto a um muro de pedra no cemitério de Marnäs, assassinado por um homem cheio de ódio — exatamente como Lambert tinha dito."

Ela respirou fundo.

— Mas antes de vocês enterrarem Jens — disse ela, com a voz apagada e os olhos fechados —, vocês desceram para Stenvik de noite e ajudaram a procurá-lo. Você liderou a busca do menino que você mesmo tinha matado... Meu filho. — Julia suspirou cansada. — E depois você fez uma ronda de carro e fingiu estar procurando lá no *alvar* para apagar os seus próprios vestígios.

Lennart balançou a cabeça em silêncio.

— Mas não foi fácil — disse ele em voz baixa, ainda sem olhar para ela. — Eu só queria dizer isso, Julia, não foi fácil não dizer nada. E agora no outono, quando você voltou... Eu queria tanto ajudar você. Eu tentei... Eu queria esquecer tudo o que aconteceu há vinte anos e tentar fazer *você* esquecer também. — Ele calou-se e acrescentou: — Eu achei que daria certo.

— Então Nils Kant está no caixão dele — disse Gerlof.

Lennart assentiu e olhou para ele.

— Eu não falava com Gunnar Ljunger há anos. Não sobre isso... Eu não fazia a menor ideia do que ele queria fazer com você, Gerlof.

Ele largou as costas da cadeira, virou-se devagar e agora estava de novo tão cansado quanto da primeira vez que ela o tinha visto, na pedreira. Ou mais ainda.

Ele foi para a porta de novo e virou-se pela última vez.

— Eu posso dizer que me senti melhor atirando em Gunnar do que me vingando de Nils Kant — disse ele.

Lennart abriu a porta e deixou a sala.

Gerlof respirou aliviado no silêncio da enfermaria. Ninguém aplaudiu.

Ele olhou para a filha.

— Eu... sinto muito, Julia — sussurrou ele. — Eu sinto muito mesmo.

Julia balançou a cabeça e encontrou os olhos do pai em meio às lágrimas que escorriam.

Ela achou, nesse instante, que podia ver como Jens seria se fosse adulto. Ela viu isso no rosto de Gerlof.

Julia pensou que eles seriam muito parecidos um com o outro, avô e neto. Jens teria olhos grandes e um pouco tristes, rugas de preocupação na testa larga e olhos alertas e compreensivos que podiam ver a escuridão e a luz no mundo.

— Eu amo você, pai.

Ela pegou a mão de Gerlof e segurou-a firme.

EPÍLOGO

Era o primeiro dia de primavera de verdade, um dia de sol e calor, flores e pássaros, quando o céu sobre Öland parecia um lençol azul-claro ao vento lá no alto. Um dia em que a vida parecia repleta de possibilidades de novo, não importando a idade que se tinha.

Para o repórter local Bengt Nyberg, a primavera, quando resolvia aparecer, era sempre como o verdadeiro ano-novo de Öland. Ele ficava feliz em poder ficar o máximo de tempo ao ar livre em dias como esse.

Bengt tinha muitas horas extras para compensar. Ele podia ter tirado alguns dias de folga para caminhar no calor da primavera e ouvir o canto descontraído dos rouxinóis lá no *alvar*, onde as últimas poças d'água de neve derretida evaporavam com o sol, mas ele quis trabalhar nesse dia.

Bengt cerrou os olhos por alguns segundos no sol e olhou em seguida para a igreja de Marnäs, do outro lado do muro de pedra.

Por ocasião da abertura do túmulo, no inverno, houvera bastante gente curiosa e enxerida no cemitério, uma multidão de pessoas que era mantida a distância pelo bloqueio da polícia. Mas no enterro, na última quinta-feira, havia poucas pessoas, e o pastor pediu que elas ficassem do outro lado do muro da igreja.

Então Bengt estava ali na qualidade de único repórter com o bloco de anotações e, ao lado dele, um fotógrafo jovem que andava para lá e para cá, um rapaz que eles tinham mandado da matriz da redação em Borgholm, embora Bengt tivesse dito que ele mesmo podia fotografar. Mas esse acontecimento era algo bem grande, que talvez pudesse ser vendido para jornais das cidades grandes, e nesse caso a câmera simplória de Bengt Nyberg e as fotos tiradas às pressas não serviriam.

O fotógrafo que eles tinham mandado era novo no jornal, um rapaz de Småland que se chamava Jens, assim como o menino, e provavelmente só considerava o *Ölands-Posten* o primeiro degrau da carreira dele — uma carreira que talvez terminasse em algum tabloide de Estocolmo dali a alguns anos. Ele era ambicioso, mas chato. Quando tirava fotos, falava o tempo todo sobre pessoas famosas que ele queria fotografar às escondidas ou em corridas de cavalo e que cavalo daria mais dinheiro, e Bengt não estava nem um pouco interessado em nada disso.

Jens estava inquieto. Assim que o sacristão mostrou aos jornalistas um lugar do lado de fora do muro para eles ficarem, ele começou, com a câmera levantada, a procurar um lugar melhor.

— Eu acho que posso dar um jeito e entrar no cemitério — disse ele para Bengt, e olhou impaciente ao redor por cima do muro de pedra. — É só eu entrar de fininho...

— Não saia daqui — disse ele em voz baixa. — Está bom aqui.

Eles ficaram ali do lado de fora do muro esperando ao sol e, depois de um tempo, o cortejo saiu da igreja. A câmera automática de Jens começou a chiar.

Julia Davidsson, a mãe, ia devagar à frente no caminho de pedra, depois do pastor. Ao lado dela ia Gerlof, o avô. Ambos vestidos de preto. Depois deles vinha um homem alto da idade de Julia, de sobretudo preto.

— Quem é aquele cara? — sussurrou Jens ao abaixar a câmera.

— O pai do menino — disse Bengt.

Julia Davidsson segurava o braço do pai, que foi se apoiando nela até o túmulo, ao sul da torre da igreja. Eles estavam lado a lado quando o caixão foi baixado. Gerlof inclinou a cabeça, e Julia jogou uma rosa no túmulo.

Tudo muito bom, achou Bengt. Tinha acontecido muita coisa ruim na região em apenas seis meses: o fim horrível de Ernst Adolfsson na pedreira de Stenvik no outono, a morte violenta de Gunnar Ljunger na delegacia mais ou menos um mês depois e a outra sandália do menino que a polícia tinha encontrado no cofre dele, no escritório do hotel em Långvik, um sapatinho que completava aquele que o atualmente falecido armador Martin Malm tinha enviado para Gerlof.

O caso parecia encerrado, mas de repente Lennart Henriksson tinha solicitado uma reconstituição da morte de Gunnar. Seguiu-se um processo contra ele em Kalmar, acusando-o de ter assassinado Gunnar Ljunger e de ter sido o responsável involuntário pela morte de Jens Davidsson.

Por último, a sepultura de Nils Kant tinha sido aberta num dia frio e cinzento de inverno.

Os peritos da polícia tinham armado uma tenda de pano branco sobre o túmulo, como uma igrejinha, ao lado da igreja grande, e eles trabalharam ali em silêncio por vários dias; de vez em quando iam se aquecer no átrio da igreja. Durante as escavações não foi apenas o corpo de Nils que foi encontrado no caixão, mas também os restos de um homem ainda não identificado, provavelmente um cidadão sueco que morou um tempo na América Latina. Ele também tinha sido morto lá.

Escondido num buraco embaixo do caixão de Nils Kant, os policiais tinham achado por fim um terceiro corpo, muito menor que o dos outros dois. E então o caso tinha finalmente sido resolvido.

Tabloides, canais de rádio e repórteres de TV foram a Marnäs para cobrir a história. Foram dias agitados para um repórter local no centro dos acontecimentos — mas para Bengt foi difícil manter a distância jornalística com relação àquilo tudo: muitas vezes ele ficou triste enquanto escrevia as reportagens. Ele próprio conhecia Lennart Henriksson havia décadas e não havia nada com que se alegrar nesse drama.

Mas agora o sol brilhava, uma espécie de ano-novo de Öland. Depois de mais de vinte anos na terra, o menininho podia finalmente ser sepultado de verdade. Quando a cerimônia rápida em volta do túmulo tinha acabado, Julia e Gerlof Davidsson começaram a voltar devagar para a igreja, seguidos do pai de Jens, Michael, que estava a alguns metros atrás deles.

Julia e Gerlof não conversaram, segundo o que Bengt viu do outro lado do muro. Ele não tinha visto os dois trocarem absolutamente nenhuma palavra durante a cerimônia inteira. Mas, ainda assim, ele teve a forte impressão de que eles estavam tão próximos um do outro quanto dois membros de uma mesma família podem estar — chegou a ter um pouco de inveja.

— Então agora acabou — disse o fotógrafo, e abaixou a câmera. — Não é?

— Sim — disse Bengt. — Podemos ir agora.

Ele não tinha anotado nem sequer uma palavra no bloco, e provavelmente escreveria apenas um texto curto para a foto no jornal.

Era o suficiente. Mas se alguém mais tarde lhe perguntasse como tinha sido o enterro do menininho, Bengt Nyberg poderia responder que a cerimônia foi cheia de luz, digna e serena, como — bem, como uma espécie de encerramento.

AGRADECIMENTOS

Ecos dos mortos acontece principalmente em meados dos anos 1990, na bela ilha Öland — mas uma Öland que em parte só existe na imaginação do autor. As pessoas ou empresas que aparecem nesta história não se baseiam em modelos reais e muitos lugares também são inventados.

Por todas as histórias e lembranças que me contaram das suas vidas cheias de ação, eu agradeço a meu avô, o capitão Ellert Gerlofsson, e ao irmão dele, o cabeleireiro e mergulhador Egon Gerlofsson. Pelos dados históricos, eu gostaria de agradecer a Stellan Johansson, em Bohuslän, ao jornalista Kristian Wedel, em Gotemburgo, e ao advogado Lars Orcarsson, em Jönköping.

Muitos amigos ajudaram-me de diversos modos durante o trabalho com *Ecos dos mortos*: agradeço imensamente a Kajsa Asklöf, Monica Bengtsson, Victoria Hammar e Peter Nilsson, do grupo de escrita Litter; Jacob Beck-Friis, Niclas Ekström, Caroline Karlsson, Rikard Hedlund, Mats Larsson, Carlos Olguin, Catarina Oscarsson, Michael Sevholt, Kalle Ulvstig e Anders Weidemann, assim como aos meus parentes Lasse e Eva Björk, em Kalmar, Hans e Birgitta Gerlofsson, em Färjestaden, Gunilla e Per-Olov Rylander, em Borgholm.

Também gostaria de agradecer a todos os meus hábeis redatores, principalmente a Rickard Berghorn, da revista *Minotauren*, e a Kent Björnsson, da editora Schakt, que cuidou bem de muitos dos meus contos, assim como a Lotta Aquilonius, na Wahlström & Widstrand, que cuidou igualmente bem de *Ecos dos mortos*.

Minha mãe, Margot Theorin, merece uma grande homenagem por todos os livros antigos e novos sobre a história de Öland e os artigos de jornal que ela generosamente me forneceu.

Por último, agradeço a Helena e Klara: um abraço apertado por elas terem suportado alguém que vive sonhando acordado.

Johan Theorin

Este livro foi composto na tipologia Palatino LT Std,
em corpo 12/16,1, e impresso em papel off-white 80g/m²,
no Sistema Cameron da Divisão Gráfica
da Distribuidora Record.